カメレオンの影

ミネット・ウォルターズ

アクランド英国軍中尉は、派遣先のイラクで爆弾によって頭部と顔面に重傷を負い、片目を喪失する。昏睡《こんすい》から目覚めた彼は他人にふれられると暴力的になり、極端な女性嫌悪を示して看護師や精神科医を戸惑わせていた。退院後、除隊した彼はロンドンに住むが、暴力事件を起こしたことがきっかけで警察に拘束されてしまう。近隣では、軍歴のある一人暮らしの男性ばかりが自宅で殴殺されるという事件が続発しており、警察の捜す犯人像に合致しているアクランドは尋問されるが……。〈現代英国ミステリの女王〉が巧みな心理描写で紡ぐ傑作サスペンス。

登場人物

チャールズ・アクランド……英国陸軍中尉
ロバート・ウィリス……精神科医
ジェニファー（ジェン）・モーリー……チャールズの元婚約者
スーザン・キャンベル……精神科医、民宿経営者
マーティン・ブリトン……元国防省の高位の文官
ハリー・ピール……タクシー運転手
ケヴィン・アトキンズ……建築業者
ウォルター・タティング……年金生活者
エイミー・タティング……ウォルターの娘
ジャクソン（ジャクス）……医師
デイジー・ウィーラー……パブ〈ベル〉の経営者
シャロン・カーター……チャールズと同じフラットの住人
チョーキー……路上生活者
ベンジャミン（ベン）・ラッセル……家出少年

ミセス・サイクス……………ベンの母親
ピアソン……………………弁護士
トレヴァー・モナハン……聖トーマス病院の医師
アヴリル……………………チョーキーの知人。レズビアン
マグス………………………アヴリルのパートナー
デレク・ハーディー………パブ〈クラウン〉の亭主
パット・ストレクル………〈クラウン〉の常連
ブライアン・ジョーンズ…ロンドン警視庁の警視
ニック・ビール……………同、警部
アーメド・カーン…………同、刑事
ヒックス……………………同、刑事

カメレオンの影

ミネット・ウォルターズ
成　川　裕　子　訳

創元推理文庫

THE CHAMELEON'S SHADOW

by

Minette Walters

This book is published in Japan by TOKYO SOGENSHA Co., Ltd.
Japanese translation rights arranged with Minette Walters
c/o Gregory & Company Author's Agents, London
through Tuttle-Mori Agency, Inc., Tokyo

カメレオンの影

マリーとサラに

影（シャドウ）

C・G・ユング（一八七五—一九六一）の唱える、恐怖や不快感などによって形成される自己の暗黒面のこと。当人が選択した自己イメージに反するものとして否定され、無意識下に追いやられる。

オクスフォード・イングリッシュ・ディクショナリー

外傷性脳損傷（TBI）

頭部に物理的な衝撃が加わることにより起こる脳損傷。行動面、心の健康面における問題（抑鬱《よくうつ》、不安、人格変容、攻撃性、抑圧された感情の行動化、社会的不適応）を生じさせる。

ウィキペディア

サザーク・エコー、二〇〇六年九月二十九日（金曜日）

殺人事件――〝殴打〟による死

二日前、通報を受けて駆けつけた警察が南ロンドンの住宅で発見した死体の身元は、元国防省所属の文官マーティン・ブリトン（七一）と確認された。友人や近隣住人はここ数日、ブリトン氏の姿を見かけなかったという。警察は梯子《はしご》を使って寝室の窓から室内をチェックしたのち、住居への侵入を決行した。

昨日行われた検死解剖の結果、死因は頭部に負った損傷と判明した。「死にいたるほど激しく殴打されたのです」と捜査の指揮をとるブライアン・ジョーンズ警視。「事件が起きたのは九月二十三日土曜日とわれわれは見ています。その日、グリーナム・ロードを通りかかって何か見聞きした人があれば、ぜひ情報をお寄せください」

近所の住人によれば、マーティン・ブリトン氏は「礼儀正しく、人当たりのいい人」で、去年奥さんを亡くしてからは「引きこもりがち」だったという。「犯行は顔見知りの人間によるものかもしれません。家に押し入った形跡がないのです」とジョーンズ警視。

今回の事件が、この事件発生の二週間前、頭部の広範な損傷によって死亡したタクシー運転手ハリー・ピール（五七）の事件と関連があるかについては、警視は明言を避けた。ピール氏はグリーナム・ロードから三キロメートルと離れていないところに住んでいて、寝室で死体となっているのを発見したのは別居中の妻で、夫が携帯電話に出ないのを案じて訪れたのだった。ハリー・ピール殺害事件の捜査で、警察はゲイ・コミュニティーの協力を取りつけている。かつては機甲連隊の兵士で、数年間、機体整備場で働いたのち、七年前にタクシー運転手に転じたピール氏は、地元のバーやクラブの常連だった。

グリーナム・ロードでの聞き込み捜査はいまも続けられている。

八週間後

シミター偵察車が率いる装甲車の車列は、道路脇の廃墟と化した建物の上階に潜む四人のイラク人には、しばらく前から見えていた。バスラとバグダッドを結ぶ高速道路の一部であるその道路は、平坦な砂漠地を一直線に通っていて、装甲車の動きを追うのは高い位置から長距離レンズの双眼鏡を向けていれば簡単なことだった。その姿は、車列が地平線の向こうに現れた瞬間から視界にとらえられていた。

猛烈な暑さで、舗装道路の上に蜃気楼《しんきろう》がゆらゆらと騙《だま》し絵のように浮かんでいた。反乱兵のひとりが目標をＤＶＤカメラでとらえ、シミターの砲塔にズームインする。30㎜砲の両脇にヘルメットをかぶった兵士の頭、その下に運転手の姿があったが、まだ顔を識別できるほど近くはなかった。もうひとりの反乱兵が道路脇に敷設《ふせつ》された電柱のひとつを指さし、シミターがあの横を通って爆発するまでにあと二分、と言った。それだけあれば充分だ。イギリス軍兵士たちの顔を、道路の両側に仕掛けた爆弾でふっとばす前に、フィルムに収められる。

カメラの男は、連合軍の兵士たちの顔に油断しきった傲慢《ごうまん》ともいえる表情を見るだろうと思っていたのだが、クローズアップでとらえた三つの顔は集中していた。指揮官の二十六歳の中尉がとつじょ何やら叫び、道路脇の粉塵《ふんじん》のなかに何かを見たことをうかがわせた。が、ときすでに遅し。道路脇の爆弾——ブラッドリー戦車をも粉微塵《こなみじん》にするほどの破壊力をもつ対戦車地雷が、車両の通過と同時にいっせいに炸裂した。

イギリス軍のシミター偵察車が爆発・炎上する映像は、イスラム世界では何度も繰り返し放映された。そしてそのDVDは、テレビの電波が始終途切れる者、パラボラアンテナが連合軍の爆撃によって使えなくなった者にとってはイラクのバザールで〝ぜひとも入手すべきアイテム〟となった。連合軍の車両をイラクの少人数のグループが手製爆弾で破壊したのだ。その快挙をとらえた映像は、それを観た者が、一般人、専門家を問わず、西側の三人の兵士の顔には集中ではなく恐怖が浮かんでいたと主張しているだけに、なおのこと観ずにはいられないものとなっていた。それはとりもなおさず、連合軍の士気が低下していること、占領の終結も間近いことを意味していたからだ。

イギリスにはまた戦争報道に関する別の判断基準があり、爆破の場面のクローズアップ映像を放映するのは無神経との非難を浴びる恐れがあることから、放映は見送られた。兵士のうち生き残った者はひとりだけで、そのひとりも生涯癒《い》えない醜《みにく》い傷を負っていた。そういう状況では、その映像を流すことにどれだけの意義があるかは微妙なところで、どんなに感覚の鈍麻した放送人でも、あえて放映することにはためらいを覚えるのだった。

国防省

英国軍外科病院、イラク

〔機密報告書〕

患者　チャールズ・アクランド中尉
所属　近衛竜騎兵連隊――機甲部隊
負傷日　二〇〇六年十一月二十四日
入院日　二〇〇六年十一月二十四日
退院日　二〇〇六年十一月二十六日、十九時三十分
転院先　南総合病院、バーミンガム、UK
帰国理由　再建手術
患者の現況　昏睡《こんすい》状態。だが容体は安定――身体拘束
投与薬剤　添付資料参照
関係各位

チャールズ・アクランド中尉は乗っていたシミター偵察車が攻撃され、頭部と顔面に重度の損傷を負った。左の眼窩《がんか》、頬骨、上顎が破砕。傷創は洗浄され、異物および熱傷により壊死《えし》した組織はすべて除去され、出血は止まっている。モニター上、患者の頭蓋内圧、血圧に著明な異状はみられないが、外傷の激しさからすれば、頭蓋内に深刻なダメージを負っている可能性は大きい。CTスキャンによる早急な検査が必要である。患者の左顔面には炸裂した爆弾の破片により裂かれ焼灼《しようしやく》した開放創——幅二センチ、深さ〇・五センチ、長さ十センチの剝離——がある。筋肉と神経の損傷は広範囲におよび、左目は修復不能。抗生物質が処方され、開放創には感染を防ぐための包帯が施された。

1

昏睡《こんすい》から目覚めたとき、チャールズ・アクランドは、あ、いまのは夢だったのか、と思った。歯医者で治療を受けている夢――。しかし、あれが夢だったのなら、口の中がしびれているのはなぜなのか。局所麻酔がかかっているということではないのだろうか。アクランドは仰向けに横たわって動く天井を見つめていた。背後でベルがけたたましく鳴っている。**警報？** どこで鳴っているのだろうと頭をもたげようとしたら、胸を手で押さえられ、頭上にぼうっと女の顔が現れた。**歯医者？** 唇が動いているが、警報の音が大きくて、何を言っているのか聞きとれない。警報のスイッチを切ってくれと頼もうかとも思ったが、麻酔がかかっている状態では言葉が正しく伝わるとは思えなかった。そもそも声が届くかどうかさえわからないのだ。

頭のどこかに、アクランド自身気づいていない不安が潜んでいた。なぜかはわからないが、女のこの近さが怖くてならなかった。彼は前にもこんな形で――仰向けに、身動きできない状態で――横たわっていたことがある。その記憶は彼のなかで苦痛と強く結びついていた。ときどき視界にべつの女が現れる。黒い髪の、ほっそりした、エレガントな女性。目に涙を浮かべているが、彼女が誰なのか、アクランドには見当もつかない。直感的に抱いたのは嫌悪感だった。

アクランドにとって判断の基準となるのは、警報と、頭上で動く天井だけ。どちらも彼には何の意味ももたない。徐々にはっきりとしてくる意識が、これは夢ではないと告げていた。そうでなかったら、モルヒネでぼうっとしたままいつまでも現実から浮遊していたいところだ。いろんな感覚が戻ってきはじめる。ストレッチャーが敷居を越えるときのゴトンという感覚。身体が動くとストレッチャーのストラップがそっと痛くない程度に締まる感触。顎の奥の鈍い痛み。首筋をつらぬく刺すような痛み。片方の目しか開いていないとわかったときの戸惑い。

意識が完全に戻ったのを自覚したときは、ぞっとする思いだった。自分は誰なのか、ここはどこで、自分に何があったのか、まったく何もわからないのだ。

*

その後にわかってきた事柄は、アクランドをますます不安にさせた。まずわかったのは、警報が鳴っているのは自分の頭のなかでだということ。意識が回復するごとに、その音を苦痛に感じる度合いは減っていったが、自分を見下ろしている人たちが何を言っているのかは聞きとれなかった。口が閉じたり開いたりするだけで、声は聞こえてこない。アクランド自身も自分の口が、脳が送ってくるシグナルをはたして声にして発しているのかわからなかった。不安をなんとか伝えようとするのだが、こちらを見下ろしている顔のどれにも反応がないのを見れば、自分は唇が動いてすらいないのだとわかる。

時間は無意味だった。意識と無意識のあいだをどれくらい、どのようにさまよっていたのか、眠っている時間がどれくらい続いたのか、アクランドにはわからない。だが、個々の洞察がひとつにつながりだすと、ここへ連れてこられて数日もしくは数週間たっていることがわかってき、怒りがふつふつと湧いてきた。何か破壊的なことが起こったのだ。そして、自分はいま病院にいる。頭上で何やら話し合っている人たちは医者だ。けれど、彼らはなんの役にも立っていない。こちらが目覚めていることにすら気づいていない。もしかしたら自分は敵につかまっているのではないだろうか、あるいは、筋道だって考えることはできるけれど意思を伝えることはできないという状態に永遠に縛りつけられているのではないか。そんな恐ろしい疑念が浮かんできた。

黒髪の女に息がつまりそうになる。その女のにおい、肌にふれてくる手の感触がいやでいやでたまらない。彼女はいつもそこにいて、静かに涙を流していた。白い頰を涙がつーと落ちていくが、その姿にアクランドが心を動かされることはなかった。あの涙は人に見せるためのもの、彼のためのものではないことが直感的にわかるのだ。そんな彼女をその不実さゆえにアクランドは軽蔑した。女が誰なのか、自分は知っているはずだという気がした。目が覚めて、半眼のまぶたの奥から女を見るたび、身近な人という感覚に圧倒されそうになる。

父親のことは、女が誰だかわかるより先に、父親だとわかった。視野の隅に映っている、見るからにくたびれた風情《ふぜい》の男が父親だと知ったときはショックだった。その瞬間、その女が誰なのか、彼女に触られてぞっとするのはなぜなのかがわかった。記憶がどっとよみがえってくる。自分の名前も思いだした。チャールズ・アクランド。職業、英国陸軍中尉。最後の派遣地、イラク。

中東へと発った日、彼は英空軍の輸送機ハーキュリーズに乗っていた。その記憶は鮮明にあり、彼はそれを何度も頭のなかで再生した。それが事情をよく説明しているように思えたのだ。輸送機がきっと、離陸の際にクラッシュしたのだ。彼が覚えている最後の記憶は、シートベルトを締めたことだった。

*

「チャールズ、起きて、チャールズ」手の甲を誰かの指がつまむ。「そうそう。その調子。さあ起きて」

チャールズは目を開け、自分の上にかがみこんでいる中年の看護師を見つめた。「(声が聞こえた)」と彼は言った。発音が不明瞭で、意味のない音でしかなかったが、それでも声を発することができたのはわかった。

「あなたは手術を受け、いまは回復に向かっているところ」看護師はアクランドが訊こうとした(と彼女が思う)質問——ここはどこ?——に答えて言った。「すべて順調にいったら、きょうの午後には部屋に戻れますよ。あなたはいまPCAポンプにつながれていて——」と、アクランドの左手を制御盤にもっていく。「PCAというのは、患者自己管理鎮痛法《ペイシエント・コントロールド・アナルジーシア》の略で、これを使えば患者は術後の痛みを自分でコントロールできるってわけ。まだしばらくは痛み止めの必要はないと思うけれど、痛みを感じだしたら白いボタンを押してね。そしたら、モルヒネが出てきて眠れるようになるわ」

アクランドは即座に手をひっこめた。

「いいのよ、いやならべつに使わなくても」看護師はあっさりと言った。「でも、使えば自分で痛みをコントロールできるでしょ。一回の投与量は決まっているし、むやみに摂取しようとしてもそれはできないようになっているから大丈夫」と、にっこり笑う。「そう長くつながれているわけじゃないから、これでモルヒネ中毒になる心配はないわ。信じて、チャールズ」

いや、だめだ。誰であれ、女は信用できない。自分がそう思っていることにアクランドははたと気づいたが、なぜそう思うのかはわからなかった。

看護師は卵形の黒いプラスティックの物体を掲げた。「これをあなたの右手にのせます。どう、わかる?」

「ああ」

「けっこう」看護師はアクランドの親指を一番上のボタンにのせた。「わたしに用があるときはここを押して。つねに注意は払っているけれど、緊急のときは大声で呼んでちょうだい。あなたは運がよかったのよ、チャールズ。もし神様が、あなたにサイのような頑丈な頭蓋骨を与えてくれていなかったら、いまごろ命はなかったわ」

看護師が行こうとするのを、アクランドはスカートの端をつかんで引きとめた。「(どんなふうに墜落したんです）？」

「え、もう一度言って」

アクランドは言葉を腹話術師のように喉にため、ゆっくりと絞り出すように発声した。「おんあ……ううに……うぃあくぃあんえす？」

「どんなふうに何が墜落した？」

「（飛行機）」アクランドは振り絞るように言った。「いこうき。おくはいこうきにおっていた」

「何があったか覚えてないの？」

首をふる。

「わかった。誰かに説明してもらうようにするわね」看護師はまたなだめるようにアクランドの手を叩いた。「心配しないで。いまは頭の線がいくつか混線しているだけなのよ。いずれ回復するわ」

＊

時間は過ぎていくが、何も起こらない。看護師はときどき姿を見せるけれど、ひとりよがりの笑みをうかべ、どうでもいいことを口にするだけだ。アクランドはいらいらした。説明してくれるという話はどうなったのかと、一、二度、それとなく訊いてみたが、ばかなのか意地が悪いのか、アクランドが何を言っているのかわからないという態度をあくまでもとりつづける。

頭のなかで悲鳴があがり、気がつくと彼は、自分でも理解できないやり方で怒りと闘っていた。すべてが――自分がいま横になっているカーテンで囲われた小区画から、外からの物音（くぐもった話し声、足音、電話の音）までが――結託して彼のいらだちをつのらせようとしているかのようだった。

看護師まで冷淡になっていた。アクランドはナースコールを押してから彼女が部屋に姿を見せるまでの時間を数えた。三百秒。四百秒。間隔が五百秒に達したとき、アクランドはボタンにかけた指をそのままにしつづけた。やがて、ごまかし笑いをしながら看護師が現れ、アクランドの手からプラスティックの卵を取り上げようとした。アクランドはその手を振り払って卵を胸元で握りしめた。「（くそったれ）」

意味は通じた。看護師の顔から笑みが消えたのを見てアクランドはそう思った。「その指を離してくれないと、これ、わたしでは止められないの」看護師は手首につけたレシーヴァーの点滅する光を指さして言った。「押しっぱなしにしていたら、そのうちここは人であふれるわよ」

「（けっこう）」

「離さないなら電源を切るわよ、チャールズ」看護師は警告した。「きょう手術を受けた患者はあなただけではないの。頼むから落ちついて」と、なだめるように手のひらをアクランドに向ける。「電話はしたのよ。こんなに時間がかかっているのはわたしのせいじゃない。ここは国民健康保険の病院で、常勤の精神科医はいまのところひとりしかいないの。その先生がじきに来てくれるから、信じてもう少し待ってちょうだい」

精神科医に用はない、とアクランドは言おうとした。頭はどこも悪くない。自分はただ何があったかを知りたいだけだ。あの飛行機にはほかの男たちも乗っていた。彼らは無事だったのか――。しかし、その問いを言葉にして発するには全神経をそれ一点に集中しなくてはならず(それでも、出てきた言葉はアクランドの耳にさえ意味不明だった)、集中している隙に看護師にあっさりブザーを取られてしまった。アクランドはまた悪態をついた。

看護師はPCAをチェックし、アクランドがまったく使っていないのを見て言った。「怒っているのは痛みのせいなの?」

「いや」

看護師は信じなかった。「ねえ、チャールズ、誰もあなたに我慢強いヒーローであれとは思ってないのよ。痛みを軽減してぐっすり眠るほうが、眠れずにずっと起きていていらだちをつのらせるよりはよっぽどいいの」看護師はやれやれというように首をふった。「そもそもあなたはこんなに神経を張っていちゃいけないのよ、あんな大変な目に遭ったあとなのだから」

＊

ようやく姿をみせた精神科医もまず口にしたのは看護師と似たようなことだった。「思ったより元気そうだ」そう言って、自分は医師のロバート・ウィリスだと名を名乗り、アクランドのベッドのほうへ椅子を引き寄せた。歳の頃五十代半ば、瘦せ型で眼鏡をかけていて、膝《ひざ》に広げた患者の資料（パソコンからプリントアウトしたもの）に目を落としていないときは、患者の目をのぞきこむように見る癖がある。彼はアクランドの名前と階級を確認すると、最後の記憶はなんだったかを尋ねた。

「いこうきにおったこと」

「イギリスで？」

アクランドは宙に親指を突き立てた。

ウィリスは微笑した。「そうだな。話すのは、わたしがしたほうがいいかもしれん。そのほうがきみには負担にならないし、わたしとしても気が楽だ。イエスなら、親指を上に向け、ノーなら下に向けてくれ。まず、簡単な質問からいこうか。わたしの言っていることはわかったかね？」

中尉の親指がさっと上に突き上げられる。

「よし。では、自分に何があったかは知っている？」

アクランドは親指を何度も床に向けた。

医師はうなずいた。「では、初めからゆっくりいくとしよう。イラクに着いたことは覚えている？　覚えてない。イラクについて何か覚えていることは？」またも親指が何度も下に向けられる。「なんにも覚えてないのかい？　基地のこととか、自分の任務のこととか、率いている隊のこととか」

アクランドは首をふった。

「そうか。まあ、わたしとしては、きみの搬送《はんそう》時に現地の病院から送られてきた報告書と連隊の報告書、それと、いましがたネットから収集したばかりの新聞記事をもとに話すしかないのだけれど、ともかく知っていることはぜんぶ話すとしよう。再度繰り返してほしいことがあれば手を上げてくれ」

アクランドは自分がバスラ近郊の英軍基地のひとつに八週間、配属されていたことを知った。そこで、四台のシミター偵察車と十二人の兵員からなる部隊を指揮して、イラン／イラク国境沿いの反乱軍の越境地点の探索に当たった。三週間にわたって行われた二度の探索は、上官の表現を借りれば「上々の成果を挙げた」。数日間の慰労休暇のあと、彼の部隊はバグダッドとバスラ間の高速道路を行く輸送車隊の護衛任務につくことになった。アクランドは指揮官として、二人のもっとも経験豊富な部下、バリー・ウィリアムズとダグ・ヒューズの両兵長とともに先頭のシミター偵察車に乗っていた。その車両は、道路脇の排水溝に埋設《まいせつ》された即席爆弾によって爆破された。ふたりの兵長は即死したが、アクランドは空中に投げ出されて一命を取りとめた。三人とも、勲章授与の候補者に推挙されている。

ウィリスは一枚の紙を若い中尉のほうへ向けた。新聞記事をコピーしたもので、見出しに、「我らがヒーローたち」とあり、その横、アクランドの観兵式のときの写真の下に、妻や子供といっしょに笑顔で写っている男の写真が二枚載っていた。「勇敢な父親の死を悼む家族」とのキャプションがあり、アクランド自身の写真には「重傷を負ったが一命は取りとめた」とあった。「この男たち、誰だかわかるか？　チャールズ。これが――」と、一方の写真を指さして、「バリー・ウィリアムズだ。そしてこっちがダグ・ヒューズ」

アクランドは写真を見つめた。何か思いだせないかと、顔立ち、笑顔に目を凝《こ》らしたが、初めて見る顔も同然だった。まったく何も思いだせない。パニックに襲われそうになるのを懸命にこらえた。自分はこの男たちと二度、シミターで長期の探索に出ているのだ。であれば、顔はよく見知っているはずだ。こんなに簡単に忘れるなんて、そんなことがありうるだろうか。

「いえ」

ウィリスはたぶんアクランドの動揺を見てとったのだろう、気にすることはないよと言った。

「頭にあれだけの損傷を負ったんだ、記憶に穴ができても不思議はない。要は時間の問題だよ。時間がたてば記憶は戻ってくる」

「おのくらい」

「どのくらい？　それは脳への衝撃がどれくらい強かったかによる。ま、二、三日ってところかな。記憶はいっぺんにはよみがえってこない……たいていは、ぽつぽつ、少しずつ――」アクランドが頭をふっているのを見てウィリスは言葉を切った。

「おえくらい――」自分を指して――「ここに？」

「どれくらい、きみはここにいるのかってこと？」

アクランドはうなずいた。

「約三十時間だ。ここはバーミンガム郊外の病院で、きょうは十一月二十八日火曜日。きみが攻撃に遭ったのは金曜日で、きのうの朝、ここに移送されてきた。そして午後にCTスキャン検査を受け、今朝、左の頬と左目の上の骨を再建する手術をした。こうしたあれこれを考えると、目覚ましい回復ぶりだよ」

アクランドはわかったというしるしに親指を突き立てたが、医師のその話では不安がやわらぐことも、怒りが収まることもなかった。なぜ人生のうちの八週間をこうもあっさり忘れてしまえるのだろう。なぜ三十時間が永遠に感じられるのか。なぜあの看護師は、彼は頭が混線していると言ったのか。

自分はいったいどうなってしまったのだろう。

*

その後の日々は毎日が試練の連続だった。アクランドは何度、あなたは幸運だったのよと言われたことか。車両が転覆する前に車外に投げ出されて幸運だった。敵方の人数が少なくて、あるいは装備が乏《とぼ》しかったために銃でとどめを刺されずにすんで幸運だった。榴散弾《りゅうさんだん》が頭蓋内に達しなくて幸運だった。片目がまだ見えるのは幸運だった。爆風で聴覚が完全にやられなくて幸運だった。命は助かって幸運だった……。

なぜかはわからないが、アクランドはほかの患者たちとは離れた部屋に入れられていた。たぶん母親がそうさせたのだろうとは思ったけれど——母にはなんでも物事を自分の思いどおりにしてしまうところがある――文句は言わなかった。両親に見つめられるのと、病室に入ってくる誰や彼やにじろじろ見られるのとのどちらかを選べと言われたら両親を我慢するほうがまだましだったからだ。しかし、彼らに始終そばにいられるのは思いのほか消耗することだった。

あなたは幸運だったと主張する人々のなかでいちばんたちの悪いのが父親だった。息子が言っていることが理解できず、また、理解しようとするだけの辛抱強さもないから、すぐに椅子を立って窓辺へ行き、「あの日、神さまはおまえに微笑んでいたのだ」とか、「もう少しでおまえを失うところだったというのが母さんには受け入れられんのだ」とか、「最初は、どうなるか予断は許されないと言われたよ」とか、「生涯で最悪の出来事だった」とか、そういったことを繰り返し口にする。

そんなとき、アクランドはたいてい眠ったふりをしていた。親指を上に向けて同意を示すゲームには、いいかげんうんざりしていたからだ。彼は自分が幸運だったとは思っていないし、思っているふりをする必要があるとも思わなかった。二十六歳の彼にすれば人生は始まったばかりも同然なのに、その人生がなぜか自分で選んだもののようには思えないのだ。父親が将来のことを口にするたび、アクランドは不安で胸が締めつけられそうになった。

「軍が再訓練の助成金を出してくれるんだぞ、チャールズ。二年間の農業コースをとるっていうのはどうだ？　税金で最先端のやり方を学べるんだ、悪い話じゃないと思うがな」

アクランドは目の前の壁を見つめつづけた。

「まあ、そういう選択肢もあるってことだ。おまえの母さんは、おまえにぜひとも家に帰ってもらいたがっている。離れを使えばいいと言っていたよ。そこをおまえ専用のスペースにすればいいって」

家に帰るなど、アクランドには考えるだけでぞっとすることだった。病室に母親がいるのは我慢するしかないから我慢していたが、母親に触られることにはしだいに抵抗するようになっていた。手をさすられそうになったら、そのつどさっと腕を組んでそれを避ける。あの人はいったい何を言われたから、いま息子には子どもに接するように接しなくてはならないと思いこんだのだろう。子どものころ、母が自分にそんなふうに接していたというわけでもないのに。アクランド家では愛情が言葉やしぐさで示されることなど皆無だった。

アクランドがほっと息をつけるのは、部屋に医療スタッフが来て、両親が退室を促されるときだけだった。なかでもありがたかったのは、外科上級専門医のミスター・ガルブレイスの来室で、彼はアクランドが負った損傷の程度について詳しく話し、今後の見通しについてもていねいに説明してくれた。ガルブレイスの説明によれば、損傷を受けたのは顔の左半分。爆弾の破片による破壊と熱で柔組織のかなりの部分が失われ、左目は修復不能のダメージを負ったとのことだった。それでも、微小血管を扱う技術や組織伸展法の進歩などにより再建手術はここ十年で目ざましい進歩をとげており、外科チームはよい結果が期待できると確信しているという。

ただし、最良の結果を達成するには数か月はかかるかもしれない、ともガルブレイスは言った。手術によっては最長十四時間かかることもあるし、手術と手術のあいだには患者が体力を回復する時間も必要になる。それから、神経外科や眼科など他の専門分野の評価や助言が必要となることもあるかもしれない。チームとしての目標は、神経機能の障害の程度を最小限に収めることになるだろう。それと、顔面に移植する皮膚、なかでも義眼をはめこむ眼窩《がんか》やまぶたのあたりに移植する皮膚については色や質感において周囲とあまり違いがなく、しっくりなじむものを調達すること。

ガルブレイスはそう言って、反応をうかがうようにアクランドの顔をのぞいた。が、なんの反応もない。「これを聞けば少しは気が楽になるかと思ったんだがね、チャールズ」と医師は言った。「ま、一度にいろいろ言われても、いっぺんには呑みこめないかもしれんな。だが、要するに見通しは明るいってことだ。きみがもっと自由にしゃべれるようになったら、そのときは遠慮なくなんでも訊いてくれ」医師は手を差し出した。「そのときを楽しみにしてるよ」

アクランドは差し出された手を取り、そのまま握りつづけた。訊きたいこと——なぜ自分に神経外科医が必要なのか——があったからだが、口にするには言葉が複雑すぎるので、代わりにもう一方の手で頭の横を触って言った。「アタマハ、ダイジョウブ、デスカ?」

ガルブレイスはうなずいた。「われわれが知りうるところから判断するかぎりは」

アクランドは医師の手を放した。「ナゼ、オモイ、ダセナイ、ンデス?」

「なぜならきみは三日間、意識を失っていたからだ。記憶喪失というのは外傷性頭部損傷ではよくある症状だよ。人が話していることは問題なく理解できるんだろう?」

「エエ」

「見たところもそのようだ。ウィリス先生はきみのことを、三日間意識を失っていた人間にしては驚くほど頭脳明敏だと言っていた。彼と話したのは覚えてる?」

「エエ」

ガルブレイスは微笑した。「なら、何も心配することはない。きみが失っているのは短期の記憶だけだ。記憶喪失症の患者は、理解しよう、あるいは情報を頭にとどめておこうとしてもがく……かつてはあるのがあたりまえで意識もしなかった技能が失われてしまい、それを再度習得するには、長期間の治療を受けなくてはならない。だけどきみのは局所的もしくは逆行性の健忘症で、ある一定期間の記憶が失われているというだけだ。脳震盪《のうしんとう》のあとにはふつうにみられる症状で……ずっと続くということはほとんどない」医師はアクランドの無表情な顔を見つめた。「これで安心した?」

いや……。アクランドはそれでも親指を宙に突き立てた。これ以上の騒ぎはもうごめんだった。頭の中で何が起きているかを知られたら、自分にはもうプライヴァシーなどなくなってしまう。

〔内部メモ〕

宛先　ロバート・ウィリス先生
差出人　第三ナースステーション、看護師長サマンサ・グリドリング
患者氏名　チャールズ・アクランド中尉、８９３４０６
部屋番号　３１２
日付　二〇〇六年十二月五日

先ほどは会議中にもかかわらず電話に出てくださってありがとうございます。電話で大体のところはお話ししましたが、詳細を以下にご報告します。

あのあと、ほかのスタッフにも、チャールズと衝突したことはないか尋ねてみました。そうしたら、質問に答えるのを拒否された、罵倒された、彼は薬物治療や無痛法に不信感を抱いていて、いつも激しく怒りだす、との証言を得ました。チャールズがこうした態度をみせるのは、私の印象では、相手が女性の場合だけです。男性の看護師からはこんな声は上がっていません。

（参考までに）補助看護師の一人、トレイシー・フィールディングは、今朝、チャールズのベッドを整えようとしたところ、「そのくそいまいましい手をどけろ」と言われたそうです。口調はなめらかで、トレイシーが聞き違えた可能性はないとのこと。彼女はこれを冗談として扱うことにして、「そうはいかないのよ」と返したのですが、チャールズが本気で怒っている顔だったので、ベッドメイクはやめて、退出したそうです。

電話でお話しした左記の二つの出来事も相手は女性（ひとつはわたし自身）です。そして両方とも、暴力ないしは暴力の脅《おど》しを含んでいます。

1、昨晩、チャールズは母親に対して突然怒りだした。母親の話では、チャールズの髪を櫛《くし》でとこうとしたら、いきなり手首をつかまれ、腕をベッドに押さえつけられたとのこと。チャールズは、母親曰く「むちゃくちゃ怒っていて」、母親の手を、彼女がこらえきれず床に膝をつくまで後ろにねじり上げていた。それ以上ひどいことにならずにすんだのは、そのとき父親が部屋に入ってきて、なんとかチャールズに手を放させたからだとか。ご両親とも当然のことながらひどく動転していたので、わたしが二十四時間は彼から離れているように提案しました。ご両親には先生から、もう家に引き上げるように言っていただけたらと思います。チャールズのしたことは許せるものではありませんが、母親が彼を怒らせているのも確かだというのがスタッフ全員の一致した見方です。チャールズを、本人に面と向かって、しかもほかの人のいる前で、「わたしの坊や（！）」と呼ぶのですから。

2、アクランド夫妻が退出すると、わたしはすぐにチャールズの様子を見にいきました。部屋のドアは閉まっていて、彼は、点滴を引き抜いて窓辺に立っていました。わたしはベッドに戻るように言いました。でも、無視して動こうとしないので、助けを呼ぼうとブザーのほうへ行きかけたら、彼がさっとあいだに入ってきました。長身の彼が、両のこぶしを握りしめて立ちはだかる姿はとても威圧的でした。こんなことは許されませんよと注意すると、「知ったことか」と、はっきりそう言い返しました。ここはあまり刺激しないほうがいいとわたしは思い、いったん部屋を出ました。そして五分後に、男性看護師と警備員を伴ってふたたび部屋へ行くと、チャールズはベッドに戻っていて、点滴のチューブも正しく（！）つなぎなおされていました。顔が蒼白でしたから、たぶん彼自身、不安になったのだと思います。でも、彼の〝回復ぶり〟は私たちの予想のずっと先をいっています。驚くべき早さです。

ウォリックからお戻りになったら、できるだけ早く来ていただけたらと思います。差し当たり今のところは当番をやりくりして、チャールズにはつねに男性の看護師が付くようにしていますが、それができるのも四十八時間が限度です。それともうひとつ気がかりなのは、チャールズの母親が息子から離れていようとしないことです。

（参考までに）わたしは十七時まではステーションにいます。それ以後は、何か連絡事がありましたら自宅（821581）へおかけください。

看護師長、サマンサ・グリドリング、第三ナースステーション

2

ウィリスはアクランドのベッドのほうに椅子を引き寄せ、ノートを膝《ひざ》にのせた。自分は彼に歓迎されていないのではないか、そんな疑問をもしウィリスが抱いていたとしたら、正面の壁をひたと見据える若い軍人の無表情な顔がその答えだった。「きょうは、チャールズ、きみにいいニュースと悪いニュースがあるんだよ。いいニュースというのは、ご両親がここを引き上げて家に帰ることにしたということ。悪いニュースは、再建手術で得られる結果について、どうもトニー・ガルブレイスは甘すぎるとしか言いようのない見通しをきみに話していたらしいということだ」

少なくともこれでアクランドの注意は引けたと思った。いいほうの目がちらとウィリスのほうに向けられたのだ。

「医師たちはむろん、できるだけのことはするだろう。だけど最終的にどこまでやるか、どこで手を打つかを決めるのはきみだ。これは、いままでとは違う顔の自分とどう折り合いをつけていくかという問題なんだよ。きみの医療チームがどんなに優秀でも、また、きみが自分の期待値をどんなにうまくコントロールできたとしても、きみが期待することと、実際にできることとの間にはかならずギャップがある」

アクランドの喉から笑い声のような音がもれた。「そんな話を精神科医が告げなくてはならないのだとしたら、ぼくの顔、思っていた以上にひどいんだろうな」

アクランドの話し方はなめらかになっていたが、そのことには触れずに「ま、きれいとは言えないな」とウィリスは率直に言った。「榴散弾《りゅうさんだん》で肉が焼けて骨がむきだしになり、まぶたと目の大部分が失われている。現実的に考えれば、顔のそちら側半分には生涯消えない傷と、神経と筋肉の機能障害が残ると思ったほうがいいだろうね」

「なるほど、話はわかりました。以後、現実的に考えるようにつとめますよ、ウィリス先生」

ウィリスはほほ笑んだ。「ロバートでいいよ、チャールズ。ここは軍隊ではないんだから。わたしは心的外傷《トラウマ》を専門にしているただの民間の精神科医だ」

「心的外傷というのは、脳への外傷？」

「そうとはかぎらない。負傷した人間というのはほとんどが、活発に動いていた状態からただじっとしているだけの患者になるという変化にうまく適応できないものだ。たとえばきみだが、きみはベッドで横になっているよりは外に出たいんじゃないのかい？」

「脚はどこも悪くないですからね」

「そうかもしれんが、きみがきのう、ベッドを出てまたベッドに戻るというのをうまくやってのけられたのは、ただただ運がよかったからだよ。きみの、ここへ移送されてきたときの状態……投与されている薬剤……一週間前に大きな手術を受けたばかりという事実……等々は抜きにしても、きみの脳は片目でものを見るという状態にはまだ慣れていない。足を一歩踏み出したとたん、すってんころりとなっているはずなんだ」

「でも、そうはならなかった」

「そうだな。どうやらきみは、雄牛の頑健さと、綱渡り師並みのバランス感覚をもっているようだ」ウィリスは不思議そうな顔で若い兵士を見た。「どうしてあんなに簡単にお母さんの手首をつかむことができたんだ？　一マイルそれたって不思議じゃないところなのに」

アクランドはティッシュを丸めたボールをシーツの下から出し、手から手へトスしてみせた。

「練習してるんです」

「どうしてそれを秘密にしてるんだね？」

アクランドは肩をすくめた。「ここにいると動物園の動物になった気分なんです。園に展示された最新の動物に。みんなが、ぼくがどう反応するかを見ようとしてぼくをつつく。ぼくにすれば、たいていの場合、それに付き合う気分じゃないんです」

「昨夜、ドアを閉めていたのもそれが理由？」

「それもあります」

「ほかには？」

「それができるということを示すため。どうせそのうち誰かが、自分はきちんと務めを果たしているってことを示すために押し入ってくるでしょうから」

「師長はきみのことを威圧的だと感じている」

「それはよかった」満足そうにアクランドは言った。

ウィリスはおや、と思った。「彼女が好きではないのかい？」

「いけませんか？」

変な答えだな。そう思いながらウィリスはいつもの乾いた笑みを浮かべた。「きみのような患者は初めてだよ、チャールズ。患者がきみのように遠慮会釈なくものを言うようになるのは、ふつうは何週間もたってからだ。最初は感謝の気持ちでいっぱいで疑問など差しはさまない。いらいらしだすのは、回復のスピードが思っていたより遅いと感じたときだ」ちょっと考えて、「いらいらするのは痛みのせい？」

「痛みは頼めば対処してもらえます」

ウィリスはまた書類に目を落とした。「しかし、きみは一度もそれをしてもらっていない。この記録によれば、きみはＰＣＡを使っていないし鎮痛薬も拒否している。本当に痛みがないのか……それともこれはタフってところを示そうってことなのか？」答えを待ったが、返事はない。「きみの顔の手術した側には絶えずにぶい痛みがあるはずなんだ。そして、動いたり咳をしたりしたら、そのたびに刺すような鋭い痛みがあるはずなんだ。そういうのはないってこと？」

「あってもべつに平気です」

「我慢する必要はないんだぞ。我慢したからって、それで回復が早まるわけではない。むしろ、妨《さまた》げになるかもしれないんだ」ウィリスは若者の無表情な顔を見つめた。「いまも記憶喪失のことが気になっているのかね？　そしてそうなるのは鎮痛剤のせいだと？」

「薬でゾンビのようになったら、どうやってものを思いだせるんです」

「痛みはそれとは違うと思っているのかね？　痛みもモルヒネと同じくらい集中力の妨げになるんだぞ」それは違うと証明するかのように、アクランドはまたティッシュのボールをトスしはじめた。「まあ、そうだな、きみには当てはまらないかもしれん」ウィリスは苦笑した。「これまでに、どんなことを思いだした？」

「なんにも、というか、一度、見覚えのない道路を追い立てられるように走っている場面がフラッシュバックしたのですが……あれは夢だったのだといまは思っています」

「それはどうかな。断片的な記憶というのは最初はつねに夢のように感じられるものだよ。一連の出来事のなかに置けるようになってはじめて、夢ではなかったとわかるんだ」医師は励ますように身を乗り出した。「自分がどんな指示を出していたかが思いだせれば、その点ははっきりするはずだ。きみは、自分の指揮はあれでよかったのだろうかという思いを抱いていて、そのことがいちばん気になっているんだと思う」

　アクランドは無表情に相手を見つめ返した。胸にひそむ不安について誰かと話す気はまったくなかった。ましてや相手が精神科医となればなおさらだ。

　ウィリスは視線をそらすのを眼鏡をとることでごまかした。「きみの記憶喪失には、特段心配するようなことは何もないよ、チャールズ」ベッドのシーツの角で眼鏡のレンズをふきながら言う。「脳も身体のほかの部分と同じに衝撃を受ければ傷を負う。そして、傷が癒《い》えるには時間がかかる、それだけのことだ」

「そうですか、じゃ、そういうことで」

「金属が違う角度で当たっていたら、あるいは、車両から投げ出されたときヘルメットをかぶっていなかったら、もっと深刻なことになっていたんだぞ。頭蓋に穴が貫通したり、粉々になったりしていたら話はまったくちがっていた。そうしたダメージからは脳はそう簡単には回復しない」

「つまり、ぼくは運がよかったってこと?」

「そうだ……脳の重篤な損傷か脳震盪《のうしんとう》かの二つにひとつってことだったらね。榴散弾が完全にそれるっていうのがもちろんいちばんいいわけだが」ウィリスはふたたび眼鏡をかけた。「きみは運がよかったと言われるのが嫌いみたいだな」

「なんでそう思われるんです?」

「きのうの朝、ある補助看護師がきみに、元気を出して、あなたはまだいいほうなのよ、もっと重症の患者さんがここにはけっこういるんだからって言ったら、きみは逆上した」

「彼女はそうは言わなかった」

「なんて言ったんだ?」

「あら、元気がないのね、って……だから、そのくそいまいましい手をどけろってぼくは言った」ティッシュのボールを持つ手にぎゅっと力がこもった。「彼女は、おあいにくさまと言い返し、足音荒く出ていった。それ以来、顔を見ていません」

ウィリスは困惑した。「きみは彼女がおかしなところを触ったと言ってるのかね?」

「いや、そうは言っていません」アクランドは皮肉な口調で言った。「彼女は自分勝手な思いこみで愚《おろ》かなふるまいをしたと言ってるんです。ねえ、こんなこと、もうどうでもいいじゃないですか。ぼくは、でくのぼう扱いされるのが好きじゃないんです……でもたぶん、そんなふうに感じる男性患者はぼくだけなんでしょうね」

「この件で彼女のことを訴える?」

「いや、やめときます。どうせ向こうはすでに向こうサイドの話をしているでしょうし。誰もぼくの話など信じませんよ」

それはそうだ。ウィリスの知るかぎり、トレイシー・フィールディングについて似たような苦情が寄せられたことは一度もないのだ。興味深いのは、アクランドの話とトレイシーの話がとても似かよっていることだ——出来事に性的な意味合いがあったかどうかの微妙な違いがあるだけ。「元気がないのね」を、もしかしたらアクランドが深読みしただけなのかもしれない。

そして、もしそうだとしたら、それはそれでウィリスにすれば気になることだった。

だが、いまはそれ以上追及せず、両親のことに話題を変えた。「ご両親はいま階下《した》にいる。帰る前に、会ってさよならを言いたいだろうと思うんだがどうだろう。来てもらってかまわないかね?」

「鏡、あります? おふくろが何を泣きわめいているかがわかれば、ちょっとは同情の気持ちが湧いてくるかもしれない」

ウィリスは首をふった。「見るものは何もないよ、チャールズ、包帯だけだ」

中尉は顔の右半分を指さして言った。「見たいのはこっち側です」

「ああ、まあ、そっちもあまりきれいじゃないが、ともかくわたしとしては、顔を見て、誤ったメッセージを受け取ってもらいたくないんだ。目のまわりは黒あざ、皮膚の色は黄色から紫がかった青まで変化に富んでいて、顔はまだ大きく腫れあがっている……だけどこれは永遠に続くものではないんだ。あと数日もすれば、きみにもそれがはっきりわかるよ」

「そうでしょうか」アクランドは嫌みではなく本心から言った。「おふくろは、ぼくがどんな顔だったかを思いだすため財布に写真を入れていて、そのことばかり口にするし、おやじはおやじで、ここへ運びこまれたときのぼくの外見は前とはすっかり違っていた――頭などは二倍の大きさになっていたそうで――ストレッチャーの上の兵士が自分の息子だとはとても思えなかったと言っています」

「それはべつにめずらしいことではない。損傷というのはおうおうにして、負傷した本人より家族のほうがより強い衝撃を受けるものなんだ。患者は自分が何をしなくてはならないかを知っている――現状に耐え抜き、回復すること。だが、それを達成するためには多大なエネルギーを自分自身にそそがなくてはならない。そのエネルギーを家族に奪われるがままにしていたら、達成はひどく困難になる。親や配偶者でそのことがわかっている者はめったにいない。彼らは、愛がすべてを癒《いや》すと信じていて、自分たちの愛情が求められていないとなると拒否されたように感じるのだ」

アクランドは自分の両手に目を落とした。「そのこと、うちの両親に話してくれていたらと思いますよ。ぼくがおふくろに暴力をふるった理由としては、そっちのほうが本当の理由よりよほど説得力がある」

「本当の理由というのは？」

「くだらないことばかり訊きすぎる」

「きみの髪をとこうとしたからではないのかね？」

「それもあります」

「お母さんはどんなことを訊いてきたんだ？」

「どうでもいいようなことです」

＊

アクランドは父親が母親を見守るように部屋へ導いてくるのを見つめながら、自分が罪悪感を感じないのは、ようやく母を屈服させたからだろうかと考えていた。不愉快なことはすべてなかったことにしてしまいたいのがこの母親だから、それに合わせて、すまなかったと口先だけの詫びをつぶやき、頰へのキスも受け入れたが、どれもうわべだけのことであるのは、どちらもが知っていた。父親との握手には、それよりはもう少し情がこもっていたが、それは単に父が息子の不品行のせいでこの先どんな攻撃に遭うかをアクランドが知っているからだった。

＊

記憶が部分的によみがえってくるにつれ、アクランドはロバート・ウィリスに、なぜ記憶の戻り方はこんなにでたらめなのかと尋ねた。

「あることは思いだすのに、ほかのことは思いださない」

「というと？」

「あることというと？」

「人々……ブリーフィング……二度の偵察……暑さ……風景」

「二人の兵長のことは？」

アクランドはうなずいた。「ここの清掃員に笑顔がバリーとそっくりの男がいるんです。その人を見るたび、映像がよみがえってきます」

「ダグのも？」

「ええ。二人ともいいやつでした」

「攻撃に遭った日のことで何か覚えていることは？」

「ありません。指令を受けたことすら覚えてないんです」

「だけど、指令の内容は知っているわけだよね――わたしが見せた報告書を読んで。軍の情報局に護送隊が攻撃の標的にされるかもしれないとの情報が入った。そこできみの上官は隊で一番のメンバーを偵察に出した。その上官は、きみとその部下には全幅の信頼を置いていたと言っていたよ」

「そうとしか言いようがないでしょう」辛辣《しんらつ》にアクランドは言い返した。「われわれを貶《けな》しでもしたら、兵士たちの士気はどん底まで落ちてしまいます。自分たちの上官ですら部下を守ろうとしないとなったら、いったいおれたちはこんなところで何をしてるんだって気持ちになりますよ。国民の多くがこの戦争は間違っていると考えているだけでも最悪なのに」

アクランドは部屋のテレビで二十四時間ニュース番組にチャンネルを合わせて多くの時間を過ごしている。そんな彼に、ウィリスはときどき、衝撃度の大きさに価値をおくニュース番組ばかり見ていると、世の中の見方がおかしくなってくるぞと注意する。戦争は放送局にとっては取り上げて当然の話題だが、普通の人々にとってはそうではないのだ。アクランドはウィリスのその忠告を無視した。自分はべつにイラクやアフガニスタンにいるイギリス軍兵士に感情移入するわけではないし、新たな死の知らせに接するたびに気が滅入るわけでもない。

「きみの上官は、きみらのことをすごく高く評価しているぞ」ウィリスは思いださせるように言った。「三人とも、人格・器量ともに実に優れた逸材だったと言っている。それで勲章も授与されているんじゃないのか?」

「候補者名簿に名前が載っているだけですよ。ぼくらがそんなに優秀だったのなら、真っ先に偵察に出されたりはしていませんよ」

ウィリスはしばらく考える顔でアクランドを見ていたが、やがて膝の上の書類をめくり、なかから一枚を取り出した。「これは調査官の報告書からの抜粋だ。これにはまず、『アクランド中尉のシミター偵察車は、道路脇に新たに掘った暗渠《あんきょ》に埋設され、車両が通ると同時に起爆された二発の即席爆破装置(IED)によって爆破された。その暗渠は高性能の掘削機によって掘られ、爆弾の起爆は遠隔操作でなされている』とある」指で数行下までたどって「それから、現場検証と反政府軍制作のビデオから得られた事柄を詳述したあと、続いて、『これらの事実は本件が、掘削、カモフラージュ、IEDの埋設や起爆に関して、これまでは北アイルランドでしか実例が見られなかった専門技術が使われていることを示唆《しさ》している。この点を踏まえたうえでの新たな訓練をほどこさないかぎり、これ以上、人命が失われるのを防ぐのは不可能である。道路脇の燃え尽きた車両やごみ箱に隠された一個の爆弾に注意するだけでは、もはや充分ではないのである』」

ウィリスは顔をあげた。「つまり、この報告書が言っているのは、きみにできることは何もなかったってことだよ。きみやきみの部下たちは、新しい形の攻撃の最初の犠牲者であり、きみにもし落ち度があったとすれば、間のわるいときに間のわるい場所にいたってことだけだ」

それでも、アクランドの顔から皮肉な冷笑の色が消えることはなかった。「なぜああなったのは自分のせいだと思うんだね?」

「さあ」

「隊員のなかに、きみの指示に不満を漏らす者がいたのかい?」

「いや、それはいなかった、と思います……が、もしかしたら、ぼくが忘れているだけかもしれない。思いださないようにしているだけかも」

ウィリスはいつもの乾いた笑みを浮かべた。「きみは種類のことなる健忘症をごっちゃにしているよ、チャールズ。きみのは一般に逆行性健忘と言われているもので、これは通常、頭部の損傷もしくは疾病《しっぺい》によって引き起こされる。当人の意思は関与していない。一方、解離性健忘は心的外傷や極度のストレスなどの精神的な原因がきっかけとなって起こるもので、これには意思の要素がかかわっている場合がある。心が耐えきれないほどのつらい経験をすると、それに対処するためその出来事を記憶の奥底に封印してしまうわけだ」そこでちょっと言葉を切った。「これまで診《み》てきたかぎりでは、きみの健忘に心理的要因があるとは思えないんだが……もしかしたらまだわたしに話していないことがあるのかもしれん」

「たとえばどんな」

「イラクへ発つ前に何かあったとか」

アクランドはしばらくじっと医師を見ていた。「べつにたいしたことではありません」

アクランドのお気に入りのせりふ、とウィリスは思った。「まあ、そうかもしれん。が、出発の前日に、婚約者から婚約の破棄を言いわたされるのは、かなり――」適切な言葉を探して――「こたえるんじゃないだろうか」

アクランドの顔に一瞬怒りがゆらめいた。「そんな話、誰から聞いたんです?」

「きみのご両親だ。二人とも、きみがなぜジェンのことを話さないのか、ジェンからなぜ電話もなければカードも来ないのかが不思議でならなかった。それでお母さんが彼女に電話したんだよ。そしたらジェンに、もうきみとはやっていけない、そう思ったから、知らせるのは早いほうがいいと思ってきみがイラクへ発つ前に別れを告げたと言われたんだそうだ。そういうことだったのかい？」

「まあ、そうです」アクランドはティッシュのボールを取り出し、なんとなく手から手へトスしはじめた。「ジェンのほうがぼくを振ったのだと聞いて、母はさぞかし頭にきたでしょうよ」

「なぜ」

「ことが逆に起こるように、何か月も前からずっと働きかけていましたから」

「きみがジェンを振るはずだったってこと？　お母さんはジェンが好きじゃなかったのかい？」

「もちろんですよ。母は競い合うのが嫌いなんです」

なるほどそうかもしれないな、とウィリスは思った。アクランド夫人のほっそりした容姿には感心するけれど、ウィリスは彼女が好きではなかった。悲しみをこれ見よがしに表す様《さま》には、息子がそうであるように、真実味を感じなかった。「ジェンの手紙に動揺した？」

「手紙は読んでいません」

「ジェンはその手紙をきみの基地宛に書留郵便で送ったと、お母さんに言っていたそうだが」

「開けもしませんでしたよ……ゴミ箱にほうりこんでおしまいです」

ウィリスはペンの端を膝のノートにこつこつと打ちつけた。「でも、中に何が書かれているかは知っているはずだ。死亡の際に連絡する人々のリストのなかからきみはジェンの名前を消している」

「いつ」

「たぶんイラクに着いたときだろう」

「覚えていません」

「悲しみを感じたことは覚えている？　いまは悲しみを感じている？」

「いえ」

ウィリスは懐疑的だった。「関係が終わったら、たいていの人は悲しみを感じるものだよ、チャールズ。小説家が失恋を題材にするのはそれなりの理由があってのことだ。傷心が癒えるのにときには何か月もかかる」

「ぼくは彼女に何も感じていません」

ウィリスはべつの角度から当たってみることにした。「きみは上官のことはどう思っていた？　いい人だというふうに思ってた？」

「ええ。ときどき癇癪《かんしゃく》を起こすことはあったけれど、いつまでも根に持つ人ではなかった」

「きみがついていた任務についてはどうだ？　前に、士気の低下について語っていたけど、きみがあそこにいたときも士気は低かったのかい？」

「いや、ぼくがいたところではそんなことはなかったです。でも、そもそもぼくらは地元の人とあまり接触がなかったから。反発の矢面に立たされていたのは、バスラの地上任務についていた男たちです。対応が大変だとみんな言ってましたよ」

「恐怖を覚えたことは？」

「ありました」

「いつ」

「運転手がひとり乗っているだけの車が前方から来るときです。自爆テロリストではないかと、通り過ぎるまでいつも息をつめていました」

「では、何らかの感情は覚えているわけだ――一緒に働いていた人たちのことは好きだった。士気の低下には共感を覚えた。恐怖も感じた。ところがなぜか婚約者に対する感情だけは抑圧している。それは何を意味しているのだろうか」

アクランドは肩をすくめ、皮肉に言った。「心が耐えられるようにするには、彼女のことは忘れなくてはならなかった――？」

「だけどきみは彼女を忘れてはいない。ただ、もう好きではないだけだ」アクランドが両の手のひらを合わせ、空気を絞り出すように押し付けるのをウィリスは見ていた。「きみがもし彼女の手紙を読んでいたら、どう感じていたと思う？」

「読んでませんから」

それは嘘だ、とウィリスは思う。「傷ついただろうか」

中尉は首を横にふった。「怒ってたでしょうね」

「だとしたら、読んでいてもいなくても、どのみちきみは怒っていたわけだ。その手紙が絶縁状だってことはわかっていたわけだから」ウィリスは眼鏡をはずし、シャツの袖口でぬぐった。

「なぜ、怒りが気になるのかね？」

「気になるって誰が言ってるんです?」

「きみの健忘には精神的な要因もあるかもしれないってことを暗にきみは語っていたし、ここへ来て以来、きみはずっと自分の怒りの感情と闘っている。怒りというのはとても強い感情だ。もしかしたらきみは、その感情がなんらかのかたちで任務の遂行を阻害したと感じているんじゃないだろうか」

「どんなふうに」

「集中力を欠いて」ウィリスは眼鏡をかけなおし、若い中尉を見つめた。「きみは部下の二人が命を失ったのは自分がジェンのことに気を取られていたからだ……そして、攻撃に遭ったことを何も覚えていないのはそれが原因なのだと思っているんじゃないだろうか。きみは、自分には不注意の罪があると思っているんだ」

アクランドは黙っている。

「わたしはね、チャールズ、人間の脳の働きをなんでも知っていると言うつもりはない。脳というのは約一千億ものニューロンを持つ複雑な器官だしな。だけど、二つの出来事に関連があるかは疑わしいと思っているんだ。きみはイラクに配備されて最初の一週間くらいはもしかしたら気もそぞろだったかもしれん。だけど二か月もすればそうではなくなっていたはずだ。自爆テロリストに意識を集中すべく、ジェンのことは頭のどこかに押しやっていたはずだよ。そのような状況に置かれれば、たいていの人はそうするものだ。怒りが入りこんでくる余地はない。ジェンのことに気を取られて、自爆テロリストのことは頭から抜け落ちていたなんてことはおよそ考えられないよ……だってきみは、前方から車が近づいてくるたび息をつめていたんだろう？」

「そうです」若い中尉の手からふいに力が抜けていった。「だけど、不思議なんですよね。彼女は寝るには最高の女でした。だから、何かしら、は感じてもよさそうなものなんです」

ドクター・ロバート・ウィリス
医学博士(精神医学)

チャールズ・アクランド中尉に関するノートからの抜粋——二〇〇七年一月—二月

……チャールズはわたしに疑念を抱いている。戦地での勤務に早く復帰したがっていて、自分が抱える不安について話したがらないのは明らかにそのことと関係している。彼はわたしが軍のために〝メンタルヘルスの監視役〟を務めていると思っているのだ。[問い:彼は自分の精神状態についてどれだけ不安に思っているのだろうか]

……チャールズは自分のメンタルヘルスの評価をひどく気にかけている。そのいっぽうで、身体的障害は軽く見すぎている。これは、片方の目を失ったことには上手に対処できているが、突然の活動休止状態……部下の死……不全感……罪悪感等々の心理的インパクトにはうまく適応できていないことによるのだろうか。

……人格の変化。大事故のあとゆえ何とも言い難いが、チャールズの現在の態度・ふるまい——冷ややかに自分を律しているが、ときおり怒りを爆発させる——は、前にはなかったことのように思われる。上官は彼のことを、「すぐれたリーダーシップと社会性の持ち主で、人に好かれる外向的な将校」と評し……両親は「優しく、頼りになる息子」「好青年で、友だちも大勢いる」と述べている。どれをとっても、そこから浮かび上がるのは、中流階級のしきたりに従順な、自信に満ちた外向型の人間である。［問い：なぜいまわたしが見ているのは、怒れる、内省的な、〝反逆者〟なのだろう］

……チャールズの知性には驚かされた。平均のかなり上をいっていると思われる。明敏で、観察力があり――点滴の管を正しくつなぎなおすことができたのがその証左――見えない側の視力を補う方法を記録的な早さで習得した。ベッドから出るのを許されて以後は、身体能力の回復に意欲的に取り組んでいる。

……交友関係については語りたがらず、両親との関係についても、うまくいっている、と答えることでそれ以上質問されないようにしている。［注：これは明らかに真実ではない。とくに、母親との関係に関しては］。しかし、両親については一度、「彼らは互いのことしか頭になく」、「それで満足しきっている」と話していたことがある。それは、自分はのけ者にされていると感じていたということだろうかと尋ねると、「いや、それはないです。ぼくはずっと、自分は自分という気持ちでいましたから」

……八歳で寄宿学校に入れられたときも、不満はまったくなかったと言う。「自立できてむしろよかったですよ」。［注：自立ということが彼には重要であるようだ。一家の所有する農場も彼に言わせれば〝足枷《あしかせ》〟でしかなかった。「ぼくは一人っ子だから結婚して子供を作って、あれを受け継いでいくものと思われてるんです」］

……婚約者にたいする無関心ぶりは見せかけではなく本物のようだけれど、婚約者のことに触れるといらだった様子で、彼女とはもう終わったんです。だからいまさら話題にしてもなんの意味もないんです、と言う。カードを送ってくる人々に対しても彼は無関心だ。返信はしないし、電話もかけない。面会人を要請することもない。

……みずから選んだ孤立。彼はひとり物思いにふけったり、テレビでニュース番組を視聴してほとんどの時間を過ごしている。コミュニケーションをとろうとする試みに対しては、避けるか、手短に切り上げようとする。無作法であろうがおかまいなしだ。医療スタッフやほかの患者たちには不信感を抱いているかばかにしているかのどちらか、あるいはその両方で、彼らのばかさ加減や無能ぶり、と彼が見なすものに対するいらだちを抑えきれず、そういうときは、手のひらを強く押しつけあったり、こぶしをぎゅっと握ったりして、怒りやフラストレーションを抑えている。

……こうなったのは外観がひどく損なわれたからだという考えを彼は受け付けない。人がどう思おうがどうでもいいんです、というわけだ。［注：これはしかし嘘であるのはほぼ間違いない。顔が変形した患者に特有の症状を彼も示しているからだ。自分のことを言うのに〝フリーク・ショー〟という言葉を使い……見つめられるのを嫌がり……ほかの人の自分に対する反応をひねって解釈し……好意を示されても信用せず……自分は〝動物園の動物のようなもの〟としばしば口にし……坐っている椅子の向きを変えて、損なわれていないほうの顔が戸口に向くようにする］

……セックスに対する態度。ジェンのことを〝寝るには最高の女〟と表現しておきながら、その話題に関する質問はことごとくはねつける。これは性的に抑圧されていることを思わせる。自分、とりわけ自分の生殖器を守ろうとする傾向が顕著である。女性の看護師を拒否し、男性の看護師についてもひとりはゲイだからと拒否している。［問い：これは抑圧だろうか、それとも強迫観念？　問い：性的指向？　不明］

……外傷性脳損傷／それに起因する反社会的行動。前頭葉の損傷はないか、ヘンリー・ワトソンにもう一度CTスキャンを取ってもらうよう要請した。それはないという意見に変わりはなかったが、それでも、では今度はMRIで見てみようと言ってくれた。チャールズのいまの症状は反社会性障害のそれではないというわたしの見立てには賛同してくれたが、人格の変移が突然起こったものなのか、それとも徐々にそうなったのかについての意見を述べるのは差し控えた。

……彼は、チャールズがほかの人々を侮蔑していること――それは傲慢《ごうまん》さ、共感力の欠如、感情移入できないことの表れである――については多少の懸念を口にしているが、母親を罵倒する、こぶしを固く握りしめるなどの攻撃性の表れについては、〝短気で怒りっぽい〟だけだとしてあまり問題にしていない。［注：一般的に、社会病質者は怒っているときはその感情を表に出さない。が、胸の内では強烈な報復の意思がひそかに、冷徹に、育まれている］

……報復。ワトソンから、チャールズの元婚約者に連絡をとり、彼から接触を図ろうとする動きがなかったかどうかを確かめてみてはとの提案あり。

送信者　ジェニファー・モーリー［jen@morley.freeline.net］
日時　二〇〇七年二月二十一日　十六時五十分
宛先　robert.willis@southgeneral.nhs.uk
件名　チャールズ・アクランド中尉

ウィリス先生

お手紙ありがとうございます。メールで返事を差し上げる失礼をお許しください。このほうが早いと思ったのです。まず、最後の質問からお答えします。いいえ、チャーリーとは彼がイラクへ発つ前を最後に、連絡をとっていません。実際、彼が負傷したことも、どの病院に入院しているかも、彼のお母さんからの電話がなかったら知らなかったところです。お母さんの話から、チャーリーはわたしたちが別れたことを母親には話していないのだなと思いました。でもまあ、意外ではありません！　わたしの知るかぎり、彼は両親には何も話さない人ですから。

何があったかを知ってとても胸が痛みました。でも、そのことをわたしが知る必要はないとチャーリーが思っているなんて、理解に苦しみます。わたしがいまも彼のことを気にかけていることは、彼もわかっているはずなのに。わたしたちは全部で約九か月付き合っていました。最初の二か月はときどきデートする程度、次の四か月は〝男女の関係〟になり、去年七月に婚約しました。彼には何度か手紙をだしましたが、返事はありません。二、三日おきに、病院に電話もかけていますが、つないでもらえないのです。

これはきっと彼が書くことも話すこともできないからだろうと思っていましたが、先生のお手紙によると、いまは元気でベッドを離れることもできるとのこと。お母さんの話では、彼には記憶障害があるとのこと、そして先生の名前に付いた肩書から、先生は精神科医なのではと思いました。当たり、ですか？　だとすると、先生は彼の記憶障害を診ているわけですよね？　としたら、これはお伝えしたほうがいいと思うのですが、最近、誰かから電話がかかってきて、でも受話器をとったら無言ということが二、三度あったのです。相手の番号は非通知になっていました。そのときはいたずら電話だと思っていましたが、いまは、もしかしたらチャーリーではないかと思っています。もしそうなら、わたしも彼と話をしたいと思っていること、彼に伝えていただけないでしょうか。チャーリーがわたしのことを忘れるなんて考えられません。そんなことがありうるでしょうか。だって、わたしたち、とても近かったんですよ。記憶障害というのがどういうものかはわかりませんが、わたしたちがなぜ別れたかをチャーリーが忘れてくれていたらと切に思います。取るに足らないことでけんかして、ばかなことをしたと、いまはとても悔やんでいます。電話をかけてきた人は本当にわたしと話したがっていた、けれど、こちらの声を聞いたら気持ちが萎《な》えてしまったのだという気がします。あれはチャーリーだったと思いませんか？

先生は、わたしのこと、わたしとチャーリーのあいだのことがもっとわかれば、彼の回復を促すのに役立つだろうとおっしゃいます。ということは、チャーリーは先生に何も話していないってことですよね。なぜわたしはびっくりしていないのでしょう⁉（先生のこの患者はとんでもなく無口なのです。チャーリーは自分に関することはまったくなんにも話しません。これもすべて元をたどれば母親に行きつきます。彼女はなんでも自分がコントロールしていなくては気がすまない人なのです。だから、彼女から電話があったときは、ほんとにびっくりしました。チャーリーのお母さんには一度会っただけですが、会った瞬間からわたしは嫌われていました。（チャーリーが言うには「〝ルックス〟では太刀打ちできないと思われたんだよ」です！）

チャーリーはカメレオンです。彼は相手によって見せる姿を変えます。連隊の仲間には、男の中の男。わたしに対しては、色男。両親には、口を閉ざし、そこにはいないかのようにふるまう。自信をもってもっと自分らしくしていればいいじゃない、と一度彼に言ったことがあるのですが、うちの親と議論したって無意味なんだよと言っていました。どうしてもそうする必要がないかぎりは、と。問題は、ついに議論となっても、結局はうやむやになって終わるのが常だってことです。わたしたちが別れたのもそれが原因です。ちょっとした、ささいな口げんかが、全面戦争になってしまった。

わたしはチャーリーのご両親が息子の妻にと望む女ではなかった。チャーリーが結婚すべき相手は主婦に収まるような女性で、ロンドンを本拠地とする女優ではなかったのです。わたしはＴＶにも小さな役でいくつか出ていますが、主な仕事の場は舞台です。そして、メアリーとアンソニーは、最初は婚約に賛成したものの、わたしがロンドンを離れるつもりも、結婚してすぐに子どもをつくるつもりもない（いずれはつくるとしても）ことを話すと、即座に反対となったのです。その後にチャーリーが農場についての爆弾発言をすると――自分は農場を継ぐつもりはまったくない――彼がそんなことを言いだしたのはわたしのせいだと見なしました。その後、チャーリーと両親のあいだでは言い争いが絶えず、それは当然のことながらわたしたちの関係にも影響を及ぼすようになりました。

わたしたちが出会ったのは二〇〇五年の暮れ、大みそかのとあるパーティーででした。最初はチャーリーのほうが熱をあげていましたが（彼はわたしに一目惚れ《ク・ドウ・フードル》だったと言っていました）、彼はこちらがだんだんに好きになっていくタイプの男性なのです。とても粘り強く、とても気前が良く、また彼に何か言われたら断ることなどとてもできない、そんな人です。ある意味で彼は女の理想の男性なのです。礼儀正しく、寛容で、ハンサムで、意志が強く、親切――言ってみれば『高慢と偏見』のミスター・ダーシーです。でも、ほかの女性からすれば、ちょっと勘弁してってタイプかもしれません。というのも。ふだんは感情を表に出さず、本心を口にするのは怒っているときだけだからです。

ええ、おっしゃるとおり、わたしはチャーリーがイラクに発つ前の日に、彼に〝絶縁状〟を送りました。最後に会ったとき、（前の週）に大ゲンカをしたのに、その後彼からお詫びの言葉はひと言もなかった。いま思えば、戦地に向かうことが大変なストレスになっていたのでしょう。でも、あのとき彼が言ったこと、したことは、とうてい許せるものではなく、このまま関係を続けても無意味だと思ったのです。友人とも相談しましたが、彼女も、暴力にはどんな言い訳も成り立たないと言っていました。それから、別れを告げるなら早いほうが相手にとってもいいと。

絶縁状のことは、いまは後悔しています。もっと相手の気持ちを思いやるべきでした。チャーリーは自分の気持ちをとことん隠す人ですから、彼が不安を抱えていたり、神経質になっていたとしても、それを見抜くのはむずかしいのです。イラクへ発つ前の彼はその両方だったと、いまは確信しています。彼はあるとき、演習は戦闘能力を測る真のテストにはならないと言っていました。なぜなら、演習では死なないことを兵士は知っているから、と。また別のときには、指揮官はその任務に堪えるだけの能力がなくてはならない。でないと部下を死なせてしまう、とも言っていました。こうしたことが彼の心に重くのしかかっていたのかもしれず、それを思うと、わたしが友人の助言に従うことで、彼の心の重荷をさらに増やしてしまったことが悔やまれてなりません。彼女の助言に耳を貸すべきではなかったのです。そうしていなければ、彼は無傷で帰ってきていたかもしれません。

あとはもう、お話しできることはあまりありません。ただ、できたら彼に会いたいということしか。いただいたお手紙は、彼もまた同じように感じているということを意味しているのだろうかと考えてしまいました……以前の関係をすぐに、あるいはすっかり元の通りに、取り戻せると言っているのではありません（そこまでの強い結びつきはもう得られないでしょう）。ですが、わたしたちは長いあいだ一緒にいて、わたしのなかには彼に対する親愛の情がいまでも変わらず残っています。そのことを彼に伝えていただけますか？

感謝をこめて

ジェン・モーリー

ジェン・モーリーについてもっとお知りになりたければ、www.Jenmorley.co.uk をお訪ねください。

3

ウィリスは膝《ひざ》の上のノートをパラパラめくった。「きみがここに入院して以降、婚約者から連絡はあったかい？　チャールズ」

「元婚約者です」こぶしをもう一方の手に押しつけながらアクランドは訂正した。椅子にかけている医師から離れて、窓辺のいつものお気に入りの位置に立っている。「なぜそんなことを知りたいんです？」

「ただの好奇心だ。きみがどうしているか気になって電話でもかけてきたんじゃないかと思ってね」アクランドの無表情な顔にじっと目を当てる。「女性というのは情にほだされやすい。かつて愛した人に何かあったら、それまでのことはすぐに忘れ、許してしまうものだ」

「許すことなど何もないですよ――忘れてしまうこともあまりない。それほど長く付き合っていたわけではないですから」

「九か月も付き合えば、けっこう思い出ができるものだよ」

「彼女と話したんですか？」

ウィリスは質問には答えなかった。「わたしなりにいろいろ調べているだけだ。トラウマの前の数か月間にどんなことがあったかがわかれば、患者を理解するのに役立つからね」

「それはイエスってことですね」アクランドはベッド横のキャビネットのところへ行き、引き出しを開けて、中から同じ筆跡で住所と宛名が書かれた封書の束を取り出した。「どうぞ」とベッドの向こう側にほうって、また窓辺に戻る。

「なぜ読まないんだ？」

「意味がないからですよ。どうせ返事は出さないんだから」ウィリスが封書のひとつに指を触れる。「彼女はなんと言ってるんです？」

「直接話したわけではない。メールを送ってきて、きみとの関係をあんなふうに絶ってしまったことを悔やんでいる、できたら会いたいと言ってきたんだ」

「いったいどういうつもりなんだか」嫌みたらしくアクランドは言った。「いまはこのうえなく幸せだから、捨てた男に情けをかけるだけの余裕があるってこと？　それとも、代わりをまだ見つけてないから、前の金づるを取り戻したいってこと？」

ウィリスは今度も質問をはぐらかした。「彼女はきみをそんなふうに見ていると、きみは思っているのかい？」

「思っているんじゃなく、そうだと知ってるんです。ジェンにとって男はみんな金づるなんですよ」そう答えて、ウィリスが何か言うのを待つ。「負け惜しみで言ってるんじゃないですよ、先生。彼女はいい体をしてるし、頭もいい。そしてその両方を最大限に活用する。彼女を好きだったときは、ぼくもそれに惹かれてたんです」

「だけどいまはそうじゃない――？」

「こう言っときましょう。彼女にまた、いいように利用されるつもりはない、と」封書のほうに顎をしゃくって、「それができると思っているところが頭にくるんですよ。付き合っていたころも、ぼくはそう簡単に操られたりはしなかった」

それはどうだろうか、とウィリスは思った。手紙が読まれないままになっているのは、読むとまた以前の気持ちが再燃して苦しいことになるのをアクランドが恐れているからではないのか。ウィリスはノートに記しておいたある問いにペン先を向けた。**迷惑電話？**「彼女に、自分はもう興味がないことを伝えるために電話をしたことはある？」

アクランドは首をふった。「へたに何か言うより黙っているほうが有効なんです」

興味深い言い方だな、とウィリスは思った。「それはつまり、無視したほうがいいってこと？」

「そうです」

「しかしそれも同じように操れるという印象を与えるのではないだろうか。きっぱりとした拒絶の言葉がなければ、沈黙はふつう同意と受け取られるものだよ……というか、少なくともこちらの話を聞く耳は持っているのだ、と。彼女はたぶん自分が出した手紙をきみが読んでいると思っているんだよ」

「それは彼女の問題です」

「そうかもしれんが、彼女も自分が拒否されていることを知っていれば手紙を出し続けたりはしないだろう」ちょっと考えて、「きみは彼女が時間を無駄にしているのを楽しんでいるのかね？」

「いや。向こうがばかげたことをだらだら書きたければそうすればいいんです……それをこっちが読まなくてはならないって法はない」

「きみは報復ってことを考える？」

「しょっちゅう考えてますよ。ぼくの部下を殺したイラク人にはどうやって落とし前をつけようかと」

「わたしが言っているのはジェンのことだ」

「わかってます。そしてそれはばかげた質問ですよ、先生。ぼくはもう最近では、彼女の顔を思い浮かべることさえできなくなっているんです」アクランドは医師の考え深げな表情を見つめた。「もし彼女が先生にメールを送ってきたのなら、先生は彼女のウェブサイトをのぞいて写真を見たはずです。それを見て誰が思い浮かびましたか？」

「ユマ・サーマン」

アクランドはうなずいた。「彼女は徹底してそのイメージをなぞってますよ――そうすれば役に結びつくと考えて。でもぼくは、ジェンより『ガタカ』のユマ・サーマンのほうが強く記憶に残っています。『ガタカ』はもう十年も前の映画ですが、ジェンの大のお気に入りで、ふたりでよくそのDVDを観ていました。ジェンは退屈するといつもそれをかけるんです。ぼくがいまジェンのことを考えてみようとしたら、浮かんでくるのはユマの顔なんですよ」アクランドはまた窓外に顔を向けた。「これも一種の報復ですよね。少なくとも、最後に笑ったのはぼくなんだから」

きみが本当のことを語っているならね、とウィリスは思った。「ジェンがユマ・サーマンと間違えられたことはあった？」

「しょっちゅうですよ。だってそれが目的なんですから……人の目に留まることが」

「そういうの、きみとしては不愉快だった？」

「まあ、彼女がやりすぎたときはね」

「どうやりすぎるんだ？」

「本当にユマ・サーマンであるふりをするんです……アメリカ風のアクセントでしゃべって。それをするのは相手が女性の場合だけです。キャーと黄色い声をあげさせるのが快感なんですよ」

「相手が男の場合は？」

アクランドはこぶしをもう一方の手に叩きつけ、関節が白く浮き上がるほどぐりぐり押した。

「本来の自分になります。ふつうの男はスーパースターに気やすく話しかける度胸はないですからね。相手が男の場合は、自分はユマ・サーマンではない……びっくりするほど似ているかもしれないけど、あなたにも手の届くところにいるふつうの女なのよ、と相手の勘違いを正すことに快感を覚えるんです」

「きみは嫉妬した？」

「きっとジェンがそう言ったんでしょう。彼女のメールはどれくらいの長さでした？　ぼくが独占欲が強いから、息がつまりそうだと書いてましたか？」

「独占欲、強いのか？」

アクランドは喉で笑い声のような音をたてた。「まったく逆ですよ、先生。ぼくは独占欲がなさすぎたんです。彼女がばかげた小芝居を演じだすと、そのたびにげんなりした気分になっていました。ぼくはべつにユマ・サーマンの替え玉を熱愛する恋人になろうとしたわけではありませんから」

「では何になろうとしたんだ？」

「実際とは違うものに」彼は窓のガラスに息を吐きつけ、できた曇りが瞬時に消えるのを見つめていた。「ぼくは幻想《ファンタジー》にころりと騙《だま》されたんです」

「それはどういうことだろう。きみはユマ・サーマンを求めていた、そして得たそのそっくりさんは期待はずれだったってこと？」

アクランドはなんとも答えなかった。

「それはジェンが悪いのだろうか」

「さあどうでしょう」アクランドはこぶしをなでながら振り返った。「答えはすべて彼女のメールにありますよ」

ウィリスは手元の書類をかき集めた。「きみはわたしのことをあまり信用してないよな、チャールズ」

「わかりません。まだ決めかねています。先生がここにいないときは、先生のことは考えもしません……だけど、いるときは、質問に対する答えを懸命に考えているんです」

＊

三月になると、ウィリスは、人々がTシャツ姿で陽光の下へ繰り出すようになった春の訪れに促されるように、孤立や社会的ひきこもりの危険性について話しはじめた。アクランドからなんらかの反応を引き起こそうとさまざまな言い方を試してみたが、うまくいったのは唯一、孤立していると人は往々にしてひとつのこと——たいていはその人を怒らせる話題や人物——に取りつかれるようになるものだ、というあけすけな評言だった。

「脅《おど》さないでくださいよ。先生は僕が嫌がっていることを知りながらそれをさせようとしているような気がします」

「そのとおりだよ」ウィリスは言った。「わたしはきみにもっと人と交わってもらいたいのだ」

「どうしてです？」

「きみはひとりでの時間を過ごしすぎる。それはきみにとってよくないことだ。きみが回復にいそしんでいるあいだも社会は消えてなくなっているわけではない。人と交わることを迫る圧力は依然存在するし……行動の基準となる慣習もそうだ……そしてその二つの規範はとりわけ軍隊において当てはまる」

彼らが話しているのはウィリスの部屋で、アクランドはかけている椅子の向きを変えて窓から差しこむ光が顔のけがをした側に当たるようにした。これはわざとそうしたな、とウィリスは思った。その角度から見ると、顔の向こう側がきれいなままだとはとうてい思えないからだ。目に映るのは、神経を失ったたるんだ肉に、からっぽの眼窩《がんか》、変色した醜悪な裂け目だけで、もとの状態をとどめている部分はどこにも見当たらない。

「なぜ誰にも面会にきてほしくないのか、あるいはほかの患者と交流するのがいやなのか、その理由について話してみないか？」ウィリスは続けた。

「化け物みたいな顔をしていること以外の理由ですか？」アクランドはまた向きを変え、医師の反応が見えるようにした。「先生がぼくに吐かせようとしているのはそれなんでしょう？ぼくは自分を化け物みたいだと思っているか」

ウィリスは面白がっている顔で眉を上げた。「どうなんだい？」

「もちろん思ってますよ。右半分と左半分がばらばらだし……見ても自分だとわからない」

「それが部屋に引きこもっている理由？」

「いや。ぼくが耐えられないのは、ほかの人の損傷です。この病棟に、乗っていた戦車のガソリンタンクが爆発して火炙《ひあぶ》りになった兵士がいます。もし生きながらえても、見た目は、そして動きも、カメのようなままでしょう。彼はそれを知っているし、ぼくも知っている。そんな男にかけてあげられる言葉はありません」

ウィリスはじっとアクランドを見た。「負傷した兵士たちと以前はどんなふうに向き合っていたんだ？……その場を離れ、あとはほかの人間にまかせてたのか？」

「戦場では話がべつですよ。倒れたやつにかけるべき言葉は、ヘリがすぐに来るからな、のひと言です。どのみち、本人はたいてい意識を失っているから、自分に何が起こったのかも病院に着くまではわからないはずです」

「ふむ。そうすると、きみが悩むのは負傷の後遺症が長期に残る場合なんだね。さっきの兵士だけど、きみは、死んだほうが幸せだったと思う？」

これは罠だ、とアクランドは思った。「さあ、どうでしょうね」と、軽い口調で受け流す。「彼とは話したことがないからわかりません。何べんもの手術を最後まで乗り切るだけのガッツがあるなら、生きていく力が充分にあるってことです」

「生活の質は？」

「可能な範囲で上限を目指す」

「そういう考えで自分も行こうと思ってる？」

「ノーとは言えないでしょう」

「どうして」

「否定的な答えをしたら、抑鬱《よくうつ》状態と判定を下すはずです」

ウィリスはため息をついた。「わたしはきみを尋問してるわけじゃないんだよ、チャールズ。きみを助けようとしているんだ。これはテストではない……どんな判定も下されはしないんだよ」ウィリスは顎の下で手を組んだ。「きみは負傷して以後、自信を失っているように見える。その原因をわたしは突き止めようとしてるんだ」

「自信なら前よりありますよ。以前は人が自分のことをどう思うかが気になったけど、いまは違います」

「それを実地でときどき試してくれたら、わたしももっと納得がいくんだがね。自室にこもって人との接触を避けているってことは、人がどう思うかがわかる場面に自分をさらしていないってことだ」ウィリスはちょっと言葉を切った。「人生においていかんともしがたい皮肉のひとつは、われわれはみな第一印象が大事だということを知っていて、現にそれを最優先にしていながら、自分は外見だけで判断されたくはないと思っていることだ」

アクランドは指をぽきぽき鳴らし、「少なくともぼくは全身火炙りにはなっていません」と無表情に言った。

ウィリスはノートに目を落とし、べつの線を試してみた。「きみはまた、このところ頭痛を訴えているみたいだね」

「訴えてはいません。ただ、頭痛がすると言っただけです」

「どのあたりで？　こめかみ？　頭のてっぺん？　後頭部？」

アクランドはひたいの左側を手で示した。「眼窩の奥から始まって周囲に広がっていきます。ガルブレイス先生は幻覚痛ではないかと言っています。脚を切断した人がそこの付け根に痛みを感じるのと同じようなものだと。実質的に片頭痛と一緒だからということで、対処法をいくつか教えてもらいました」

「そうか。彼はきみのＭＲＩスキャンについても話していた？」

「どのMRIのことです?」

「最新のだ」ウィリスはそっけなく言った。

「異常なしだそうです。そもそもなんでそれが必要なんです? 脳には損傷がないとずっと言われているのに、誰かがまたこっそり新たなスキャンを指示する」

「外科医としては必要なことなんだよ。MRIではより精密な画像が得られる。それでたとえば小さな血栓が見つかれば、それが片頭痛の原因かもしれないということになるんだ」

アクランドはウィリスにじっと目をやった。「MRIでは患者が何を考えているかもわかりますか?」

「いや」

「残念ですね。それがわかればこんな会話は省略できるのに。先生はぼくに時間を無駄に費やしてますよ。ぼくは抑鬱状態ではないし、孤立してもいない……退屈しているだけです。ぼくはもう、早くここを出たい。ちょこちょこと縫《ぬ》ってしまえば終わりになるようなこと以外、問題は何もないんですから。おふくろと電話で話せば、ぼくが聞いたこともないような人の話をえんえんとするし、親父は親父で農場のどの羊が腐蹄症《ふていしょう》にかかっているかってことしか頭にない。そんなこと、ぼくにはどうだっていいんです。隣の部屋の男がジョーダンのおっぱいが好きであろうが、それもどうだっていい。自分でいまこつこつやっているエクササイズを続けて、早く部隊に戻りたいんです。それから、そう、ぼくは奇跡を期待しているわけではありません。医師たちが、これならまあ出しても大丈夫だと思える程度まで修繕してくれたら、すぐにここを出られるんです」

「口数の少ない男にしては大演説だな。抑鬱状態にあればこうはいかない」

「違いますから」

「しかし、きみが引きこもっているのを心配するわたしの懸念もわかるだろう？　チャールズ。退屈なのなら何かすればいい。ジムの場所は知っているだろう？　理学療法士は、きみがすでに自分で部屋でやっていることに加えてどんな訓練をすればいいかを考えてくれる」

「ジムには行ってみましたよ。行ったけどがっかりでした。自分でこうやって運動するほうが」と、手と手を合わせてぎゅっと押し、「向こうで指導を受けたエクササイズをするよりよほどカロリーを消費できます」

「やったのは一度だけだろ」ウィリスは穏やかに言った。「それも十五分ほどやって、べつの患者が入ってきたらやめて出ていった。きっとじろじろ見られるのがいやだったのだろうと療法士は思ったそうだよ」

アクランドは首をふった。

「きみは自分のことを化け物と呼んだぞ」ウィリスは思いださせた。

「顔以外の部分は問題ないことを強調するためです。ぼくはこういう環境に向いてないんですよ。毎日、朝食の前に十キロのジョギングをしていたぼくが、なさけないほどちっぽけなダンベルをなんとか片手で持ち上げると、ばかな女が、わー、すごーい、って大騒ぎする。そういうのにイライラするんです。子ども扱いもいいとこですよ。脚を切断したもうひとりの患者には、彼が片足でぴょんぴょん跳んでみせると、ばかみたいに拍手していた。その男、連隊付き曹長ですよ。脚をふっとばされる前だったら、あの女、簡単にのされてますよ」

「ニック・ヘイか」とウィリスは応じた。「彼は片方の耳が完全に聞こえなくなっていて、バランスをとるのが非常にむずかしくなっている。だから、片足で立っていることができるだけでも大変な達成なんだ。彼には声をかけた？」

「いや」

「どうして」

「例の兵士に何も言わなかったのと同じ理由ですよ。なんて声をかければいいんです？　ねえきみ、ものは考えようだよ、悪くすれば両脚とも失っていたかもしれないんだぞ――？　彼は自分が置かれている状況を充分に知っています……身体的理由で除隊になり、そのあとは何か月も民間の職を求めて駆けずりまわることになるんです」

「きみは同じようなことが自分にも起こると心配しているのかい？」

「いえ。連隊に戻るのを希望するなら後押しすると上官が言ってくれてますから」ウィリスがノートに目を落とすのを見て、アクランドは眉を寄せた。「何かそれと違うことを言われてるんですか？」

「言われたのはごく一般的なことだけだ。きみが軍務に復帰するには心身ともに健康であることを医事委員会に証明しなくてはならない」

「それは大丈夫ですよ」

「そうだといいね」心からそう思っているような声でウィリスは言った。

＊

アクランドはときどき、傷口のむきだしの肉を蛆《うじ》ががつがつむさぼっている夢で夜中にはっと目覚めることがある。子どものころ、クロバエの幼虫に生身の体をじわじわ食われて死んでいった羊を見たことがあり、そのイメージがいまも彼にとりついていた。目が入口でそこから脳に至る。潜在意識のその言葉にびくっと跳ね起き、強烈な片頭痛がまた襲ってくるのを食い止めようとからっぽの眼窩をもみしだく。しかし、こうしたことをアクランドが口にすることはなかった。パラノイアと診断されるのが怖いからだ。

＊

引きこもっていることについてウィリスが話していたことを警告と受けとめたアクランドは、できるだけ人と交わるようにし、両親にも定期的に電話をするようにした。そうやって得られたことといえば、精神科医が、そう、それでいいのだ、というようにうなずいてくれることをのぞけば、何もないも同然だった。そもそも他人のことに関心がないアクランドにしてみれば、誰それの奥さんや子どもがどうしたこうしたという無駄話に付き合ったり、冗談にいいねと親指を立てるか喉の奥で笑い声のような音を発してみせたりすることは苦痛以外の何ものでもなかった。

助かったのは、アクランドが笑顔を見せるのを期待する人はひとりもいなかったことだ。それどころか、話している最中にふとアクランドの障害を思いだして、それまでの生き生きとした表情がとつじょ翳《かげ》ったりすることがあり、それが不思議でならなかった。一度か二度、アクランドは自室の誰もいないところで笑顔を作ってみようと再建された皮膚の弾力性を試してみたことがある。しかし、鏡に映ったのは醜《みにく》くゆがんだしかめつらで、温い表情というよりはむしろ傲慢《ごうまん》な冷笑でしかなかった。

外科医たちはアクランドの回復ぶりに喜びの声をあげていたが、アクランド自身はそんな気持ちになれなかった。四か月がたち、四回の手術と病院の外で過ごす二度の長い回復期（彼はその期間を両親のもとでではなく、バーミンガムのホテルで過ごした）を経たあとも、からっぽの眼窩と傷跡は青黒く弾性のないままだった。

感情をまったく表に出さないほうが簡単だ、と彼は思った。それが自然な気持ちだった。喜びや共感の気持ちを表す方法がないのであれば、何かを感じるということ自体がもはやなんの意味もないことに思われた。

4

ロバート・ウィリスにはああ言ったけれど、アクランドはジェンのことを忘れてはいなかった。ある清掃員の笑顔が死んだ部下のひとりを思いださせるように、ある女性の首をまわして振り向く姿がときどきジェンを思いださせることがある。だが、部下を思いだしてよみがえる悲しみを、ジェンの場合にも感じるわけではなく、ただ一瞬体に衝撃が走るその感覚がいやなのだった。彼が男の看護師を好む理由のひとつがそれだった。

四月のある金曜日の午後、開けっぱなしのドアをノックする音がし、あ、清掃員だな、とアクランドは思った。彼は窓辺に立って、女の人が両脚切断の患者を乗せた車椅子を押してアスファルトの舗道を行くのをながめていた。二人は同じくらいの年頃だからたぶん夫婦なのだろうと思ったけれど、どちらも互いの顔は見えないから、その表情はそれぞれが感じていることをありのままに映し出していた。どちらも不満そうで、いらだたしげで、かつてどんな関係にあったにせよ、それはもう終わっているようにアクランドには思えた。

「チャーリー?」

誰の声か、瞬時にわかったアクランドは、すさまじく反応する体を窓に手をついて落ちつかせなくてはならなかった。またあの感覚だ、と思ったけれど、アドレナリンが効いてくると、自分がいま感じているのは恐怖だとわかった。彼は窓外に目を向けたまま言った。「ここで何をしてる」

「あなたに会いにきたの」

「なんで」

彼女は声を少しかすれさせた。「あなたに会うのに理由がいるの？　チャーリー。もし病院側が、あなたは誰にも会いたがっていないと言い続けていなかったら、わたし、すぐにでも飛んできていた」

アクランドはからからの口中に舌をめぐらせた。「これは誰の差し金だ。ドクター・ウィリス？」

質問には答えず彼女は言った。「わたしに会えたら喜ぶんじゃないかと思ったのよ」

「それはおあいにくさま。面会謝絶の気持ちは変わっていない。そもそも病院側はぼくの部屋がどこかを教えるべきではなかったんだ。このままおとなしく帰ってくれないか。それとも人を呼んでつまみ出してもらおうか？」

「帰る前に、せめてお詫びは言わせてちょうだい」

「なんに対して」

「あんなふうに終わったことに」

「そんなことはどうでもいいよ。そうでなかったら、きみの手紙も読んでいたさ」

「わたしの手紙、届いていたの？」つかえながら彼女は言った。「返事がなかったから、てっきり病院側が、あなたの記憶が戻るまでは預かっているんだとばかり思ってたの」

「そうではなかったってことだ」

「ね、お願い、チャーリー」彼女が部屋に入ってくる音がする。「お茶か何か、頼まない？ ここまで列車でくるのにものすごく時間がかかったのよ……おまけに駅からのタクシーはオーヴン状態」

「もういいって、それは」

彼女はため息をついた。「あなたがいなくなってばかりじゃなかったら、こんなことにはなっていなかったわ」

アクランドは彼女の〝どちらが悪かったかゲーム〟にひきずりこまれるな、と苦々しい思いで自分に言い聞かせた。「もうどうでもいいんだ」と繰り返す。

短い間のあと、再度口を開いた彼女の声には刺《とげ》があった。「あなたのこと、訴えてもよかったのよ。ほんとはそうすべきだったのかもね。そうしていれば、あなたがイラクに行くこともなかった。そのこと、わたし本気で考えたのよ」

アクランドは両脚切断の男がこれ以上前に押されないよう車椅子にブレーキをかけるのを見ていた。「きみはそんなことをするほど馬鹿ではないさ。脳死状態のゾンビだって、相互確証破壊（二国が確証破壊能力をそれぞれ保有することにより、相互に核兵器を使用できない状況におくこと）がどんなものかは知っている」

彼女は小さな笑い声をたてた。「でもわたしには、軍隊から追放の対象となる連隊はなかった。すくなくとも、それについてはわたしに感謝してもいいんじゃない？」

アクランドは黙っていた。

彼女はまた甘言を弄《ろう》するほうに作戦を戻した。「あなたがあれはまずかったと思っていることはわかっているの」と、甘い声で言う。「でも過ぎたことは過ぎたこと、もう水に流してもいいとわたしは思っているの。だとしたら、もうすべて忘れてしまってもいいんじゃない？」

なんだこれは！　アクランドが感じているのは恐怖ではなく、怒りだった。すさまじい怒り。それが波のように体を駆けめぐり、彼女のほっそりした首に手をまわし息の根を止めろと駆りたてる。「もう帰ってくれ」必死で平静を保ちながらアクランドは言った。「誰かを気にかけるのはもう何か月も前にやめたんだ。きみが何と言おうが何をしようが、それが変わることはない」

「本心じゃないことは自分でもわかってるわよね」

アクランドは顔を半分まわしてけがをしていない側を相手に向けた。

彼女は首から膝下《ひざした》までの控えめなネイヴィーブルーの服を着ていた。髪はねじって後頭部にまとめ上げている。アクランドはふたたびアドレナリンが噴出して全身を満たし、首筋が粟立つのを感じた。直感的に彼女の手に目を向ける。

「これ、あなたのために着てきたのよ」後頭部の髪をとめているクリップに手をのばす。「『ガタカ』、覚えてる？　あなたいつも言ってたわよね、自分は制服姿のユマが好きだって」ブロンドの髪がほどけて肩に広がり、顔に笑みが浮かぶ。「どう、これで思いださない？」

アクランドは黙っていた。

彼女は顔をしかめてみせた。「ほんと、むずかしい人ね。今度ばかりはあなたもいいねと言ってくれると思ってたのに。これまであなたが文句を言うのは、いつもわたしが露出しすぎたときだったじゃない」彼女はさらに一歩中へ進み、上目遣いにアクランドを見つめながらショルダーバッグを椅子に落とした。「あれもこれも単に見かけでしかない。近頃はイメージがすべてなのよ。ドクター・ウィリスはこの格好、気に入ってくれるかしら? 彼、わたしにいろいろ書いてくるのよ」

アクランドは鼻から大きく息を吸って気を落ちつかせた。「彼は精神科医だ……外見で人を判断したりはしないよ」

彼女は面白がるような笑みを浮かべた。「みんなそうするわよ、チャーリー。世の中はそうやって動いているの」小首をかしげてアクランドを観察する。「それはそうと、あなたどこが悪いの。わたしには元気そうに見えるけど」

「帰ってくれないか。ジェン」

彼女は無視した。「だめよ、まだ帰れない。わたしがどんなに残念に思っているか、まだ言わせてくれてないじゃない」また少し声をしゃがれさせて、「ああなったのはあなたが悪いのよ、チャーリー。あなたがいなくなるのをわたしがどんなに悲しく思っているか、あなたは一度だってわかろうとしなかった。オマーンの砂漠での訓練から帰ってきたとき、わたし、これがほんとにあなただろうかと思ったものよ」

「それはお互いさまだ」

「わたしたち、最初のころはうまくいってたじゃない」

そうだったろうか？　彼がいま思いだせるのはけんかしたことだけだ。「もういいよ、ジェン。いまさらこんな話はしたくない」

「お願いよ、チャーリー」また猫なで声を出す。「これはわたしにとってとても重要なことなの」

なんでと言いそうになるのを、すんでのところで呑みこんだ。「だから何？　ぼくの知ったことではないよ」

「本気でそう言ってるとは思えない」

「だろうね」にべもなくアクランドは言った。「だいたいきみは何が真実で何がそうでないか、理解したためしがないんだから。これが真実だよ」と、片方のこぶしをもう一方に叩きつける。「もうあと一歩近づいたら……あるいは、ぼくをまたたぶらかそうとしたら……その首をへし折ってやる」

彼女の目が一瞬ぎらっと光ったが、怒ったのか、警戒したのかはわからなかった。「なんでそんな残酷なことを言うの？」

アクランドはずきずきしだした眼窩《がんか》に指を押し当てた。「残酷ではないよ。正直なだけだ……きみには理解できない言葉だろうけど」彼女の口が憎々しげに引き結ばれる。「もしかして金がなくなったのかい？　だから、もう一度ぼくに目を付けたのか？　たぶん補償金がたんまり入るだろうと思ったのかもな」

彼女のまつげに涙がにじんだ。ことがこんなふうに運ぶとは思ってもみなかったのか、見るからにうろたえている。「わたし、あなたがわたしに会いたがっていると思ったのよ。誰かが電話をかけてきて、わたしが出るとすぐに切るってことが何度かあったの。きっとあなただろうと思ったの」

「ありえないね。ぼくは好意を持っている人にも電話はしてないんだ」

「あなた、前はこんなふうではなかったわ」

「こんなふうって、どんなふう。うんざりしている？」ちょっと黙りこむ。「ぼくはずっとうんざりしていたよ。うわべを装ってばかりのきみに。その奥にある本来のきみにいつかは出会えるんじゃないかと思っていたけど、期待するだけ無駄だった。ともかく、きみはずっと一緒にいたいと思える人ではなかったってことだ」

「冷ややか」彼女はつぶやいた。「あなた前はぜんぜんそんなふうじゃなかった。そうであったら、一緒に暮らすのがああまでむずかしくはなかったと思う」

「自分をごまかすのはよせよ。きみが望むのはただひとつ、賞賛を浴びることだった。男たちにちやほやされているかぎりは、きみもまあそうひどくはなかったよ」

「あなた、いちいち焼餅を焼くからいけないのよ。男の人はどうしたってつい見てしまうの……そんなこと、初めて会ったときからわかっていたはずよ」

アクランドは首をふった。「もうこの話はやめだ」

「どうしてよ。あなたはわたしに夢中だった。ここに運ばれることになったのは、もしかしたらわたしのせいじゃないかとずっと気になっていたの。あなた、自分の乗っている戦車が爆破されたとき、わたしのことを考えていたんじゃない？」

彼女はまた一歩、中へ踏みこんできた。「頼むよ、ジェン。もうあと一歩でも近づいたら、ただじゃすまないからな。わかったか、ジェン。きみがいまどんなファンタジーに浸っていようがかまわんが、それにぼくは入っていない。これまでだってそうだ。ぼくが好きだった女性は、実際には存在しなかったんだ」

彼女はアクランドの言葉が信じられず、また信じようとも思わなかった。まつげににじんだ涙がぷっくりと悲しみを湛《たた》えて膨らんでくる。「冷たくしないで、チャーリー。こういうの、とても悲しいわ。わたしたち、少なくとも友だちではいられるでしょう？」

彼女は片方の手をアクランドの顔のほうへ持っていった。ちょっとでも触れればそれだけで、アクランドが以前彼女に持っていた感情に再び火がつくと信じてでもいるかのように。アクランドの反応はすばやく、彼女の手が肩の高さまで来るころには、手首をつかんでひねり、自分から遠ざけていた。「そこまでだ」と冷ややかに言う。「前にも言ったよな。ぼくはもう二度と同じ道をたどる気はないって」

「ちょっと、痛いんだけど」

「そうかな」アクランドは一瞬ひたと彼女を見つめ、それから手首をつかんでいた手をゆっくりと掌《てのひら》のほうにずらし、ぎゅっと握って関節を締めつけた。「これはどうだ？」

こんどの涙は本物の、痛さからくる涙だった。「なにすんのよ、もう！　指が折れるじゃないの！」

「そうそう、それでこそ、ぼくの知るジェンだ」

彼女は自由なほうの手をバッグにのばそうとしたが、アクランドがぐいと引いて遠ざけた。

「このくそったれ！　こんなことして、ただじゃすまないわよ」

「そうだ、その調子。あとでぼくの誤解だったとなるのは願い下げだ」彼女の手を握った手にさらに力をこめる。「なんでここへ来た」

彼女は急に力を抜いた。「ウィリス先生が勧めたのよ」

彼女の髪からシャンプーのにおいがした。「嘘だ」

「ほんとうよ、チャーリー。これまでのことを二人でよく話し合うことができたら、回復の助けになるのではと先生は考えたのよ。二人の関係に関してあなたはまだ未解決の問題を抱えていると言ってたわ」

未解決の問題……ウィリスはそういう用語を使うだろうか。アクランドはしばしじっとジェンを見つめ、それからドアのほうへ押しやった。「じゃあ彼に、先生は間違っていたと言うんだな。ぼくのほうには未解決の問題などない。きみから話せば彼も納得するだろう」

彼女はもう一度バッグに手をのばした。「それ、必要なのよ、チャーリー」

「だろうね」アクランドがまたもぐいと彼女を引いて遠ざけると、彼女は怒りの声をあげながら彼を振りほどこうと激しく身をくねらせ、空いた手でアクランドの腕に殴りかかった。予期していた動きだったので、握っていた手は放さずにすんだが、彼女の力がどれだけ強いかは忘れていた。殴りかかってくるこぶしを最初の一打でつかむと、考えることなく彼女を引き寄せ、両方の手を万力のようにぐいぐい締めあげた。そうした動作で、顔の負傷した側が彼女の前にさらされた。

もちろん彼女は悲鳴をあげた。ドラマティックな場面なのだ。どちらか一方でも手が空いていたら、おそらく苦悶の表情を浮かべて口を覆う、ハリウッド女優おさだまりの芝居をしていただろう。注意を引くためなら、彼女はどんな陳腐な演技でもする。「おー、おー、おー」と、パニック発作を起こしたかのようなかぼそい声をだし、その声は、アクランドの顔の傷が余すところなく見えてくると、しだいに大きくなっていった。

アクランドは無表情に彼女の両手首をひとつに重ねると、片手で持ち替え、空いた手を彼女の首にまわした。指が皮膚に食いこんでいくと、悲鳴がやみ、驚愕した顔がアクランドに向けられる。「ちょっと、何をしてるのよ」

「きみを黙らせている」

彼女はまた身をくねらせはじめた。「息ができないわよ、チャーリー！　息ができないんだってば」

戸口でばたばたと動きがあり、男の声が言った。「いったいどうしたんだ。あ、なんだよ！」アクランドは背後から羽交い締めにされた。「その人を放せ、チャールズ。早く！　彼女を殺す気か」

アクランドは手をゆるめ、ジェンを押しやった。「これくらいじゃ彼女は死なないさ」ベッドの向こう側へ手荒に引きずられるがまま、アクランドは彼女がよよと床に泣き崩れるのを冷ややかに見ていた。「心臓に杭《くい》を打ちこみでもしないかぎり、彼女の息の根をとめることはできない」

男（男性看護師のひとり）は、アクランドを荒っぽく隅に押しやると、そこでじっとしているように言い渡した。そして「あんた、自分が何をしたかわかってるのか」と、非常ベルに手をのばしながら吐き捨てるように言った。

＊

十五分後、ロバート・ウィリスがやってきた。戸口で警備に立っている警備員にうなずくと、アクランドには無言のままジェンのバッグを椅子から拾って看護師に渡し、それから、患者と二人きりで話したいからと警備員に言ってドアを閉め、腰を下ろした。しばらく沈黙が続いたが、意に介する様子もなく平然と口をつぐんでいる。アクランドは初めてウィリスの冷静さと、動きの無駄のなさに感銘を覚えた。アクランドの怒りに震えるこぶしからしだいに力が抜けていく。

アクランドは看護師に押しやられた部屋の隅に立っていた。「彼女はなんと言ってるんです？」ついに彼のほうから口を開いた。

「きみに絞め殺されそうになったと」ウィリスは淡々とした口調で言った。「わけのわからないことをいろいろ言ってたよ。かなり取り乱していたから。まあ、坐ったらどうだ？」

「いや。後ろに何があるかわかっているほうがいいんです」アクランドは一歩下がり、左の肩で壁にもたれた。「彼女は先生に来るように言われたと言っていました」

「そんなことは言っていない。わたしは来るのは控えたほうがいいと言ったんだ」

「彼女はそうは言ってなかった」

ウィリスは肩をすくめた。「じゃあ、どっちの言い分を信じるか、きみが決めるしかないな」

アクランドはしばらくじっとウィリスを見つめた。「ぼくが明日ロンドンへ行くことを、彼女は知っていますか？」

「知らないと思うよ、きみが話していなければ。わたしが彼女とやりとりしたのは二回だけで……一回は最初に連絡を取ったとき、二回目は彼女からのメールに返信したときで、きみには彼女に会う意思がないことを伝えておいた。その時点では、きみのロンドン行きは話にも出ていなかった」

「ぼくを滞在させることになっている、その女性はどうです？」

「ドクター・キャンベル？　わたしの知るかぎり、彼女はジェン・モーリーという人間が存在することすら知らないよ。だから連絡を取ろうにも取りようがない」ウィリスは椅子の背に背中をあずけ、脚を組んだ。「ジェンが来たのはそれでだと思っているのか？　ロンドンへ行く前に、ジェンとの仲を修復しておいたほうがいいとわたしが判断したからと？」

「ちらとそう思いました」

「わたしはそこまで小細工を弄したりはしないし、そこまで馬鹿でもないよ、チャールズ。常態を取り戻そうとするきみの初めての試みに、なんでわたしが水を差すようなことをするんだ？　それより何より、なんでわたしが、こちらのことを信用していない情緒不安定な患者を送ってスーザン・キャンベルの安全を脅《おびや》かすようなことをするんだ？」

「わかりません」

「じゃあ、いまからでもじっくり考えてみるんだな。きょうのことはスーザンにも伝えなくてはならないし、そしたら彼女はきみを引き受けるのを考え直すかもしれない……。きみが絞め殺そうとしていたというジェンの話、あれはほんとうなのか？　それともあれも彼女の妄想？」

「そうとは言えません。ぼくは実際、彼女の首に手をかけていたし……」アクランドは目をそらした。「警察を呼んだんですか？」

ウィリスは首をふった。「それはまだだ。ジェンが自分にも責任があると言っているんでね——きみが帰るように言ったのに自分が拒否したからだと。しかし、どっちにしても、彼女はきみが訴追されるのは望んでいない」ウィリスは指先をトントンと突き合わせた。「だからといって、絶対にそうはならないというわけではないよ。警備担当のトップは警備スタッフの安全を第一に考えて通報するという決断を下すかもしれない。まだいまのところは、わたしがきみの話を聞くまで待ってもらっているがね。ということで……何があったか話してみるかね？」

「いや、いいです」

ウィリスは両のこぶしを打ちつけ、人差し指をアクランドの心臓に向けた。「これは誘いではなく指示だ、チャールズ。それから、わたしを試そうとするな。いまはそれに付き合っている気分じゃないんだ。きみはここで作らなくてもいい敵を作りすぎた。きみは攻撃的で、無作法で、女性に関してなんらかの問題を抱えているというのが大方の見方だ。そうした見方をやわらげるのに、もと婚約者の首を絞めようとしたことが助けになると思うか？」

「いいんです、どうでも」

「よくはないよ。仲間のいない人間は隅に追いやられる……そうなったら寂しいものだぞ。ジェンはここに来た理由をほかに何か言っていた？　わたしに勧められたってこと以外に」

「いや」

「わたしが来るように勧めたのだとして、その理由については何か言っていた？」

「二人の関係に関する未解決の問題を話し合うため」

「それはわたしの使う言葉ではないな」ウィリスは穏やかに言った。「わたしはもっと月並みな言い回しもできたら使わないようにするほうだ」ちょっと考えて、「しかし、そうだな、わたしが実際に二人で話し合うことを提案したとしよう。その場合、わたしがきみたちを二人だけにすると思うかい？　そばで聞いていなければ二人のやりとりから何かを理解しようにもはなから無理な話じゃないか」

「あとで三十分ばかりジェンがくわしく語って聞かせるのに、熱心に耳を傾《かたむ》けていればいいですよ」

興味深い言い方だ。「なんでわたしがそんなふうにするんだ?」

「さあ……でも彼女はやけに着飾っていました。誰かの気を引くためです」

「きみだよ、たぶん。彼女が荒れたのは、一部には、きみとの関係を修復しようと思ってきたのに、きみにはまったくその気がないとわかったからではないかと思うよ」

「そんなこと、彼女は来る前からわかってましたよ。ぼくがイラクに行くずっと前に、二人の間は終わってたんです」

ウィリスは考える顔でアクランドを見た。「何が悪かったんだ?」

「うまくいかなかったんです」

「なんで」

アクランドは床を、答えがそこに書いてあるかのように見つめた。「とにかくうまくいかなかった、それだけです。彼女はぼくへの手紙でそれと違うことを何か書いていましたか?」

「いや。無難な、当たり障りのない文面で、幸せだったときの記憶を呼び起こすだけのものだった」

「彼女は戦争映画が好きなんです。兵士が負傷し、看護師がその兵士に読み聞かせをする。彼女は自分の害になるようなことは絶対に書きません」

ウィリスは眉を寄せた。「きみは彼女のことをよく知っているみたいだな。向こうがきみのことを知る以上に。彼女は二人の間が〝終わっている〟」――とアクランドが使った表現を用いて――「と思っているようには見えなかった」

アクランドは顔を上げた。目に皮肉っぽい笑みが浮かんでいた。「先生はぼくを嘘つきにしようとしてますよ」

「どうやって」

「ぼくはジェンに、先生は外見に惑わされる人ではないと言ったんです」ひと呼吸おいて、「彼女の職業が何であるかを忘れないでください。でないといいように騙《だま》されてしまいます。彼女は相手に合わせてどんな感情でも作りだせるんです。こんなふうに——」と指をパチンと鳴らし「——いとも簡単に。どれも本当ではありません」

「彼女の取り乱しようは本当みたいだったぞ。なんで彼女の首を絞めようとしたんだ？　チャールズ」

アクランドは肩をすくめた。「彼女に訊いてください。先生が戻ってくるころには、彼女も落ちついているでしょう……バッグが手元に戻ってさえいればですが」アクランドはしばし、医師の目を見つめ返した。「彼女はどんなふうに言ってるんです？」

「きみの頬に触ろうとしたら、きみは逆上した、と。そして、彼女の手を握りつぶしたと」ウィリスはジェンが言っていたことの最後の部分は省略した。あの人はわたしを痛めつけるのを楽しんでいたんです、とヒステリックに主張していたのだ。

「彼女はぼくが正面を向くまで、ぼくはどこが悪いのかわからなかったんです。そのときですよ、彼女が悲鳴に始まる一連の芝居を始めたのは」

「それで彼女を黙らせるため首を絞めることにした——？」ウィリスは皮肉な口調でつぶやい

た。

アクランドは壁に対して位置を変えた。「ぼくは首を絞めるところまではやっていません。こわがらせようとしただけです……そうすればあきらめて部屋を出ていってくれるのではないかと思って。ぼくは、そうしようと思えば彼女の首をへし折ることもできた。そうは思いませんか？」

「それは問題ではないよ、チャールズ。きみはそもそも彼女に手を触れるべきではなかったんだ」

中尉は手の指を一本ずつぽきぽき鳴らしていった。「だけど彼女がぼくに手を触れるのはかまわない――。そういうことですか？」

「いや、不適切な行為であればだめだ」

「不適切ですよ。彼女には少なくとも二回、それ以上近寄るなと言った……出ていかなければ痛い目に遭うぞと警告すらしました」

「きみは彼女を痛い目に遭わせたかったのか？」

「ええ」

「それを楽しんでいた？」

指関節を鳴らす動作が速く、強くなっていく。「いや」

ウィリスは信じなかった。「ジェンが近づきすぎるのをきみはなぜ嫌がるのか、そこがわからないんだが」

「先生はぼくが知るようには彼女のことを知らないからです」

「じゃあ、教えてくれ。きみたち二人はどんな関係だったのか」

「意味ないです。もう過ぎたことだし、今後二度と会うつもりもないし」

「ほんとに？　きみはまだ彼女に強い思いを抱いているように見えるぞ」

アクランドはふいに両手を脇に垂らした。その手がいかに自分の気持ちをさらけだしていたか、とつじょ気づいたかのように。「怒りだけですよ」落ちつき払った声で言った。「ひとつは、そもそも彼女が来たことに……二つめは、帰ってくれと言っても頭から無視したことに……三つめは、ある程度長くいればこちらの気持ちを変えられると思っていたことに」

「彼女は前にもそんなふうにふるまったことがあったのか？　だから彼女を人を操ろうとすると言ったのか？」

「そうです」

「前のときはどんなだった？」アクランドの表情にウィリスはため息をついた。「わたしは何もきみを困らせようとしているんじゃないんだ、チャールズ。きみをロンドンに送っても大丈夫か、それを見極めようとしてるんだ。いまのところ、きみはジェンとどういう関係だったのかが、わたしにはさっぱりわからない。きみは彼女のことを〝寝るにはいい女〟とはばかりなく言っておきながら、彼女がきみに触れようとしたとたん、凶暴に反応する。彼女に婚約を破棄されてプライドが傷ついたのか？　これはそういう話なのか？」

沈黙。

「なぜ関心がないふりをするんだ？　実際はそうでないのは明らかなのに」

アクランドは立っているだけの脚力がないかのように、壁にさらに寄りかかった。「ふりではありません。実際、関心がないんです。帰ってくれと言ったときに彼女がすんなり帰ってくれていたら、そもそもここでこんな会話はしていませんよ」

「彼女はなぜ帰らなかったんだろう」

「拒絶されて素直に引き下がる人ではないからです。ノーと言われること自体、めったにないんですよ。賭けてもいいが、先生は彼女が部屋で待っていることに同意していると思いますよ。そうすれば、このあと部屋に戻って、彼女の手をポンポンと叩くことができる。誰もが彼女の演技に騙されるんです」

「部屋で待っている云々《うんぬん》は当たっているが、手をポンポンというのははずれだ」穏やかにウィリスは言った。「セラピストはふつう、患者に誤解されるのを恐れて身体的接触を避けるものだよ」

「じゃ、先生も気をつけてください。彼女はぼくが話したことを先生にそのまま口にさせることができると思えば、先生の膝にも平気で乗ってきますから」

「なぜわたしがそんなことをするんだ？」

「先生は彼女が言っていることをそのまま口にしているじゃないですか」

「しかし、彼女はわたしの患者ではないぞ、チャールズ。だから彼女に対してわたしは守秘義務を負っていない。彼女は涙を浮かべてわたしの部屋に連れてこられた闖入者《ちんにゅうしゃ》も同然の人間で、バッグをきみの部屋に置いてきたけど怖くて取りにいけない。列車のチケットもタクシーに乗るお金もないのでは家に帰ることもできない、そう涙ながらに訴えてきたんだ。わたしはどうすればいいんだ？　招かれてもいないのにのこのこやって来たあんたが悪いんだと言って、部屋から放り出すのか？」

皮肉な笑みがまたアクランドの目に浮かんだ。「先生、ほんとに気をつけてください。そんなふうにもうすでに彼女のペースに巻きこまれているとしたら、今度はむげにはできないと紳士らしく彼女を車で送っていくことになっているでしょうから」

「それが彼女と最初に出会ったときに起こったことなのか？」

アクランドはうなずいた。

「そしてきみは、それに乗ってはいけないというんだな？」

「それは先生が食い物にされてもいいとどれだけ思っているかによります」

＊

ウィリスは部屋に戻りながら小声でしきりに悪態をついていた。手術と手術のあいだをスーザン・キャンベルのところで過ごすようチャールズを説得するのにどれだけ苦労したかを思えば、せっかくの取り決めが取りやめになるのはなんとしても避けたかった。これまでチャールズは二度の回復期間をバーミンガムのホテルで過ごしていて、そこでは明らかにろくに食事をとっていなかった。二度とも、病院に戻ってきたときには、軽い栄養失調の徴候を示していたのだ。けれど、いくら言っても両親のもとへは頑として行こうとしなかった。

古い友人であり、かつ精神科医の同僚で、ロンドンで民宿を営んでいるスーザン・キャンベルが代案を申し出てくれたのだが、こうなると彼女がチャールズを引き受けてくれるかどうかは誰にもわからない。ウィリスはいらだちをほぼなんのためらいもなくジェンに向けた。チャールズなら、嘘をつくよりは質問を回避するか無言を押し通し、体のさまざまなチック症状で拒否の気持ちを伝えるのだろうが、ウィリスはジェンの正直さにそこまでの信も置いていなかった。

彼女は先生に来るように言われたと言っていました……

5

ウィリスが部屋へ戻ると、警備長のガレス・ブレイズが外の廊下で待っていた。無骨な元警察官はウィリスの肘《ひじ》をつかんでドアから離れたほうへ引いていった。「ミズ・モーリーは先生の秘書と中にいます。できたら先に先生をつかまえようと思って。あの二人、いったいどうなってるんです?」

「どうやらこれはどっちの話を信じるかってケースだよ。ミズ・モーリーは警察に訴えることについて考え直した?」

「いや。中尉にとってまずいことになるのを恐れていて……もしこちらがことを荒だてたら、前に話したことは撤回すると言っています」彼は苦りきった笑みを浮かべた。「中尉が彼女に危害を加えようとしたことは間違いないと思うんですよ。いまはなんとか落ちついていますが、最初はがたがた震えていました」

「痣《あざ》はある?」

「見たところはありません。看護師に首を見てもらってくださいと頼んだんですが、いやだと言うんです。ハイネックの服を着ているんで外からは何も見えないんですよ。でも、下には絶対たくさん残っているはずです。あれだけ細いと、ちょっと力を入れただけで痣になるんです」

「手や手首はどうだ？　中尉が言うには、彼女が自分に触ろうとするのを止めるために手首をつかんだということだが」

「何も気づかなかったです。でも、服が長袖ですからね。先生があとで、中へ入ってから確かめてください」

「もし彼女が警察に訴えることはしたくないと言ったら、強制はできないぞ、ガレス」

「わかってます。でもそれだと不安なんですよ。ほかの人の安全ってことも考えなくてはならないし」

「彼は明日から二週間ロンドンに行くことになっている。それで問題解決とはならないか？」

「なりませんね、また戻ってくるんだから。ミズ・モーリーのバッグを取りにいった看護師が言っていたんですが、アクランドはここへ搬送《はんそう》されてきたばかりのころに、母親にも襲いかかったというじゃないですか。その話、本当なんですか？」

「それはまた、これとはべつの問題だよ。彼は大変な痛みにさいなまれていた。なのに母親はなんやかやと息子にかまうのをやめようとしなかった。母親が髪をなでつけるから、それをやめさせようとして彼は母親の手をつかんだんだ」

「同じ看護師が言ってたんですが、彼はおおむねどのスタッフに対しても無作法だそうですよ。聞いていると、この男、まるでいつ爆発するかわからない時限爆弾ですよ。彼はなぜミズ・モーリーに乱暴したか、本人から説明はありましたか？」

「帰ってくれと何度も頼んだのに彼女は帰ろうとしなかった。それから、近くに来るなと警告したのにそれも無視された。彼女が彼の顔に触ろうとしたから、実力で阻止することになったそうだ」

「なぜベルを鳴らさなかったんです？」

ウィリスは肩をすくめた。「ミズ・モーリーが彼とベッドのあいだに立っていたら、鳴らそうにも手が届かんさ……顔の負傷した側をさらさないかぎりは」ウィリスはしばし沈黙した。「彼は傷のことをひどく気にしている。わたしの理解では、彼女が悲鳴をあげたのは彼の顔の傷が目に入ったときだ。それがたぶん彼のああいう反応を引き起こしたんだよ」

「後ろに下がればいいじゃないですか」

「それは彼女にも言えることだ」ウィリスは穏やかに指摘した。「タンゴはひとりでは踊れないんだぞ、ガレス。彼に近づいていったのは彼女のほうだ……逆ではない。中尉は彼女を遠ざけるべく、できることはすべてしたんだよ」しばしの沈黙。「彼女はなぜ来たのか言っていた？」

「友人として来たと。二人は婚約していたそうですね。その関係はうまくいかなかったけれど、自分はいまもあなたの味方よということを知ってもらいたかったのだと言ってました」警備長はまた皮肉な笑みを浮かべた。「彼女にとっては別れて正解だったんじゃないですか。ミズ・モーリーを救出した男の看護師によれば、アクランド中尉は彼女の首に手をかけ、憑かれたように押さえつけていたそうですよ。中尉は前にも彼女に暴力をふるったことがあるかご存じですか？」

「彼女に訊いてみなかったのかね？」

「言わないんですよ……でも警戒はしてますね、明らかに。わたしも中尉に話を聞いてみたいんですが、かまわないでしょうか。あれこれ訊いても大丈夫ですか？」

ウィリスはうなずいた。「答えはあまり返ってこないだろうけどね。たぶんミズ・モーリーの言い分をきみが信じるがままにしておくだろう。彼は人が自分のことを悪く思おうがそれを正す気はまったくないみたいなんだ」

「なぜなんでしょう」

「それがわかればいいんだがね」ウィリスは正直に言った。「いまのところわたしは、兵士二人を死なせた外傷後罪悪感を扱っているのか、それとももっとはるかに深いものを扱っているのか、わからないんだ」

「たとえばなんです？」

「長期の人格破壊」

＊

ジェン・モーリーは実際に会ってみるとウェブサイトの写真ほどにはユマ・サーマンに似ていなかったが、似ていることは確かだった。同じ卵形の顔に間隔のあいた目、そして、同じ子どものように邪気のない顔つき。彼女はウィリスが入っていくと、椅子から優雅に腰を上げながら、魅力と落ちつきをもって彼を迎え、ほっそりした手を彼の手に重ねた。「ご迷惑をおかけしてほんとに申し訳ございません、ドクター。でも、皆さまとても親切にしてくださって――」ウィリスの秘書にほほ笑みかけ――「とくにルースは」

ウィリスは握っていた手を放しながら彼女の手首にちらと目をやった。「ご気分はいかがですか?」彼女に腰をおろすよう身振りで示すと、机をまわりこんで自席についた。「さっきよりはだいぶよさそうだ」

「まだちょっとショックは残ってますけど」彼女は椅子の上で体を少し横向きにし、足首をきれいに交差させた。「それよりチャーリーはどうしてます? わたし、そっちのほうが心配なんですよ。彼は大丈夫ですか? あんなことになって、ほんとにすまなかったと思います」

ウィリスは偏りのない目で彼女を見るよう意識して努めていたが、彼女を見ているとチャールズの母親を思いだす、というのが最初に受けた印象だった。髪の色は違うし、美しさの種類もまったく異なるが、優雅な腰のかけ方や話す内容に、自分を最大限よく見せようとする本能的なものが感じられた。アクランド夫人は口を開くとまずチャーリーのことを尋ね、それからおもむろに自分のことに話を持っていく。ジェンもそうするだろうか。

ウィリスは、もう行ってもいいかと合図を送っている秘書にうなずいてみせた。秘書はジェンにさよならを言うと、戸口で足を止めて親指と小指を顔の横にもっていく電話のサインをウィリスに送った。「あ、そうだ」と、ウィリスが秘書の背中に呼びかける。「ヘンリー・ワトソンから数分後に電話が来ることになっているんだ。ほかの電話はあとでかけなおすと断ってもいいが、ヘンリーのだけはつないでくれ。だけど、手短に頼むということはあらかじめ言っておいてくれないか」

「わかりました」ルースは言って、ドアを閉めた。

ウィリスは眼鏡をとり、ハンカチでごしごし拭きながら、机の向こうに近視者特有のまなざしを向けた。狙いは威厳を取り払うこと、どこにでもいるただのおじさんのように見せることだが、はたしてジェンの肩から力が抜けていった。「チャールズもちょっとショックは受けてますよ、ミズ・モーリー。しかし原因はたぶん、さほどのことではない。彼はあなたが来るとは思ってなかったんですよ」

「見舞いにいくことは手紙で知らせましたよ」

嘘だとわかっていたが、ウィリスはそのままにしておいた。チャールズは医師に最近の手紙はすべて渡していて、最後の一通は二週間前に届いていたのだが、それには来訪のことなどひと言もなく、ただ、それまでの手紙に書いていたことを繰り返しているだけだったのだ――あなたが恋しい……あのときのこと覚えてる?……あなたがいなくて寂しい……。別れた原因についての言及はいっさいなく、もしかしたら彼女は、チャールズは健忘症によってその時の記憶を完全に失っていると本気で思いこんでいるのではないだろうかとウィリスは思った。

彼はジェンの自尊心をくすぐってみることにした。「あなたとチャールズなら、美男美女、似合いのカップルだったでしょうね、ミズ・モーリー。あなたはとてもお美しい……まあ、何度も言われてもう耳タコでしょうが」

彼女はそれをさらりと受け入れた。「ありがとうございます……そして、そうなんですよ、わたしたちは似合いのカップルでした。チャーリーもハンサムですし。それが彼の問題の一部なのでしょうか。部屋に入っていったとき、彼は振り返ろうとしませんでした。顔のことを気にしているんでしょうか」

ウィリスは一般論で答えた。「たいていの人は醜《みにく》くなった自分となかなか折り合いをつけられないものです。そしてほかの人の反応はその人をしばしば傷つけるのです」

「わたしは悲鳴をあげてしまいました……いまは、そんな自分が許せない気持ちでいっぱいです。なんて馬鹿なことをしたんだろうと、われながら信じられません」

「彼はわかってくれますよ」

「そう思われます？　彼の気持ちを乱すことなどいちばんしたくなかったことです……ただまたもとのように仲良くなりたかっただけなんです」彼女はせつなそうに医師を見つめた。「なのに、思いとは逆のことをしてしまった……」

「来ることをわたしに知らせておいてくれれば、こうはならなかったかもしれない」

「そうすべきでした」彼女は同意した。「彼はそれを望んでいないと先生は忠告なさっていました」彼女は小さくため息をついた。「困ったことに、わたしはその言葉を信じてなかったんです。チャーリーは世界が自分に敵対していると思いこむと馬鹿なことを考えだすんですが、たいていはわたしが話せばそうでないことを納得してくれるんです」

ウィリスはうなずいた。「そうなんでしょうね。あなたはとても――」彼は言葉を切って受話器に手をのばした。「ちょっといいですか？　長くはかかりませんから」そうことわって、受話器を耳に当てる。「やあ、ヘンリー」

ルースの声が電話線の向こうで静かに言った。「すっかりほだされる前に言っておきますが、彼女は見かけほど無害ではありませんよ。先生が部屋に来る前に、彼女は先生のジャケットのポケットをさぐっていたと思います。二分ほど彼女をひとりにしていた時間があったんですが、わたしが戻ると、さっとそこから離れたんです」

「そのことは心配しなくていい。そこには何も重要なものはないから。ほかには？」

「彼女はバッグが手元に戻ってくるまでは非常にいらいらしていて、バッグが来ると、お手洗いに行きたいと言いだしました。そして手洗いから戻ると、人が変わったように柔和でほがらかになったんです。ガレスはそれにころりと騙《だま》されてしまって……でも、そんなのわたしには通用しません」ルースが笑みを浮かべるのが、電話線を通して伝わってきた。「たぶんこっちはあれだけの美人であった経験がないからでしょうけど」

ウィリスはくすくす笑った。「わかった。ありがとう、ヘンリー」そう言って受話器を戻すと、うわの空でジェンにほほ笑みかけた。「さて、何の話をしていたんでしたっけ。ああ、そうだ……チャールズだ」ウィリスは当惑した表情でジェンを見た。「彼はわたしがあなたに来るように勧めたと思っているみたいなんですよ、ミズ・モーリー。どこでそう思ったんだか。あなたからですか？」

彼女は首をふった。「そんなはずないです」ちょっと考えて、「彼はとても嫉妬深いんですよ、ドクター・ウィリス。もし彼が、先生とわたしがやりとりしたことを知っているなら、それで疑心暗鬼になったのかもしれません」

「彼は知っています」ウィリスは肯定した。「わたしがあなたに手紙を出し、それにあなたから返信があったことを、彼には話しました」

「わたしが何と言ってきたか、彼は訊いてきましたか？」

「いや、それはなかったと思います」ウィリスはすまなそうにほほ笑んだ。患者がこれほど無関心なのは自分の責任ででもあるかのように。「お二人の関係では嫉妬が大きな問題だったのですか？　メールではあなたはそのことに触れていませんでしたが」

「傲慢《ごうまん》だと思われるに決まってますもの」

「そんなこと思いやしませんよ」ウィリスは驚いて言った。「あなたが男の嫉妬に悩まされるであろうことは容易に想像がつきます。あなたは外へ出るたびまわりの視線を一身に集めているはずです。チャールズにはそれがつらかったのではないでしょうか」

「彼は何も言っていませんでした？」

ウィリスは首をふった。「彼はあらゆることについて非常に寡黙なのです。わたしが知っているのはあなたがメールで書かれていたことだけ。たしか、激しい口論をしたとありましたが、それは嫉妬が原因だったのですか？」

警戒の色がちらと彼女の顔をよぎった。ウィリスの偉ぶらない態度や、眼鏡をしきりにごしごしやっているのは見せかけではないかと不安になったかのように。

「話したくなければ話さなくていいんですよ」とウィリスは安心させた。「わたしは、有益な情報は燃え尽きた灰を熊手でかくことで得られるとする学派に属するものではありません。チャールズは、自分はもうあなたにはなんの感情も抱いていないと言っていました。その言葉を信じない理由はわたしにはありません。彼がきょう、あなたに会うことを望んでいなかったのはたしかです」

これに彼女は反発した。「彼はいまでもわたしを愛していなかったらあんなに怒ったりはしなかったはずです」バッグの留め金をいじりながら言葉をつづける。「彼はわたしに夢中でした。わたしのある友人なんか、彼のことを〝あなたの番犬〟と呼んでいましたよ……わたしの膝《ひざ》に乗りたがってしきりにせがんでいたかと思えば、次の瞬間、もし誰かが近づきすぎたらウーッと歯をむくって」

この類比はウィリスには納得しがたいものだった。彼の知るチャールズは度がすぎるほど自制的で感情をそうあからさまに表出したりはしない。それでも……「それは独占欲の強さを表しているのかもしれませんね。彼はそういうタイプだと思いますか？　恋人である相手を支配したいタイプだと」

「思いますね。わたしはチャーリーの許可がないと息もできないくらいでした。べつの友人――この婚約は破棄したほうがいいとわたしを説得した友人はこう言っていました――彼はあなたをエキゾチックな鳥のように籠《かご》に入れて閉じこめている、そこから脱出しなかったら、あなたにはもう自由はないわよって」

ウィリスは彼女が披露した混喩《こんゆ》を心に留めた。籠の鳥と、番犬にえさをやる妖婦とでは大変な違いだ。それでも……「お友だちは正解でしたよ。聞いていると、非常にいびつな関係だったみたいですから」

だが、これもジェンは気に入らなかった。批判は自分にも向けられていると感じたのだろう。

「でも、チャーリーの観点からすればそうではなかったんです。彼は自分の欲するものはすべて手に入れていました。自分の都合のいいときに現れ……都合しだいでパチッと指を鳴らす……そして都合がよければわたしをトロフィーのようにみせびらかす」

「では、なんで彼はきょうあなたを両手を広げて迎え入れなかったんでしょう。婚約を破棄したのはあなたのほうだったんでしょう？」語尾を上げてウィリスは言った。

「そうです」

ウィリスはほほ笑んだ。「男というのはとても単純な生き物なんですよ、ミズ・モーリー。ほとんどの男は気楽な人生を望み、それが差し出されたらすんなり受け入れる」ウィリスはレンズの片方に息を吐きつけた。「もしあなたがチャールズの望むすべてだったのなら、なぜ彼はあなたの和解の申し出を受け入れなかったんでしょう」

大きな目がかすかにせばめられたが、いらだちからか、混乱からなのか、医師にはわからなかった。「プライドが許さなかったんですよ。彼はいまでも非常に傷ついているんです」

理にかなった答えで、ウィリスはなるほどというようにうなずいてみせた。「そうだとしても、なぜあなたは灰にまた火をつけたいのか、それがわからないんですよ、ミズ・モーリー。

二人の関係は息苦しいものだったというようなことをおっしゃってましたよね」

「彼が恋しいんです」あっさりと彼女は言った。「わたしたちが別れたことを彼が両親に話していないってことは、彼も同じように感じているからではないかと思ったんです」彼女は袖口からくしゃくしゃになったティッシュを取り出し、鼻に当てた。「愛情は説明がつかないものなんですよ、ウィリス先生。化学反応みたいなもので、ただ起こるんです」

「ふむ。それはどちらかと言えば、のぼせあがりのことじゃないでしょうか。化学反応には、爆発にいたる混合物を生み出すという厄介な側面がある」

彼女はいらだたしげに肩をすくめた。「わたしたちはしっくりいってました」

「どんな面で」

「あらゆる面で……ベッドでも……会話でも……楽しむことでも……出かけたときにも。うまくいっていたんです」彼女は小さくほほ笑んだ。「一度彼に、ほかの女性と付き合うことを考えたことがあるか訊いたことがあるんです。ユマ・サーマンとならね、というのが答えでした……でも、それは冗談だったのだと思います」

「ユマ・サーマンなら多くの男が夢想の対象にしそうだ。あなたは男たちがその空想をあなたに投影するように、彼女のイメージをなぞっていませんか？」

また小さく肩をすくめる。「それはわたしがどうこうできることではありません。神様がわたしをこのように作ったんです」

ウィリスは面白がる目で彼女を見た。「わたしなら神様を引き合いにはださないですね、ミズ・モーリー。わたしは実存主義者の考えに与《くみ》します……各個人はそれぞれに選択し、その選択の責任を負う……男であれ女であれ、みずからが選択した道をその人生で歩んでいくんです」ウィリスは眼鏡をまた鼻にかけ、つるを耳にひっかけた。「それから、こう言ってはなんですが、成功した女優にたまたま似ているからといって、その女優の名声にただ乗りしていいってことにはならないんじゃないかと思いますよ。正しいか正しくないかはともかく、それはあなたがわたしはわたしだという自信に欠けていることの表れではないかと思うんですよ」

彼女は目を伏せて表情を隠した。「チャーリーがそんなふうに言っていたんですか?」

「いや。あなたがメールで書いていた、カメレオンは自信がないのだという話を思いだしただけです。あれはチャールズよりもあなたに該当するように思えますね」

「先生は彼のことを、わたしが知るようには知らないから」

ウィリスは微笑した。「誰かがそういうことをわたしに言うたび一ポンドもらっていたらわたしはいまごろ百万長者ですよ」ウィリスは胸の前で両手を組んだ。「彼はユマ・サーマンに、あなたほどには入れこんでいないようですよ」

「そんなはずありません」

「二分前にあなたは、彼がユマ・サーマンの名前を出したのは冗談でそうしたのだと言っていた」

「彼女がではなく、彼が彼女と付き合っているってことがです。そんなことが起こるはずがないのは当人だってわかってるんです」彼女はティッシュをそっと目に当てた。「わたしの仮想ごっこはいわば次善の策でした。わたしの友人がわたしのことをエキゾチックな鳥と表現したのはなぜだと思ってらっしゃるの？　わたしはつねに『ガタカ』のアイリーン・カッシーニ——ユマ・サーマンが演じた役でチャーリーがいちばん好きな女性——に扮しなくてはならなかったんです……こんなふうに——」と彼女は着ているスーツを指し示し、「——こうでなければ彼はできなかったんです」

「何が」

「セックスが」

ウィリスは言葉が宙に浮くがままにして、上の階にいる禁欲的な青年——女性の看護師との接触は徹底的に避けている青年のことを考えた。ジェンの言っていることは本当なのだろうか。本当だとしたら、いくつかのことに説明がつく、とウィリスは思った。とりわけチャールズが性に関する話題には断固ふれようとしないことに。「どうもよくわからないのですが。彼はユマ・サーマンという刺激がなければ勃起できなかったとおっしゃるのですか？」

彼女は悲しげに微笑した。「初めのころはちがいました。最初は単なるゲームだったんです」

ウィリスはそれを彼なりに解釈した。「ところがそれが単なるゲームではなくなってきた。チャールズは実際の女性よりも空想の女性のほうを好むようになった。そういうことですか？」

「わたしが拒否すると怒るんです」

ウィリスはジェンがユマ・サーマンに似ていることについてチャールズと交わした会話を思い起こした。チャールズは確かに〝幻想《ファンタジー》〟のことを話していたが、性的興奮を思わせるような表現ではなかった。「では、なぜ彼はきょうあなたにもっと肯定的な態度で接しなかったんでしょう」ウィリスはゆっくりと言った。「あなたはよかったときの記憶を喚起すべく、できることはすべてしたようなのに」

「彼はわたしのほうを見ようともしませんでした。窓辺に立ってずっと顔をそむけていました」

「ずっとではないですよ。そうでなければ、あなたの手をつかむことはできなかったはずです」

「そのときにはもう手遅れだったんです。彼はすでに怒りだしていました」

「ジェン・モーリーに？　それともユマ・サーマンに？」

「どんなちがいがあるんです」

「決定的にちがうと思いますよ。彼が怒ったのがジェン・モーリーに対してなら、なぜユマ・サーマンの首を絞めようと思うんでしょう。あなたはどうやらジェンとユマの両方で彼を怒らせたみたいだ」ウィリスは顎の下で手を組んだ。「これはひょっとしたらあなたの性的ファンタジーなのではないですか？　ミズ・モーリー」

彼女の目がみるみるうるんできた。「なぜわたしにそんなにつらく当たるんです？」

ウィリスはまた驚いてみせた。「これは妥当な質問ですよ。あなたは、チャールズと仲良くしたいと思っていなければそんな格好では来なかったはずです。としたら、あのファンタジーは二人共有のものだったということになる……とにかく、あなたのなかではそうだった」

「いまのは非常に不愉快です」ジェンは急に怒って言った。

「そうですか。すると、話がわからなくなりましたよ、ミズ・モーリー。きょうの来訪にはどんな意味があるんでしょうか。あなたは何をなしとげようとしたんでしょう」

その質問は彼女を不安にさせたらしく、どう答えようかと考えているのかバッグの中身をチェックしだした。「先生が前におっしゃったことですよ……以前の楽しかったときのことを彼に思いだしてもらおうと思ったんです。彼は、二人で出かけるとわたしが人目を引き、ユマと間違えられるのが好きだったんです」

ウィリスは眉をよせた。「たしかあなたは、彼は嫉妬したと言っていたはずですが。近づきすぎる者がいるとウーッとうなって追い払う番犬にたとえて」

彼女はいらだちのつのる目をウィリスに向けた。「でも、それは同時にぞくぞくするような快感も彼に与えていたんですよ。ほかの男にうらやましく思われるのが気持ちよかったんです」

「それはそうでしょうな」ウィリスはあっさりと言った。「相反する感情を抱くのはよくあることです。あなたも同じことを感じてましたか？　彼はけがをする前はとても男前でした」

「わ、い、い、わたしも嫉妬したかってことですか？　それなら答えはノーです。嫉妬なんて感情はわたしには無縁です。男たちはわたしを失うのを恐れるんですよ、ドクター・ウィリス、わたしが彼らを失うのを恐れるよりも。傲慢に聞こえるかもしれませんが、それが事実です」

「傲慢だとは思いませんよ。あなたはたしかにチャールズよりは多くの関係を持っていそうだ」

「だから？」

「それらの関係はあまり長くは続かなかったみたいですね。終わりにしたのはいつもあなたのほうだったのでしょうか」

「男のほうからなんてありえませんよ。そうでしょう？」

ウィリスは微笑して、「わたしにはわかりません」と正直に答えた。「わたしが解せないのは、婚約を破棄したのがあなたなのなら、どうしてチャールズは関係を修復することに乗り気でないのだろうってことです。わたしの経験では、関係を復活させようと試みるのは、関係が終わるのを望まなかった側です……関係に終止符を打ったほうは、前に進む」

「チャーリーは前に進んでなどいません。進んでいたら、見舞客も見舞いの電話も受け入れているはずです」

今回ウィリスがうなずいたのは、彼女の言うとおりだと思ったからだ。この二人を結びつけていたものがなんであれ、その絆はいまも強力だ。それでも……「彼はあなたのことを話そうとしないし、手紙も読もうとしない……じっさい、これまでの関係とは一線を画そうという強い意思を示しています。あなたを過去のこととすると決意したのでなければ、どうしてそんなことをするでしょう」

ここでついに、ウィリスは彼女をあけっぴろげに怒らせることに成功した。「なぜなら彼は自分を恥じているからです」そう言ってキッと口を結ぶ。「そして、なぜ恥じているのかお知りになりたければ……あなたは彼の味方だからたぶん知りたくはないでしょうけど……わたしをレイプしたからです。それもただのありふれたレイプではないんですよ。彼はわたしを壁に押しつけ、めちゃめちゃにしたんです。そんなちょっとした事実は彼との和気あいあいとした会話ではいっさい出なかったでしょうけど」

「ええ、出ませんでした」ウィリスは淡々と言った。「ですが、そのようなことがあったのではと、あなたのメールから推測はしていました。彼は暴力的だったとありましたからね」ジェンのことが話題に出るたびチャールズが見せた表情にも、それを思わせるものがあったと付け加えてもよかったかもしれない。

「彼はまるで獣でした」怖気《おぞけ》をふるうように彼女は言った。「あんなに怖かったことはありません」

「そうでしょうね。レイプはどんな状況下であっても恐ろしい体験ですから」沈黙が落ちるのをしばしそのままにしてから言葉を継いだ。「きょうここへ来ることについては、もっと真剣に考慮したほうがよかったのでは？」

彼女は答えるのを遅らせようとしてか、洟《はな》をかんだ。強すぎるほど強く。ティッシュをどけると、上唇に血がついていた。「彼はわたしの首を絞めようとしたことはこれまで一度もなかったんです……わたしを痛めつけることで快感を得ているような表情を見せることも」ウィリスを見据え、けんか腰に続ける。「それから、レイプしているとき彼が快感を得ていたか、訊かれるまえに言っておきますと、わからないというのが答えです。こちらからは顔が見えなかったから。ことが終わると彼はわたしを床に突き飛ばし、出ていきました」

「それが彼に会った最後なんですね？　きょう以前では」

「そうです」彼女はなおも機先を制するようにして言った。「それから、わたしがここへひとりで来ることに不安を覚えなかったのは、ここが病院だからですよ、ドクター・ウィリス」怒りにみちた笑い声をあげて、「ここなら彼と安全に話せるだろうと思ったんです。部屋にはほかの患者さんもいるだろうし……あるいは、少なくとも医師や看護師がまわりにいるだろうと思ったんです」

「ふむ」ウィリスはまた眼鏡を手にとった。レンズに息を吐きかけ、ハンカチでごしごしこすってきれいにする。「だとすると、ますます解せなくなりますね。あなたはなぜ彼のユマ・サーマン・ファンタジーに調子を合わせることにしたのか……なぜ、彼が出ていってくれと頼んでもそうしなかったのか」

眼鏡をふく作業が彼女の癇《かん》に障ってきた。「わたしは彼を所属する連隊から追い出させることもできたんですよ。わたしが警察に訴えていたらそうなったんです……いまからでも、たぶんできるでしょうよ。軍隊というところは社会の他の組織以上にレイプには厳しいんです。もしわたしが、彼はきょうまた同じことをしようとしたと言ったら、警察はどう対処すると思ってるんです？」

「これは推測ですが、あなたがここへ来た動機を問いただすでしょうね……なぜ当時はレイプのことを通報しなかったのか……あるいは、なぜ今回はしょっぱなに、警察沙汰にはしたくないと警備長に言ったのか」彼女の表情に、ウィリスは首をふった。「今回の件で、自分はあくまでも被害者だという顔で押し通すことができると思っているとしたら、大間違いですよ。警察は、わたしがそうできたように、簡単に真相を見抜きます。セックスを使って二人の関係を操っていたのはあなただということ。だとしたら、レイプが本当にあったのかどうかも疑わしくなる……レイプされたというのはあなたがそう言っているだけなのだから、なおさらです」

彼女の目が険しくなった。「わたしが先生のことを所属している協会に訴えることがないようせいぜい祈ってることですね。精神科医の規約には、女性をレイプした者が自分の患者だからというだけでその暴行を容認してもかまわないという条文は、きっとないはずですから」

「おっしゃるとおりです」ウィリスはあっさりと同意した。「ですが、わたしがあなたの話の矛盾を指摘したら、おまえは女性に対する暴行を容認するのかと非難するのは、ちょっと飛躍がすぎるんじゃないですか。もしあなたが、自分はチャールズを露骨に誘惑しようとしたと言っていたら、レイプされたというあなたの言い分ももっとすんなり信じられたでしょう。チャールズは潔癖な男です。そのような迫り方をされたら、自分が軽く見られ、いいようにあしらわれていると感じるだろうし、そうなったら、とつぜん襲いかかることもありうるような気がします。きょう、実際そうしたように」

「先生はその場にいなかったから、何もわかってないんです」

ウィリスは眼鏡をもとに戻した。「ですが、あなたがきょうそんな服装で来たのは明らかに目的があってのことだというのはわかります——おそらくは、何かの楽しい記憶を呼びさますためでしょうけど、どうやらそれは逆の反応を引き起こしただけだった。チャールズはあなたのユマ・サーマンふう外見には、負の印象しか持ってないんです。なぜだかお聞きになりたいですか?」

「けっこうです」彼女はいきなり立ち上がり、バッグを胸に抱えこんだ。「遅くなりましたから、もう帰らなくては」

「では、来客用のタクシー乗り場までお送りしましょう。職員専用の出入口から行けば近道ですから」

「お見送りはけっこうです」彼女は言った。「お手洗いに寄りたいので。正面玄関から帰ります」

ウィリスは首をふりながら腰を上げた。「あいにく、ひとりで帰すわけにはいかないんですよ。どうしても手洗いに寄りたいのならば、女性の警備員を呼んでいっしょに中に入ってもらわねばなりません」

ジェンはものすごい形相になった。「どうしてよ」

ウィリスはすまなそうに肩をすくめた。「当病院の方針です。病院の敷地内でのドラッグの不正使用は許されないことになっているんです。敷地の外でなら、何をしようがあなたとあなたの良心の問題なんですが……わたしなら、ここは少し我慢しておきますね」

バッグが飛んできたが、空振りに終わって彼女は少しよろめいた。

ウィリスは愉快な気分で彼女を見た。「わたしはただここの方針を伝えているだけです、ミズ・モーリー。わたしの言ったことが気に食わないからといって、わたしに当たらないでください」

「このくそったれが！」天使のような唇から吐き出された言葉がこれだった。

サザーク・エコー、二〇〇七年四月十二日（木曜日）

三人目の被害者――〝殴打〟による死。

南ロンドンの建築業者ケヴィン・アトキンズ（五八）の殺害事件を捜査するなかで、警察は本件がハリー・ピール（五七）とマーティン・ブリトン（七一）の事件と関連している可能性を確認した。アトキンズ氏は頭部に警察が言うところの〝狂暴な殴打〟による致命傷を負っていた。発見したのは通いの掃除婦で、水曜日の朝のことだが、検死解剖により、死んでから少なくとも四日はたっていることが明らかになった。

ハリー・ピールとマーティン・ブリトン両事件の捜査の指揮に当たっているブライアン・ジョーンズ警視は、これらの事件のあいだには類似性が見られると言う。「被害者は三人とも一人暮らしで、三人とも自宅のベッドで発見されています。激しい殴打が加えられていますが、何者かが押し入った形跡はないことから、犯人は被害者と面識のある人物だと思われます」

警視は三人の軍隊における履歴についてはコメントしなかった。ハリー・ピールは十八歳の年から五年間を歩兵連隊で過ごしている。国防省の高位の文官であったマーティン・ブリトンは、英国陸軍給与隊に兵役の一環として徴集されていた。ケヴィン・アトキンズは陸軍で十五年間軍務に就いていて、一九八二年のフォークランド紛争では第二空挺大隊に伍長として属していた。一九八三年に除隊。

ブライアン・ジョーンズ警視はハリー・ピールとケヴィン・アトキンズが同性愛行為によって軍隊から追放されたとのうわさを否定している。警視はまた、事件との関連で男娼を捜しているかとの問いにもコメントを避けた。「われわれは限定を設けず、広く捜査に当たっています」と述べ、いかなる情報であれ、これはと思うものがあれば提供するよう求めた。「この犯人はきわめて危険な人物なんです」

警察は、見知らぬ人間と行きずりの性交渉を持つことの危険性について注意を喚起するうえで、ゲイ・コミュニティーの協力を歓迎している。「ほとんどの人は、自分の家にいれば安全だと思っていますが、けっしてそうではないのです」と、スポークスマンは言う。「そこはわれわれが警戒をゆるめ、無防備になる場所でもあるのです」

ドクター・ロバート・ウィリス
医学博士（精神医学）

チャールズ・アクランド中尉に関するノートからの抜粋——二〇〇七年四月

……ロンドンに滞在するチャールズについての相反する報告。スーザン・キャンベルは、彼が土曜日の晩、滞在客のひとり（若い女性）が彼と仲良くなろうとしたあと、姿を消したと言っている。それ以後彼はその女性を避け、自分の殻に閉じこもっている。スーザンの結論は、彼は人が近づきすぎると不安になるのだ、というものだ。触れられたり、自分の領域に入ってこられたりすることは、彼にすれば深刻な問題なのだと言う。

……チャールズはその若い女性について何も言っていないが、そこでの滞在は、スーザンが何かと声をかけてくるので「快適とは言いがたい」というふうに述べている。彼女の親切（チャールズはそれを〝世話焼き〟、〝おせっかい〟と表現する）は「強烈で抗《こう》しがたい」ため、できるだけ顔を合わせないようにしているとのこと。二人の報告で一致しているのは、チャールズが毎晩、ときには数時間も、外でランニングをしていること。

……チャールズに、軍務に復帰したいとの要請が許可されなかったらどうするつもりかと尋ねたら、そんなことはありえない、だから代替案も考えていないというのが答えだった。ことが彼の希望どおりにならなかったら、ご両親の農場へ帰るしか選択肢はないのではないかとわたしが示唆《しさ》して以来、彼はそのことについてはいっさいの話し合いを拒んでいる。

……チャールズが自分の今後について抱いている不安は、外見が損なわれてしまったことと同じくらい、もしかしたらそれ以上に、彼を自信喪失にしているとスーザンは考えている。チャールズは長いこと——学生のころは将来の目標を宣言したなかで、そして、実際に連隊に所属してからは現実のこととして——自分を兵士と認識しているから、それ以外の自分は考えられないのではないか、と。チャールズは軍隊から拒否されたら自分をますます孤立に追いこむだろうと、スーザンは悲観的な見方をしている。

……チャールズは顔の損傷や将来への不安だけでは説明がつかない深刻な問題と格闘しているとスーザンは感じている。[問い：性的指向か？　スーザンも同様の問い]

……ジェンのことを話題に出すと、チャールズはきまって怒りだす。彼女のことはきっぱりと忘れたいのに、わたしが思いださせてばかりいたらそれができない、と。ジェンがレイプされたと主張していることに触れると、彼は言った——「ジェンをレイプした男にされた男ならごまんといますよ。彼女は男たちが自分に欲情をもよおすのでないとやっていけないんです……」

ロンドン警視庁

〔内部メモ〕

宛先　クリフォード・ゴールディング警視長
差出人　ブライアン・ジョーンズ警視
日付　二〇〇七年四月十三日
件名　ケヴィン・アトキンズ

急啓

同一犯の見込みについてのご照会に答えて、ケヴィン・アトキンズのアパートメントの捜索で判明した鑑識結果のうち関連性のあるものを列挙すると、以下の通り。

1、押し入った形跡なし。
2、被害者はバスローブ姿で、脇腹を下にした格好で発見された。
3、バスローブはめくり上げられ、臀部《でんぶ》がむきだしになっていた。

4、〝不明の物体〟による打撲傷／直腸に裂傷。
5、性交渉の形跡なし。
6、居間に開栓され半分空になったワインボトル――キッチンの水切り板に洗ったグラスが二個。
7、手掛かりとなるような指紋は皆無――一部は誰のものか特定され、一部は不詳。
8、頭部への狂暴な殴打――類似の凶器（先端が丸くなった鈍器）が使用されている。
9、同じ鈍器により加えられた壁と家具等の損傷。
10、被害者が抵抗した明白な形跡はなし。
11、被害者がどのようにして動けなくされたかを示すものはない。
12、現金が抜き取られた財布――クレジットカードは残っていた。
13、携帯電話は紛失。

殺害されたのは四月七日と推定されるが、アトキンズについての法医学研究所の最終報告書はまだ上がっていません。マーティン・ブリトンの殺害から得られる犯人の心理プロファイルについても、最新の報告を待っているところです。捜査チームは当面、引き続き、軍での接点、男娼、接触の方法、犯行現場付近で目撃された不審人物と、被害者と面識のある人物等の捜査に集中して当たります。

新たな情報が入れば、むろんその都度ご報告します。

怱々《そうそう》

ブライアン・ジョーンズ警視

6

アクランドが軍に早く復帰することを優先して、もうこれ以上の手術は受けないと決断したことは、ロバート・ウィリスにとって少しも意外ではなかった。ロンドンから戻ってきて以来、アクランドは日ごとに怒りっぽくなっていた。そこへ、義眼を埋めこむのに備えて目の下のたるみを形成するべく始めた簡単な手術が思わしい結果を生まなかったことが、事態をいっそう悪くした。

手術の結果はからっぽのゆがんだ眼窩《がんか》と、それまではなかった片頭痛に、低い執拗《しつよう》な耳鳴り、頰を縦に走る刃の形の傷跡なのだが、さらに手術を重ねていけばめざましい結果が、許容できる期間内に得られるとは誰も保証できなかったため、アクランドはこのままの顔で生きていくことを選んだ。そのままでは見た目重視の社会ではいやな思いをすることになるぞ、と外科上級専門医のガルブレイスには忠告されたのだが、アクランドはその忠告をはねつけ、そうであるなら、顔の損傷にあえて注意を引くことでその見た目重視の偏見に立ち向かっていくことを選んだのだった。

四月最後の、いよいよ退院という日、アクランドは髪を五分刈りにしてもらい、黒いアイパッチを装着して、ロバート・ウィリスを捜しにいった。彼はどんな反応を見せるだろうという思いで。精神科医は自室にいた。パソコンの前で何かに深く集中していた。

開けはなたれたドアを軽くノックすると、ウィリスはびくっとして顔を上げた。その表情は、戸口に人が立っていることに気づいていなかったことと、そこにいる男がすぐには誰だかわからなかったことを示していたが、アクランドにはうれしい反応だった。驚きと警戒のほうが、同情と不快感よりはよほどましだ。「おじゃまでしたでしょうか、先生」

「それは、いまは忙しいかということかね……それとも、きみのその格好は見たくなかったと思っているかってこと?」

「両方。どちらでも」

「びくっとしたのは確かだよ」ウィリスは机の反対側にある椅子を手で示した。「かけててくれ。まずこの文章を仕上げるから」ウィリスは顔をモニターに戻し、数語ほどキーを叩いて〝保存〟をクリックした。「それで、何がお望みなんだね?」ウィリスは尋ねた。「衝撃と畏《い》怖《ふ》? それともただの衝撃?」

「憐《あわ》れみよりはましです」

ウィリスは自分を見つめ返す、ほっそりした無表情な顔を見つめた。アクランドが自分で作り上げたイメージ——タフで精悍で、実年齢より老成した男——は見事といえば見事だったが、その一方で、無垢《むく》な若さが永遠に失われた悲劇をそこに見ないわけにはいかなかった。この容赦ない顔つきの男は、負傷する前の写真に写っていたはつらつとしたハンサムな若者とはまるで別人だった。

「憐れみを心配することはないさ、チャールズ。ただ、孤独についてはそうは言えない。その見かけでは、友だちはあまりできないだろうな……もっとも、それがきみの狙いなんだろうけど」

アクランドは肩をすくめた。「義眼を入れてもものがよく見えるようにはならないだろうし……これ以上手術をしても軍隊への復帰が遅れるだけです」

「きみはその復帰ということを信じて疑ってないんだな」

「上官が後押ししてくれてますから」

「それはよかった」

アクランドは微笑に近い表情を浮かべた。「そうおっしゃるだろうと思ってましたよ。先生のこと、いまではよくわかってますから。医事委員会は、ぼくの上官ほどには簡単に納得しないでしょう」

「そうなんだよ」ウィリスはため息をついた。「彼らはきみの片方の目が見えないのを問題視して、事務職に就くよう言ってくると思う。だけど、それではきみは不満なんだろう？」

「だからぼくは、彼らが間違っていることを証明しなくてはならないんです。そういう人はこれまでにもいました。ネルソンはこの国が生んだもっとも偉大な将軍ですが、彼は片目でした。それが障害にならなかったのなら、ぼくにもならないはずです」

「ネルソンの時代はすべてがもっとゆっくりだったんだよ、チャールズ……船の速度も含めて。彼には、こんにちの軍隊の司令官には与えられていない、決断するまでの時間があった」

「モシェ・ダヤンはどうです？　彼はイスラエル軍で大将にまで登りつめてますよ」

ウィリスはなおも否定的なことを言うのはやめた。「そうだな……それに、そういう人はほかにも大勢いる。そのアイパッチは、委員会の人間が肯定的な事例を思いだすのを期待してつけているのかい？」

「だとしたら？　効果あるでしょうか」

「それはわからない」ウィリスは正直に答えた。「しかし、決定はコンピューターでなされるってことを、きみはいずれ知ることになるだろうね。きみに一連の質問がなされ、きみがそれに答えると、その答えが、べつの一連の質問への答えになるんだ――きみに尋ねることなく、自動的に」

「たとえばどんな質問です？」

「あなたは自分の左側を、顔を向けることなく見ることができますか。答えはノーだよね？　するとコンピューターは、視力に関するほかの質問に対しても否定的な答えを出すんだ。たとえば、『あなたはレーダー画面をモニターできますか？』と訊かれたとする。きみはイエスと答えるよね――答える相手が軍の医師なら、枠にチェックを入れるようその医師を納得させることができるかもしれない――だけど、コンピューターのプログラムは自動的にノーと答えるんだ。なぜならきみは片側が見えないことをすでに知らせてあるから」

「両目が使えなくても画面を監視することはできます」

「交戦中に、砲手に座標を伝えることができるのなら可能だろうね。両目が使えれば二つのものを同時に見ることができるけれど、片目では一か所しか見えない。画面から目を離さないかぎり、きみは砲手に自分の指示が伝わったかどうかわからないわけだ」

「その必要はないですよ。向こうは無線で応答してきますから」

「医者ならそれで納得するだろうね」ウィリスはやさしく言った。「だが、コンピューターは納得しない。プログラミングソフトには、不測の事態が発生した場合のことが書きこまれるんだ。インターコムが不通になるかもしれない……砲手が座標を聞き違えることもあるし……きみが砲手の応答を聞き違えることだってありうる。しかし、どっちにしても、きみは思わず画面から目を離してしまう。人は本能的にダブルチェックするものなんだ。兵士なら誰でも――最下位の一兵卒でも――横にいる兵士が自分のしていることをわかっているか視認せずにはいられない。自分の命がかかっているから、それは欠くべからざる衝動なのだ」

アクランドは両手にじっと目を落とした。「先生がこのプログラムを設計なさったんですか？　ずいぶんお詳しいじゃないですか」

ウィリスは首をふった。「わたしはそういうプログラムがあるのかすら知らない。長年の勘で言ってるだけだ。政府は似たようなシステムを身体障害手当の請求者を査定するのに使っている。医者はコンピューターより同情的だと見ているんだよ。物事の決定者たちは、問題から人間的要素を排除すれば、不届き者が不正に利益を得るのがむずかしくなるとの考えに則《のっと》って動いているんだ」

「もしぼくが最初の質問に嘘をついてイエスと答えたらどうなるんです？」

「それはできない。答えを記入するのはきみではなく医者だ。医者がきみのカルテを手元において記入していくんだ。アイパッチをした姿を目にしなくても、きみの片目が見えないことは、医者ならわかる」

アクランドは見えないほうの側をウィリスに向けるようにして窓を向いた。「つまり、ぼくにはまたシミターに乗るチャンスはまったくないってことですね?」それは質問ではなく言明で、すでにわかっていたことをはっきりと言葉にしたかのようだった。

「そうとはかぎらんさ」精神科医はできるだけ軽い口調で言った。「そういう可能性もあるってだけだ」アクランドが良いほうの目から涙をそっと指の背で払う。「しかし、状況をしっかり認識していたら、どう訴えればいいかもわかってくる。いかなる決定も最終的なものではないんだよ……きみの上官の後押しだってそれなりの重みがあるだろうし」

長い長い沈黙のあと、ようやくアクランドは口を開いた。「先生はどうです? 先生の後押しも重みをもつでしょうか」

「そう願うよ。わたしは肯定的な所見を書いておいた」

「ジェンのことにも触れてますか?」

「いや」

「両親のことには?」

「触れてない」

「じゃあ、たぶん大丈夫ですよ」

「だけど、委員会が査定するのはきみのメンタルヘルスではないんだぞ、チャールズ。片目が見えないこと、執拗な耳鳴り、慢性の片頭痛といった身体的なハンディキャップが問題にされるんだ。きみができるだけ重視されないようにしなくてはならないのは、そっちのほうだよ」ウィリスはいつもの乾いた笑みを浮かべた。「委員会の人間は、破綻《はたん》した人間関係になんて誰も興味をもたないさ」

「ありがとうございます、先生」

「なにが」

アクランドはゆがんだ笑みを浮かべてくるりと振り返った。「あくまでも実際に即して話してくれたこと……期待値を的確にコントロールしてくれたこと。少なくともこれで、ぼくがばかなまねをして笑い物になることはなくなりましたよ。退役した将校たちの前でおいおい泣いてみせても無駄ってことだ」ふいに笑みが消えた。「それでも……失った視力はもうどうやっても戻らないのだから、ともかく最善は尽くしてみます。それでだめだったら、しようがない。なんとかやっていくだけです」口調が硬くなった。「ぼくがだんだん得意になっているのがそれなんですよ……現状を受け入れてなんとかやっていくこと」

ウィリスは引き出しを開け、名刺を取り出した。「これをどうするかはきみしだいだ、チャールズ。捨てるか、取っておくか。この番号にかければ、代理人を通していつでもわたしに連絡がつく。昼でも夜でも、二十四時間。まず数か月は電話がかかってくることはないだろうが、あったらすぐに折り返す」

「もし来週電話したら?」

「びっくりするだろうね」ウィリスは率直に言った。「きみは、軍に留まろうとそうでなかろうと、すぐにも友人を減らしていくと思う。作るよりずっと早く。きみは、無意味だときみが思う関係をそれでもなんとか維持していこうと努めるよりは、そこから立ち去り、扉を閉ざすだろう」

ウィリスは、これが初めてではないが、もしかしたらこの若者には女性の精神科医のほうがよかったのではないだろうかと考えずにはいられなかった。男同士にありがちな堅苦しさ——親愛の情を示すことに対する本能的なためらい、群れを支配する雄から置くことを求められる距離——とは無縁な女性の医師ならば、もっとやわらかい取り組み方ができ、この中尉も失った自分を思って涙を流すことができたかもしれない。

ロンドン警視庁

〔内部メモ〕

宛先　クリフォード・ゴールディング警視長
差出人　ブライアン・ジョーンズ警視
日付　二〇〇七年五月一日
件名　ピール、ブリトン、アトキンズ

急啓

その後の進展

昨日ご報告したように、われわれが先月、P／B／Aの三事件には関連があると思われると公表して以後、一時的には多くの関心が寄せられたものの、その後の捜査ははかばかしい進展をみていません。捜査チームは二千五百人前後の関係者――友人、親戚、近隣住人、使用人、タクシー運転手、複数のゲイクラブやバーの常連客――に聞き取りをしましたが、三人の被害者には、それぞれ異なる期間、軍務に就いていたことと、同性愛の傾向があるということ以外には、共通する要素はありませんでした。

比較的若いほうの二人、ピールとアトキンズの妻はそれぞれ夫のことをバイセクシュアルであるような言い方をしています。ピール夫人は、別居は一時的なものと見ていたと言います。「何かと問題のあった時期で、ハリーはある晩、タクシーにある男性を乗せました。二人は性交渉を持ち、そのことがハリーをひどく混乱させました。彼は軍にいたころに二度、そうした出会いがあり、その経験が忘れられなかったのです。彼は、自分はしばらく〝ゲイ〟の社会に身を置いてみたいとわたしに言ってきました。そこで二人で話して、彼は自分だけの空間を持てるようワンルームのアパートを借りるべきだということになったのです。でも、彼は毎日のようにうちへ立ち寄っていて、最後に会ったときには、そろそろ戻るというようなことを口にしていました」

別居していた半年のあいだ、ピールはゲイのたまり場の常連でした。バーやクラブに、相手を探すために、もしくは本来のタクシー運転手として、よく顔を出していました。仕事はもっぱら夜間にしていて、店の用心棒たちのほとんどは客がタクシーを呼びたいときは、どうすれば彼に連絡できるかを知っていました。ピールが「そろそろ戻る」と口にしていたという妻の証言に関しては、何人かの友人が、彼は妻を恋しがっていたと言っています。

二人は結婚して二十四年になるそうです。

アトキンズ夫人は離婚の原因として自らの不倫を挙げています。「ケヴィンは男性との性交渉については慎重に隠していました。わたしや子どもたちを当惑させたくなかったからです。始まったのは結婚して五年がたったころで、わたしの知るかぎり、関係はいつも一夜かぎりのものでしたから、彼はたぶん男娼を使っていたのだと思います。これは中毒みたいなもの、彼がときどきせずにはいられなくなるものなのです。でも彼は、自分が愛しているのはおまえだといつも言っていました。情動というのはたぶん自分ではどうにもならないものなのです。わたしがロジャーと恋に落ちたときもそうでした。わたしが離婚を申し出ると、ケヴィンは自分を責めました。そして、考え直してくれたらもう二度と男性とは関係しないと約束すると言いましたが、そのときにはもう手遅れだったのです」

アトキンズもバーやクラブに顔を出すことで知られていましたが、ピールほどではありませんでした。彼が一夜の相手に自宅に連れ帰った〝パートナー〟もひとり見つけましたが――二十八歳の海兵隊員で、金が支払われたことを認めている――彼はもっぱらネットの出会い系サイトを利用していました。相手はほとんどが軍人だったようです。彼は空挺大隊にいた十五年間をことのほか懐かしがっていたと彼の妻は言っていました。「あの人は凌辱者《りょうじょくしゃ》ではありません。合意のうえのセックスにしか関心はありませんでした」

マーティン・ブリトンの友人たちは彼のことをホモセクシャルと見ています。彼は二〇〇五年にパートナーのジョン・プレンティスが癌《がん》で亡くなるまで、二十年強、決まった相手と暮らしていました。その後に行きずりの関係を持つことはあったのではと思わせる証言もあるにはありますが——弟のヒューが、兄の家を訪れた際、ときどきそこに兄より年若の男がいたと述べている——彼はその男たちの名前を思いだせず、人相・特徴についても記憶はきわめてあいまいでした。ゲイ・コミュニティーから多大な協力を得たにもかかわらず、過去二年間でブリトンの家に行ったことがあると認める者は、ブリトンの古くからの友人以外には一人もいませんでした。

この地域のバーやクラブでブリトンの写真を見て、知っている顔だと言う者は、店のスタッフにも常連客にもいませんでしたし、友人たちは、彼はそういうところで相手を物色するタイプではなかったと言っています。加えて、グリーナム・ロードの家に年若の男たちがいたという弟の証言についても同調する者はいませんでした。訪問者に関しては、近隣住人の証言も友人たちのそれと合致（ブリトンより年長の男や女）。ブリトンが客をもてなすことはめったになかったということでは全員が一致しています。

隣家の住人、ミセス・ラーマンの証言——「ジョンが生きていたころは、マーティンと二人で定期的に芸術芝居やオペラに行っていました。二人ともクラシック音楽と舞台芸術の愛好家だったのです。マーティンは、経験をともにする者がいなければもう昔のようではないと言って、ジョンが死んでからはどこへも出かけなくなりました。夜はほとんど家でひとり、CDのコレクションを聴いていました。悲しい話です。マーティンはたぶん引っこみ思案で、積極的に外に連れ出してくれていたジョンがいなくなったいまは、単純に自分のなかに引きこもってしまったんです。マーティンがセックスのために見知らぬ人を自宅に誘うなんて考えられません。彼はそういう人ではないんです」

彼女の話は弟ヒューの証言が当てにならないことを示唆《しさ》しています。しかしながら、ヒュー・ブリトンはマーティンの自宅を定期的に訪ねていたただひとりの人物です。彼は週に一度は兄の家に「変わりはないか確かめるために」立ち寄っていたそうです。彼はこうも言っていました。「ジョンがいたころは家によく人が来ていたから、そういうことは考えもしませんでした。あるときマーティンがある若い男をジョンの同僚だと紹介してくれたことがあったのですが、わたしはマーティンに話し相手ができたのがうれしくて、その日は長居せずに帰りました。その男がいるのは性交渉のためだとの印象はまったくなかったです」

ジョン・プレンティスは中国シルクの服飾品チェーンに広報担当者として雇われていたのですが、彼の同僚のなかに（a）三十歳前後のブロンドの男、に合致する人物や、（b）その特徴には合わないけれど、マーティン・ブリトンの自宅で彼の弟と居合わせたという人物はいなかった。グリーナム・ロードの家に行ったことがあると言っている者はジョンが生きているころでも全部で三人だけで、三人ともに五十代後半の女性です。

被害者のうち、パソコンを持っていたのは二人だけで（マーティン・ブリトンとケヴィン・アトキンズ）、両パソコンともハードディスクは詳しく調べられています。アトキンズは〝出会い系〟サイト二か所に不定期にアクセスし、ゲイやストレートの〝ソフトポルノ〟サイトにはより頻繁に訪れています。各Eメールの中身を見れば、彼が一夜の相手をどのようにして選び、約束を取りつけていたかがわかります。それらの相手に事情聴取したところ、事件の晩には全員にアリバイがありました。ケヴィン・アトキンズがネットで見つけた相手と、ハリー・ピールがクラブで見つけたパートナーとで重なる者はいませんでした。マーティン・ブリトンのハードディスクにはポルノも〝出会い系〟サイトもなく、行きずりの性交渉に関するメールもありませんでした。

軍と連隊のデータのクロスレファレンスでも、収穫はありませんでした。三者をつなげる事柄や人物は皆無。マーティン・ブリトンが国防省の職員としてアーカイヴのピールとアトキンズの記録にアクセスした痕跡はありますが、これは無視して差し支えないと我々は考えています。

通信、日記、固定電話の通話記録にも、三者に共通する名前や住所、電話番号はありませんでした。ピールとアトキンズの携帯電話の通話記録に関しても同様です。（ブリトンは記録が残らないプリペイド方式の携帯電話を使っていました）。ピールとアトキンズの携帯にあった（それぞれに異なる）番号のいくつかは不通になっています。それらの番号の前の〝所有者〟はいまだたどれていません。［注：アトキンズのサーバーには彼の携帯電話を〝通話可能〟な状態にしておくよう要請してあります。現在も使われていて、その動きがたどれる万一の可能性を見こんでのことですが、これまでのところ動きはありません」

被害者がそれぞれ犯人とどのようにして連絡を取っていたか、またどのようにして同じ人物に〝行きついた〟かはいまだ不明です。

結論

ピールとアトキンズにはいくつかの共通点がありますが――両性愛者、既婚、行きずりの相手と関係することはあったが、きまった相手と固定的な関係を結ぶことはなかった――マーティン・ブリトンにはそのような類似性はありませんでした。

現在のところ、ヒュー・ブリトンが兄と一緒にいるのを見たという男たちが彼のセックスの相手であったという証拠はなく、また仮にそうであったとしても、ブリトンがどういう方法でその相手を〝見つけた〟のかを示唆するものは何もありません。

心理プロファイル

ご依頼の、ジェームズ・スティールによる犯人の心理プロファイリングの改訂版のコピーを添付します。スティールにプロファイリングを依頼したのはブリトンの事件の後ですが、彼はアトキンズの犯行現場から得られた情報も含まれる形で報告書を書き直しています。スティールの見解は要約すると以下の通り――

1、犯行には同一の特徴が見られる――殺害の手口（頭蓋骨の破砕は、先端の丸い棍棒かそれに類する形の重い物体がかなりの力で振り下ろされたことを示唆している）、性交の痕跡はないこと、直腸に損傷、死体の向きを変えて臀部《でんぶ》を露《あら》わにしていること、怒りは家具などにも向けられていること……等々。（スティールによれば、直腸の傷は〝棍棒〟の持ち手部分によってつけられたのかもしれないとのこと。肛門内部でゲルが採取されたことから、鑑識は、たぶん挿入がスムーズになされるように、〝道具〟にコンドームがかぶせてあったのだと見ている)

2、特徴は、居間にあった半分空になったワインボトルと、キッチンの洗ったグラスにも顕著である。スティールの見立てでは、当初のアプローチは〝性的〟なものではなく、〝社交的〟なものだった。(これは、〝潔癖〟と評されることの多いブリトンにもすんなり当てはまる)

3、われわれが捜しているのはひとりの人物である。ブリトンもアトキンズも〝訪問者〟がひとりではなく誰かを伴っていたら不審を抱いただろうとスティールは考えている。(スティールは、同伴者が外で待っていた可能性も排除はしていないが、事件のあった晩に何か怪しいものを見かけたという人は、近所の住人にも通行人にもいなかったという事実を指摘している)

4、〝無理に押し入った〟形跡はないことと攻撃の狂暴性との矛盾は、人を操ることに長け、かつ逆上しやすい人物であることを示唆している。

5、スティールは、犯罪実行者は攻撃のあいだは裸か半裸であったと仮定している。（犯行後に、血のついた服を着た人物の目撃証言は皆無である）

6、指の爪裏からの採取物に皮膚の接触を示す痕跡はなく、またどの被害者にも防御創はなかったことから、被害者は三人とも攻撃の前に動けなくされていたとスティールは考えている。検死解剖でも毒物検査でもこれというものは見つからなかったことから、スタンガンが頸部もしくは頭部に使用されたのではないかとスティールは見ている。（これを確認すべく、鑑識はケヴィン・アトキンズについても再調査したが、頸部、頭部双方とも無数の傷に覆われていたため、スティールの説を補強するには至らなかった）

7、犯行現場における物的証拠の少なさを、スティールは、犯人が高いＩＱの持ち主で、科学捜査を念頭においていたことの表れだと指摘している。彼はまた、直腸の損傷と臀部がむきだしになっていたことについても、予断を抱くのは禁物だと言う。〝ゲイ・セックス〟を思わせる見かけは、遊びで、もしくは犯人の性的指向について捜査側を混乱させるための目くらましとして、あるいはその両方でなされたものとも考えられるとのこと。

8、スティールはさらに、被害者たちを〝ゲイ〟と決めつけるのも――ブリトンはそのことを公言しているが――われわれの判断を曇らせる恐れがあるから、避けるよう助言している。

9、彼は、マーティン・ブリトンの暮らし方と他の二人のそれとの違いを指摘する。ブリトンは〝古風〟で〝知的〟であるとし、彼なら犯人である人物を〝話し相手〟として招じ入れたのかもしれないと言う。

10、軍でのつながりが、犯人が被害者たちの信用を勝ち取り、彼らの家に出入りするための手段となったのではないかとスティールは考えている。

11、スティールがとくに注意を喚起しているのは、被害者たちが自宅に現金を置く習慣があったという点である。タクシー運転手のハリー・ピールは運賃をつねに現金で受け取っていた。マーティン・ブリトンはふだんの買い物を〝地元の〟商店で現金払いでしていた。建築業者のケヴィン・アトキンズは日雇い労働者への支払い用に、現金をつねに手元に札束で用意していた。こうした習慣を犯人は知っていたのかもしれない。

スティールの提言

犯人は十八歳から二十五歳の男性と思われる。男娼／同伴業者で、軍人／元軍人、もしくはそのどちらか。薬物中毒が売春に向かわせ、怒りをとつじょ爆発させているのかもしれない。その人物のことは、彼のサーヴィスを利用したことのあるほかの男たちにも知られていたかもしれない。犯行の動機としてもっとも考えられるのは金。

物的証拠の少なさは、犯人が平均もしくは平均以上のＩＱの持ち主で、犯行に及ぶ意思が事前にあったことを示唆している。その根拠としてスティールは、凶器が犯人によって持ちこまれていることを挙げている。

三人の被害者のあいだに重なり合う点が実質的にないことから、捜査は原点に立ち返って一からやりなおすことをスティールは提言する。犯人はこの地域のことをよく知っていて、犯行現場から五キロメートル以内の範囲に住み、これというカモ／被害者が現れたら、〝フリーランス〟で仕事にとりかかるのではないかとスティールは見ている。もしそうであるなら、彼は目標にじかに接近し、会う場所もバーやクラブではなくまったく別の場所にするはずだ。もしわれわれが〝ゲイ社会〟と既存の〝出会い系〟サイト、もしくはそのいずれかに全精力を傾《かたむ》けていたら、明白な事柄――すなわち被害者との取り決めを知る者はほかにないから、犯人は自由に犯行におよぶことができた――を見逃してしまうとスティールは警告している。

加えてこうも述べている――「この犯人には、相手に同情的な反応を起こさせる、何か特別なものがあるのかもしれない。とくにマーティン・ブリトンの場合は、本来の内気さを乗り越えてこの人物を家に招じ入れるには、相当の誘因を必要としたはずである」

スティールは、男娼を買ってその男娼に激昂されたり暴力をふるわれたりした経験があり、それでもなんとかピールやブリトンやアトキンズの運命はたどらずにすんだ者に捜査の対象をしぼることを勧めている。また、ピール夫人、アトキンズ夫人、ヒュー・ブリトンにも再度会って、夫や兄に、出会ってさほど時間がたっていない人物を逆上させてしまうような言動をすることはなかったかどうか、あればそれはどういうものであったかを尋ねてみることを勧めている。

怱々《そうそう》

ブライアン・ジョーンズ警視

サザーク・エコー、二〇〇七年五月四日（金曜日）

七十二歳、襲われ、携帯電話を奪われる

アビンボラ・オショーディィ（七二）は昨夜、携帯を奪おうとした若者二人に殴る蹴るの暴行を受け、病院に搬送《はんそう》されたが、現在は回復に向かっている。この事件はここ数か月、南ロンドンで多発している事件の最新事例で、警察は、人前でおおっぴらに携帯電話を使うことの危険性に人々の注意を促している。「手に携帯電話を持っていることは、それを狙っている者には、〝ゴー〟の青信号なのです」

アビンボラを襲ったのは白人の若い男（痩せ型で、身長一八〇センチ、ブロンドまたは砂色の髪）と、白人の若い女（身長約一六〇センチ、黒髪）。二人ともフード付きスウェットシャツを着て、ドクターマーチン風のブーツをはいていた。

八週間後

7

ドクター・ウィリスは人の心を読むのに長けている。戦地勤務に復帰したいというアクランドの要請が、六月末、最終的に却下されたとき、そのことを打ち明けるのにもっともためらわれる相手はこの精神科医だった。ウィリスが発する最初の言葉は「だからそう言っただろう」になるだろうと、アクランドは確信していた。そう言われても返す言葉はない。ウィリスの予言のほとんどは確かな現実となり、アクランドは、現代の戦闘部隊でなら障害のある将校にも活躍の場はあると信じるおのれのナイーヴさをいやでも思い知らされることになった。

医事委員会の所見は完膚《かんぷ》なきまでに否定的だった。軍務への復帰を望むチャールズ・D・B・アクランド中尉の明確な意思は多とするものの、中尉の野心は障害の重さを考えれば非現実的である。片目が見えないことにより、戦闘においてむしろ足手まといになるであろうし、耳鳴りと、頻度が増す一方の片頭痛は、的確な判断を下す能力を減殺する。本委員会の第一義的な責務はすべての兵員の安全を考慮することであるから、アクランド中尉が戦場でふたたび指揮をとることを許せば、他の兵士らのリスクとなるというのが本委員会の一致した意見である。

アクランドは連隊からの離脱について、自分のなかでさえ心に覆いをかぶせていた。落胆する気持ちをうまく処理できず、デスクワークの提案はことごとくはねつけ、なんとか力になろうとする者には冷たく背を向けた。自分は厄介者――グループの一員ではなく、グループにしがみついているだけの者――になってしまったのだと思い、いよいよ連隊を去るという日、荷物をまとめていたときは、自分はもう二度と仲間だった男たちの顔を見ることはないのだと自覚していた。兵舎のゲートを儀式も見送りもなく出ていく彼は、将来と自分自身に関する不安を胸中深くに抱えた、孤独な、世をすねた男だった。

アクランドがスーザン・キャンベルの家での滞在についてロバート・ウィリスに語った言葉――「人が多すぎる……みんなばかみたいに人としゃべりたがる……」――を思えば、彼がロンドンで暮らすことにしたのは妙な選択に思えるかもしれない。しかし、この大都会でなら、彼のような目立つ顔でも匿名《とくめい》の存在でいられるのをアクランドは知っていたのだ。通行人がじっと見つめることはあるだろうが、小さな地域社会におけるのと同じような注意を引くことはない。両親の住む村で、口さがない人々の好奇心にさらされたら気が変になってしまうだろう。彼は埋もれた存在になることを渇望していた。外部からの干渉やプレッシャーなしに自分の人生を考え直す機会を。

扶養家族はないのに加えて、入院期間中の使わずにすんだ給与と、戦場で負った傷に対する国防省からの補償金でふくらんだ預金残高があるので、仕事探しを急ぐ理由はなかった。そこで彼は、ウォータールー地区でフラットの一階の部屋を六か月の期限で借り、貧者のように倹約して暮らした。つましい食事と、ごくたまにパブでラガーを一杯やるだけ。

昼間はランニングをし、話しかけてくる者には、負傷した元軍人のための基金を調達するためロンドンマラソンに出る訓練をしているのだと答える。ときどき自分でも、ランニングをするのは頭のなかの声を抑えこみ、自分以外の人類を遠ざけておくためであることを忘れて、慈善のためだと思いこむことすらあったが、日増しに彼は、あなたは何者で何をしているのかを知りたがる善意の好奇心に応えるよりは、用心して退却するほうがましだと、人と目を合わせるのを避けるようになった。

アラブやイスラム教徒の服装をした者には、体が強い拒否反応を示すようになっていた。アクランドがこうした嫌悪感――あるいは恐怖――を抱くであろうことに対しての備えは、さすがのウィリスもしていなかった。ディスダーシャ（アラブ諸国の男性が着用する長袖でくるぶしまでの長さの白い服）の上にある顎ひげをはやした顔を目にすると、そのたび体にアドレナリンが奔騰《ほんとう》してびくっとする。だから彼は道路を向こう側へ渡るか脇道にそれて、出くわさないようにした。彼の嫌悪はしだいに昂《こう》じて、白人以外はすべてその対象になっていった。この反応は非合理的だと頭の一部ではわかっていたが、それを正そうとはしなかった。自分の身に起きたことの責めを、自分が理解できない人々、理解したくない人々に負わせることができたら、気分がよくなるのだ。

ウィリスは彼に、自分の反応に自分で驚くことがあるかもしれないとは警告していた。トラウマが引き起こす事柄について一般的な言葉で話し、悲憤、とりわけ自分自身へのそれは、物を見る目をゆがませてしまうこともあるのだと続けた。そしてアクランドに、自分ではどうすることもできなかった悲劇についてあれこれ思い悩むなと励ました。罪悪感というのは人を混乱させるとても強い感情で、起きたことの記憶がすべて失われている場合、それはいっそう強くなるのだ、と。例によってアクランドは、部下たちの死についてウィリスと話すことを避けた。

「ぼくが感じているのは罪悪感ではありません」とアクランドは言った。

「では何なんだね？」

「怒りです。彼らは死ぬべきではなかった。彼らには妻も子どももいるんです」

「自分が代わりに死ぬべきだったと言うのか？」

「いえ。死ぬのはイラク人であるべきだったと言ってるんです」

「そのこと、われわれはもっと話し合ってみるべきだよ、チャールズ」

「その必要はありません。先生が答えを求めたので、それに答えただけです。ターバン野郎にやられる前にこっちがやっておけばよかったと悔やんでいるからといって、イギリスにいるイスラム教徒に戦争をふっかけようとは思っていません」

しかし、誰かにはふっかけたかった。夢で彼は、アラブ人の側頭部に銃口を突きつけ、白い木綿のカフィエ（アラブ人の男性が頭にかぶる大きな布）が血で赤く染まるのを見つめている。べつの夢では、ホーホーわめいているブルカ（イスラム教徒の女性が着用する、目の部分だけあけて頭から全身をおおう外衣）姿の女たちにミニミ機関銃を向け、一分八百発の速度で掃射している。はっと跳ね起きると、夢だったにもかかわらず汗びっしょりで、やがて心臓がどくどく早鐘を打つ。しかしそれが罪悪感からなのか、歓喜ゆえなのかはわからなかった。

自分が厄介なことになっているのはわかっていた――夢が凶悪さを増していくにつれ、片頭痛もひどくなっていく――一方で彼はその痛みを一種の罰として歓迎してもいた。それは、誰かが支払わねばならぬ代価なのだ。であれば、その誰かは自分であってもいい。

*

アクランドの不安定な心の平静は、ロンドンに移り住んで五週間後、みごとにひっくり返った。バーモンジーのパブ、〈ベル〉のカウンターで一パイントのラガーを手に、ひとり静かに坐っていると、隣にぱりっとしたスーツ姿のシティーのブローカーとおぼしき一団が割りこんできた。きょうの取引でいくらいくら稼いだと鼻息が荒く、グラスを重ねるにつれ、声も態度もでかくなっていく。端のほうにいる数人にアクランドは二度三度、小突かれたりしたが、なかのひとりが声をかけてこなかったら、反応はしなかっただろう。アクランドの右半分しか見えていないその男は、アクランドが返事をしないでいると、トントンと肩を叩いた。

「あんた、耳が聞こえないの?」そう言って、オレンジジュースのグラスをアクランドの鼻の下で振り、向こう側のあいているスツールに顎をしゃくる。「あそこに移ってもらえないかと訊いているんですよ。こっちはかなり窮屈なんで」

歌うような口調は間違いなくパキスタン人で、アクランドの返答は即座、かつ無意識なものだった。右腕を男の首にまわし、左のこぶしを男の顔に真正面から叩きこむ。男は苦悶の声をあげ、仲間にぶつかりながら床に倒れた。鼻から血が噴き出している。

グループのほかの男たちがびっくりした顔でアクランドを振り向いた。「なんとまあ！」ひとりが言った。「いったいなんの騒ぎだよ」

「ぼくは人を殺す連中が嫌いなんだ」アクランドはそう言って、また自分のラガーに戻った。
一、二秒、あっけにとられた沈黙があり、それからひとりが倒れた男にかがみこんで立たせた。そしてカウンターのディスペンサーから紙ナプキンを一枚取り、アクランドをにらみつけながら男の鼻にあてがった。宗教や国籍がなんであれ、その男はダークスーツにワイシャツにネクタイという西洋人の服装をしていた。彼がイスラムであることを示すのは、顎ひげと、飲んでいる飲み物だけだ。「この国で、そんなふるまいは許されんぞ」
「ぼくはここの生まれだ。どうふるまおうとぼくの勝手だ」

「こっちもここの生まれだよ」

「だからといって、イギリス人ってことにはならない」

「いまの聞いたか？」パキスタン人は興奮した声でまわりの仲間に同調を求めた。「この男、人種を理由におれを非難した。みんながその目撃者だ」男はアクランドより体重のあるがっしりした体つきで、加勢する仲間もいることだから負ける心配はないと踏んだのか、警告するように指を振り立てた、「あんたは狂人だ。野放しにしてはいけない人間なんだよ」

「違うね」アクランドは穏やかと言えなくもない口調で言った。「ぼくは怒れる狂人だ。いくら無知なパキだって、それぐらいわかるだろうに」

それは雄牛の前で赤い布を振るようなものだった。侮辱《ぶじょく》に激怒して、男は頭を下げて突進した。アクランドに左側から襲いかかっていたら少しはチャンスもあっただろうが、右側からでは勝ち目ゼロだ。体力、スピード、体調、どれをとってもはなから勝負にならないし――ブローカーという職種は基本的に座業だ――そもそも彼はけんかの仕方を知らなかった。当たれば幸いとこぶしをやみくもに振りまわすしかない。まさかアクランドがさっとスツールから下り、相手が突進してくる動きを利用して頭をカウンターの側面に叩きつけ、足を蹴り払うとは思ってもみなかった。

アクランドはそこで終わりにしてもよかったのだが、そうはしなかった。カウンターの向こうのざわつきとパキスタン男の仲間のどなり声には気がついていたが、何か月ものあいだ抑えつけられていた憎悪は捌《は》け口《ぐち》を求めていた。そこに、この大口を叩くブローカーが志願してきたのだ。「口を閉じていればよかったんだよ」そうつぶやくと、片膝《かたひざ》を床につき、両手を男の顎の下に入れて頭をのけぞらせ、脊髄《せきずい》を二つの椎骨《ついこつ》のあいだでつぶしにかかった。

その手を止めたのは、カウンターの向こうからアクランドの首筋にぶっかけられたバケツ一杯の氷水だ。

「**やめなさい！**」何本もの手がアクランドを引き離して床に転がす。それと同時に、女の声が叫んだ。「やめなさいってば！」ブローカーのひとりがアクランドの脇腹に靴先を蹴りこむと、女はどなった。「警察が来るまで、みんなそこを動かないで！」そう言うと、するどく口笛を吹き鳴らした。「ジャクソン！　こっち！　急いで！」

彼女の言葉は聞き流された。ほかのブローカーたちの猛攻撃にアクランドが耐えていると、ほかの客たちはそれを横目にそそくさと四方に散っていく。パキスタン男がよろよろと立ち上がり、支えになりそうな物や人につかみかかろうとしてその場をますます混乱させる。男がテーブルをひっくり返しそうになったとき、黒い髪にメッシュを入れた短髪の大女がカウンターの後ろから現れた。「はい、そこまで」低い、落ちつき払った声で言う。「あんた、串刺しの豚みたいに血だらけだよ。わたしが安全なところに移してあげる」

女はウッとひと声あげてアクランドにやられた男を両腕で抱え上げると、どさっとカウンターに坐らせた。「そこ、全部使っていいから」そう言うと、やおら乱闘に分け入った。「デイジーの言ったこと、聞こえたよね」と、パキスタン男の仲間二人の後頭部をパシッと肉厚の手で叩く。「もうやめなって。ここはちゃんとした店なんだよ。壊したものは全部弁償してもらうからね」肘《ひじ》でさらに二人をかき分けて、アクランドを見下ろし、「大丈夫？」と声をかけた。

アクランドは細めた目を女に向けた。床から見上げると、白い筋肉の山だった。バイカーブーツと黒いサイクリングショーツとタンクトップから、ふくらはぎ、太腿《ふともも》、肩、首が、膨らましたゴムの袋のように突き出している。ブーツの足の片方が杭《くい》打ち機のように下りてきて、アクランドはぎょっと身構えた。「動くなって、デイジーが言っただろ」低い轟《とどろ》く声で言いながら、ブーツの踵《かかと》をソフトレザーの靴にめりこませた。「それには蹴ることもふくまれるんだ」

「ちょっと、ジャクソン！」命令に逆らった男が悲鳴をあげる。「痛いじゃないか！」

「おとなしくしなかったらもっと痛い目に遭うよ」彼女は踵をあげて男を離した。「ほかに体重百四十キロのウェイトリフターを相手にしたい人は？　わたしは朝食にステーキを食べているんだ、シュークリーム数個ぐらいへいちゃらだよ」誰も名乗り出てこないのを見て取ると、彼女はアクランドに手を差し出して引っ張り上げた。「そこに行ってて」と、壁際のベンチシートに顎をしゃくる。「それからあんたたちはあのテーブル」とブローカー連に指示した。「お巡りさんたちが来るまで、みんな静かにしてるんだ。そのあとは――」彼女はふいににこっと笑った。「まあ、ブタ箱で数時間、手持無沙汰にしてるんだね。取調室に呼ばれるまで――」

いっせいに反抗的な目が向けられた。「ちょっとジャクソン、かんべんしてよ」ひとりが言った。「みんな家に帰らなくてはならないんだぜ」

「それってわたしに関係ある？」

「おれたちここのいい客だし、始めたのはこっちじゃないんだ」

「だから？　ここはわたしの家なんだよ。タクシーを呼んで、あとは知らないと帰るわけにはいかないの」彼女は胸の前で腕を組み、文句があるなら言ってみろと態度で示した。「デイジーとわたしはあんたたちの家に行って、甘やかされた子どもみたいなまねをしたりはしない。なんであんたたちは、この家でそうする権利が自分にはあると思うんだい？」

「そんなことしてないよ。それをしたのは、あそこにいるレイシスト野郎だ。あいつはなんの理由もないのにラシドの顔を殴り、無知なパキとののしったんだぞ」

ジャクソンはアクランドに視線を移した。「そうだったの？」

アクランドはアイパッチの下に指を這わせ、からっぽの眼窩《がんか》の痛む神経をなだめた。「ほぼその通りだ」

「ほぼって言うのは？」

「そうする理由があったってことだ」

ジャクソンは続きを待ったが、彼は何も言わない。「もっともな理由であることを願うよ。もしラシド・マンスールが、もう少しけんかの仕方を知っていたら、もう一方の目もだめになってしまったんだよ。

へたしたら、もう一方の目もだめになってしまったんだよ。」

警察が来て、やりとりはそこで終わりになった。いまもまだ怒りが収まらないマンスールは、出血している鼻を押さえながら警官に名前を告げ、アクランドが彼を人種差別的な呼称で呼び、彼を殺そうとしたと訴えた。アクランドは単に自分の名前を告げただけだった。片頭痛がひどく、顔が蒼白なのに気づいたのはジャクソンだけではなかった。警官が治療の必要を尋ねたが、二人とも不要との答えだった。マンスールは自分の言い分をアピールするのに懸命で、かたやアクランドは動くこともできないほどに消耗していた。

怒りで興奮する一方のマンスールの声はかん高いキーキー声になっていき、何を言っているのか聞きとれなくなったので、警官は彼の話を途中でさえぎり、ジャクソンに説明を求めた。ジャクソンは店に出てきたときに見たものを正確に語ったが、どちらが先に始めたかについては厨房にいて見ていなかったので答えられなかった。彼女のパートナー、スタイルがよく、胸の谷間のくっきりしたブロンド、デイジーも、その点では同様だった。カウンターの反対端で客の注文を取っていて、もめごとが起きているのに気がついたのは、どなり合いが始まったときだったのだ。腕時計にちらちら目をやっているブローカーたちは、最初に気づいたのは、仲間の男が血まみれの顔で床に倒れ、アクランドが、人を殺す連中は嫌いだと言っていたときだと言った。

警官は注意をまた二人の男に戻した。「よし、ではお二人さん、これはなんの騒ぎなんだね？　どっちが先に口を開いたんだ？」

アクランドは床を見つめた。

「わたしです」マンスールが身構えるように言った。「だけど、べつに乱暴な言い方はしていません。この人に、窮屈だから隣の空いている席に移ってもらえないかと頼んだんです。だけど彼は返事もせず、こっちの首に手をまわし、パンチを見舞ってきたんです」

「で、あなたが言ったのはそれだけなんですか？」

パキスタン男はためらった。「同じことを二度言いました。一度目は聞こえなかったようなので、トントンと肩を叩いて、もう一度頼んだんです」そのとき自分がどう言ったかを思いだした。あんた、耳が聞こえないのか？　「顔が、片側しか見えなかったんですよ」言い訳がましく付け加える。

警官は眉を寄せた。「それで何が違ってくるんです？」

「わたしとしても、もしこの人が、その……なんていうか——」マンスールは適切な表現を探したが、やがて気まずそうに肩をすくめた。「まあその、何かの事故に遭って……手術をして……それで……。わかりますよね」

「いや、わかりません。まわりくどくてさっぱりです。彼があなたに人種差別的な言葉を使ったってことでしたが、なんて言ったんです？」

「わたしを人殺しで無知なパキスタン人と言ったんです」

「で、あなたは彼になんと？」

「狂人」

警官はアクランドに顔を向けた。「何か言いたいことはありますか？」

「いや」

警官はしばらくじっとアクランドを見ていたが、やがてジャクソンに問いかけるような目を向けた。「この人は飲みすぎたか、でなくば医者が必要だよ。顔が真っ青だ」

「ラシドの仲間にさんざっぱら蹴られたんですよ……だから、ラシドが違うと言うならべつだけど、わたしは、暴行を加えたという点ではお互い様だと思いますよ」

警官はパキスタン人のほうを向き、彼が首をふるとうなずいた。「あんたはどうなんだ、ジャクソン。ここはあんたの店だ。器物損壊で全員を逮捕して署にしょっぴいてってもらいたいか、それとも——」このやりとりはこれが初めてではないのか、警官の目には面白がっている気配があった。「ここは警告だけで放り出すか。わたしはキッド船長じゃないから今回だけは見逃すと決める権限はないんだよ」

「それってどういう選択なのよ」ジャクソンは苦々しげに言った。「病人を警察に引き渡したって評判がたったら、うちは商売あがったりになるし……その病人をお客さんたちが踏みつけて出口に殺到したとなったら、もっとひどいことになるじゃない」

警官はにやっと笑った。「たぶんその病人は署までしょっぴいていったらもっと悲惨な状態になるだろうし……そしたら、ここの商売はさらに厳しくなる」

「ふむ」ジャクソンはカウンターの上のからになったアイスペールを取り、ブローカーたちのテーブルに置いた。「店に与えた損害に対してひとり五ポンド。それを払えば帰ってもいいよ……ただし、そこの二人は――」と両手の人差し指をアクランドとマンスールに向けて「五十ポンドだ。わたしとデイジーとで、あんたたちがしでかしたことの後片づけをする気はないから業者に頼む、その費用を負担するか、それがいやなら自分で床に這いつくばって血をごしごしこすり落とすか、どっちかだね」

ブローカーたちはそそくさと五ポンド札を投げ入れ、関係者たちの気が変わらぬうちにと出口に急いだ。「これがわたしなりの正義」ジャクソンはアイスペールをデイジーに渡し、警官にウィンクした。「被害者には即座の賠償。そして、ペーパーワークで公僕の時間を無駄にすることもない」彼女はマンスールの鼻の下で親指と人差し指をこすりあわせた。「さあ、わたしのムスリムのお友だち、こんどはあんたの番よ。分担金をどうぞ」

マンスールはしぶしぶ財布を出した。「あいつはどうすんだよ」

「ああ、払ってもらうからご心配なく」彼女はパキスタン人のお金を受け取った。「でもその前に、まずは彼を、あんたのために死なせないようにしないとね。でないとあんた、署に連れてかれて、殺人罪で尋問されることになる」彼女はアクランドの上にかがみこんだ。「痛いのはどこ？」

アクランドは床を見つめつづけた。「頭」食いしばった歯のあいだから絞り出すようにつぶやいた。目を動かすたびこみあげてくる胆汁を懸命に抑える。「片頭痛だ」

「片頭痛はこれまでにもあったの？　始まりそうになったらわかる？」

「ああ」

「外科医は、原因はなんだと言ってた？」

「幻覚痛」

「目を失ったことによる？」

「ああ」

「ほかに痛むところは？　脇腹は？　背中は？　あの子たちの誰かに痛めつけられたところはない？」

「ない」

「立てる？」

アクランドはなんとか立ち上がろうとしたが、ちょっと動いただけで胆汁が口内に上がってくる。両手で口を押さえ、もどしそうになるのをこらえた。

「まずいな」ジャクソンは渋い顔で言った。「タオルをほうって、デイジー」飛んできた布をキャッチし、「これを使って」とアクランドに手渡す。それから彼を引っぱり上げて立たせ、肩にひょいと消防士スタイルでかついだ。「わたしの服に吐かないでよ。吐いたらさらに五十ポンドだからね」彼女は警官二人の前で足を止めた。「あらかじめ言っとくけど、もしこの人が実は頭のおかしなやつで万一暴れだしたりしたら、ぺしゃんこにのしてやるからそのつもりで。あとでそっちに訴えてきても、わたしに重傷害罪を負わせるのはなしよ」

「あんたは親切心のかたまりだよ、ジャクソン」

「そういうこと」彼女はそう言うと、成人男性をまるで子どものように軽々と運んでいった。

＊

アクランドはベッドに下ろされ、彼女に、吐きたくなったら枕の横のボウルを使うように言われたのは覚えていた。しばらくして、彼女はブリーフケースを手に戻ってくると、顔の傷について質問した。手術はどこで受けたのか。何か薬を服用しているか。医者に最後に診《み》てもらったのはいつか。片頭痛はどれくらいの頻度であるのか。どうやってそれに対処しているのか。片頭痛は悪化しているのか。吐き気はいつも伴っているのか。それにはどう対処しているのか。

それらの質問にアクランドはできるだけ答えた。一語だけの短い答えがほとんどだったが、吐き気が治まる気配を見せないと、彼女は制吐剤の注射を勧めた。それを打てば水分が摂れるようになり、鎮痛薬をもどさずにすむ。疲れはてていたので、アクランドは同意した。鎮痛薬の鎮静作用が効果を発揮しはじめると、アクランドはすぐに眠りにおちたが、それまでには、自分についてウィリスに話した以上のことを話していた。

＊

翌朝アクランドが目覚めると、カーテンの隙間から光が差し、階下から陶器の触れ合う音が聞こえていた。自分がどこにいて、ゆうべ何があったかについて、アクランドの頭に混乱はなかった。昨夜のことは一から十まで覚えていた――というか、本人はそう思っていた。ジャクソンが制吐剤を注射する前、彼女に「あなた、お医者さん？」と質問したことまで。しかし、彼女がそれに答えたかどうかは思いだせなかった。

アクランドは左側を下に、窓を向いて横たわっていて、靴と靴下はベッドのそばの椅子に置かれていた。身に着けているのは下着のパンツだけだったが、いつ、誰に服を脱がされたのかの記憶はなかった。彼は体を起こし、室内を見まわした。隅にパイン材の衣装ダンス、窓と反対側の壁に支柱にのせた洗面台と鏡があるだけの、小さな実用本位の部屋だった。嘔吐《おうと》用のボウルは空にして洗ったのが、財布と腕時計とアイパッチとともにベッド横のキャビネットの上に並べて置かれ、枕の横にはたたんだハンドタオルが置かれていたが、彼のジャケットとシャツとズボンはどこにも見えなかった。

アクランドはアイパッチを装着し、腕時計で時間を確認した。九時ちょっと前。床板がきしんで階下にいる者に自分が起きたことを知られないよう、羽毛の掛布団からそっと出ると、忍び足で衣装ダンスへ行った。少なくともガウンぐらいはあるのではと思っていたのだが、何も掛かっていないハンガーが五つあるだけだった。彼はばかみたいな気分で靴下と靴を履くと、財布をパンツのウェストバンドにはさみ、掛布団のピンクの花柄のカヴァーをはがして腰に巻きつけた。

そして、そっとドアを開け、踊り場に顔を突き出してトイレを探したが、隣り合うどの部屋もドアはしっかり閉まっていた。左側に階段があり、キッチンの音が吹き抜けから上がってくる。それとおいしそうな匂いも。誰かがベーコンを焼いていて、その匂いが彼のすきっ腹を直撃した。ここは建物の私用の部分なのか、それとも隣り合った部屋部屋は宿泊客用の部屋なのかがわからないため、アクランドは踊り場をじりじり進んでトイレと思われるドアを探した。

最後に意を決してあるドアを開けると、なかにジャクソンがいた。マーフィーの法則を地でいくようなものだ。彼女はドアを向いてベンチプレスにまたがっていた。両腕を肩の高さで広げ、分厚い手にはダンベルが握られている。肘をまげてダンベルを胸元に戻しながら、アクランドの格好にクックッと喉の奥で笑った。「すてきなスカート」そう言って、「トイレを探しているんなら、あんたの部屋の真向かいのドアがそれ。ドアの裏にバスローブが掛かっているから、それを使うといいけど、わたしの剃刀《かみそり》は使わないように。わたしのこれはあと五分で終わります」

頬と首筋を真っ赤にし、もごもごと詫びの言葉をつぶやいて退出するアクランドに、ジャクソンは、三十代と昨夜は見ていたけれど、実際はもっと若いのかもしれないと思った。五分刈りの髪に損壊した顔のせいで年齢を推しはかるのがむずかしいのだが、マンスールと彼の仲間よりは上だと思っていたのだ。腕をのばしてふたたびダンベルを上げながら、彼女は、アクランドの病歴に関する質問への彼の答えを再検討した。

そのけがはなんで負ったの？　金属片で。自動車事故？　そうも言えます。それはどういう意味？　どうって……事故だったってことです。片頭痛はそれまでにもあった？　いや。痛みには何を服《の》んでるの？　何も。我慢してます。なぜ。薬を服むとうまく機能しなくなるから。ほとんどの人は痛みがないほうがよりましに機能するのよ。ぼくは大丈夫です。そうでしょうとも。あんたはひどい顔色をしてて、うるさくしてきた最初の人間に暴力をふるった。それできちんと機能してるって言えるの？　ぼくはまだ生きてます。そうでしょ……？

吐き気が治まってから鎮痛剤が効いてくるまでの彼の返答は、さらに興味深かった。誰が死んだの？　部下が二人。あんた、軍人？　もうそうじゃない。なぜ。役に立たないから。ラシド・マンスールはどうしてあんたを怒らせたの？　ぼくが彼らを避けようとしていたから。パキスタン人を？　人殺し連中を。誰かあんたのことを心配してくれそうな人は？　ぼくだけです……

アクランドは、ジャクソンがトレーニングを終えて出てきたとき、ドアを大きく開けた自分の部屋でベッドに腰かけていた。ジャクソンのネイビーブルーのバスローブを着て、五分前にくらべれば泰然と彼女を迎えた。「あなた、医者なんですか?」

彼女は胸で太い腕を組み、アクランドをしげしげと眺めた。歳の頃は四十代半ば、身長はアクランドと同じくらい、優に百八十センチはあるが、がっしりした顎と、短い突っ立った髪、傾斜した肩のせいで、一見、男のようだった。前の晩に着ていたのと似たようなタンクトップにショーツという格好で、太腿の筋肉は、足を開いてでないと立てないほど発達していた。「あんた、そればかり訊いていて……わたしはそうだと答えている……でも、どうも納得してないみたいだね。わたし、医者に見えない?」

アクランドは膨らんだ上腕二頭筋と、それと不釣合いに平たい胸部にじっと目をやった。「ぼくがこれまでに出会った医者とはだいぶ違う。きのうは自分のことを体重百四十キロのウェイトリフターと言ってましたよね?」

「ちょっと誇張して言ったのよ。ほんとは百二十ぐらいだけど、百四十のほうが脅《おど》しを利かせられるでしょ。あんた、ウェイトリフティングをやる医者に会ったことないの?」

あなたのような見かけの女の医者には会ったことない、と内心でつぶやく。「ないと思う。

パブを経営している医者にも会ったことないです」

目をそらしそうになるのをなんとかこらえている彼に、ジャクソンは言った。「経営しているのはデイジーよ。わたしはここの権利を持っているだけ。以前はフルタイムの開業医だったけど、いまは、地域の一次医療診療所の非常勤の代診医として時間外の診察を受け持つのと、刑務所に運びこまれた酔っ払いや麻薬常習者のめんどうをみてるの。ということは、週末と週に二晩か三晩は、いつでも呼び出しに応じられるよう待機してるってわけ。きのうは非番だったから、本当はゆっくりしていたところなのよ。あんたのめんどうをみるんじゃなくて」

迷惑だったと言っているのか、単に嫌みを言っているだけなのかはわからなかった。「すみません」

「謝ることはないよ。わたしの処置を受け入れてくれたあとは、ぐっすり眠っていたし」アクランドの不審そうな顔を見て、「注射したのは、脱水状態を緩和するための制吐剤のメトクロプラミドで、鎮痛剤はパラセタモール配合のコデイン。リスクのあるものは何も使ってないから。わたしが何を処方したと思ってるの？　ヘロイン？」

アクランドは彼女という人間が読めなかった。じっと見つめられると落ちつかない気分になるので、自分の手を見ることにした。「ぼくは薬は服《の》まないんです」

「ゆうべもそう言ってたね。薬を服まないほうが、自分はうまく機能するって」彼が何か言うかと、いったん言葉を切った。「それで今朝の気分は？」

「オッケーです」

「おなかはすいてる？」

「ええ」

「よかった。デイジーが五千人でも行き渡るぐらいのベーコンエッグを作ってあるのよ。あれをひとりで食べさせられたらかなわない。わたし、コレステロールの値にはかなり神経質なの。あんたの服はいま洗濯室だから、そのバスローブのままで行って……それから、財布を持っていくのを忘れないように。ゆうべの支払いが百ポンド——ラシドにけがをさせたのが五十ポンドと、わたしの背中に吐いたのが五十ポンド——それプラス、朝食代としてデイジーに五ポンド」

アクランドは彼女のあとについて踊り場に出た。「ベッド代は？」

「ひと晩だけならただだけど、今後も店で具合が悪くなったりするようなら、一泊三十ポンド。現金でね」彼女は階段を下りはじめた。

もうこの店に来るつもりはない。アクランドは口の先まで出かかっていた言葉を呑みこんで、代わりに「あれは今回かぎりのことです」と言った。「あんなことは二度とないです」

「どうだろうね。あんたはまだデイジーの朝食を食べてないから」

＊

デイジーは何もかもがジャクソンとは正反対だった——温かく、愛想のいい、曲線美のブロンド。歳も、パートナーより十歳は若そうだった。彼女はまた、お金にもまるで無頓着だった。アクランドが朝食代を払おうとすると、一笑に付した。「あなたが食べなかったら、ジャクソンが食べるだけだもの。彼女はここのお抱えのごみ入れなの」

ジャクソンにはそんな気遣いはなかった。「わたしの百ポンドは？」と、口いっぱいの揚げパンをたっぷりの紅茶で流しこみながら催促する。「デイジーはアカがかったリベラルで、利潤というのは汚い言葉、犯罪者はみな壊れた家庭の産物だと考えてるの」彼女は手のひらを差し出した。「わたしは、払うべきお金は払ってもらう主義」

「どちらか選べって話でしたよね。金を払うか、自分で掃除するか」

「もう手遅れ。デイジーが昨夜やっちゃったよ。血とゲロって、いったん床にしみこんだら抜き取るのが大変なんだよ」彼女のパートナーは反論しようとするかのように眉をしかめたが、ジャクソンが先を制してまた口を開いた。「わたしの新品のタンクトップ代は請求してないんだから、むしろあんたラッキーなんだよ。わたしの背中に吐き出したラガーを抜くには最低でも十回は洗濯しなくちゃならないんだから」

アクランドは二十ポンド紙幣を五枚かぞえ、デイジーが辞退した五ポンドを添えて差し出した。ジャクソンはそれを受け取ると、体をねじって背後のユニットの引き出しに入れた。そしてまた引き出しを閉める前に、十ポンド紙幣が上にのった薄い札束があるのをアクランドはちらと見て取った。「マンスールの分担金」向き直りながら、彼女はアクランドの目をとらえて言った。「概して言えば、悪い晩ではなかったよ」

急にアクランドは彼女が嫌いになった。いや、もしかしたら初めから嫌いで、いま不快な気分になったのは、不信感のせいかもしれない。彼女は醜《みにく》い女だ——粗野で強欲。そして明らかに、不利な立場にある者をいじめるのが好きだ。デイジーは彼女との関係でどういう位置にあるのだろうと、ふと思った。ジャクソンの従順な奴隷なのか。目を楽しませるだけの、もっときれいな人が現れたらぽいと捨てられる存在なのか。彼女がここにいるのは愛情から？　必要から？　二人は対等の関係なのだろうか。彼女がジャクソンのためにトーストにバターを塗るのを眺めていると、ふいに、どうでもいいやという気持ちになった。すべてにとつじょ、強い嫌悪を覚え、アクランドは椅子を、床をこするようにして押しやって立ち上がった。そして「ぼくの服はどこだろう」と、ぶっきらぼうに言った。「場所を教えてくれたら、自分で取りにいきます」

アクランドの口調に驚いて、デイジーはとまどったような笑みを浮かべた。「あなた、大丈夫なの？」

「大丈夫です……ですが、もう行かなきゃならない。遅れてるんです」

「わかった」彼女は背後のドアを指さした。「そこを出て、右手の最初の部屋。服はアイロン台にのってるわ。着替えたら、廊下をそのまま行って。突き当たりにドアがあるから、そこを出たらマリー・ストリートよ。そこからの道はわかる？」

アクランドはうなずいた。

「わたしのバスローブは置いていってね」ジャクソンがトーストをまた一枚手に取り、バターのついたナイフをマーマレードに突っこみながら言った。「あれには大枚をはたいたから」

アクランドは大きく息を吸い、それからデイジーに向かって言った。「ありがとう」

「何が？」

「ぼくの後始末をしてくれたこと……朝食……そして服を洗ってくれたこと」

デイジーは小さくほほ笑んだ。「ジャクソンの言うこと、いちいち本気にすることないのよ。この人、なんでも自分に都合がいいように事実をねじまげるんだから」

いきなり話が飛んで、アクランドはとまどった。「なんのことです？」

デイジーが答える前に、ジャクソンがまた割って入った。「ローブはオクスファムのバザーで二ポンドで手に入れたってこと。でも、だからといって、持っていってもいいってことにはならない」

「そんな気はないですよ」アクランドは硬い声で言うと、ベルトをはずし、身をくねらせてガウンを脱ぎ、「ほら」と椅子の背にかけた。「ぼくが出ていったあとで、盗んだと言われるのは願い下げです」

ジャクソンの面白がるような目が、アクランドのパンツから、靴下、靴へと移っていく。

「あんた、結論に飛びつきすぎだよ。そういうのって、印象をひどく損ねるよ。片目だからって、物が見えなくなるわけでも、ばかになるわけでもない――というか、そうであってはいけないんだけど、あんたの場合はどうだろうね。なんだか疑わしくなってきたよ。寛容ってことを少しは学んだらまた戻ってきてもいいけど、それまではだめだ」

「戻ることはありません」アクランドはそう言ってドアに向かった。「そんな余裕、ぼくにはとてもないですから」

「大丈夫だって」ジャクソンは気楽に言った。「デイジーは週決めで泊まる客には十パーセント割引きするから」

8

現金をほとんどジャクソンに取られてしまったので、アクランドは地下鉄の駅に向かう途中でＡＴＭに立ち寄った。尻ポケットから財布を出し、デビットカードを取ろうとフラップをめくって一枚のプラスティックを抜きだす。そのとき、ロバート・ウィリスの名刺が違った場所に収まっているのに気がついた。確かその名刺はアメリカン・エキスプレス・カードの後ろに入れたはずなのに、なぜかデビットカードを入れてあった場所に入っている。

ジャクソンが誰か連絡できる相手はいないかと彼の財布をさぐっている姿が目に浮かんだ。もしそこに精神科医の名刺があったら、彼女としては電話をせずにはいられないはずだ。ウィリスは彼女に何を話しただろう。そして彼女はウィリスに何を話しただろう。「あなたの患者は精神病質者の傾向を見せてますよ」「頭部の損傷は道徳観念を阻害する恐れがあること、当人に伝えましたか？」「彼に異常なしのお墨付きを与えたとき、彼が機能不全に陥《おちい》っていることを認識していましたか？」

アクランドは、自分はなぜウィリスの名刺を取っておいたのだろうといぶかしんだ。考えられるのは、どんなに頼りないものであれ、それが彼を軍人だったかつての日々と結びつけているからだ。もしかしたら、自分はいつか、元気でやっていますよというメッセージをウイリスに送りたいと思っているのかもしれない。まるで、潜在意識のどこかでは、彼の肯定的な言葉を聞きたがっているかのようだ。けれど、ウィリスはいまや、彼の悲観的な予言がことごとく当たったことを知ることになった。アクランドはひとりぼっち。疑り深さはほとんどパラノイアの域に達している。そして、繰り返し起こる片頭痛は彼を不安定にしている。

後ろにいつのまにか行列ができていて、ひとりがいらだたしげに身動きした。アクランドは急いでカードを挿入口に差しこみ、暗証番号と金額を打ちこんだ。ウィリスが両親に電話している、あるいは彼らの番号をジャクソンに教えている姿が頭に浮かび、背中にどっと屈辱《くつじょく》の汗が噴き出した。彼らは自分の息子がロンドンのパブで怒り狂って暴力沙汰を起こしたことを知っただろうか。ああ、なんてこった！

誰かが背中をトントンとつついた。「あんた、その金取る気あるの？　それともただ眺めてるだけ？」

アクランドは鼻から大きく息を吸って、振り返って男の顔にパンチを見舞ってやりたい衝動をこらえた。ぼそっと詫びの言葉をつぶやいて、金属の溝から二十ポンド紙幣の束を取り、財布にしまってその場を離れた。

また背中がつつかれる。「カードを忘れてるよ」

キーキー声の主が老人であることがこれほど明白でなかったら、ここから先は昨夜の再現となっていたかもしれない。それでもアクランドは振り返って、加齢で曲がった指を、再度つつかれる前につかみ、「それはするな」と、潤《うる》んだ目を見据えて言った。

八十歳は超えていそうな老人は、憤然とアクランドの手を振り払った。「わしは親切にしてやってたんだぞ。だが、いいさ……カードはそのままにしておけばいい。あんたが預金をぜんぶ盗られたってわしが気にすると思うか？」

「おれは人に触られるのが嫌いなんだ」

老人は簡単には気圧されなかった。「なら、背中に〝短気なくそ野郎〟と書いとけ。あんたがどんなに不機嫌だろうが、後ろに並んでてはわからんだろうが。まず顔を見ないと」

＊

アクランドは道路を渡ったところのプラタナスの樹の陰に陣取った。時間がかかっても待つつもりだった――そのほうが、待つうちに怒りが収まるかもしれないのでむしろ歓迎ですらあったが、結局は、十五分で張り込みを切り上げた。あの老人の言い分は間違っていない。彼の機嫌は最悪だった。怒りの発作が起きたとき、彼のなかに他者を受け入れる気持ちはかけらもなかった。つのる一方のいらだちがあるだけだった。次はなんだ？　アクランドは冷めた心で行く末に思いをはせた。次はなんだ？

＊

ヴィクトリア朝風のテラスハウスを改造した建物の、一階に二室あるうち彼が借りているほうのフラットに戻ると、アクランドはウィリスの名刺を引きちぎり、念のため、破片を灰皿で燃やした。それから、フラットに付属するちっぽけな庭に出て、彼と軍隊を結びつける諸々──将校任命辞令書に連隊の諸文書、給与明細、医事委員会の報告書──をすべて廃棄すべく、火葬の焚火《たきび》に点火した。このとき、上の階の女が窓から顔を突き出し、焚火は違法よと叫んでいなかったら、彼はこれまでの溜まりに溜まった疲れも火に投げこんでいただろう。

ひとつ大きく息をして気を落ちつけると、アクランドは顔を上げ、目に手をかざして女を見た。これまで彼は、入居した日からやたらと親しげに接してくるその女を、どことなくジェンを思いださせることもあって、できるだけ避けてきたのだ。ほかの居住者には寛大に接することもできるだろうが、注意を引きたがる女には耐えられない。

この女は、ワインのボトルを手にアクランドの部屋をノックし、どうぞと招かれもしないのに部屋に入りこみ、彼をチャーリーと呼んで、自分のことは愛称の子猫《キトン》と呼ぶよう強制した。いくらもたたないうちにアクランドは、彼女が二人の子を持つ三十五歳の離婚した女で、別れた夫はよそに女を作ったゲス野郎で、彼女は孤独であること、チャーリーのアイパッチは〝かっこいい〟と思っていること、夜出かけるのは誰かが費用を持ってくれるかぎりはいつでもオッケーであることを知ることになった。

最初はできるだけていねいに応じていたが──この女とはこれから六か月は隣人として付き合わなくてはならないのだ──一時間がたつうちには、どんどんそっけなくなっていた。彼女には惹かれるところが何もなかった。ジェンに似てすらいた。ブロンドの髪、マスカラで強調した大きな目の空疎《くうそ》な美、ひょろりとした体を細身のジーンズと腹部が露《あら》わなクロップトップでおおっている。ワインのほとんどを自分で飲み、だけど酒に強いわけではないらしく、話は、もと夫の再婚相手に関する悪口と、チャーリーに自分はあなたのことを魅力的だと思っていることをろれつのまわらない舌で伝えようとするぶざまな試みとのあいだを行き来した。やがて、あたし、長居しすぎたかしら、と流し目で訊いてきたので、アクランドはそっけなく肯定した。すると、態度が一変した。

しきりにモーションをかけていたのが、敵意むきだしでわめきだした。あたしはただ親切にしようとしていただけよ。あたしのこと、どういう女だと思っているの？　アクランドは無言で彼女の言うことを聞いていた。この人は何を期待してここに来たのだろうと思いながら。セックス？　賞賛？　どちらであるにせよ、彼は「かっこいい」男から、「むかつく」男に、彼女がよろよろとドアへ向かうころには変わっていた。

それ以後、彼女の敵意はちょっとした嫌がらせのかたちをとるようになった——アクランドがいつ出かけ、いつ帰ってくるかを見張っていて、上の階でうるさく音を立てる、庭にごみを落とす、もしくは彼の部屋のドアの前に置く。アクランドは、表面上は無関心をよそおっていたものの、内心では、女性に対してまだ少しは残っていた敬意さえもが彼女のそうしたふるまいによって削がれていった。こうした経験はアクランドのような疎外された人間にとっては危険なまでに負の作用を及ぼす。彼女が為したことは、結局のところ、アクランドの女性に対する不信感を強めただけだった。

隣の家の二階の窓にちらと動きがあるのが目に入り、アクランドはキトンからそこの年配の男に視線を移した。男のひそめた眉が何に対してなのかはわからなかった。焚火なのか、それともアクランドの違法行為を非難するキトンの乱暴な言葉に対してなのか。

「なによ、この馬鹿野郎！」キトンはますます声を荒らげた。「いますぐその火を消さないと、警察に電話するわよ」

彼女の背後に子どもの心配そうな顔がちらと見えた。「どうぞお好きに」アクランドは言った。「焚火は違法ではない。あんたみたいな人が文句を言ってくるといけないから奨励はされていないだけだ。警察には、ぎゃあぎゃあわめく鬼婆に事実はこうだと説明するよりもっとするべき仕事があるんだ」子どもが母親の袖を引き、すぐに跳びのいて母親の肘鉄《ひじてつ》を逃れた。

「いまは夏なのわかってる？　気温、何度あると思ってるのよ。火花が散ってフェンスに燃え移りでもしたら、あたしたちみんな丸焼けよ。そうなるのが見えない？　それともあんたの目は両方とも役立たずなの？」

アクランドは炎に目をやった。「火は抑えられてるよ」厚紙のフォルダーの燃え残りを足で突いて消えかかった炎にくべながらつぶやく。

「抑えられてるもんですか。うちの子、煙でむせてるのよ。ぜんそくにでもなったらどうすんのよ。訴えられてもいいの？　ほんとに自分本位なんだから。軍隊では気候変動のこと教えないの？」

「意味がないんだよ。油井が炎上しているときに、汚染物質を気にするやつはいない。死体の数をかぞえるだけだ。あんた、生きたまま骨まで焼かれた死体を見たことある？ 臭いがものすごくて、呼吸器具をつけてないと十メートル以内には近寄れない。だから、そいつが死ぬのをただ見ているしかないんだ……見てて気持ちのいいものではない」

「ちょっと声を落としてよ」彼女は怒って言った。「子どもたちが夢でうなされるじゃない」

「なら、ロンドンでのささやかな焚火がイラクやアフガニスタンで起こっていることよりもっと大きな害をなすようなふりはしないことだな。トーネード一機飛び立つたびにオゾン層がまた一段破壊されるんだ」彼は軍の医療カードが熔けて丸まるのを見ていた。「戦争はすべてを破壊する。そのことは、あんたの子どもたちもいまのうちに知っておいたほうがいい。そしたら、世界が燃えてなくなる前に、人生を楽しむこともできるってものさ」

しかし彼女は哲学には興味がなかった。「あんたに子どもの育て方であれこれ言われたくはないわよ。少なくともうちの子どもたちは通りを半裸で走りまわったりはしないし、夜中にギャーっと叫んだりもしない。あんたは頭がおかしいのよ。ゲイ殺しの犯人があんただとしたって、びっくりはしないよ。それぐらいやりそうだもの」

アクランドは恐ろしい悪夢からはっと目覚めるとき、上の階まで聞こえるほどの声を出しているとは思ってもいなかった。彼はまたキトンを横目で見やった。「ゲイ殺しって？」

「知らないふりしないでよ」

アクランドはじっと彼女を見ていたが、やがて靴で灰を踏みつぶした。「あんたは医者に頭を診《み》てもらうべきだよ。男があんたとセックスをしたがらないのはそいつがゲイだからではない。そのことを誰かが言ってやらないとね。原因はあんた自身、あんたが興ざめ以外の何ものでもないからだ。旦那さんが出ていったのが何よりの証拠だ」

「なによ、もう!」とつぜん何かが——陶磁器が——飛んできたが、的からそれてフェンスの前の草の中にどさっと落ちた。「あたしのこと何も知らないくせに」

アクランドは飛び道具を拾って投げ返してやりたい衝動に駆られた——自分なら的をはずすことは絶対にない——が、なんとかその衝動を抑えた。「充分知ったさ。これ以上は知りたくないと思う程度には」アクランドは突然の決意を胸に言い返すと、掃き出し窓に向かって進んだ。「ぼくは荷物をまとめしだいここを出ていく」

＊

部屋に戻ると、アクランドはすぐにおのれの軽率な即断を悔いた。賃貸契約はあと五か月残っている。不動産屋が空室ありの広告を出さざるをえなくなるときまで、あと五か月は住んでもいない部屋の家賃を支払わなくてはならないのだ。といって、いまさら撤回するわけにもいかなかった。そんなことをしたら、二階のくそ女を大喜びさせるだけだ。

どっちにしても、いまのままではやっていけないことはわかっていた。何かを変えなくてはいけない。ときどき、頭痛が我慢できないほどひどくなるのだ。

部屋を提供するというジャクソンの申し出に応じたい気持ちが頭をもたげてくるが、その衝動は頑として抑えこんだ。もし彼が、自分が心変わりをしたらキトンは欣喜雀躍《きんきじやくやく》するだろうと考えたとしたら、ジャクソンが、自分が二十四時間もたたないうちにしっぽを巻いて戻ってきたらなんと言うかは考えなくとも想像がつく。アクランドの気持ちは、〝頭のなかのロバート・ウィリスの声に耳を傾ける〟に傾《かたむ》いていった——彼との縁《えん》を断とうと名刺まで燃やしておきながら——。

「出ていくのは簡単なんだよ、チャールズ——最近はそういうのが流行らしいが——勇気がいるのは、また入れてくれと頼むことだ」

またもとっさの思いつきでアクランドはタクシーを呼び、運転手に、ウィリスの同僚、スーザン・キャンベルが住んでいる家の通りの名を告げた。「そこの何番地です?」

「覚えてないんだ。そこの通りに来たらゆっくり走ってくれ。玄関を見ればわかるから」

「わかりました」

二十分後、通りを三往復した末に、運転手は駐車スペースに車を停めて振り返った。怪しむような顔は、この客のひどい傷跡はなかで何かが壊れていることの表れだろうかと疑いだしたかのようだった。「ねえ、お客さん、このまま夜まで行ったり来たりしてもいいんだけど、メーターはカチャカチャ上がっていくし、こっちとしては料金を払ってもらえるか心配なんですよ。たぶんお客さんはどっか泊まるところを探しているんだろうけど……そのどっかはこの車ではないです」

アクランドはため息をついて財布を出した。「どの家かはわかっているんだ。だけど、その家に入っていきたいかどうかがわからないんだよ」彼は言って、メーターに目をやった。

運転手は現金を目にして少し柔軟になった。「わたしも、子どもを連れ出しに元の女房の家にいくたび、同じような気持ちになりますよ」

アクランドは二十ポンド紙幣を差し出した。「どこかに安いホテルはないか、知らないよね。ロンドンのどこでもいいんだけど」

「安いって、いくらぐらいです?」

「一泊三十ポンド」

運転手は笑った。「冗談じゃないですよ。いまは観光シーズンのピークなんですよ。ついていたら間際の価格交渉でどうにかなるかもしれないけど、そういうとこを探して走りまわってたら、いくらかかるか知れたもんじゃない。お客さんがノートパソコンを持っていたら、ネットで探すって手もあるけど、たぶんないでしょうね。ロンドンはバカ高いんです」

「パブはどうだ?」

「事情は同じです」運転手は釣り銭を寄こした。「わたしならここでひと晩はがんばって、朝になってまた考えますね。あ、どうも」運転手はアクランドが差し出したチップをポケットに収めると、同情の面持ちでアクランドを見た。「なんで中に入りたくないんです? 何が向こうで待ってるんです?」

「質問の雨」アクランドはうんざりしたように言うと、ドアを開け、背嚢《はいのう》を引き寄せた。

「で、それらに対してあんたは答えを持ってないってわけ？　あるいは、答えてもいいような答えは。相手はおふくろさん？」

「近いよ」

「そこが男と女の違いなんだよな。男はあっさり降参して、やっつけられるままになる……女はぐだぐだ問いたださないと気がすまない。そんなことないって言うんなら、おれの元女房と話してみたらいい。あいつは会うたんびにおれをとことんとっちめるんだから」運転手はじゃあと手を上げると、車を出して走り去った。

アクランドは背嚢を肩にかけると、五十メートルほど先のスーザン・キャンベルの家へ向かった。「またいつでもどうぞってことでしたが」ドアを開けて、顔を出したスーザンに言った。「本気にしていいですか？」

彼女は精神科医というよりは雑役婦に見えた。白髪まじりの髪を頭のてっぺんにまとめあげて赤いクリップで留め、口の端からはタバコがぶらさがっている。一見しただけでは、彼女がどんな人かはわからない。粗野でだらしないイメージを与えているが、その下には真のたくましさが隠れていることをアクランドは前回の滞在で知っている。

「あなたを中に入れて危険はないかしらね」

「ないですよ、前回と同じく」

「ふむ。でもあなた、ここへ来るちょっと前に、人に暴力をふるうのを習慣にしていたみたいじゃない」彼女はざっとアクランドに目を走らせ、それからドアを大きく開けた。「今朝、電話であなたのことを話していたの」

「そうじゃないかと思ってました」アクランドは彼女のあとについて廊下に入った。「ニュースは国民保健サーヴィスのほうが軍隊よりも早く伝わるみたいですね。ドクはなんと言ってました？」

スーザンは、下宿者がふたりテレビを見ている居間を過ぎて、キッチンにアクランドを通した。そして、テーブルの上の吸殻で一杯の灰皿で吸いさしをもみ消した。「あなたは、生涯で一度もペンより重いものは持ったことがないような太りすぎの無害なムスリムにパンチを食らわせたって」

「おおかた殺すとこでしたよ」

「だからここへ来たの？　また同じようなことをするんじゃないかと不安になったの？」

「かもしれません」

スーザンは椅子を引き出して指さした。「かけて。いまお茶を淹れるから」しばらくケトルを手にばたばたする。「ここへ来たそれ以外の理由は？」

アクランドは椅子に腰を下ろした。「フラットを出なくてはならなくなって、ほかに行くところを思いつかなかったんです。今夜ひと晩だけです。明日になったら、どこかべつのところを探します」

「フラットで何があったの？」

「べつに何も。上の階の女がいやになっただけです」

スーザンは沸いた湯をティーバッグに注ぎ、スプーンでつついた。「その人とけんかでもしたの？」

「口げんかだけです。男が自分と寝たがらないのを自分への侮辱《ぶじょく》と思ってしまう人なんです」

その答えをスーザンは自分なりに解釈した。「ノーの返事を受けつけない人って、扱いに困るわよね」

「そうなんです」アクランドはスーザンが差し出したお茶のマグカップを、礼を言って受け取ったが、心はそこにないのかそのままテーブルに置いた。「ドクはほかになんと言ってました？」

「あなたはその身長のわりには体重が危険なほど少なすぎるって」

「なんで彼にそれがわかるんです？　もう何週間もドクには会ってないんですよ」アクランドはしばらくじっとスーザンを見た。「ジャクソンが話したことを何もかもうのみにしてはだめだと、ドクに言ってくださいよ。あの人は鯨《くじら》並みの図体なんです。彼女から見たら、たぶん誰でも危険なほどに痩せすぎですよ」

スーザンはほつれ毛を耳のうしろにかけ、いまのは聞いていなかったかのように言葉を続けた。「それから、あなたはいま無職だからありすぎる時間をもてあましている……考えすぎるきらいがあるうえ、その考えは誤った方向に向かいがちだ……誰かが尻に蹴りを入れて、あなたは一人の人間としてりっぱに機能しているってことを思いださせてやらなくてはならない」

彼女は冷蔵庫を開け、中身をじっと見た。「いまはいろいろ切らしているけど、チーズサンドなら作れるわよ。それでどう?」

「聞いただけでむかむかします」アクランドは無遠慮に言った。「今朝はどっちの医師と話したんです?」

「両方」

「医師の守秘義務はどうなってるんです」

「違反はまったくしてないわよ。わたしたちは三人とも、あなたを一度は診ているから」彼女は棚からチェダーチーズを取り、土器の容器からパンを出した。「走るなら、食事はきちんととらなくてはいけないの。これは初歩の原理なのよ、チャールズ。そうしないと、ひどい栄養失調に陥ってしまうの。あなた、退院して何キロ痩せた?」

「わかりません。フラットには体重計がなかったんで」

彼女は引き出しからナイフを出してパンを切った。「車もエンジンがオーバーヒートしていたら調子は良くないでしょ。片頭痛にコントロールされるがままになっていないで、コントロールするようにしたらどうなのよ」

「べつにコントロールはされていません。それがあってもやっていける方法を身につけましたよ」

「では昨夜はなんでそれがうまくいかなかったの?」

「けんかの引き金になったのは片頭痛ではありません……大口を叩くどこかの馬鹿野郎がこっちの肩をつついたからです。それをしたのはそのムスリムだけではない。今朝、銀行で預金を下ろそうとしていたら、白人の年寄りが何度もぼくをつついてきて、ぼくはもう少しでその老人をぶん殴るところでした。ぼくは人に触られるのが嫌いなんです」

「そのようね。前にここにいたとき、気がつきましたよ」スーザンは微笑した。「でもね、チャールズ、わたしが訊いたのは癇癪《かんしゃく》を起こした原因ではなく、痛みをやり過ごすあなたの方法がそのときはどうしてうまくいかなかったのかってこと。片頭痛があってもやっていけるとあなたが言うのと、ひどく消耗してしまうようなことを人前でやらかして医者が薬物でもって介入せざるをえなくなるのとは、まったく別物なのよ」

「あれは一度きりのことです。ラガー一杯を静かに飲ませてもらえていたら、あんなことにはならなかった」

「どうかしらね。すきっ腹にアルコールというのは、それだけで引き金になりうるのよ……水分を定期的にとらずに強い運動をするのもそうだし……罪悪感を長期に抱えていることのストレスもそう……悪夢でしばしば中断される睡眠のパターンもそう……薬物治療を拒否するのもそう。もっと続ける？」

「いいです」アクランドはスーザンがサンドイッチを作るのを無言で見つめていたが、急に「ぼくはもう一生分のお説教を聞かされたんです」と、怒りだした。「会う人、会う人、みんながぼくに意見する……タクシーの運転手までそうですよ」

スーザンはクックックッと笑った。「それで、わたしには何を期待していたの？　ハグ？　そのそぶりを見せただけでも、あなた固まってしまうんじゃない？」彼女はアクランドに向けてバターナイフを振り立てた。「ここへ来たら何が待っているかは充分にわかっていたはずよ……ロバートにあなた、わたしは口うるさくてお節介だと言ったでしょ。説教をお望みでなかったら、ここには来てないはずよ」

アクランドは指をぽきぽき鳴らして言った。「じゃあ、どうぞ」いやいやながら、どこかに面白がる気持ちもあった。「用意はできてます。あなたの最上のご託を並べてみせてください」

「うーん」彼女は首をふりながらサンドイッチの皿をアクランドのほうへ押しやった。「わたしはただの仲介者でしかないの。あなたには医療が必要なのよ、チャールズ。それを食べたら、タクシーを呼んで医者に連れていきます」

彼は不審な顔でスーザンを見た。「できたらここに泊めてもらいたいんですけど」

「きょうは八月の金曜日なのよ。週末だからベッドはみなふさがっています」

「どこの医者に?」

「あなた、ロンドンで知っている医者、何人いるの?」

「もしぼくがあなたのところへ来ていなかったら？」アクランドはタクシーのなかでスーザンに尋ねた。「みんなぼくの状況にひどく関心があるみたいだけど、来ていなかったら、どうしてました？」

「何もできなかったでしょうね。わたしたちは誰も、あなたがどこに住んでいるか知らなかったし。ジャクソンは、ロバートの名刺を間違ったカードスロットに戻してしまったことにもしあなたが気づいたら、彼に連絡するかもしれないと言っていたけど、ロバートはそこまで楽観的ではなかった。あなたは面目を失ったととらえるだろうと彼は言ってたわね」

「どちらかがぼくの両親にも電話したんでしょうか」

スーザンは肩をすくめた。「それはわからない。わたしが知っているのは、ジャクソンが昨夜十一時ごろにロバートと電話で話したことと、ロバートが今朝わたしに電話してきて彼女の電話番号を伝えたこと。わたしが彼女に電話したときには、あなたはもうそこを出ていた」アクランドがシートの隅に身を寄せるのを見て、スーザンは言った。「わたしたちはあなたのことでうわさ話をしてたんじゃないのよ、チャールズ。ジャクソンは昨夜のことをわたしに話し、もしあなたに会うことがあったら、今朝の申し出を再度あなたに伝えてくれと言ってきたの。

それだけよ」

「ぼくは尻に蹴りをいれてやる必要があると彼女は言っていた、そうあなたは言ってましたよ」

「彼女はユーモアのセンスがないとは言わなかったでしょ。彼女がもっと穏やかな表現で『チャールズは動機付けのスキルを学んで焦点を定め直す必要がある』とでもいえばよかったの？ 彼女はきわめて実際的な女性、というのがわたしの印象よ――あなたと同様、べたべたしたあいまいな態度をとるのが嫌いな直言の人なのよ。それとも、ロバートとわたしは、その点であなたを誤解してた？」

「いえ」

「なら、何が問題なのよ」

「あなたはぼくが決めるべきことを代わりに決めてます。ジャクソンがぼくに戻ってもらいたがっているのは単に部屋代が稼げるからです。だからといって、ぼくもそうしたいってことにはならない」

「そう、じゃあタクシーを止めてここで降りるのね」スーザンはもっともなことを言った。「どうするのもあなたの自由。フラットに戻れば？」

彼はその勧めを無視して、どさっとシートにもたれこんだ。「ぼくはただ、今夜寝るところを求めただけです」

「あなたは助けを求めてたわよ」彼女は穏やかに訂正した。「そして、それがまさに、いまわたしが提供しているものなの。あなたは昨夜、ある男に暴力をふるった……そして、さっき聞いた話からすると、今朝もまた銀行で同じことをしそうになった……それから、あなたを怒らせたお二階さんとのこともある。あなたはたて続けに自分がこわくなるようなことをしでかした。だからわたしの家に来たのよ」

「じゃあなぜぼくをジャクソンのところへ連れていくんです？　もしぼくが彼女の助けを求めていたのなら、まっすぐ〈ベル〉へ行ってますよ」

「そう？　彼女が受けた印象では、そうではなかったみたいよ。彼女は、わたしが連れてこないかぎりあなたは絶対に来ないと言ってた」アクランドの反抗的な表情にスーザンはほほ笑んだ。「わたしはあなたがわたしに求めていることをしているの。そうでないと言うのであれば、彼に――」と運転手に顎をしゃくって――「ここで止めて、と言うのね」

アクランドは窓外に目をやった。「もしもう一度そのセリフを言われたら、ほんとにそうするかも」

「わたしを困らせるため？　それとも自分を困らせるため？」

アクランドはため息をついて振り返った。「ジャクソンに会ったことあります？」

「ううん」

「会えばきっとぎょっとしますよ。優に百八十センチは背丈があって……幅はこれくらい」と、両手を広げ、「見た目はまるでアーノルド・シュワルツェネッガーです。こまごまとした仕事はぜんぶ女友達にやらせ、豚みたいに食い、客を脅《おど》しておとなしくさせてから巻き上げた金の上でふんぞり返っている。なんでそんな女のところへぼくが行きたがるんです？　あなたのところではなく」

スーザンはちょっと考えるふりをした。同じような質問を、彼女は今朝、ロバートにしていた。「なぜあなたはそのドクター・ジャクソンという人のところへ、そんなにチャールズを行かせたいわけ？　わたしのプログラムのどれかに入ってもらうよう説得するほうがいいんじゃない？……それか、もっといいのは、バーミンガムに戻るよう説得して、またあなたがめんどうをみられるようにするほうがいいわよ。彼女のこと、あなたどれだけ知ってるの？」

「彼女はヘンリー・ワトソンがミドルエセックスにいたときからの知り合いなんだ。イーストエンドの貧困地域のひとつで開業医をしていて、青年期のうつ病の発生率について業務を通して得た包括的なデータを、ヘンリーが進めている調査論文の資料に使わせてくれた。ヘンリーは彼女にいたく感心していたよ。彼女はうつ病の恐れのある子供たちに対する早期警戒システムを考案し、地元の学校にそれを活用するよう説得したんだ。それ以後、その地域での発生率はめざましく改善している」

「でもチャールズは女を信用してないのよ。女を投げ飛ばすのは平気でやれそうだけど。ドクター・ジャクソンはそのこと知ってるの？」

「彼女はチャールズのことならわれわれ以上に知っているみたいだったよ、スーザン。彼は三十分間ひっきりなしにしゃべっていたらしい。もっとも、当人はそのことをまったく覚えていないだろうってことだったけど」彼はしばし沈黙した。「ぼくはずっと、チャールズは女性に対してのほうが心を開くんじゃないかと思っていたんだ……ロンドンにいるあいだ、彼を引き受けてくれないかときみに頼んだのは、それが理由のひとつだよ」

「でも、うまくいかなかったじゃない」スーザンは思いださせた。「わたしには、彼はまったく気をゆるしてなかった」

「そうだな」またしばしの沈黙。「ヘンリーはドクター・ジャクソンのことを〝ジャクソン〟と呼んでいる。ヘンリーによれば、彼女には洗礼名はないんだそうだ——あるとしても当人はそれを使ってなくて、一見、全盛期のマイク・タイソンを相手にしても勝ってしまいそうに見えるらしい。彼女はまた、相手が誰であれ人を甘やかすことができず、はっきりとものを言い、相手の気持ちを思いやっておそるおそる接するような腰の引けた態度はとらず、その結果、多くから敬意を得ている……とりわけ、思春期の少年たちから。彼女はまさにうってつけの人物だとヘンリーは見ている」

「でも、チャールズは思春期の少年ではないのよ、ロバート」

「いや、どの点から見てもそうだよ……孤立……拒絶……不信……怒らせると暴力的な態度に出る」

「それならよけい、矯正プログラムを受けさせるべきじゃない？　ドクター・ジャクソンにとつぜん歯向かっていったらどうするの」

ウィリスはためらった。「彼女にはぼくが知るかぎりの情報を与えた。ほかにできることはあまりないんだ。チャールズはもうぼくの患者ではないから。そして、きみのでもない。彼に何か関与できることがあるとすれば、向こうから連絡してきた場合だけ……そしてその場合には、ジャクソンの申し出を受けたほうがいい、と彼には言おうと思っている」

「わたしは賛成できないと言ったら？」

「結論を出すのは彼女と話してみてからにしてくれないか」ロバートがまた例によって眼鏡をはずし、レンズを磨くのが見えるような気がした。「ジャクソンが言うには、チャールズは栄養不良もいいところだから、彼女に歯向かっても勝ち目はないそうだ。しかし、それ以前にチャールズは、彼女の出した条件を受け入れる用意がないかぎり、また来ることはないだろうとも言っている」

アクランドはスーザンが黙ったままなのでもう一度同じ質問をした。「なんでぼくはジャクソンのところへ行ったほうがいいと思うんです？」

「ぶっちゃけて言うと、あなたは彼女のところにいるほうが安心できるだろうと思うからよ。彼女は大きくてタフだから、あなたが逸脱しようとしたら充分にそれを阻止できる……あなたが逆上して我を忘れても、彼女ならほかの人ほど被害をこうむらなくてすむ……彼女なら、あなたが襲いかかってきたら躊躇《ちゅうちょ》なくあなたを拘束するか、警察に引き渡す。さらに――」ちらとからかうような笑みを向けて、「彼女はあなたを性的対象とは見ていないし、母親タイプでもないのに加え、片頭痛をなおし、患者の世話をし、後始末をし……患者の衣類の洗濯とアイロンがけまでする。ほかに何を望むというの」

「それをしたのはデイジーですよ」

「どうしてそうだとわかるの？」

「ジャクソンがそう言ってました……しかし、聞くまでもないことですよ。二人を見ればわかります。ジャクソンがモップがけをする姿なんて想像できませんよ。彼女が興味があるのはウエイトリフティングだけです」

「すると、デイジーはネコってこと？」

「なんです、そのネコっていうのは」

「レズビアンの女役……男女どちらをも惹きつけるきれいなレズの女性。異性愛の男性は、そういう女性に接すると頭が混乱するの。とくに惹かれているわけではない場合はそういう女性を妻役と決めつけ、掃除、洗濯といった女なら厭《いと》わないとされている役目を当然になっているものと見なす。これと対照的なのが男役のレズビアン、いわゆる〝タチ〟で、〝タチ〟は見た目、男だから――」と、またからかうような笑みを投げ、「掃除用具がどこにあるのかも知らないといった、男ならではの特徴を備えた夫役と見なされるの」

アクランドは何も言わなかった。

「わたしの理解するところでは、デイジーがパブを経営し、ジャクソンは時間外の診察を受け持つ代診医として働いている。二人は十年間一緒にいて、貯めた資金で五年前に〈ベル〉を買った。デイジーの担当は店の表側部分、バーとレストランで、ジャクソンは、代診医の仕事もあるから、主に店の奥の宿泊部門を担当している。従業員もいるから、すべての仕事を二人でこなしているわけではないけど、昨夜のあなたにデイジーはあまり関わっていないと思う。夜、店に出ていたのなら、そんな時間はないはずだもの」

「じゃあなぜジャクソンはデイジーがやったかのように言うんです？　ぼくがレズビアンをけなすような発言をしたわけでもないのに。そこは注意してたんです。ぼくが言ったのは、ジャクソンは医者には見えないってことだけです……実際、見えませんよ。彼女はライクラのショーツとタンクトップを着て、足元はごついブーツだったんですよ」

「何を着ていればよかったの？　白衣？」スーザンは笑った。「パン職人が治療を申し出でもしていたら、それこそえらいことだわよ」

「ぼくは、日に二十五回男性ホルモンを射っているように見える筋骨隆々の大女が、医者とは思えなかったと言ってるんです」アクランドはいらだたしげに言い返した。「アーノルド・シュワルツェネッガーのような女性医師がほかに何人いるんです？」

「いないわね」スーザンは認めた。「ということは、ジャクソンは唯一無二ってことよ。どうも話を聞いていると、ジャクソンはあなたの偏見に腹をたて、どうせいずれぺしゃんとなるかららと好きに言わせてたみたいね。人を外見だけで判断してはいけないことぐらい、あなたも心得ていなくちゃ、チャールズ。自分の身にそれが起きたら、ひどく傷つくでしょ？」

「ぼくは彼女に偏見なんか見せていません。もし見せていたと向こうが思うなら、偏見があるのは彼女のほうです……ぼくではない」

　スーザンは首をふった。「あなたは彼女の客のひとりを、その人がムスリムに見えるってだけで攻撃した。それって偏見の表れそのものじゃない」

＊

パトカーが二台、道路の中央をサイレンを鳴らしながら疾走してきて、タクシーは脇に車を寄せた。少しすると、止まっている車の列の後尾につくことになった。前方四百メートルほど先で通行止めになっているらしく、青いライトが点滅している。「事故があったみたいですよ」運転手が防犯窓の隙間から言った。「ここで降りて歩きますか？　迂回路をとっても状況はこと同じですよ。両側とも封鎖されてるから、動きだすのに何時間かかるかわかりゃしません」

「そこまであとどれくらい？」スーザンが訊いた。

「せいぜい八百メートルですよ。事故現場までとさらに同じぐらいの距離を歩くだけです。この道をまっすぐ行ってマリー・ストリートとの交差点にでたら、そこの角に〈ベル〉はあります」

二人は歩くことにし、アクランドが料金を払った。またべつのパトカーが通っていったあと、タクシーはUターンして走り去った。「ぼくがこの界隈《かいわい》に足を踏み入れると、かならず警察が出てくる場面があるような気がしてきましたよ」アクランドは背嚢《はいのう》をひょいと肩にかけながら渋い顔で言った。

「もしかしたらそれ、意味のある偶然の一致かもしれないわよ。あなたはこの二十四時間で一、二度、そういう事態に出くわしているみたいだし」

二人は歩道を歩きはじめた。スーザンの狭い歩幅にあわせてアクランドの歩調はゆったりしている。「そういう事態って？」

「店主のひとりが医者であるパブで具合が悪くなった……ベッドの提供の申し出があったその朝に、気がつくとホームレスになっていた……わたしがジャクソンと電話で話したその日のうちに、わたしの家のドアをノックした」

「最初の二つは偶然の一致と言えるかもしれないけど、最後のは違いますよ。ロンドンで泊まるところを探すとしたら、ぼくにはあなたしか頼めるところはなかった……そしてあなたはウィリス先生の友人だった。彼ならきっと、あなたをジャクソンにつなぐでしょうよ」

「ユングのシンクロニシティ（共時性）の理論って聞いたことある？」向こうからやってくる人々とぶつからないよう、歩道を下りながらスーザンが訊いた。

「いえ」アクランドも歩道を下り、止まっている車列に沿って歩いた。

「これは意味のある偶然の一致という概念を提唱している理論で、たとえば、ある単語に初めて出会い、その二時間後にまた同じ言葉に出くわす、というようなこと。二時間で二回も出くわしているのに、どうしてそれ以前はその言葉に気づかなかったのか。そして、一週間後に再び出くわすのはなぜなのか」

「その言葉が意味するものに気づくまでは、見過ごしてしまうから。そして、ひとたびその言葉の意味を理解すると、その言葉はその人の語彙《ごい》に組みこまれるから」

「それは論理的な説明ね。シンクロニシティには神秘的な要素もあるの。人や場所や物事について語るということは、ある人物の魂に惹きつけられ、結果的にそれが意味を持つということ」

アクランドは即座に言い返した。「ぼくはべつにジャクソンに惹かれてはいませんよ」

事故現場のまわりが野次馬の群れで混んでくると、スーザンは歩調をゆるめてバッグの中のタバコをさぐった。「意識のレベルではそうかもしれないけど、無意識では、あなたは強く彼女に惹かれている」タバコのパックを開け、一本を口にくわえる。「これは間違っているかもしれないけど」ライターでカチッと火をつけて、スーザンは続けた。「彼女はあなたから、負傷して以来ほかの誰にも抱かなかったほどの敬意を、たったひと晩で勝ち得たんじゃないかと思うの。あなたは彼女を好きではないかもしれない……彼女のことを醜《みにく》くグロテスクだと思っているかもしれない……でもそれでも、あなたは彼女に敬服している。彼女にはけんかのなかに割って入る度胸があった。そんなことのできる女性はそういない」

「もしそうだとして、それがシンクロニシティとなんの関係があるんです?」

二人は停止した。「それはあなたが意味のある偶然の一致をどう解釈するかによるの。あなたは同じ言葉に二時間で二度遭遇することについて、きわめて論理的な説明をしてみせた。原因と結果という観点からの説明で、人に起こることはその人になんらかの要因があるという理論。それが、シンクロニシティでは、結果から原因と、話が逆になるの。人が偶然の一致に何か意味を見出そうとしたら、それはたぶん見つかるという具合に」

アクランドは事故の現場をとらえようと、人垣の向こうの点滅する青いライトのほうに目を向けていた。「なんかたわごとに聞こえますよ。ジャクソンはぼくのソウルメイトだと言いたいんですか？」

「ううん。ただあなたがご近所さんとけんかしたのは、あなたがジャクソンの申し出に応じるべく運命づけられていることを意味しているのではないかと言ってるだけ」

「だからぼくに一夜の宿を提供するのを断ったんですか？……そんなたわごとを信じているから」

「そういうわけではないの。わたしたちはなぜいまここにいるのか、もっと論理的に説明してみましょうか？」

「ええ、そうしてください」

「意識的にせよ無意識にせよ、あなたはそのフラットを出る口実がほしくて二階の女性とけんかした。そして、ほかに泊まるところがないからという触れこみでわたしのところへやってきた。ここへ来ればまたジャクソンと連絡がつくとわかっていたから」

「そんなまわりくどいことをしなくたって、連絡をつけたいなら自分でできますよ。どこに住んでいるかはわかってるんですから」

「でも、このやり方なら、あなたは面目を失わずにすむでしょ。わたしと一緒に行けば、これは専門家同士のやりとりで決まったことだとなるから」

アクランドは彼女に顔を向けた。口の片端がこころもち持ち上がっているのは、彼がこれまでに見せた表情のなかで笑みにもっとも近いものだった。「なぜ単純にくそいまいましい出来事があって、ひと晩泊めてもらえるところといったらあなたのところしか思いつかなかった、とはならないんです？」

「あなたなら、ほかにどのようにでも対処できただろうと思うからよ」スーザンは言った。「もしそのほうが都合がよければ、どこかの店の戸口で寝ることも厭わなかったんじゃない？」

「戸口はだめです」アクランドは言った。「戸口だと、蹴りとばされてくれと言うようなものだ。ついこのあいだ、年寄りが酔っ払ったガキどもに蹴りとばされるのを見たばかりです。夜中の二時ごろのことで、全員がその年寄りを蹴っていた。ひとりなどは、小便までかけてましたよ」

「それで、あなたはどうしたの？」スーザンが興味ありげに訊いた。

「その老人をコヴェント・ガーデンの二十四時間あいている男子トイレに連れていって、多少は身ぎれいになれるようにしてあげました。ガキどもがあとを追ってこないか心配で、自分ひとりでは行くにも行けなかったんです。そのあとその老人は、キャサリン・ストリートにあるバーへ連れていってくれないかと頼んできました。店の裏に暖かい空気が出てくる排気口があるから、そこで服を乾かせると言うんです。建物の横に柵があったので、脚を持ち上げてそれを乗り越えさせてあげました」

スーザンの好奇心は深まった。そこまで親切にするのが、まるでチャールズらしくなかったからだ。「その人、誰なの？　あなたの知ってる人？」

「誰でもないですよ」そう言ってから、アクランドはふいに肩をすくめた。「いや、誰かではあります……たぶん、もと軍人です——しょっちゅうぼくに敬礼し、かしこまって答えていましたから。でも、ぼくとしては、そうするしかなかった。その老人自身ひどく酔っていて、ひどい悪臭を放ち、ぼくを放そうとしなかったんです」

「で、老人を襲ったガキどもにはどうしたの？」

「脅してやりました」彼は短く答えた。

「どんなふうに」スーザンはアクランドの無表情な顔を見つめていたが、やがて彼に答える気がないのを見てとると話題を変えた。「わたしたちなぜここで止まっているの？　何があったの？」

「道路は封鎖されていますけど、交通事故ではないみたいですよ。見たところ、事故車の姿はありません」

「あるフラットで爆弾を作る器具が発見されたって聞いてますよ」スーザンの横にいた女が言った。「万一爆発した場合に備えて道路を立ち入り禁止にしたとか」

アクランドは首をふった。「それだとわれわれは近すぎます。五百メートルは現場から離れておかないと」彼は周囲の住宅やオフィスに顎をしゃくった。「どの窓にも人の顔があるでしょう？　爆発を心配しているのであれば、周囲の建物から全員を避難させてますよ。破裂で内側に飛ぶガラスの破片は、爆弾の破片以上に危険です」

「何かの事件があったんですよ」自分の車、ＢＭＷの屋根にもたれていた黒人の若者が言った。「こういうのテレビで見たことがある。警官たちが白のつなぎ服を着ているのは、証拠を集めているからです。これはきっと殺人事件だ」

「どうすれば向こうへ抜けられるだろう」

「さあね。でも、あんたたちは、おれよりはまだましですよ」若者はにこやかに言った。「少なくとも徒歩だから。こっちは車だから身動きがとれない」彼は道路の向こう側を指さし、「あそこ、テープのすぐ手前で右に曲がれますよ……ただし、人をかきわけていかなくちゃならないけど。この騒ぎで集まった人の数ときたら、ハイドパークでのライヴ8のコンサート以上だ」

「じゃあね、ありがとう」

「どういたしまして。もし警官を見かけたら、さっさと終わらせろって言ってくれませんか。おれ、彼女を待たせてるんですよ。またきょうも遅れたりしたら、どんだけどやされることやら」

「彼女に電話する?」スーザンがアクランドにうながされてBMWとその前の車のあいだに向かいながら訊いた。「わたしの携帯、使ってもいいわよ」

「もうしました」若者は手を広げ、自分の携帯電話を見せた。「彼女にマザーファ――」と言いかけて、スーザンににやりと笑い、「嘘つきと言われました」と言いなおした。「おれ、彼女の信用ないんです。この騒ぎ、ニュース番組で取り上げられるくらい大きいことを願ってますよ」

スーザンは道路の向こう側に渡りきるまで待ってから大笑いした。「あの青年、ニュースでやっていたことが遅刻の説明になると思っているんなら、ほんとにおめでたいわね。彼女に、あなたもラジオで聞いたんでしょと言われて、ますますどやされるのがおちなのに」

アクランドは歩道の縁石《えんせき》で足を止め、「それって面白いことなんですか?」と、不思議そうに訊いた。

スーザンは吸いさしのタバコを側溝に捨て、踵《かかと》で踏み消した。「彼がにやっと笑ったのは、冗談を言っていたからだと思うの」

「そうとはかぎりませんよ。老兵士を蹴っていた酔ったガキどものうち五人は女の子で……みな、ひどく残忍でした。男の子は老人に小便をかけるくらいがせいぜいで、それだって、少女たちにやれと言われてそうしたんです。むかつきましたよ」

「どうやって彼らを脅したの?」再度スーザンは訊いた。

「アイパッチを取って、この顔を見せたんです」アクランドは歩道の人混みを見渡しながら言った。「ぼくのジャケットの裾をつかんでいてくださいね。人をかきわけていかなくちゃならないというのは、冗談ではなかったみたいです」

>>>ロイター通信社より、UK各放送局へ配信
>>>ニュース速報>>>ニュース速報>>>ニュース速報
>>>八月十日、金曜日、十七時十七分

バーモンジーの高齢男性、激しく殴打される

ロンドンの年金生活者、ウォルター・タティング（八二）が本日、白昼に襲われ、頭部に命にかかわるほどの重傷を負った。バーモンジー、ゲインズバラ・ロードの空き店舗の戸口を入ったところで倒れているのが発見され、現在は聖トーマス病院で集中治療を受けている。

病院関係者によればタティング氏は〝重態〟とのこと。犯人について特徴等を証言できるかどうかは不明である。

発見したのは店舗リフォーム業者のジム・アダムス氏（五三）と、バリー・フィールダー氏（三八）で、昼食から戻ってきたところだった。「彼はひどい状態でした」とジム・アダムス氏。「誰も助けなかったというのがショックでしたよ。通行人はきっと、酔っ払

いだと思ったんでしょうね」

警察は目撃者に協力を呼びかけている。「お昼時に起こった事件ですから、目撃者はいるはずです。タティング氏はゲインズバラ・ロードを渡ったところで店舗の戸口に倒れこんだとわれわれは見ています。そのとき道路を通りかかった車の運転手が同氏を見ているかもしれません」

警察は今回の事件がＳＥ１（ロンドン南東部の郵便番号）地区で起きた三件の殺人事件と関連があるかについては、コメントを避けた。ハリー・ピールとマーティン・ブリトンとケヴィン・アトキンズの三人も、頭部に負った重傷により死亡している。

ゲインズバラ・ロードは証拠採取のため一部が封鎖されたことにより、一時通行止めとなった。目撃者によれば、警察はタティング氏が倒れていた空き店舗の向かいの路地で血痕を発見したとのこと。その路地はタティング氏の住居に通じていて、住居は現在、今後の捜査のために封鎖されている。

タティング氏は寡夫で、子どもが三人に孫が七人いる。病床には娘のエイミー（五三）が付き添っている。

10

アクランドとスーザンがたどった道はマリー・ストリートのもう一方の端に通じていた。そこからゲインズバラ・ロードに向かって歩いていると、〈ベル〉の外に、グラスを手にした人々が大勢立っているのが見えてきた。災難は商売には有益となるようだ。

スーザンの歩調がゆるやかになった。「どうもまずい晩に来てしまったみたい。この騒ぎでは、ジャクソンがわたしたちと話す時間は取れそうにないわね」

アクランドにしても渋る気持ちは同じだった。歩道の端にいるグループのなかに、昨夜のブローカーのひとりがいたような気がする。「明日にしたほうがいいかもしれませんね」

スーザンは首をふった。「行くことはもう知らせてあるのよ。家を出る前にデイジーに電話したの」彼女は携帯電話を出し、登録してないのはわかっている電話番号を探してスクロールした。「やれやれだわ。わたし、二度とも固定電話を使ったのよ。こうなったら行くしかないわね。運がよければどうにかなるでしょう」

「警察が封鎖を解くまでどこかべつのところで時間をつぶすというのはどうです？」アクランドが提案した。「そういつまでもはかからないでしょうから」店に入るのを渋る気持ちがどんどん高まっていく。

スーザンはそれに気づいたのだろう、アクランドの腕にそっと手を置いた。できるだけ軽く置いたのは、人に触られるのが嫌いなアクランドがいつもの反応で即座に腕をひっこめるのを回避するためだ。「心配しないで。大丈夫よ。何か起きやしないか不安なんでしょうけど、そうはならないから」

しかし、蓋《ふた》を開けてみれば、ことはスーザンの予測の真逆をいっていた。アクランドが店に入ったとたん、四人の私服刑事がさっとそばに来て彼の背嚢《はいのう》を取り上げ、腕を羽交い締めにした。ふいをつかれて、アクランドはされるがままだったが、刑事のひとりが彼に手錠をかけ、あなたを逮捕しますと告げたとき、彼の目の前に立っていたデイジーが、スーザン・キャンベルに小さくうなずくのは見逃さなかった。

＊

拘束は非常にすばやく手際よくなされたため、パブにいた客でそれに気づいたのはほんの数人だった。アクランドはスーザンのあとに続いて店に入ってから三十秒後には、サザーク東警察署に向かう車の後部座席に坐っていた。脇を固める二人の刑事から受けた説明は、ある傷害事件の関連で話を聞きたいという、ごく簡単なものだった。署に入ると、警察のスウェットスーツに着替えさせられ、ブーツを脱ぐように言われたあと、取調室に連れていかれ、そこで一時間、放っておかれた。

彼を不安にさせるのが目的だったとしたら、思惑ははずれた。アクランドはひとりで考え事にふけるのに慣れている。とはいえ、実際には彼は、あまり何も考えていなかった。なぜここに連れてこられたのかに思いをめぐらすことさえしなかった。スーザンのチーズサンドイッチが効いたのか、それともその部屋のむっとする生暖かい空気がそうさせるか、気がつくとうとうとしていた。どこかでエネルギーレベルがどん底まで落ちていたのだ。疲れすぎて、このまま運転していたらどうなるかという頭も働かないドライヴァーのように。

近くの部屋で、ブライアン・ジョーンズ警視が上着を脱ぎ、椅子の背にかけながら、モニターでアクランドの様子を観察していた。捜査本部から直行した彼は、五十代初めのがっしりした堅物で、同僚の一部からはこわもてと見なされている。彼は椅子を引いて腰をおろした。

「あそこに入れたときからずっとああなのか？」彼は訊いた。

「まあ、だいたいそうです」車でアクランドを連行した刑事のひとりが言った。「二回、うとうとしていましたが、その都度はっと目を覚まして顔を上げ、しばらく天井を見つめる。あんなふうに。何かやっているとしても、見たかぎりではわかりません。一緒についてきた女性医師のドクター・キャンベルは、彼とは四時以降、ずっと行動をともにしていて、その間に彼が何かを摂取したことはないと断言しています。ボディーチェックもしましたが、器具のたぐいは身につけていませんでした」

「なんの医者なんだ？」

「精神科医」

「彼は質問に応じられる状態か、その医師に訊いてみたかい？」

「ええ訊きました。片頭痛持ちだけど、いま現在は、それはないようだと言っています。店に向かうタクシーの中でもなんの問題もなく彼女と話していたそうです」

「その医師に、彼がここに連れてこられた理由は話した？」

「いえ、詳しくは。ある傷害事件の関連で手配されている男の人相書に一致していたからと、言ったのはそれだけです」

「そしたら？」

「昨夜、パブであった出来事の関連だと思ったようです」

「よし。あそこにいる我らが友人も、おそらく同じように考えているだろう」ブライアン・ジョーンズはフォルダーから写真を数枚出し、カメラを真正面から見ている年配の男のスナップ写真を選び出した。「弁護士の立ち会いなしでやりたいから、とりあえず彼のことは目撃証人として扱うことにしよう。きみたち二人で――」と、最前まで話していた刑事と警部を指さし、「彼にこの写真を見せてくれ。さてどんな反応をみせるか。もし弁護士の同席を求めるようであれば、警告をしたうえで質問しなくてはならないかもしれんが、その場合でも、彼はあくまで証人にすぎないという線は崩さないように。あとは全員モニターで見ている」

＊

アクランドは取調室に入ってきた二人の警官を無言で見ていた。二人の自己紹介——ビール警部とカーン刑事——には小さくうなずいて応じたが、それをのぞけば無表情のまま。軽く握った両手がテーブルのうえに置かれている。

「自制心が服を着ているみたいだな」警視が画面を見ながら言った。「たいていの人間は取調室に一時間も放っておかれたら、なんらかの感情の動きを見せるものだが」

ビールがカーンとともにテーブルの反対側に着座しながら、お待たせして申し訳なかったと詫びを言い、続けて、本日発生した事件の関連で目撃者を捜しているのですと説明した。「何かを見た可能性のある人々に片っ端から当たっているのですが——」そう言って、アクランドの前にスナップ写真を差し出す。「この男に見覚えはありませんか？」

アクランドは写真に視線を落としたが、動いたのは視線だけだった。「あります」

「どこで、どんな状況でこの人を見たのか、話していただけますか？」

「今朝、銀行でちょっとしたいさかいになったんです。この老人は列でぼくの後ろに並んでいて、しきりに背中をつつくから、ぼくは、触られるのは好きじゃないんだと言った。そしたら、怒りだした」

「それでこの老人を殴ったんですか？」

「いや。手首をつかみ、それで収まったから、手を離しました。ぼくが殴ったと、その人は言ってるんですか？」

ビールは質問には答えず、さらに尋ねた。「手を離したあとは、どうなりました？」

「どうもなりません。ぼくはその場を立ち去りました」

「どこへ行ったんです?」

「家へ」

「家はどこです?」カーンが訊いた。

アクランドはフラットの住所を告げた。

「まっすぐウォータールーに帰ったんですか……その前にどこかへ立ち寄ったりはしませんでしたか?」

「いえ」アクランドはまた写真に目を落として言った。「まっすぐ家に帰りました」

「着いたのは何時ごろです?」

「十一時……か、十二時ごろ。よく覚えていません」

「誰か、あなたを見た人はいますか?」

アクランドはうなずいた。「二階の女の人と、隣の家の住人が」

「その人たちの電話番号はわかりますか?」

「いえ」

「名前は?」

「隣の家の人のはわかりませんが、二階の女の人はキトンと自分のことを呼んでいました。封書の宛先はシャロン・カーターとなっていましたから、それが彼女の本名だと思います」カーンがそれを書き留める。「ぼくは何を目撃したことになってるんです?」

ビールはじっとアクランドを見て言った。「タティング氏はきょうの午後一時十五分ごろ、病院に搬送《はんそう》されました」

「タティング氏って?」

「この方ですよ」ビール警部は写真を叩いて言った——「あなたが銀行でやりあった人」

「彼に何かあったんですか?」

ビールはあいまいに答えた。「通りで倒れたんです」

「そうですか……」アクランドはまた写真に目をやった。「彼はこの年頃の人にしてはガッツがありましたよ……ぼくに、触られるのがいやなら背中に〝短気なくそ野郎〟と紙に書いて貼っとけと言ってました」

ブライアン・ジョーンズはチームのひとりに合図を出した。「あそこへ行って、ビールとカーンを連れ出してこい……ただし、写真はあのままテーブルに置いておくこと。アクランドを十分ほどやきもきさせておいて、彼がどうするか見てみたい。それからカーンには、そのキトンとかいう女のところへ話を聞きにいかせろ。時間を確認しないとな」

＊

ひとりになると、アクランドは写真にまったく興味を示さなかった。一、二分ほど正面を見つめていたが、やがて立ち上がると、両手を床について完璧な倒立をした。きっかり一分間その姿勢をたもったあと、倒立の腕立て伏せを始めた。床に二、三センチのところまで頭を下げ、それからまたまっすぐに両腕をのばす。

「強靭《きょうじん》な肉体だな」ジョーンズが言った。「しかし、ああいうことをやって片頭痛に悪影響はないんだろうか」

ビール警部――長身で金髪、三十代半ばの、ジョーンズ警視の右腕――は、警視の肩越しにモニターを見ていた。「彼は撮影されていることを知ってますか?」

「もし知っていたら?」

「あの種の腕立て伏せはかなりハードなんです。がりがりに痩せているからこそできるようなもので――それだけ体を持ち上げるのが楽になりますからね――しかし、だとしても……。あれはもしかしたら、われわれへのメッセージじゃないでしょうか」

「というと?」

「自分はいくらでもがんばれるぞ、という。わたしも一度やってみたことがあるんですが、頭を下ろしたところでつぶれました」

「彼のこと、どう思う?」

「正直なところ?」ビールは集中して考えた。「彼が犯人となったら、びっくりですよ。あんなにまっすぐな犯人はいません。ウォルター・タティングの写真を見せても顔色はまったく変わらなかったし、こちらの質問に答えるときもためらう様子はいっさいなかった。もし彼があの老人の頭を叩きつぶしたのだとしたら、ウォルターが彼のことを短気なくそ野郎と言ったという話はしなかったはずです」

「それはどうかな。見ろよあの男。自分を完全にコントロールしている……まるでメトロノームを見ているみたいだ」ジョーンズは椅子をまわしてビールに向き合った。「よし、ではきみの言う通りだとして、なぜウォルターは救急車の中で自分を襲ったのは『銀行にいたアイパッチの男』だと言ったんだ？　アイパッチをした男がきょう銀行に二人いて、ウォルターはその両方と出くわしたってこと？」

「いや。ですがウォルターはそのあとすぐにまた意識を失っているし、彼の娘は、父親はときどき自分がどこに住んでいるかもわからなくなると言っている……としたら、彼は二つの出来事を混同してしまったのかもしれません。実際には襲った人間を見ていないのに、あの男だと思ってしまった——」彼はモニターのほうへ顎をしゃくった。「この若者がわれわれの視野に入ってきたのは、警官が昨夜の件で彼のことを覚えていたからです。そうでなかったら、われわれには、どこから手をつければいいのかその手掛かりすらなかった」

警視は考えこむ顔で両手の指先を突き合わせた。「彼はわれわれが捜している人物像に合致していた……もと軍人……激しやすい……昨夜のけんか……今朝、八十二歳の老人と衝突……人の痛めつけ方を知っている……触られるのが嫌い……。なぜ彼は精神科医を従えているんだ？　これはどういうことなんだ？」

「ドクター・キャンベルによれば、彼女はただの友人だそうです」

「なぜ友人が〈ベル〉に行くのに付き添っていたんだ？」

「精神的な支えのため。彼は昨夜、自分でもばかなことをしたと思っていて、ひとりではそこの店主と顔を合わせたくなかった」

「その店主というのも医者だよな」

「そうです。かなり変わった人みたいですよ。ジャクソンと苗字だけで通していて、医者としての仕事は時間外の代診医として行っています。彼女には、留守電に、できるだけ早く署に来ていただきたいとメッセージを残しておきました」そこでいったん言葉を切った。「ウォルターを襲ったのがアクランド中尉だというのが腑《ふ》に落ちないのは、そういうことがあるからでもあるんです。スーザン・キャンベルによれば、ドクター・ジャクソンは彼にパブの部屋を宿泊に供すると申し出た。そして彼は、いま住んでいるところが気に入らなかったから、その申し出を受けることにした。でも、なぜ彼は、老人を半殺しの目に遭わせていながら、そんなに早くパブに戻ってくるんです？　警官がまだうようよしていることは、わかっているはずなのに」

「ウォルターが犯人の特徴を伝えられる状態にあるとは思ってなかったんだよ」

「でも目撃者はほかにもいて、その目撃者が黙っているのを当てにすることはできないじゃないですか。ことは真っ昼間に起きていて、アイパッチをしていれば、いやでも目につく。誰かは彼を見たはずですよ……ゲインズバラ・ロードにかぎったとしても」

ジョーンズは肩をすくめた。「歴史には自分が犯した犯行の現場に戻ってくる倒錯者が掃いて捨てるほどいる。自分がどれだけ大物になったかを見てぞくぞくする快感を味わいたいのさ」

彼はまた画面に目をやった。「おれがもっと興味があるのは、二人もの女性医師が彼を支えようと懸命なように見えるのはなぜなのかってことだ。なんで彼には彼女たちの支えが必要なのか。彼は何が問題なのか」ジョーンズは立ち上がった。「ドクター・キャンベルはまだここにいるんだよな?」

「ええ」

「では、彼女と少しおしゃべりしてこよう」

＊

だがスーザンは、アクランドの精神、身体の医学的状態に関する質問には答えられないし、答えるつもりもなかった。「彼はわたしの患者ではありませんから。ただの友人です」

警視はうなずいた。「それはわかりますが、われわれが知りたいのは、先生が友人として見た場合、彼は質問に答えられる状態であるかどうかだけなのです」

彼女は肩をすくめた。「いいでしょう……完璧にその状態だと思います」

「わたしの部下には、彼は片頭痛持ちだと言っておられますが」

「いつもではありません。昨夜はひどかったようですから、当分はないと思います。起きればすぐにわかりますよ。顔面蒼白になり、嘔吐《おうと》しはじめますから」

「昨夜の暴行は、片頭痛によるものなんですか?」

「わかりません。わたしはそこにいなかったし、そのことについて彼に訊いてもいませんから」

「ドクター・ジャクソンはご存じなんでしょうか。だから彼に宿を提供したんですか？　片頭痛が起きてまた誰かを攻撃するといけないから」

スーザンは驚きの笑い声をあげた。「まったく何をおっしゃるかと思ったら！　言っておきますけどね、警視さん、わたしはチャールズが片頭痛の最中にむちゃをやりだしたことなんて見たことも聞いたこともありません。彼に――あるいは昨夜の出来事を目撃したドクター・ジャクソンに――訊いてみたらいかがです？　二人とも、嘔吐するほど頭痛がひどいときは動くこともできなくなると答えるでしょうよ」

「片頭痛の前段階にあるときはどうです？　その段階では、何回むちゃをやりだしたでしょう」

「わたし個人の経験ではゼロです。チャールズはわたしといるときはつねに、しかるべくふるまっています」

「しかし、昨夜の事件のことはご存じなわけだ」

「知っているのは事件があったってことだけです。何が原因でそうなったのかは知りません。もうひとりの人にもお尋ねになりました？　けんかはひとりではできませんよ」

ジョーンズは長い凝視《ぎようし》に彼女をさらした。「なぜそんなにアクランド中尉を守ろうとするんです？　自分を彼の理想的な母親像に見立てているんですか？」

「なぜわたしは彼を守ろうとしていると思われるんです？」

「なぜなら、いまもここにおられるからです。ひとりにしたらどうなるかと心配なんですか？」

「そんな心配はしていません……ただ、友人が目の前で逮捕されるというのは生まれて初めてのことなので……。警視さんにはめずらしくもないことなんでしょうけど――」瞳に一瞬、皮肉っぽい色を浮かべた――「わたしはこういう場合の礼儀作法を知らないんです。さよならも言わずに帰るのは無作法なのではないかと、それが気になるんですよ」

「では、ビール警部に言って、チャールズに、あなたにいてもらいたいか尋ねさせましょうか？」

彼女は首をふった。「時間の無駄です。チャールズはノーと言うにきまってますから」

「どっちにしても、あなたは帰る気はないと？」

「そうです」

「すると、不思議ですね、ドクター・キャンベル。彼はあなたの患者ではない……あなたは彼の親族でもない……二人にはかなりの年齢差がある……あなたはご自身を彼の母親代わりと見なしてはいない……彼はあなたの保護を必要としていない……それでもあなたは帰らないと言う。この友好関係の基盤は何なんでしょう」

スーザンは面白がる気持ちを隠さずに言った。「チャールズとわたしは親密な関係にあるのではとお思いなんですか？　警視さん」

「その可能性もちらと頭をよぎりました」

「うれしいですね、そんなふうに思っていただけるなんて」からかい口調でスーザンは言った。「でもわたしは、困ったことに、同じ年頃の男性とのセックスにも積極的になれないんです。

血気盛んな二十六歳となんてとても無理ですよ。想像力を飛躍させずにはいられないのなら、賞賛の線でなさるのね。警視さん、お子さんは？」

「息子がひとり」

「歳は？」

「二十二」

「じゃ、チャールズより四歳若いだけだ。チャールズは、部下の死と、キャリアの喪失、片目の失明、軽度の耳鳴り、片頭痛と醜悪な損傷……そういうものとなんとか折り合いをつけようとしてるんです……それらすべてが軍務に就いてお国のために働いていてもたらされたことなんですよ。二十六歳でそんな目に遭ったら、あなたはどう対処してました？　同じような悲劇がもし息子さんに起きたら、息子さんはどうしてました？」

＊

「あいつなら、のらくらしててもおれは何も言わず、母親がかいがいしく世話をするものと思うだろうさ。あの男がいまそうしているように」ビール警部と観察室へ戻りながら、ジョーンズは辛辣《しんらつ》に言った。「経営学の学位を――わたくしめの金で――とっておきながら、日がな一日パソコンの前に尻から根をはやしてゲームをしている。仕事を見つけなかったら家から放り出すぞ、とおれが脅《おど》すと、女房のやつが無条件の愛がどうのと泣き言をならべだす。何なんだよその、無条件の愛って」

「子どもがふざけたことを言っても我慢するっていう、アメリカ英語ですよ」ニック・ビールが笑顔で言った。「子どもが何をやらかそうと、親はその子を抱きしめなくてはならない。なぜなら、子どもがおかしくなったのは親のせいだから。愛情を充分に与えていない、というわけです」

「与えすぎた、じゃないのか」ジョーンズはアーメド・カーンに眉を上げて問うた。「うまくいったか」

刑事はうなずいた。「シャロン・カーターによれば、チャールズ・アクランドは十一時半にはフラットに帰っていたそうです。彼女はテレビで『ディス・モーニング』を見ていて、彼が庭で焚火《たきび》を始めたもんだから口論になったとか。窓が開いていて煙に気がついたのが、ファッション・コーナーが始まってからで……そのコーナーはいつも十一時半を過ぎてから始まるんだそうです。あとでTV会社に確認してみますが、シャロンはその時間で間違いないと断言してました」

「彼は何を燃やしていたんだ？」

「古いファイル。灰はまだそこにあるそうです。黒焦げの紙やボール紙がまじったのが。彼女が警察を呼ぶと脅すと、アクランド中尉は火を踏み消したんだとか」

「彼がまた出ていったのは何時だったかも知っていた？」

カーンは再度うなずいた。「三時半に彼がタクシーに乗るのを見ていたそうです。まず背嚢を投げ入れ、それから、彼女いわく背中で二本指を突き立ててみせてから、車に乗りこんだ。それが三時半だったとわかるのは、ＩＴＶ２チャンネルで『リッキ・レイク・ショー』がちょうど始まったところだったから」

「その二つの時間のあいだで、彼女に見られることなく出ていったということはありうるだろうか」

カーンは面白がっていた。「ないと思いますよ。アクランドの過去一か月に関してなら、何時何分に何をしていたかまで逐一わかりますよ。彼女、ほんと暇人なんです。片方の目でアクランドを見張り、もう一方はテレビに向けていたみたいですから」

「その女、アクランドに気があるのか？」

「もういまはないです。隣人として親切にしてあげようとしたら、とんでもなく無礼だったとかで、そのことをいまも根に持っています。たぶん彼に言い寄って、あっさり拒否されたんでしょう。アクランドのことを、何度か隠れホモであるかのように言っていました」いったん言葉を切って、続けた。「そのことにどれだけの意味があるのかはわかりませんが、彼がゲイ殺しの犯人だと思うとも言っていました。することなすこと変わっていて、昼間はたいてい外で走っていて、夜は眠っている最中にギャーと大声を出すって」

ジョーンズはモニターに目をやった。アクランドはまた椅子に戻って、目の前の壁を凝視していた。「われわれは見当違いの線を追っているのかもしれんな」ゆっくりと彼は言った。「ウォルターの件は、ほかの三件とはたぶん無関係だ」

11

アクランドの話をキトンが敵意をみなぎらせながら裏付けたにもかかわらず、警察は彼をすぐには釈放しようとしなかった。衣服とブーツと背嚢《はいのう》を返してもらうまでには、あと数時間はかかるだろうと言う。その間、アクランドは、時間のほとんどを自分の両手を見つめて過ごした。兵役については最小限のことしか話さず、弁護士の立ち会いは勧められても拒否し、所持品の検査にはあっさり許可を出す。

衣服は血痕が残っていないか丹念に調べられ、フラットの中はひっくり返され、庭から回収された焚火《たきび》の灰は、紙やボール紙以外のものが入っていないかふるいにかけられた。シャロン・〝キトン〟・カーターは再度行われた聴取のなかで、アクランドの〝奇矯さ〟についての辛《しん》辣《らつ》な意見を繰り返し述べ、隣家の年配の男は時間に関するキトンの証言を裏付けたあと、キトンに対する彼自身の辛辣な見解を披露した。

法科学研究所《FSS》から電話が入り、アクランドのジャケットの右袖とシャツの右袖の袖口、そしてズボンの膝《ひざ》のあたりから洗い残しの血痕が検出されたとの報告があったときは、にわかに活気づいたが、それも、ジャクソンとの五分間の面談を終えたニック・ビールに即座に打ち砕かれるまでだった。

ビールは男の簡単なスケッチをテーブルに出した。その紙には、男が身に着けている衣類の特徴――茶のレザージャケット、グレイのコットンパンツ、白のコットンシャツ、キャタピラーのロールトップ・ブーツ――が文字で書き加えられ、ジャケットの袖、シャツの袖口、ズボンの膝部分を示す矢印の横にはラシド・マンスールの血と記されていた。

「これに書かれている衣類は中尉がここに連行されてきたときに着ていたものと一致します」ビールはジョーンズに言った。「それからドクター・ジャクソンからは、矢印の箇所を重要視して時間を無駄にすることがないように、との助言がありました。彼女もアクランドも、パブでのけんかでこのマンスールって男が鼻血を盛大に出したため、その血がはねかかってきてるんです。彼女は中尉のシャツとズボンを洗い、ジャケットについた血はスポンジで拭き取った。だけどそれはそこに血がついているのが見えたからなんです」

「くそっ！」

「FSSにウォルターと合致するかDNA検査をしてもらいますか？」

「ウォルターの血ではないんなら、やったって意味はないさ」警視は陰気に言った。「この調査にはすでに大変なコストがかかっているんだ。このうえ金のかかるDNA検査をたいした理由もなしに要請したら、必要性の根拠を示せとうるさく言われるだけだ。とりわけ、そのラシド・マンスールって男を、血がそいつのものであることを確認するために捜し回らなくてはならないとなったら、なおさらだよ」

「ですが、もしアクランドが実際にウォルターを殴ったのだとしたら、昨夜のけんかの再現で、また返り血を浴びたのかもしれませんよ」

「そしたら、豚も空を飛ぶかもな、ニック」ジョーンズは急に疲れたように言った。「FSSは〝洗い残しの〟血痕と言っているんだ。だけど、アクランドのフラットには洗濯機も乾燥機もなかったし、手で洗う時間もなかったはずだ。あそこは空き室も同然だったよ」彼はヒューと絶望の空気を口から吐いた。「あの男はまるで修道僧だ。質実剛健を絵に描いたような暮らし方をしてるんだろう」

「じゃあなぜいまも彼にしがみついているんです？」

「犯人像に合致しているからさ……ウォルターの件はこれまでのとは別だとしても、アクランドは最初の三件には関わっているかもしれん」

ビールは首をふった。「時間的にそれは無理ですよ。ドクター・キャンベルによれば、彼は何か月も圏外にいた。最初はイラクに……そのあとはバーミンガムの病院に」

ジョーンズは首をふった。「ドクターとはあのあともう一度話してみたんだ。で、彼女によれば、アクランドにはこの地域に住んでいる婚約者がいて、しばしばそこを訪ねていたらしい……もしかしたらそれは、ピールとブリトンが殺された時期と重なっているかもしれない。ドクター・キャンベルはまた、アクランドは、ケヴィン・アトキンズが遺体で発見されたとき、彼女のところにいたとも言っていたよ。彼とそれらの事件について話したのを覚えているって」

＊

いくつもの捜査が並行してなされるなか、ウォルター・タティングのこぢんまりとしたテラスハウスは主要な犯行現場となっていた。以前の三件と違って、犯行が玄関口でなされていたからだ。証拠にひと通り目を通した段階で、ある鑑識官はジョーンズ警視に、ウォルターは犯人が入ってくるやすぐさま抵抗したようだと電話をかけてきた。

「まだ結論を出す時期ではないのはわかっているけどな、ブライアン、この犯人は、証拠から見て、玄関から先へはあまり行っていないようなんだよ。何かがウォルターをぎょっとさせたに違いない。というのも、彼は玄関ホールのスタンドからステッキを取って自分を守ろうとしたと思われるからだ。ステッキがカーペットの血だまりの近くに落ちていた」

「ウォルターの血？」

「そうだ……たぶん頭の傷口からの出血」

「ステッキには血はついてた？」

「見たかぎりではなかった……三時間ほど前に分析に出したよ。ついていれば、ウォルターがそれで何かを打ち、そこからDNAが採れるだろう。いちばん望ましいのは、ウォルターが犯人を、跡が残るほど強打していることだ……そしたらそれは、マスコミに公表する価値のある情報となるかもしれん。もし誰かが自分のパートナーや同僚を、この人がやったのではと疑っていて、そこに説明のつかない傷を見たら、警察に通報しようという気になるだろうよ」

「ステッキがウォルターに使われていないのは確かなのか?」

「確かだよ。聖トーマスの担当医に確認したら、ウォルターの腕と肩に残っていた防御創は、もっと重くてもっとコンパクトなもの……たとえばハンマーか野球のバットみたいなものでできたものだと断言していた」

「壁のへこみは?」

「それはこれまでの三件で室内についていたもの——半円形で、漆喰《しっくい》に深くめりこんだ跡——と似通ってはいたが、今度のは、事後に怒りにまかせて打ち付けたものではなく、最初の一撃が的をはずしてできたものではないかって気がする……そうであれば、なぜウォルターにはステッキを手に取る時間があったのかという点も説明がつくんじゃないだろうか。へこみには、ほかの三件同様、血痕や皮膚の痕跡はなく……もし使ったのが野球のバットだとしたら、それは何かの布で覆われていた。繊維が検出されているようなんだ」

ジョーンズは受話器に顔をしかめた。「ほかの家では漆喰のへこみから繊維は検出されてないぞ」

鑑識官が部屋にいる誰かと話す短い間があった。「すまん、ブライアン、おれはもう行かないと。明日になったらもっと話せるだろうけど、いまは取り急ぎ、思いついたことを話しているんだ。もし犯人が同一人物だとしたら、そいつは凶器をバッグに入れて持っていて、バッグから出すのは使う用意ができたときだけ。ウォルターの場合はそこまで行かなかったってことだ。爺さんがぎょっとしたのに気づいてすぐにバッグごと振りまわしたんだ」

「で、その繊維はどんな種類のバッグだったかもわかるぐらい残っていたのか？」

「それはわからないが、担当の先生が興味深いことを言っていたよ。へこみのことを話すと、使ったのは靴下に入れたガラスのペーパーウェイトじゃないかと言うんだ」

「それはありうる？」

「ペーパーウェイトならロンドンでも人目につかずに持ち運べるだろうけど、他の三件の被害者が受けていたような損傷を与えるのはちょっと無理なんじゃないかと思う。あんたが指摘したように、ほかの家では繊維は検出されていない……靴下に入れてなくて、持ち手もないとなったら、それだけで強い力を与えるのは無理だ。振り下ろすスピードだけが力の源となるんだから」

「だけど不可能ではない」

「不可能だとおれは思うよ。丸いガラスだと、ふつうの人なら手に汗がにじんだとたん落っことしてしまう……だけど、もしあんたが、手のひらが乾いていて万力のような握力がある屈強な男に出くわしたら、それは……」

＊

アクランドはその要件にぴったりだ。ジョーンズは自己紹介し、青年と握手しながら思った。

手は乾いているし、指はまるでひっかけ鉤《かぎ》だ。「こんなにお待たせしてほんとうに申し訳ないです」向かい側の椅子を引きだし、腰を下ろしながらジョーンズは言った。「誰かから、お待たせしている理由の説明はありましたか？」

「いや。とくにないです」

警視は、うちのやつは何をしているんだというようにチッと舌を鳴らした。「わたしの落度です。もっと明確に指示を出すか……わたしがもっと早くここへ来ているべきだった。お茶か何か食べるものをお出ししましょうか？」

「いや、けっこうです」

ジョーンズはジャケットを脱いで、椅子の背にかけた。「どうお呼びしたらいいでしょう。チャールズ？ それともアクランド中尉？」

「どっちでもお好きなように。あ、あなたが警官です」

ジョーンズは微笑した。「怒るのも無理はないと思うよ、チャールズ。係官によれば、きみはここに五時間以上も拘束されている。発狂寸前になって、なんでいつまでも入れておくんだとわめいてもいいところだ」

アクランドは警戒する顔でジョーンズを見た。理由はどうあれ――たぶん、彼の愛想の良さが番犬のような外観にそぐわないからだろう――警視の意図に不審を抱いたのだ。「そうしていたら、何かいいことがありましたか？」

「害にはならなかっただろうね。取調室ではいらだちを見せられるのがふつうで、われわれはそれには慣れている……とくに相手が無実の場合は」そう言ってしばらく年少者の目を見つめる。「ここまで辛抱強い人間はめったにいない。そのことがわたしに、きみは実際にはこれがどういうことなのか話した以上のことを知っているんじゃないかという思いを抱かせるんだよ。きみは実際にはどれだけのことを知っているのか……あるいは推測しているのか、聞かせてもらえないだろうか」

アクランドはかがみこんで、ウォルター・タティングの写真を指さした。「この男はきょう、通りで倒れて病院に運ばれた。なんで倒れたにせよ、警察が道路を封鎖し、その一帯を捜索したからには、自然の要因ではないと思う」彼はひと呼吸おいた。「警察はタティング氏が倒れたのにはぼくが何か関わっているはずだと思いこんだ。それは、ぼくが今朝、彼と銀行で口論しているのを見られているか、昨夜の〈ベル〉でのもめごとに掛かり合いになっているから……たぶんその両方でしょう。警察はジャクソンとデイジーとスーザン・キャンベルの協力のもと、パブに戻ってきたぼくを逮捕し、手錠をして、尋問のためにここへ連行した」

「続けて」

「それで終わりです……ぼくが聞かされたことと推測したことを交えて話しました」

「これが尋問だと思ったのなら、なぜ弁護士の立ち会いを求めなかったんだ?」

「よけい疑われるだけだから」

「そうとは限らないよ、チャールズ」

「いえそうです。だからぼくは、フラットの中も所持品も自由に調べてもらったんです。隠すことは何もないのを証明するために」

スーザン・キャンベルがアクランドは充分質問に答えられると太鼓判を押したことが、実によくわかる答弁だった。この青年は間違いなく、〝科学捜査が念頭にある〟人物という犯人像に合致している。「そこまで確信を持てるとはたいしたものだ」

「自分自身に？　それとも警察に？」

「両方」

アクランドは首をふった。「ぼくは警察は信用していません。ぼくを連行した警部は、証人として話を聞くためだと言っていましたが、あれは嘘です。ぼくは被疑者として逮捕され、ここに連れてこられました。だけどぼくは何の罪を犯したとされているのかさえ知らないんです」

ジョーンズはテーブルの上の手を組んだ。「苦情を申し立てるか？」

「いえ。ぼくの背嚢かフラットから何か有罪となるようなものが見つかったと言われれば、それも考えますけど。なぜそれがそこにあるかは、どちらも知っているわけですから」

「きみはわたしか部下の誰かが、そういうものをこっそり置いておくこともありうると言いたいのかね？」

「これまでのやり方からすれば……そうです。ありうると思います」

ジョーンズはかすかな笑みを浮かべた。「つい昨夜、医者の手当てが必要となるくらいの片頭痛でもだえ苦しんでいた男にしては、ずいぶん頭がまわるものだな。垂直の倒立で頭がすっきりしたのか？　チャールズ」

「だとしても、それはこの際関係ありません……それから、撮影されているのも不満です。ここは自由の国です、警察国家ではなく」

「われわれのことをそんなふうに見ているとは残念だよ。この仕事では、友人よりも敵を作ることのほうが多いが、誰かがそれをしなくてはならない……。軍務に就くのと似たようなものだ。そうは思わんか？」

愚弄《ぐろう》するようなその言葉をアクランドは無視した。「ぼくは社会全体を懐疑的に見ています。警察はその一部にすぎません」

「きみは前にも逮捕されたことがあるのか？」

「ないです」

「きみはムスリムにもいい感情は抱いていないと聞いているが……それとあの老人にも——」

アクランドが黙ったままなので、ジョーンズはウォルター・タティングの写真に手をのばした。「タティング氏は何をしてきみを怒らせたんだ？　きみのことをゲイだと思ってモーションをかけてきたのか？」

アクランドはかすかに色をなした。「何をばかなことを」

「どこが。わたしが言ったことのどの部分が気に障ったのかね？　あの老人はゲイかもしれないとほのめかしたこと？　それとも、彼がきみのこともゲイと見なしたってこと？」

「どっちでもありません。ぼくはあなたほどには性的なことに関心がないってだけです」

警視は口の前で両手の指を突き合わせ、不思議そうに若者を見つめた。「きみはなかなかの禁欲主義者だな」

アクランドは、こいつ何を言っているんだという顔で警視を見つめ返した。「ぼくが何であろうと、それがタティング氏となんの関係があるんです？　彼はぼくの背中をつついた、ただそれだけです」

「わたしはきみが社会に敵意を抱いているようなのがなぜなのか、そのことに興味があるんだ。帰国して以来、ひどい扱いを受けたのかね？」

「べつに、そんなことはないです」

「では何が変わったんだ？」

「ぼく自身。いまは些細なことにこだわっている世界で生きているような気分なんです……どれをとっても、ぼくからすればたいしたこととは思えない――」言いながら自分でも戸惑っているような声だった。なんでこんなことを言っているのか自分でもわからないというような。

「きみにとっては何が重要なんだ？　チャールズ」

「いまもそれを見つけようとしているところです。このところずっと、セーレン・キルケゴールというデンマークの哲学者についての本を読んでいて、その中で彼はこう言ってるんです――『人生は解かれるべき問題ではなく、経験されるべき現実である』。いまのところ、ぼくがたどりついた考えはそこまでです」

「現実というのは、えてしてきわめて暗いものだよ」

「それはその人がどうとらえるかによります」

ジョーンズはうなずいた。「愛についてはどうだ？　それはどこに関わってくるんだ？」

無言。

「きみはきみの婚約者を愛していたんだろう？　チャールズ。確か彼女はこの地域に住んでいて、きみは去年、しばしばそこを訪れていた。彼女の名前と住所を教えてもらいたい」

ショックの色が一瞬アクランドの目に浮かんだ。「誰に聞いたんです」

「ドクター・キャンベル」ジョーンズは問いかけるように片眉を上げた。「彼女のミスなのか？　このことは内密にしておくはずだったのか？」

アクランドは背中を丸め、テーブルの下でこぶしを上下させた。「ジェンはこのことには関係ないし、彼女にはもう何か月も会っていません」

「このことというのは？」

沈黙。

「彼女の住まいがタティング氏の家の近くでなかったら、彼女をわずらわせたりはしない……しかし、もし近かったら——」ジョーンズはひと呼吸置いた——「きみが以前にもタティング氏と衝突していないか、調べる必要が出てくるだろうな」

「どっちにしても、彼女に訊いたってわかりませんよ」

「ご両親は彼女の名前と住所を知ってる？　きみが所属していた連隊は？」

アクランドの瞳に一瞬まぎれもない反感が浮かんだ。「名前はジェン・モーリー。住所はハリス・ロード、ピーボディー・ハウス、フラット一……もしこの住所がタティング氏の家の近くだとしても、単なる偶然です」彼はこぶしを開き、立ち上がろうとするかのように両手をテーブルについた。「これはいったい何なんです？　ぼくの私的な事柄についてあなたは誰とでも話すことを許されているんですか？　ぼくにはなんの権利もないんですか？」

警視はすまないというように両手を広げてみせた。「きみが話したことの裏を取るために必要なら、そうだ」いったん言葉を切って、「もしミズ・モーリーがきみに不利となるようなことを話すのを恐れているのだとしたら、弁護士のこと、考えなおしたほうがいいかもしれんぞ」

アクランドは頭をのけぞらせて天井を見つめた。鼻で数回、深く息をする。

「休憩にしてもいいんだよ、チャールズ。いらないと言っていたお茶、やはり頼むか？」

「お茶を飲んだって、何も変わりませんよ」

確かに、とジョーンズも思う。「タティング氏につつかれて、きみは腹が立つあまり、家までついていったんじゃないのか？」

「彼が地下鉄の駅に住んでいるならそうも言えます。そして、銀行を出たぼくを追い抜くほど彼の足が速いのなら。部下の警部さんは、彼は通りで倒れたと言ってましたが、それも嘘なんですか？」

ジョーンズはその質問を聞き流した。「うちの鑑識班が、きみのジャケットとシャツとズボンから血痕を検出したんだが、なぜそれがあるのか説明してもらえるかね？」

アクランドの反感が再燃したが、今回のそれは明白だった。ぴりぴりとした空気が両者のあいだにみなぎる。「わかってましたよ、あんたたちが何かを仕込むであろうことは」アクランドは声を荒らげた。「警察はわれわれが守るよう命令されているターバン野郎よりも腐っている。あいつらはそれで優位にたてると思えば誰の背中にでもナイフを突き刺すけど、少なくともそれを隠したりはしない」

ジョーンズが手の甲で顎の横をさする、短い、考えこむような間があった。「ちょっと話を整理させてくれ。きみは、われわれが仕込まないかぎり、きみの衣服から血痕が検出されることはありえないと言いたいのか？」

「そうです」

「じゃあなぜドクター・ジャクソンはわれわれに、あれはラシド・マンスールの血だと言ったんだ？　彼女は嘘をついていたのか？」見ていると、アクランドのこぶしの関節がいらだちを抑えこもうとして白くなっていく。「警察は腐っていると言われたら、こっちは疑念を持つだけだよ、チャールズ。この人は何を隠そうとしているんだろうって」

「何もありません」アクランドは歯がみする思いで言った。「でも、少なくともあなたはこれで、してもいないことを糾弾されるのがどんな気持ちかわかったはずです」

「きみは野球のバットを持っている？」

「いえ」

「ガラスのペーパーウェイトは？」

「ぼくの持ち物はぜんぶ背嚢に入っています」

「あれにどれだけのものが入るんだ？　そう多くはない。きみぐらいの年齢の男ならたいていは持っているノートパソコンやステレオは、背嚢一個には収まらない。そういうものはどこにあるんだ？」

「もう使うことがない品々のことを言っているのなら、そういうのはドーセットの親の家です。ステレオは使えなくなっているし、パソコンは古すぎてぜんまいを巻かないと動かない。それから、ぼくはもう『ビーノ』を読んだり、模型飛行機で遊ぶ歳でもない」

「どこかに保管用のコンテナは持ってない？」

「ないです」

「友人はどうだ？　誰かが何かを預かってくれているとか」

「それもないです」

「わたしはきみの背嚢の中身を見たんだよ、チャールズ。きみの所持品はあれで全部だと言うのか？」

「そうです」

「あんな軽装備で移動する者はいないよ」

「ここにいます」アクランドは無関心に肩をすくめた。「一度やってみたらいいですよ。荷物が軽ければ、いくらでも先へ進める」

「ここでまた、〝些細なことにこだわっている世界〟に話が戻るわけか」

「そうしたければ」

「それと、つねに移動していなくてはならない男についてだな。きみは過去に追いつかれるのを恐れているのか？　チャールズ。誰も彼もを忘れ去ってしまうのが、幸せなのか？」

アクランドの唇がかすかにゆがんだ。「ぼくはあなたのいる轍《わだち》から抜け出したいんです。見たところあなたは、ぼくの父親同様、いまの生き方に満足しきっている。うちの父親というのはもう何年も畑に畝《うね》を作りつづけているんです。農場の借金を背中にしょって」

「たぶん、それが自分の責任だと思っているからだよ。世の中、人にたかって生きる人間ばかりでは成り立たない。誰かは富を生み出さないと」

「それは一般論です」

ジョーンズの口の端が皮肉に持ち上がったのは、個々人の責任に関する公式的見解もさることながら、彼自身が負っている借金のことを思いだしたからだった。「だけどきみはそれには同意できない——？」

アクランドは警視の向こうを、遠くの地平線を探すかのように見つめた。「ぼくはそんなことに自分の人生を賭けようとは思わないってだけです。富を追い求めるのも、富に背を向けるのも、倫理的に正当化されないという点では同じです」

「するとどういう生き方になるんだ？　修道士？」

「愚《おろ》か者」視線を警視に戻してアクランドは言った。「ぼくはあなたのような人々のために戦争に行き、その結果、こんなふうになった」とアイパッチに触れた。「馬鹿もいいところじゃないですか」

＊

ジェン・モーリーは、ビール警部とカーン刑事が夜十時半に玄関ベルを鳴らすと、憤然と歯向かってきた。インターコムを通して痛烈な悪罵を投げつけ、自分はもう床《とこ》に就いていたのだと言って、彼らを中に通すのを拒否した。「あんたたちが警官だと、どうしてあたしにわかるのよ」とひそめた声でわめく。「誰だかわかったもんじゃないじゃない」

ビールはガラスの鏡板を張りめぐらした玄関口の横にあるスピーカーに口を近づけた。「ミズ・モーリー、ここからあなたの部屋のドアが見えます。そのドアを開けてくれたら、ある電話番号を言いますから、そこに電話をかけてビール警部とカーン刑事の特徴を尋ね、それにわれわれが合致しているか確かめてください」

「無理よ。あたしいま裸なの」

「何かを羽織るまで、よろこんでお待ちしますよ」

奥で男の話す声がし、ジェンが声を張り上げてそれに応えた。「いいえ、どっかのチンピラがふざけて絡《から》んでいるだけ。すぐに行くから」彼女はまた声を落とし、「ね、お願いだからとっとと失せてよ」とかみついた。「あたしはいま忙しいの。話なら明日にして」

ビールはインターコムを手で覆って、カーンにうなずいた。「窓を調べろ」と、右手のカーテンがかかった明かりのついている部屋を顎で示してささやく。そしてまた手を下ろした。

「五分間でいいんです、ミズ・モーリー。夜遅いのはわかっていますが、これは重要な用件なんです。化粧着はお持ちですよね？　もしそのほうがよければ、部屋の外でもかまいませんよ」カーンがそっとまた横についたので、スピーカーに手を戻した。

「半裸の日本人が一緒にいます」カーンがささやく。「いくら払ったと思っているんだという顔で、しきりに腕の時計を指さしています」

「五分でいいんです、ミズ・モーリー」ビールはもう一度言った。「それで終わりますから」

「ああもう！」ジェンは嘆いた。「いいわ。そこで待ってて」受話器が荒々しく受け台に置かれた。

彼女が戸口から現れ、ドアをそっと後ろ手に閉めると、ローブをウエストのところでかき合わせながら共用の廊下を歩いてきた。二十メートルほど離れたところから見ると、そのすらりとした優雅な容姿は、一瞬、二人がともに知っている誰かを思いださせたが、近づくと、その印象は消え失せた。血走った眼やくずれた化粧には、そして誰かが吸っていたことを思わせる腫れた下唇にも、優雅さはかけらもなかった。

彼女はドアを足ふたつ分ほど開け、そこを体でふさいで、警官たちが入ってこられないようにした。ビールが名を名乗り、証明書を見せようとすると、「そんなもので中に入れてもらえると思ったら大間違いよ」と、毒づく。「少なくとも捜索令状ぐらいはないと」

彼女はいったい何度そんなものを提示されたのだろうとビールは思い、あとで記録に当たることと心に留めた。「われわれはいくつか質問をしたいだけです、ミズ・モーリー。あなたは

二、三か月前までチャールズ・アクランドという男性と婚約してらした。それで間違いないですか？」

「だとしたらなんなのよ。彼があたしのことで何か言ってるの？」ガウンの袖を鼻にもってい

く。「何を言ってるにせよ、そんなのみんな嘘だから」

そんな答えが返ってくるとは、ビールは予想だにしていなかった。時間稼ぎに手帳を出して、

ぱらぱらめくりながら、「そのお顔、誰かに似ているような気がするんですが」と、打ちとけ

た口調で言った。「前にどこかでお会いしてますかね？」

「ユマ・サーマン」そんなこと見ればわかるでしょというように、いらだった口調で言い返す。

「みんな、あたしのことユマ・サーマンだと勘違いするの」

自分がいまどれほど崩れて見えるかわかっているのだろうか、と思いながらビールはうなず

いた。「ああ、そう言われれば確かにそうです」

「そんなことはいいから、早くして。ここにいたら寒くて凍え死にしてしまう」それを証明す

るみたいに腕をさする。「チャールズは常習の嘘つきなの。そうしようと思えばレイプで息の

根を止めることもできたのよ……そして彼はそのことを知ってるの」

ビールは、その話なら聞いていると言う顔で、またうなずいた。「それはいつのことです？」

「彼に最後に会ったとき……イラクに行く前よ。それから、帰ってきてからも、病院であたし

を絞め殺そうとした」手が無意識に首に触れる。「そのこと、彼は話してないんじゃない？」

「ええ」

「レイプについては話した？」

ビールは首をふった。

「ほら。あの人ってそうなのよ。彼の言うことなんてひと言も信じちゃだめ。あたしに言わせれば、あの人、顔以上に頭がやられているの。あたしの言うことが信用できないなら、担当の精神科医に訊いてみればいい。何があったか、その先生は知っているから。チャールズがあたしを殺そうとしたとき、彼もそこにいたの」

彼……？　「その医師、名前は？」

ジェンは答えそうになって、気を変えた。「覚えてない。チャーリーがまた襲ってきたら大変だから、急いでそこを出たのよ」彼女は落ちつかなくなっていた。「ね、これはもう過ぎた話なの。チャーリーにはもう何か月も会っていないし、あたしとしてはもうこのままにしておきたいの。もうこれでいいでしょ？」

「いや、まだです、ミズ・モーリー。われわれが知りたいのは、あなたがたが付き合っていた頃のことなんです。チャーリーはここへどれくらい来てましたか？」

「来れるときはいつでも。あたしに夢中だったのよ」

「毎週末？」

「そう……ソールズベリー平野で戦車に乗っているか、演習でオマーンなんてとこに行ってるとき以外は」

「期間的にはどうでしょう。始まったのはいつです？」

フラットで何か音がしたのが聞こえたかのように、彼女は肩越しに振り返った。「ほぼ去年いっぱい。去年の初めごろ出会って、彼がイラクへ行く直前に別れたの」

ビールは手帳を調べた。「彼は九月の九日と十日、あるいは二十三日と二十四日の週末にロンドンにいたか、覚えてますか？」

「それ、冗談なの？　あたしは自分が先週何をしていたかさえ覚えてないの」

それは本当だろうと、どちらの警官も思った。「調べる方法はないですか？」ビールが尋ねた。

「ない」彼女はビールに眉をひそめた。「これっていったいなんなの？　チャーリーは何をしたの？」

ビールがためらっていると、カーン刑事が割って入った。「別れた原因はなんだったのか、教えていただけますか？　何か特別な理由でもあったんでしょうか」

彼女はばかにしたような顔でカーンを見た。「あたしはレイプされるのがあまり好きじゃないの」

「それはわかります」と、いったん受けて、「ですが、チャーリーは確か、あなたに夢中だったんですよね……レイプといったら、お二人の間には許容しがたいレベルの暴力があったってことになりますよ」

彼女はドアを閉めにかかった。「彼は怒りをコントロールすることができない人なの」

カーンはガラスの鏡板に手を置いて、ドアが閉まるのを防いだ。「あなたは何をして彼を怒らせたんです？」

「何もしてないわよ」彼女は冷ややかに言った。「彼が欲しがるものを与えなかっただけ」

「それはなんだったんです？」

「頭を使ってよ。男がふつう欲しがるものって何？」

カーンはかすかな笑みを浮かべた。「それは契約条件によります。たいていの男は、相手が婚約者ならただで得られるものと思うでしょう」

彼女の目が険悪に細まった。

「彼はあなたが客といるところに出くわしたんですか？　ミズ・モーリー。だから彼は怒ったんですか？」

「もうほっといてよ！」突然、両手を使って荒々しくドアを押し閉めると、ガラスの向こうから二人をにらみつけ、くるりと背を向けて去っていった。

ビールは彼女がフラットに入るのを見届けてから、「たいした女だ！」と皮肉に言った。「おれがあくまで女優扱いで下手に出たら、おまえがあからさまに売春婦だと言ってのけた。彼女はどう反応すると思っていたんだ？」

「そこまで考えてなかったです」カーンは思案顔で言った。「だけど彼女、ひどく攻撃的でした。何をやっていたんでしょうね」

12

所持品を返してもらうにあたって、アクランドは、持ち物はすべて返却されたとする受領書へのサインを求められた。彼は背嚢《はいのう》から中身を出し、ビール警部と勾留係官の前で、ひとつひとつあらためていった。ビールは、若い中尉のほんのわずかしかない所有物を見て、なんだか狐につままれたような気持ちになった。衣類をべつにすると――それとてビールが所有する衣類の何分の一もない――小型ラジオに、巻き上げ式の目覚まし時計、洗面用具の入った袋、スニーカー一足、革サンダル、携帯食器、金属のコップ、魔法瓶、スプーンとナイフとフォーク、ノートブック、鉛筆二本、『哲学入門』という書名のペーパーバック。

警部の言うとおりだ、とビールは思った。この青年はどこかに荷物を預けているか、そうでなければ修道士だ。そこでみなが一様に不思議に思ったのは、なぜ修道士が、ジェン・モーリーのような女性と婚約するに至ったのかということだった。その点に関して、スーザン・キャンベルはなんの情報も提供できない、もしくは提供することを拒んだ。

「その人には会ったこともないし、その人のことをチャールズと話したこともないんです」そうきっぱりと言いきった。

ブライアン・ジョーンズは、アクランドがいまもモニターで観察されている続き部屋に彼女を招じ入れた。「ここで一緒に考えていただけませんか」ジョーンズは言った。「この若者は異常と言ってもいいくらいに禁欲的ですが、かたやミズ・モーリーは、そこのカーン刑事とビール警部に言わせれば、口汚い、攻撃的なコールガールです。二人を互いに引き付けたのはなんだと思われます?」

「セックス」

ジョーンズは思わず笑い声をもらした。「そんなに単純なこと?」ジョーンズは画面に目をやった。「彼は右半分はいまでも充分ハンサムです。負傷する前なら、女がほうっておかなかったでしょう。そんな男がセックスのためだけに売春婦と一緒になるなんて、ちょっと考えられません。なんで金で買わないんです?」

「彼女はそんじょそこらの雌猫ではないんですよ」ビールが言った。「来訪するビジネスマンが客筋の、どちらかと言えば高級ホステスです。洗練された話し方をし、見た目も垢抜《あかぬ》けている……たとえ今夜はぐずぐずになっていたとしても」

「彼女のはヤク代稼ぎですよ」カーンが自信ありげに言った。「われわれと話しているあいだはなんとか持ちこたえていましたけど、あれでぎりぎりでしょう。もしわれわれがフラットの外で待っていたら、客が帰ったとたん、売人のところへ駆けつける姿が見られたと思いますよ」

ジョーンズはスーザンに注意を戻した。「チャールズは彼女を救おうとしたってことはありうるでしょうか。わたし自身は、彼がそれほどナイーヴだとは、あるいは馬鹿だとは思っていませんが、間違いなくピューリタンです……そしてピューリタンには、自分の力で人の行いを矯正できると思いこむ、困った習性がある」

「そんなことを訊かれても、わたしには答えようがありませんよ」スーザンは言った。「ジェンと婚約していたころのチャールズがどんなだったか、わたしは知らないし……彼女がどんなだったかも知らない。人はみな、時間とともに変わっていきます――生活や仕事をともにする人に合わせて自分を形作っていくところがあるんです――でも、長期にわたる薬物の濫用はしばしば劇的な変化をその人にもたらす。もしその方の――」と、カーンを指して、「言うとおりだとしたら、今夜彼が見たジェンが、チャールズが婚約したころのジェンとはまったくの別人ということはありえます」

「彼はどうです？　彼は頭にきわめて深刻な衝撃を負っている。それは人格に影響するでしょうか」

「もちろんです。でも、影響の仕方は千差万別なんですよ。時間はどのくらいあります？　短期記憶喪失について話すだけでも一時間はかかりますよ」

ジョーンズはいらだたしげに指をテーブルで打ち鳴らした。「簡単な質問じゃないですか、ドクター・キャンベル」

「質問は簡単でも答えはそうはいかないんですよ、警視さん。きわめて多岐にわたってますから」

「ではひとつ挙げてみてください」

「負傷の度合いにもよりますが、頭部への衝撃はときとして精神的な機能障害――たとえば、記憶障害や錯乱、コミュニケーション・スキルの喪失などをもたらすことがあります。そして、それはしばしば興奮性や欲求不満感を亢進《こうしん》させます。ですから、そうね、頭部への衝撃は人格に影響すると言えるでしょうね」

ジョーンズは目をつむり、大きく息を吸った。「われわれがいまここで目にしているチャールズは、去年、ミズ・モーリーのところへ足しげく通っていたチャールズと同じ人物でしょうか」と険しい声で訊く。

「わかりません。わたしは別れたあとの彼しか知りませんから」

「わたしが求めているのは一般的な見解です、ドクター・キャンベル。チャールズは当時、あなたの患者ではなく、いまもそうではないのなら、守秘義務に反することにはならないでしょう。わたしは彼がこの件にはなんの関係もないことを納得する必要があるんです……あなたがそのようになんの指針も与えてくれないのでは、とうていその決断はくだせません」

彼女は眉を寄せた。「この件って？　警部さんによれば、タティング氏が襲われた件についてはチャールズはアリバイが成立しているってことでしたよ」

「彼の話を裏付けるものであれば、どんな情報でも役に立ちます」

「わたしはなんの情報も持っていません」彼女はしばし警視の目を見据えた。「ねえ、こう言うと驚かれるかもしれませんが、チャールズのことならわたしより警視さんのほうがご存じだと思いますよ。わたしが彼と交わした会話でいちばん長いのは、〈ベル〉へ向かうタクシーの中での会話なんです」

「何を話されたんです？」

「彼が、美人のレズビアンは囲われ女で男役のレズは洗濯機の動かし方も知らない、という偏見を持っていたから、誤りを正してあげようとしてたんです」声がしだいに面白がるような響きをおびてくる。「警視さんにも同じようにしてさしあげましょうか？　レズビアンの関係については、警視さんの理解もチャールズとどっこいどっこいのようですから」

「レズビアンについて彼がそんなに無知なのだとしたら、なぜそのカップルとひとつ屋根の下に住むんです？　彼女たちを治せると思ってるんですか？」

スーザンの表情がこわばった。「二人の性的指向とは関係ありません。彼は、ジャクソンとデイジーのところに身を寄せることにしたんです」

「なぜ」

スーザンは肩をすくめた。「これは推測ですが、チャールズは、自分はもう一度、人を信頼するということを始めなくてはならないと感じていた。そして彼はジャクソンのなかに、この人なら信頼できるという人物を見出した。彼女はチャールズから、負傷して以後、ほかの誰もが勝ち得ることのなかった信頼と敬意を、たったひと晩で勝ちとったんです」視線がいっとき画面に向けられた。「でも彼が、やはりやめた、と言い出しても、べつに驚きはしませんよ。信頼というのは、けっこうもろいものなんですよ」

ビール警部と制服警官たちは、アクランドが背嚢に戻さなかった衣類を示して、これを下に重ね着したいからいったんシャツを脱いでもかまわないかと尋ねると、おもむろにうなずいた。ビールはしかし、アクランドがあまりに痩せているのを見てショックを受けた。背中にあばら骨がくっきりと浮き出て、禁欲的な苦行者との見立てを裏付けていたが、それにしてもいささか度を越していた。この男のどこから倒立の腕立て伏せをする力が出てくるのか、不思議でならない。

ビールはアクランドがTシャツを三枚つぎつぎと着た上に、ふたたびシャツに腕を通すのを見て、「まるで南極にでも行こうかという格好だな」とくだけた調子で言った。

アクランドはそれを無視して、べつのひと塊《かたまり》になっているブーツとジャケットを点検し、ブーツの爪先をシャツの袖でこすった。「これ、何を使ったんです?」

「血痕の検出剤だ……たぶん、ルミノールかフルオレセイン」

アクランドは靴下をもう一足はき、ブーツに足を入れて紐を締めた。「これ、二週間ほどして革がだめになったら弁償してもらえるんでしょうか。それとも参考人になった代価として、あきらめなくてはならないのか」

「それはないよ」

「ですよね」アクランドはぼそっと言って、ジャケットに袖を通した。「腕に何本も注射を打たれたからって、その代価に湾岸戦争症候群を我慢しろとはならないのと同じだ」アクランドは財布を手に取り、中身をあらためてから背嚢に突っこみ、紐をぎゅっと引っ張った。「これでいいですか？」

勾留係官がアクランドに受領書とペンを差し出した。「あとはそこにサインしてもらうだけです……それと、連絡が取れる住所と、持っているなら携帯電話の番号」

「持っていないことは知ってるでしょう。ぼくの所持品はぜんぶ確認したんですから」アクランドは書類にサインし、ちょっとためらってから、名前の下に、〈ベル〉、ゲインズバラ・ロードと書いた。「〈ベル〉を出ることにしたら、どうなるんです？」

「どこへ行こうと自由だよ。きみかドクター・ジャクソンが次の宿泊先の住所を連絡してくれるかぎりは。これは保釈ではないからなんの条件もついていないが、もしきみが新たな住所を連絡してこなかったら、それがひっくり返ることはありうる」

「わたしの車が裏に駐めてあるから、それで送っていくよ」とビールが言った。「ドクター・キャンベルが十分前にデイジーに電話を入れたから、向こうは待っている」

アクランドは背嚢のストラップを締めるのにかかりきりだった。「なぜドクター・キャンベルが電話を入れるんです？」

「きみを釈放することになったと言ったら、では〈ベル〉に連絡しておきますってことだった。ドクターは、きみがここにいるあいだ、ずっと待合室にいたんだ」

びっくりしてアクランドは顔を上げた。「彼女にも話を聞いていたんですか?」

「きみのアリバイに関してだけだ」

「じゃあ、なぜいまもここにいるんです? なぜ家に帰ってないんです?」

「きみを支えるためだよ、たぶん」ビールは淡々と答えた。「自分は友人だと言っていたし。それでわたしが、きみの事情聴取がすんだら、お二人を車で〈ベル〉まで送っていきますと約束したんだ」

アクランドの顔に一瞬ためらいの色が浮かんだが、すぐに小さくうなずいた。「まさか待っていたとは……とっくに帰っているものと思ってました」彼はストラップを頭から通し、背嚢が背中に斜めにかかるようにした。「送っていただけるのはありがたいです……だけど、スーザンを連れてくるまで、ぼくは外で待っていてもいいでしょうか。外の新鮮な空気を吸いたいんです」

「もちろんだよ」ビールはドアを開け、右手を指さした。「そこを行って、突き当たりで左に折れると、その先が駐車場への出口だ。わたしの車は建物の近くに駐めてあるグレイのトヨタ」

「ありがとう」

ビールは去っていく青年を目で送りながら、先ほどのためらいの表情に思いをめぐらせた。それと、何枚もの重ね着について。「まさかきみは逃亡する気ではないよな、中尉」と、ビールは声を張り上げた。

アクランドは立ち止まり、振り返って警部を見た。「そんなことをしたらスーザンを失望させてしまいます」彼は言った。「ぼくはまだ、友人を失望させたことはないんです」

＊

ビールと署の建物を出たスーザンは、駐車場に人けがないのを目にすると、吸いたくてたまらなかったタバコに火をつけた。そして尻をトヨタのボンネットにあずけてタバコをふかしながら、警部が、アクランドは道路に出たのかと出口の付近を捜しまわるのをながめていた。「何を期待していたの？」彼女は警部に訊いた。「彼は気が変わるかもしれないと言っておいたでしょ」

「彼はわたしに、友人を失望させたりはしないと言ったんですよ」ビールはいらだたしげに抗弁した。「そしてそれはあなたに関しての発言だったから、本気でそう言ったのだと思ったんです」ビールは、これはあなたのせいだと言わんばかりにスーザンをにらみつけた。「彼はわたしに約束したんです」

「そうではなかったのよ、それは彼がわたしを友人と見ていたらの話でしょ？」スーザンは考えこむ顔で言った。「取調室で彼と話をさせてくれたらよかったのよ」

ビールはキーのリモートボタンでパチッとドアを解除し、助手席のドアを彼女のために開けた。「まだ遠くへは行っていないはずです。この近辺を流して、彼が見つからないか見てみましょう」彼はダッシュボードの禁煙の表示を指さした。「申し訳ないが、厳格な規則なんです。乗る前に、消してもらわないと」

スーザンは快くそれに従ってから、座席に身を沈めた。「わたしはまっすぐ〈ベル〉に向かうべきだと思いますよ。彼を捜すなんて時間の無駄よ。見つかったとしても、わたしたちと一緒には来ないと思う」

「では、ご自宅へお送りしますか？」

「いいえ」スーザンはシートベルトを締めながらきっぱりと言った。「わたしはジャクソンと話があるの。彼女、十二時半には店に戻っていると言ってたから」

ビールは運転席に乗りこんだ。「チャールズはたぶん、野宿するつもりなんでしょう――署を出る前に、何枚も重ね着していたし――となれば、朝には彼を見つけますよ」彼はキーをイグニションに差し、エンジンをスタートさせた。「それまでに、誰も殺されていないことを祈るばかりですよ」と、気持ちのこもった声で言った。「どっちが厳しい処罰をうけることになるのかわかりませんから……彼か、わたしか」

スーザンは冷ややかな笑みを浮かべた。「チャールズ・アクランドが男娼になりすまして孤独な老人を餌食にするのではと本気で考えているとしたら、頭を診《み》てもらったほうがいいと思う」

ビールはエンジンをふかし、ギアを入れ、肩越しに振り返って、駐車場からバックで車を出した。「どこからそんなコメントが出てくるんです？」

「あなたの上司の警視さんがゲイ殺しのことに触れて……最後の一件が起きたとき、チャールズはロンドンにいたかを知りたがっていたから」

「男娼になりすますのが犯人の手口だなんて話を警視がするはずはありません。どうやって家に入ったのか、われわれはまだ知らないんです」

「新聞で読んだのよ」

ビールは表通りに車を向けた。「それは新聞の推測です……どれもこれも推測でしかないんですよ」スーザンをちらと見て、「でも、仮にあなたの言うとおりだとして、なんでそれがチャールズを除外することになるんです？」

「なぜなら、セックスに関することすべてがいまはチャールズを警戒させるから。彼は極度にひとりでいたがる人間で、誰もあまり近くには踏みこませない。あなたの上司は彼のことを禁欲的と評していたけれど、わたしなら、自己防衛的で好みのむずかしい人と言うでしょうね。そんな精神状態が性的行為につながると思います？」

「性交があったことを示すものは何もありません。殺害は、ゲイ・セックスを持ちかけられたことへの反応だったのかもしれないのです」

スーザンは首をふり、「チャールズは寝室には近づきもしませんよ」と断言した。「玄関から中へも、よほど言葉巧みに説得されないかぎりは足を踏み入れないでしょう。彼は顔があんなふうになっていることにとても神経質になっていて、人を自分の領域に入らせず、自分も他人の領域を侵さないためなら、できることはなんだってしてします。彼が見知らぬ他人の家に足を踏み入れるなんて絶対にありえないんですよ――」彼女は皮肉っぽく片方の眉を上げた――「とりわけ、その先にはセックスがあると考えていたとすれば」

警部はスーザンを見て言った。「では、なぜそのことを警視に話さなかったんです？　話していれば、三時間前にはチャールズを釈放していましたよ」

スーザンはいらだちのため息をつくと、吸っていいかと尋ねることもなく、またタバコに火をつけた。「いいえ、そうはなっていませんよ。いまあなたがそうしているように、チャールズを事件と結びつけることができそうな推論なら、どんなにばかげたものであれ飛びついていましたよ。そもそもなぜ彼が嫌疑を受けることになったのかさえ、わたしは知らないんです」

ビールは窓を五センチほど下ろして、煙が外へ流れていくようにした。「きょう襲われた男性が、犯人はチャールズだと実質的に名指ししたんです」

「どうやって。その人は意識不明だと、あなたの上司は言ってましたよ」

「救急救命士たちが到着したとき、ごく短時間だけど意識を取り戻したんです。で、誰がやったんですと訊いたら、アイパッチの男と答えた。そしてチャールズは、その日の朝、タティング氏ともめたことを認めている」

「その話ならわたしも彼から聞きました。どこかの老人がしきりに彼の背中をつついてきたとか。その老人がタティング氏なんですか？」

「そうです」

「じゃあなぜチャールズを釈放するんです？」

「アリバイがあったんですよ」ビールは信号で車を止めた。「タティング氏はたぶん二つの出来事を混同しているんです。というのも、タティング氏が襲われたと思われる時刻には、チャールズはフラットに帰っていて――」ビールはちらと皮肉っぽい目でスーザンを見やり――「そこでまたべつの口論をしてるんです。上の階の住人と」

スーザンはまたため息をついた。「そのことも彼から聞いています。わたしの理解するところでは、その女性は孤独で、チャールズに言い寄ったのをはねつけられたものだから、敵愾心《てきがいしん》を抱いたんです」そこでちょっと言葉を切った。「チャールズはつねに人と争っているとお考えなのでしょうが、それは違うと思います。たしかに彼のこの二十四時間はひどいものでした。でも、わたしのところへ来たということは、彼がそのことを自覚していて、二度とそういうことが起こらないようにしたいと思っていることの表れだと思うんです」

「警視はそのことをわかろうとしていないと思われるのはなぜなんです？」

「否定的なことばかり続いているから。けんか……口論……女性とのセックスの忌避……精神科医に助けを求める……。あなたの上司の立場に立てば、わたしでももっとわかりきった結論に飛びつきますよ。その線なら少なくとも、チャールズが肉体に関わることには何であれ、あれほど抵抗するのはゆっくりと餓死しようとしているのだと、それなりに自分を納得させられます」

ビールの頭に浮き出たあばら骨が浮かんだ。「彼は故意にそうしてるんですか？」

スーザンは吸殻を窓から放り捨てた。「わかりません。でも、もしあなたが何かを祈りたいのなら、明朝、発見されるのがチャールズの死体ではないことを祈ってください」

信号が青に変わったが、ビールは無視した。「本気でおっしゃってるんですか？」

「彼の余力がどれだけ残っているかによります」

ビールは後ろの車がライトを点滅させるのに応えて発進したが、交差点を抜けると、歩道脇に車を寄せて停車した。「そういう情報をほっておくわけにはいきません、ドクター・キャンベル」スーザンに向き直って言った。「あなたの懸念が根拠のあるもので、彼がそれほど弱っているのだとしたら、わたしは捜索隊を出さなくてはなりません」

「だから〈ベル〉に行くんじゃないの」スーザンは言った。「彼は警官の姿を見たらとにかく身を隠すでしょう……でも、ジャクソンとなら話をすると思うの」

警部は首をふり、上着のポケットの携帯電話に手をのばした。「彼女はどうやって彼を見つけるんです？　いまごろはもう二キロは行っていて、それがどの方向かはわからないんですよ」

スーザンは警部の腕に制するように手を置いた。「彼がどこにいるか、心当たりがあるの。もしはずれたとしても、三十分ほど遅れたって問題はないでしょ。ジャクソンにチャンスを与えるだけは与えてみて」

「その女性のこと、ずいぶん信用してるんですね、ドクター・キャンベル」

「チャールズに比べればまだそれほどでは」謎めいた言い方で彼女はつぶやいた。

13

ジャクソンはドルリー・レーン劇場の正面を走るキャサリン・ストリートの北の端に車を駐め、ダッシュボードの物入れから懐中電灯を出すと、通りをオールドウィッチのほうへ歩いていった。右側に知っているパブが二軒あるが――〈ヘンリー・フィールディング〉と〈ピープス・タヴァーン〉――どちらも、両隣の建物とぴったりくっついていた。見渡すかぎり柵などどこにもなく、これは無駄な骨折りになるなと覚悟した。スーザンの指示はすこぶるあいまいで――キャサリン・ストリートにあるバーで、片側に柵でふさがれた空間がある――そのような空間が、一平方メートル当たり何万ポンドもするロンドンの中心地にはたして存在するのかさえ疑わしく思えた。

夜中の一時ともなると、コヴェント・ガーデン地区のこのあたりには人けがなく、オールドウィッチをストランド街からフリート・ストリートへ向かう車の流れがあるだけだった。劇場は閉まり、パブや数軒ばかりのレストランもとうに閉店していて、通りにいるのはジャクソンだけ。舗道を進みながら、街灯の明かりを受けてできた建物と建物のあいだの縦の影に逐一懐中電灯を向けてみるが、どの建物もぴったりと隙間なく連《つら》なっていた。ジャクソンはため息をついて道路を渡り、反対側をこんどは逆方向へ試してみたが、成果はなかった。

先ほどの二軒のパブ以外には、バーと呼べるものもなかった。レストランのひとつは窓がレースのカーテンで覆われていて、店の名前――〈ボナペティ〉（フランス語で「召し上がれ」）からして、アルコールがメインの店とは思えなかった。ジャクソンは車にもたれて通りの向こう側の改装中の店舗を観察した。そことその右側の建物のあいだに空間はなかったけれど、キャサリン・ストリートとラッセル・ストリートの角にあり、水漆喰《みずしっくい》が塗られた窓の上の風化した看板の文字は〈ジョヴァンニのバー&グリル〉と、かろうじて読み取れた。

当たればさいわい、ぐらいの気持ちで、ジャクソンはラッセル・ストリートに入り、建物の側面に沿って歩いていったが、ここでも水漆喰塗りの窓が懐中電灯の明かりに照らし出されるだけだった。

空間というのは、着いてみれば、幅が一メートルもない狭い路地で、隣の建物の上のほうの階に日光が差しこむ以外には、なんの用も果たしていないようだった。柵は高さ約二メートル、幅約十五センチの金属の棒が縦に並んでいて、足掛かりとなるような横材はなく、その向こうの奥行き約二十メートル、突き当たりはレンガの壁の狭い路地に人が入れないようにしているだけだった。外に通じるドアはなく、何かに使われていた痕跡もまったくないけれど、いまはタバコの吸殻をポイ捨てする場所になっているのか、柵の周辺には吸殻が山と散っていた。

ジャクソンは左に寄って、路地を斜めから照らしていった。懐中電灯の光はあまり強くなく、レンガの壁面を点で照らしていくだけだったが、ずっと奥までたどると、光は反転し、路地の左側の壁を前方へと戻ってくる。理由はどうあれ、ロンドンの中心地にあるこの無駄な空間は表通りから九十度の角度で延びていて、このまま前方へたどれば〈ジョヴァンニのバー&グリル〉のいまは使われていない厨房の前に出るのは天才でもなくともわかった。

なぜ柵が必要だったのかも、容易に理解できた。前の三世紀のあいだ、コヴェント・ガーデンが生花と野菜の市場としてにぎわい、労働が安価だった時代には、ザ・ガーデンが眠ることはなかった。新鮮な産物が夜のうちに運びこまれ、翌朝、露天商によって売りさばかれる。食堂や売春宿は二十四時間営業し、芝居好きやオペラ愛好家たちは、マチネや夜の興行に群れを成して入ってくる。どこの路地でも、そこに侵入してくる不審者は見とがめられ、調べられただろう。

市場が消え、昼間に観光客が集まる場所となったいま、泥棒がかなてこでこじ開けられるような裏路地の戸口をそのままにしておくことは、よほどの馬鹿でないかぎりしないし、もしそんなことをしたら、保険料が恐ろしく高いものになる。ジャクソンはまたため息をついて柵をながめ、アクランドはこれをどうやって越えたのだろうと思った。彼がこの向こうにいるとしての話だけれど。

ジャクソンは声を張り上げた。「チャールズ！　そこにいるの？　ジャクソンよ。スーザンが寄こしたの。話がしたいんだけど」応答なし。「そこに誰かいる？」つぎはそう呼びかけた。「わたしは警察ではないの。友人を捜しているだけ」何か動きがないかと右のほうに明かりを向けると、白いものがちらと見えたような気がした。顔？

「わたしの友人がそこにいるんじゃないかと思うのよ」彼女は叫んだ。「助けてくれない？

若い男性で、アイパッチをしている」

「あんた誰だよ」その声はタバコとアルコールでしわがれていた。

「名前はジャクソン。彼、あんたと一緒にいるの?」

「かもな」

「わたしと話すよう、頼んでくれない?」

「頼んでもいいけど、うんと言うかはわからんよ」長い間のあと、「出ていくのはいやだってさ。となったら、あんたがこっちへ来るしかないな」

「そんなむちゃな!」ジャクソンは柵をひとわたり明かりで照らしていった。上辺にひとつ、下辺にひとつ横棒が渡されていて、どちらも両端はレンガの壁に固定されている。

「これを助けもなしにどうやって越えるのよ。何かコツでもあるの?」

嘲《あざけ》るような笑い声があがった。「細けりゃいいんだが……あんたの体は入口をほとんどふさいでいることからして、それには当たらんし……。外側の枠を留めつけている金具があるだろ? そこに足の指先をのっけることができたら、できるかもな。だけどその前に、てっぺんのスパイクにコートをかぶせておいたほうがいい。その図体だと、気をつけないとそいつの上にドスンと倒れちまう」

ジャクソンは小声で毒づきながら、外枠をレンガの壁に留めつけてある幅二・五センチのリベットを点検した。裸足《はだし》でも、ここに指をかけて足場を確保するのは相当にむずかしそうだし、てっぺんの横棒に林立している槍の穂先状の飾りもまったく気に入らない。それでも彼女は体をかがめてブーツの紐を解きにかかった。「ちょっと助けてくれない？」彼女は大声で言った。「こっちへ来て、明かりを持っていてよ。わたしが自分のしていることが見えるように」「真っ逆さまに落っこちてもおれに文句を言わないならそうするけど」「言わないよ」彼女は脱いだブーツを逆さにして中央の二本の穂先にかぶせ、それからジャケットを脱いで固く丸めて左側の残る穂先にあてがった。路地を近づいてくる人影があり、ジャクソンはちらとそのひげ面を照らしてから、懐中電灯を柵のあいだから手渡した。「ありがとう」

明かりがジャクソンに向けられる。「ヒャー、こりゃまたどえらい大女じゃないか。あんた、ほんとにこれをする気なんか？」

「それはそっちがどれだけ酔っているかによるわよ」彼女はまた柵のあいだから手をのばし、明かりを左側のリベットに向けた。「これをしっかり保っていられるかどうか」

「酔ってるときはぴしっとしてるさ」酒臭い息にのせて男は言った。「手が震えるのは、しらふのときだけだ。これでどうだ？」

「けっこう」彼女は逆さにしたブーツのそれぞれに左右の手を置き、左足の親指を届くかぎりでいちばん高いリベットにかけると、大きく息を吸ってえいっと体を持ち上げ、すぐさま両腕を巻きつけた。「さて、つぎは？」

「そこなんだよな、細かったらよかったのにって思うのは。あせらずにやれば、とんがりととんがりのあいだに尻を落ちつけられるよ。だけど、慎重にやんなきゃだめだぞ」またにたにた笑う。「尻に突き刺さることがないってわけじゃないんだから」

「ほんとにありがたい助言ばかり」ジャクソンは皮肉っぽく言うと、重心を右手に移し、左手でジャケットをブーツにかぶせて即製のサドルにした。「ほら」と、ズボンのポケットから携帯電話を出し、「これ、キャッチして」と下にほうると、右手でまた横棒をつかんだ。「もしわたしがこいつに串刺しになったら、出血多量で死ぬ前に救急車を呼んで。それから、明かりを動かさないで！」

「まったくこうるさい女だよ」男は言った。「おれのかかぁとおんなじだ」そう言いながらも、携帯電話はきちっとキャッチし、明かりも揺らぐことなくリベットに向けられていた。

「あんたみたいなのが旦那なら、無理もないわよ」ジャクソンは両手で体を支え、左足を壁に付けながら言った。「奥さん、子どもにお金を使うこともできなかったんじゃない？　あんたが先に飲んじまって」

「ガキができるほど長くは一緒にいなかったよ」

ジャクソンの爪先がまたべつのリベットにかかった。「これからこれにまたがるから、すぐに動けるようにして。バランスを失って落っこちるかもしれないから」ウッとうめいて左脚をのばし、もう一方を向こう側にまわすと、段違い平行棒をする体操選手のような驚くほどなめらかな動きで持ち手を替えて穂先を乗り越え、地面に着地した。「串には触れもしなかったわよ」得意げな顔でジャクソンは言った。

アル中男もうなずいて、「その図体にしては悪くなかったよ」と認めた。「筋肉がしっかりついているんだな。それは確かだ……あんたが女だとしたらだけど」男は懐中電灯の明かりをジャクソンの頭から足元まで走らせた。「あんた、女になりたい男じゃないよな」

「違います」ジャクソンは気を悪くすることなく言った。「おちんちんは初めからついてないよ」

彼女はジャケットとブーツを下ろし、タバコの吸殻を踏まないようにしながら靴下の汚れを手の甲で払い落とすと、ブーツに足を入れて紐を締めた。その間ずっと息を止めていたのは、男の匂いを嗅がないようにするためだ。スーザンが、チャールズはキャサリン・ストリートにいるのではないかと考えたわけを説明するのに、ある酔っ払いが悪ガキどもにおしっこをかけられていたという話をしていたが、ジャクソンはこの浮浪者がその酔っ払いに違いないと思った。加えて、このすさまじい悪臭からすると、この男はそれ以後も服を洗っていないのだと思った。それか、でなくば前立腺に問題があるかだ。

ジャクソンは立ち上がり、手をひらいて「ケータイ」と、にこやかに促した。男は素直にそれを返したが、懐中電灯はまだ持っていたいようだったので、ジャクソンは路地のほうに手をふって言った。「じゃ、先に行って。わたしはあとからついていく」

しかし彼は、女性をエスコートすることに関しては古風な考えの持ち主なのか、並んで歩くと言い張った。女性の背中に手を当て、もう一方の手で足元を照らして、慎重に誘導する。狭い路地を肩を寄せ合うようにして歩いていると一体感が生まれてくる。ジャクソンは、男がこうしているのは異性の体に触れんがためではないかという思いを完全には否定しきれなかった。

背丈こそ彼女より五センチほど低いが、肩はがっしりとしているし、ひげに白いものがまじっているとはいえ、見かけほど年はいっていないような気がする。

「あそこにゃ、三人いるんだよ」男が言った。「おれと、意識を失っている若いのと、あんたが捜してる男」

「〝意識を失っている〟ってなんで？　麻薬？」

「そういうのを持ってるのは見たことないけど……でも、そうでないと断言はできない。半時間ほど前に現れたときはふつうにしてて、でも気分がわるくて腹が痛いと言っていた。そしたら、そのあとすぐに意識を失ったのさ」二人は角を曲がり、男が電灯の明かりを暗い戸口に向けると、人が二人、踏み段に坐って互いにもたれかかっていた。「こんなとこだから、大勢は無理だけど」と男は、ジャクソンがまるで自分も入れてくれと頼んだかのように、申し訳なさそうに言った。「ストランドよりは安全なんだよ。あそこにゃほんとに頭のイカレたのがいるから」

「あんた、ここではなんて名乗っているの？」ジャクソンが訊いた。

「チョーキー」彼は壁にもたせかけてある荷物を、そこにいまもあることを確認するかのように照らしていき、それからジャクソンに懐中電灯を返した。「中尉は――」とその言葉を、（本人しかわかりようのない理由で）アメリカ風に発音して――「あんたが現れるまでは、助けを求めにいこうとしてたんだよ。あんた、医者なんだって」

「そうよ」

「じゃ、この若いのを診《み》てくれないか。おれの見るとこ、こいつは誰かがなんとかしてくれないと、このまま死んじまうよ」

「そうね。彼の名前は？」

「ベンだ。苗字は知らない」

ジャクソンは前に進んでアクランドの顔を電灯で照らし、「あの柵を乗り越えるのに、手を貸してくれてもよかったんじゃない？」と、隣の若者のわきに膝《ひざ》をつきながら穏やかに言った。「わたしがあそこで串刺しになったら、役に立ちようがないじゃないの」そして、意識を失った若者の土気色の顔に明かりを向けた。

「ぼくが出ていったら、あなたは入ってこないだろうと思ったんです」

「どうして」親指の腹で若者のまぶたを裏返し、反応のない瞳を照らしながら尋ねた。

「あなたの行動の意図がわからないから。最初に会ったとき、あなたは警察の仕事もしていると言っていた」

「医者としてよ。警察のために参考人を狩り立てることはしない」ジャクソンはかがみこんで若者の口のにおいを嗅いだ。「除光液のにおいがしているのはいつから？」

「ここへ来てからずっと。意識があるときはもっと強かった」

「彼に話しかけてみた？　名前を呼んでみた？　反応はあった？」

「いや。意識を失ったあとは、ずっとこんなだ」

ジャクソンは懐中電灯の明かりをこんどは若者の首筋に向けた。蒼白な肌のところどころが赤くなっている。「この子と知り合ってどれくらい？　チョーキー」

「一か月かそこいらだ。顔がいいから、ホモのやつらが寄ってくるんだよ。ああいうの、おれは認めてないから、かくまってあげてるのさ。家出少年だからって、たまたま出くわした変態野郎の餌食にされてもいいってことにはならんからな」

「そうね。この子、やたら喉が渇くって言ってなかった？」

「ここんとこ会ってなかったから」

「おしっこはよくしていた？」

「したくなればどこでもしてたよ」

「歳はいくつ？」

「十八って言ってたけど……ほんとはたぶん十五ぐらいだよ。それで、こいつどこが悪いんだ？」

「症状からして、血中に有害物質が蓄積して起こる糖尿病性の昏睡《こんすい》だと思う」ジャクソンは携帯電話を出し、メニューをスクロールして番号を呼び出した。「はい……トレヴァー・モナハンをお願い……ドクター・ジャクソン……緊急なの。よろしく」彼女はチョーキーに顔を上げた。「柵のところへ行って、救急車が来たら大声で知らせて。それからあんたは――」とアクランドに、尻ポケットから車のキーを取り出しながら言う。「わたしの車まで行って、トランクからドクターバッグを取ってきて。車は黒のＢＭＷで、キャサリン・ストリートの角、このバーの真向かいに駐めてあるから」そう言ってキーをアクランドの手にのせた。「トレヴァー？　いま待機中？　救急外来窓口で待っててちょうだい。患者をひとり連れてくから……糖尿病性の深い昏睡状態……初期診断では未治療のI型糖尿病に由来するケトアシドーシス・ショック。救急車はそちらから手配してもらえる？　そう……最優先で……コヴェント・ガーデンのキャサリン・ストリートとラッセル・ストリートの角……それから消防車もお願い……梯《はし》子《ご》がないと、ここからは出られない……」

*

「あいつ、死にそうなんか？」二十分後、救急救命士たちがストレッチャーを救急車にのせていると、チョーキーが訊いた。ことが迅速に運ばれていくその速さに彼は感じ入っていた。救急車が来たとジャクソンに大声で知らせてから数秒後には、消防士たちが柵に梯子をかけているとまた大声で呼ばわっていたのだ。「そうとうひどくないと、こんだけの人がこんなに速く動いちゃくれんよ」

ジャクソンはアクランドの背中を使って、上級専門医への連絡事項を書いていた。「彼はかなり重症なのよ、チョーキー。若年型糖尿病ってだけでも深刻なのに、ホームレス暮らしでは悪くなるばかり」彼女は書き物に署名すると、ドクターバッグから出した封筒に入れた。「こう言って気が楽になるかわからないけど、彼はその道の専門家のところへ送るつもり。だから」と、封筒をチョーキーの手にぴしっと置いた。「あんたも手を貸して……これをドライヴァーに渡し、それから自分の荷物を持って、わたしの車までついてきて。病院まで乗せてくから」それからアクランドに指を突きつけ、「あんたもよ……ベンの持ち物をぜんぶ持ってきて。なかに何か個人情報のたぐいが入っているかもしれないから」

アクランドは首をふり、彼とベンとチョーキーの荷物がもたせかけてある近くの壁に後退した。路地が狭いので、ストレッチャーが通れるよう、荷物ともども場所を移動するように言われていたのだ。「ぼくは関係ないですよ。その少年は知らない子だし」

「わたしもよ」ジャクソンはかがんでカバンを閉めた。「だけどそれでも、あんたはわたしを巻きこんだ」

「ここへ来たのはあなたが自分の意思でしたことだ」

「そうね」ジャクソンは立ち上がった。「じゃ、どうする?」

「どうもしない。ぼくのことはあなたの責任ではない。そっちはそっちでやってください……ぼくはぼくで行くだけです」

彼女はいぶかしげに彼を見ていたが、やがて小さく肩をすくめた。「あんたはわたしが思っていたような人間ではないってことか」

「そのようですね」アクランドはつぶやいた。

「じゃあ、二人とも時間を無駄にしていたわけだ」ジャクソンは小さくうなずいてさよならをすると、救急車へ向かい、救命士やチョーキーと短く言葉を交わしてから自分の車へと足を向けた。

チョーキーが戻ってきて、「そのケツをあげろよ」とアクランドに言った。「あんたのお友だちのご婦人は救急車についていって、若いのが無事受け入れてもらうのを見届けようとしてるんじゃないか」そう言うと、舗道から荷物を全部、アクランドの背嚢《はいのう》もふくめて拾い上げて、ジャクソンのあとを追った。

アクランドは怒ってチョーキーのあとを追った。「こうしろと、彼女に言われたのか？」

「何をだよ」

「ぼくの背嚢を持っていくこと」

「これはあんたのためにやってんだよ」

「よけいなお世話だ。ぼくのものは返してくれ」

「返してやっから、その前にまずはあのご婦人に感謝の念を示しなよ」チョーキーはキャサリン・ストリートを渡り、バッグを全部、ジャクソンの車の開いたトランクに投げ入れて、ばたんと閉めた。「少しは大人になれよ、若いの。あんた、おれを捜しにきてくれた人間がひとりでもいると思っているのか？」

＊

ジャクソンは、アクランドがチョーキーの後ろの座席に乗りこんでドアを閉めたときも、何も言わなかった。ドアの窓を下ろし、チョーキーのにおいが少しは外に流れて出ていくようにしたただけで、すぐに車をオールドウィッチに向けて発進した。女房を捨てて家をおん出てきて以来、車に乗るのはこれが初めてだよというチョーキーの陽気な発言を面白がって、彼にもっと自分のことを話すよう促した。歳はいくつなのか。

「最後に歳を意識したときは三十三歳だった……けど、それ以後数えるのはやめたんだよ。仲間と一杯やりにいって……つい飲みすぎちまって……で、家に帰ったら、女房がおっかない顔で待ってたのさ。怒りっぽい女で、おれの誕生日を祝ってくれようともしなかったくせに、おれが自分でそうしたら、かんかんになって怒るんだよ。そんなのフェアじゃないだろ？　ちがう？」

ジャクソンはほほ笑んだ。「それ、いつの話？」

「さて、いつだったっけ」彼はしばし考えた。「二十二年前か、その一、二年前後だ。生まれたのは一九五一年で、軍隊にはいったのが六九年……ドイツに三年間いて……北アイルランドに二年……七八年に結婚し……八二年にはフォークランド紛争で戦い……その一年後に足を洗い……それから、もうこいつとはやってられないとなって家を出た。あいつ、子どもができないのはおれのせいだと言うんだよ。あいつにしたら、それがいちばん気にいらなかったのさ」

「どこかに相談することは考えなかったの？」

「そんなこと、したって時間の無駄さ。で、おれにできるのは何かって考えたら、いちばんいいのは行方をくらまし、あいつがほかの男をめっけられるようにすることだと思ったんだよ」あっけらかんとチョーキーは言った。「そもそも一緒になったこと自体が間違いだったのさ。

あいつが好きなのは近くにいないおれで――手紙を寄こしたりなんだりしてたけど――家に帰ったら、とたんに敵意むきだしになった」そう言って顔をしかめる。「酒が関係しているのかもしれんけどな。何杯かひっかけてからでないと、よう家に帰れんかったから……。おれは何度も自問したよ。なんで自分はこんなぶくぶくの大女――失礼――と一緒になったのかって。両腕で抱けるような相手を選ぶことだってできたのに」

「除隊したあとは何をしてたの？」

「何をしても長続きしなかった。フォークランドのあとだと世界が平板で退屈に思えてしかたないのさ」チョーキーは嘆息《たんそく》した。「おれは兵隊のままでいるべきだったんだよ。戦争に行くことがおれには快感だったんだ」

ジャクソンはバックミラーに映るアクランドの顔に目をやった。チョーキーの考えに共感を抱いているとしても、顔には表れていなかった。「階級はなんだったの？」

「南大西洋に向かうちょっと前に、伍長に昇進した。くそみたいな人生の中で最高の年だったよ……それ以後はずっと下り坂さ」

このときはアクランドも多少の関心を示した。「どの連隊？」

「第二空挺連隊」

「中隊は？」

「B中隊」

「では、グース・グリーンの戦いに加わっていたわけだ」

チョーキーは垢《あか》じみた親指を宙に突き立てた。「そうとも。ボカ・ハウスを確保したのはおれらだよ。そこでひとり大切な仲間を失った」急に過ぎた昔が思いだされたのか、せつなそうに首をふった。「そいつとは入隊したときから一緒だったっていうのに、いまじゃどんな顔だったかも思いだせない……考えちまうよ」

車がウォータールー橋に折れ、アクランドは窓外に顔を向けた。河が美しいのは夜だけだ。河岸に沿った明かりが黒いビロードの上のダイヤモンドのようにきらめき、アーク灯に照らされたウェストミンスター宮殿（いまは国会議事堂）は政治の府ではなく優美な城のように見える。昼間だと、河岸も橋も人と車であふれていて、どんな美もそこには見いだせない。「それで、第二連隊の伍長がなんでまた、ごみ溜めでメタノール入りの安酒を飲むようになったんだ？」きつい口調でアクランドは訊いた。

意外なことに、チョーキーは怒らなかった。「おれは色を付けたのは一度も飲んでないぞ」と、その一線を守るのがプライドの問題でもあるかのように言った。「もっともいまでも、手に入るときは密造ウィスキーにするけどな。あれはいいよ――脳みそにはよくないし、肝臓にもよくないけど、なにせ安いし、あれを飲めば何時間かは退屈しないですむ」彼は頬のひげをぽりぽり掻いた。「いちばん好きなのはサイダー（LSDの隠語）だ」

「答えになってないよ。あんたは何か取柄がなかったら伍長まではいっていないはずだ。その人間はどうなったんだ？」

チョーキーは肩をすくめた。「さあどうなったのかね。たぶんあれだ、フォークランドで道に迷ったんだよ」

14

ジャクソンがランベス・パレス・ロードから聖トーマス病院の救急外来窓口へと車を乗り入れたとき、救急車はすでに到着していた。救急外来用の駐車区画は満杯だったため、彼女はバックミラーのアクランドを目でとらえ、有効な運転免許証を持っているか尋ねた。

アクランドはうなずいた。「誰にもまだ返せとは言われてないんで」

ジャクソンは車を停め、ドアを開けた。「横にまわったところに職員用の駐車スペースがあるの。まず正面玄関を捜して、そこから標識どおりに行って。その前に二分ほど時間をちょうだい。あの子の荷物を調べるから……身元がわかるものがないかどうか。もし誰何《すいか》されたら、これを見せて――」と、ダッシュボードの医師優先ステッカーを指さし――「トレヴァー・モナハンを呼び出してもらうか、わたしのこの番号に電話して」と、ポケットから名刺を出してアクランドに渡した。

「おれのは見るなよ」チョーキーがぴしりと言った。「黒のリュックサックがあいつのだ……ほかは全部おれのだから……中をさぐらないように」

ジャクソンはゆっくりと車の外に出て、「どうぞご心配なく」と嫌みたらしく言った。「わたしはガラクタの詰まったレジ袋をあさる趣味はないから」

彼女はアクランドの側のドアを開け、車のキーを渡した。「そんなに信用していいんですか？」アクランドが車を降りながら訊く。

「なぜいけないの？　ＢＭＷを盗むつもりはないんでしょ？」

アクランドは、ジャクソンがトランクを開け、ベンのリュックをすばやく調べるのを、横で見ていた。「片目を失って以来、ぼくは一度もハンドルを握っていない」

「だから？　柵を乗り越えられるぐらい見えてれば充分よ」彼女は、内側のフラップにある名前――Ｂ・ラッセル――と、ウルヴァーハンプトンの住所が記されたラベルをはぎ取った。

「これだけ持っていくけど、あとは、駐車してから、しっかり調べてくれる？　実家の住所と、苗字と、近親者の名前が必要なの」

「病院側にしてもらったほうがいいんじゃないですか？」

「こっちのほうが早いわよ」彼女はドクターバッグを出してトランクを閉めた。「調べがすんだら、それを持って受付まで来てわたしかドクター・モナハンを呼び出してちょうだい――」しばらくじっとアクランドを見つめ、「それから、チョーキーを車の中にひとりにしないで。戻ってきたとき、中がいまと同じであってほしいのよ」

アクランドは、あんたが何をしようとしてるかは知っている――頼んでもいないのに、ぼくに責任を持たせようとしているのだ――と言いたかったが、そのときにはもう、彼女はそばを離れていた。どのみち彼は、一部分では、求めに応じようとしていたのだ。ジャクソンにうまく操られているとわかっていても。そのことに憤慨していても。

「あんた、ほんとにこれ、運転できるのか?」アクランドが隣に乗りこんできて、ギアボックスを良いほうの目でとらえようと頭を動かしていると、チョーキーが不安そうに言った。「そういえば、これに関しておれがどう考えているかは誰も訊かなかったな」

アクランドは車がオートマ車なのがわかり、ほっとした。「心配なら、ここを出るのに協力してくれ。左側が何かにぶつかりそうになったら、教えて」

結局のところ、アクランドが無事駐車場まで行き着けたのは、チョーキーの的確な指示があったからではなく、運がよかったからだった。チョーキーは生涯で一度も車に乗ったことがない独身の叔母さんみたいに役立たずだった。窓から真剣に目を光らせていたのはいいが、空間の把握力に欠けているため、障害物の存在を知らせるのは毎度それを通り過ぎてからだった。

「さっき、もう少しで車止めのポールにぶつかるところだったぞ」アクランドがエンジンを切るかたわらで、そうのたまう。

「ご注意ありがとう」

「その必要はなかったけどな。あんた、ちゃんとやれてたよ」彼はタバコの缶をコートのポケットから出し、葉をひとつまみ紙に並べた。「で、このあとは?」

「二人とも外に出て、ドクターの車をこれ以上汚染しないようにする」

「ありゃあ、たいした女だよ」手の中で紙をくるくる回しながらチョーキーは言った。「あんたにえらくご執心みたいだ」

「彼女はレズビアンだよ」

チョーキーはハッと笑い飛ばした。「あんたね、おれはメチル酒を飲んでるからって頭が完全にイカレてるわけじゃないんだぞ。おれはドックランドに知ってるレズの女が何人かいる――あいつらって、安全のため一か所に固まろうとするんだよ――で、おれはそのオトコ女たちとときどきサイダーを分けあっている。あいつら、互いにめんどうをみあっているんだ……。そのグループには統合失調症のやつも二人いて、その二人のめんどうもほかの連中がみている」チョーキーは言葉を切って、紙の端に舌を走らせた。「あの先生は同じことをあんたのためにしてんだよ」

アクランドは車を降り、チョーキーの側にまわりこんだ。「彼女にぼくは、少年のリュックを調べるよう頼まれている。彼女が見落としたものがないかどうか」

チョーキーは考えこむ顔でアクランドを見つめた。「それ、おれにやらせたほうがいいよ。あいつ、知らない人間に荷物をいじられるのが、おれと同じぐらい嫌いなんだ。あんたがあの路地で荷物をちらちら見ていたの、おれが気づかなかったと思っているのか？」

アクランドは無視した。「リュックに近親者の情報がないかを見るだけだよ。なんならそばで見ていればいいさ。それで気がすむのなら」

だがチョーキーは身体的快楽のほうがより大事だった。「おれはあったかいこんなかで、飲みながら一服やることにするよ。何か見つかったら、あとで見せてくれ……そしたら、重要なのとそうじゃないのと、おれが教えてやる」

「そうはいかない」アクランドはチョーキーの両脇に腕を差し入れて持ち上げた。「酒とタバコはあそこの塀のところでやってもらう」

「あんたに命令される筋合はねえよ」

「ぼくはあんたより階級が上だ」

チョーキーは彼を振り払い、「おれの世界じゃ、違うんだよ」と、急にけんか腰になって言った。「おれの世界じゃ、このゲームを長くやってる者が上なのさ……あんなかにいる小僧のベンも含めて」

アクランドはじっと自分のこぶしを見つめていた。「逆らうのはやめてくれないか、伍長。ターバン野郎に顔をめちゃくちゃにされて以来、ぼくは気が荒くなっているんだ」

「そのようだな」とチョーキーは言った。「あんたのようなやつには、前にもお目にかかっている……外側がめちゃくちゃなら、内側もめちゃくちゃ。まあいいよ。塀の前だって悪くはないさ」チョーキーはもう一方のポケットからウォッカのハーフボトルを取り出した。「運がよかったんだよ」説明のつもりでそう言うと、ふらふら壁へと向かった。「どこかの娘っ子が今朝、十ポンド札をくれたのさ……おれを見てるとおじいちゃんを思いだすからって」

＊

もしアクランドに姿をくらます気持ちがあったとしても、チョーキーが駐車場の境の低い塀に腰をおろし、震える手でウォッカの蓋《ふた》をひねるのを見ているうちに、その考えは消え去った。

吸いつくようにしてアルコールをむさぼるその姿が、あるいは当人が言う五十六歳よりもっと老けて見えるという事実がそうさせるのか、その光景――ディケンズ風の過酷な現実――はアクランドの脳に強く焼きついた。この男が、フォークランド島の荒涼たる山地で二日間の進軍と戦闘に従事した不屈の兵士とはとても思えなかった。

アクランドはダッシュボードの物入れからジャクソンの懐中電灯を取ってくると、トランクを開け、ベンのリュックサックの中身を手前の床の片側に空けた。天井の明かりだけでも充分に物は見えたが、アクランドは懐中電灯を背囊《はいのう》に立てかけて、手書きで記されたものがすべて判読できるようにした。少年の哀れをもよおすほど貧弱な所持品を見ていると、ビール警部が感じたのと似たような戸惑いを覚えた。アクランドより器機のたぐいは多いものの――携帯電話が二つ、デジタルカメラ、ブラックベリー（カナダのビジネス向けスマートフォン）、ｉＰｏｄが四台――衣類は少なかった。器機類は盗品だろうと思われた――どれもバッテリーは切れていた――が、携帯電話とブラックベリーは、中に関係のある情報が入っているかもしれないので、他とべつにしておいた。

封書が数通あり、どれも宛名はホワイトチャペル、ドロップイン・センター気付、ベン・ラッセルとなっていた。中身はハナという人物からの手書きの手紙。アクランドはそれらにざっと目を通した。あなたがいなくなってとても寂しい……パパはあなたが出ていって大喜びよ……ほんと、サイテー……あなたのお母さんが気の毒で……こないだ街で見かけたんだけど、とても悲しそうだった……。各便箋の一番上には、ハナの住所として〈ヘルホール〉とあったが、封筒の料金別納郵便のスタンプからすると、投函されたのはウルヴァーハンプトンのようだった。

リュックのポケットのひとつに、にたにた笑っている少女の写真があった。ブロンドのストレートヘアーで、ばっちりメイクした目に、白っぽいピンクの唇。下の方には飾り文字の献辞――愛してるよ、ベイブ――手紙を書くの忘れないで――がサインペンで走り書きされていて、裏には鉛筆で、メルベリー・ガーデンズ二十五番地、WV6、0AA、と書かれていた。これがベンが返事を出す宛先の住所であることはアインシュタインでなくともわかるが、ハナがそこに住んでいるとは思えなかった。サイテーの父親なら、ロンドンからの手紙をほっておきはしないはずだ。

アクランドはリュックに中身を戻し、携帯電話とブラックベリーと封書と写真はフロントポケットに入れて、足元の地面に置いた。それから、チョーキーが自分のだといっているずらりと並んだ袋にもう一度ざっと目をやると、車から離れ、声を張り上げた。「このなかに、ベンのものはほかにはないのは間違いないか？　路地に入ってきたとき、あいつはたしかリュック以外にも何か持っていたぞ」

「なにテキトーなことぬかしてんだよ」

アクランドはしばらくじっとチョーキーを見つめ、「あんたがもし自分は兵士だったと言い続けるんなら、その喉を掻っ切ってやる」と冷ややかに言った。「あんたがそのなさけない人生でどんなことをやっていようと、あんたをぼくが率いていた男たちと同列にするわけにはいかない」

「思いあがった中尉さんが言うことなんか、こっちはへのかっぱさ」チョーキーの口調は、ウォッカで闘争心が解き放たれたのか、これまでになく攻撃的だった。「もしあいつが持っていた現金を探してるんなら、それは腹に巻き付けてたよ……おれがそうしてるように。いまごろは、看護師がポケットに収めてるだろうけど」

「看護師は子どもから盗んだりはしないよ、チョーキー。それはぼくも同じだ。このなかのどれが彼のなんだ？　必要とあらばぜんぶ調べるけど」

「ええい、もう！」伍長は立ち上がり、つかつかと彼のそばへ来ると、「おれの荷物に指一本でも触れたら、ただじゃおかないからな」と、アクランドの肩のあたりに脅《おど》すように立ちはだかった。「ロンディスの袋だよ……タバコと酒が入ってるやつ。ここに置いてったたって、あいつには用無しだ。病院にいては吸うことも飲むこともできんだろ？」

アクランドはロンディスのレジ袋を手前に引き寄せ、中身が出ないように結んである袋の口を開いた。ベンソン・ヘッジス二百本にウィスキーのボトルが一本。「あいつこれ、どうやって手に入れたんだ？　まだ十五歳なんだろう？」

「盗んだのさ」

「酒やタバコを棚からくすねることはできないよ」

「なら、買ったんだろうよ……たぶんパキの店で。あいつらは誰が買おうが金を払ってくれりゃ何も言わないから」

「その金はどこから手に入れるんだ？」

「金持ちの婆さんのハンドバッグをかっぱらったんだろうよ。あいつらスキだらけだもんな」とばかにしたような口調で言った。「屋外のカフェでぺちゃくちゃ仲間とくっちゃべってて、勘定を払うときまでバッグがなくなっていることに気づきもしない。注意をそらしてやるだけでいいんだよ……仲間が物乞いのふりして金をせびる――そうやって、みんなの注意がそいつに向けられている隙に、そっとバッグをいただくのさ」

「あんたはたいしたヒーローだよ、伍長」

チョーキーは肩で彼を押しのけた。「世の中、きれいごとではすまないんだよ。袖章も星も、軍隊の外に出りゃあなんの意味もない。あんたも早くそのことを認識したほうがいいぞ」彼はアクランドの手からレジ袋を取り、口を結びなおしてトランクに戻した。「あんなかには、あの坊主の役に立つものは何も入ってない」

「彼はダッフルバッグも持っていなかったっけ？」

チョーキーはタバコのみの痰《たん》を咳で押し出すと、ぺっと地面に吐いた。「おれの見たかぎりではなかったよ」

「確かか？」

中尉の言い方の何かが気に障ったのか、「あんた、おれが嘘をついてると言いたいのか？」とチョーキーは言った。「ほら、リュックを持ってけよ」と、トランクのドアをばたんと閉めた。「そっちの用がすむまで、おれは車で待っている」

アクランドはキーのリモートボタンをクリックしてドアをロックし、「待つのはあそこの塀のところにしてくれ」と、にこやかに言った。「戻ってきたら、ぼくの背嚢がなくなっていたというのはごめんだから」

＊

ジャクソンが救急外来窓口の待合室で待つアクランドのもとへ現れたのは別れてから二十分後だった。アクランドはリュックのフロントポケットを開けて、電子機器類を見せた。「彼はどうです？」

「命に別状はないけど、二、三日はここにいることになるね」彼女はアクランドの隣に腰を下ろした。「ウルヴァーハンプトンの住所でそこの電話番号がわかったのでかけてみたけれど、誰も出ないの。何かほかにわかった？」

アクランドは写真を取り出した。「この少女は彼のガールフレンドだと思います」写真を裏返してそこに書かれている住所を見せ、その住所が少女本人ではなく、彼女の友人のものだろうと考えた理由を説明した。「もしこれが局留めで出されたとしたら、郵便局の私書箱番号になっているはずです。そうではないから、この住所に住んでいる者が誰であれ、その人物は彼女を知っているはずなんです。そしておそらくはベンのことも」

「調べてみるね。携帯電話のほうはどう？　何かわかった？」

「完全に切れています。ブラックベリーのほうも」いったん言葉を切った。「リュックにはデジタルカメラとｉＰｏｄが四台ありました。すべて盗品と見てたぶん間違いないんじゃないでしょうか」

　ジャクソンは面白がる目でアクランドを見た。「盗品で間違いないわよ。としたら、チョーキーを、わたしの車にひとりにしてはいないってことよね？　そんなことしたら、あっという間に、シートが全部なくなってしまう……ＣＤプレイヤーやラジオは言うに及ばず」

「塀に腰かけてますよ。ウォッカは彼にはよくないですね。けんかしたくてうずうずしてる」

「それがアルコールよ。彼がお酒を飲むのはたぶん気分が落ちこまないようにするためよ……たいていの人がそうだけどね。お酒で眠れることもあるけど、ときにはやたら攻撃的になることもある。あの人、どこからウォッカを手に入れたの？」

「盗んだんですよ、たぶん……あるいはベンに盗ませたか。ベンが持ってきた袋いっぱいのタバコと酒を自分のものにしています」

「ひと晩安全に過ごすためのショバ代ってわけよ」ジャクソンは淡々と言った。「路上は食うか食われるかって世界だから。彼、あんたにはいくら要求した？」

「何も」

　ジャクソンは面白がった。「チョーキーはプロよ。明日の朝、目が覚めたら、現金がほとんどなくなっていたってことにきっとなっていたでしょうよ」彼女はリュックのポケットからノキアの携帯電話を出し、裏蓋を開け、バッテリーをはずして、ＳＩＭカードが入っているか調べた。「カバンに常時、セルブースト（始動補助機能付き充電器）をいれてあるの。データ保護法にひっかかるとなったら気になる？　それとも、ひとつ試してみる？」

「ロックされているのでは？」

「やってみなくちゃわからないよ」

＊

ジャクソンのあとについていきながらアクランドは、彼女がどれだけネガティヴな反応を引き起こすかに興味津々だった。彼自身は、うさんくさい目で見られるのに慣れているが、ほかの人間が反感を招くのを見るのは初めての経験なのだ。朝の早い時間でも、聖トーマスの救急外来窓口は混んでいて、彼女が通ると人々は顔をしかめ、通り過ぎた背中を振り返って目で追っていた。後ろから見ると、ブーツにたくしこんだズボンに黒い革ジャケット、太い首に短い髪といった姿は、いつにもまして勇ましく見え、人々のそうした反応の何割が性別を判じかねることからきているのだろうと思った。

ジャクソンは歩きながら携帯電話で話していて、周囲の反応には気づいてもいないようだった。「もうひとつ住所が見つかったの……メルベリー・ガーデンズ二十五番地、ＷＶ６、０ＡＡ……あいにく名前はないの……わからないけど、親族ではないと思う……たぶん、あの子のガールフレンドの知り合い……そう……苗字はなし……ただハナとだけ。ＰＣＴの事務所にリユックを預けたら、あとで当人の手に戻るようにしてくれる？　ありがとう」彼女はまた別のところに電話した。「ジャクソンだけど、何かあった？……パテイル先生が代わりに？……彼にありがとうと伝えて。いえ、まだ病院……もうすぐだと思うけど……かかってあと十分。でも何かあれば二分でここを出られるから。ありがとう」

彼女はある部屋の前で足を止め、電子ロックにコードを打ちこんで、アクランドを中へ通した。そして、紙とペンを机からとってアクランドに渡した。「これに〝ベン・ラッセル〟とブロック体の大文字で書いて、リュックと一緒にして隅のほうに置いてちょうだい」そして、ドアの裏から自分のバッグを出し、膝《ひざ》にのせて蓋を開けた。「よし。では何がわかるか見てみよう」

アクランドは彼女がセルブーストの包みを開けるのを見ていた。「なんでＳＩＭカードをあなたのノキアに入れて読みこまないんです？」

「いつ呼び出しがあるかわからないからよ」彼女はケーブルを携帯電話につなぎ、待つあいだ、がっしりした太腿《ふともも》を机の端にのせた。「この時間はふつう、呼び出しはあまりないんだけどね。忙しいのは、真夜中に向かう時間帯と、午前三時過ぎ」

「なぜなんでしょう」

「人間性と、血糖値レベル。親が床に就く前に子どもの様子を見にいくのがその時間帯で……大人は夜明け前のいちばん体調が低下しているときに不安になるのよ。人が死ぬのもその時間帯がいちばん多いの」

アクランドはベンの名前を書き終えて、リュックを部屋の隅に持っていった。「ぼくはいやだな」

「何が」

「人がベッドで死んでいるのを発見するのは」

「じゃあ、病院や老人ホームでの仕事には就かないことだね。そんなのしょっちゅうだから」

ジャクソンは携帯電話をわしづかみにし、バッテリーのレベルを見た。「最近は、自宅で死ぬ人なんてめったにいないよ。病院の滅菌された部屋で知らない顔に囲まれて管につながれているよりは、自宅のベッドで眠りに就きたいと思う人がほとんどだと思うけど」

「医者はたぶん人を生かしておくことを第一にすべきではないんですよ」厳しい顔でアクランドは言った。

ジャクソンはしばし彼を見やった。「どの人も、ってこと？　わたしたちはベンを、死んでもかまわないからあの路地にほうっておくべきだったって言いたいの？　インシュリンを生涯投与し続けたら税金がどれだけかかるかしれないから」

「いや」

「じゃあ誰のことよ。あんた？」ジャクソンはセルブーストをはずし、携帯電話を起動させた。「自分がいまも生きていることを誰かのせいにしたいんなら、あんたの仲間を責めなさいよ。砂漠にそのままほうっておけば、医師たちがあんたを修復するのにかけた時間と手間がはぶけたんだから。もっと言えば、上階《うえ》にいるあの子をあんたとチョーキーが助けようとしなかったら、わたしは夕食をちゃんと取れてた」

「すみません」

「わかればいいのよ……そして、あんたの言うとおりこれはロックされている」ジャクソンは彼にまたペンを渡した。「SIMカードの下に端末識別番号があるはずなの」ジャクソンは裏蓋をこじ開け、プラスティック片を取り出して番号を読み上げた。「書き取った？」

アクランドはうなずいた。「こうすればいいって、なんでわかったんです？」

「ある警官が教えてくれたの」ジャクソンは椅子の前にまわりこみ、パソコンのスイッチを入れた。「さてと。わたしがいまからすることはきわめて違法性が高いから、巻きこまれたくなかったら外で待ってて」

「何に巻きこまれるんです？」

「わたしがこの携帯の持ち主になりすまして、マスター・コードにアクセスすること」彼女はウェブサイトのアドレスを入力すると、端末識別番号をくれと手を差し出した。

「読み上げますよ」

「じゃあ、わたしがいましていることはすべてハードドライヴに記録されるってことを覚えていて。あんたは他人のデータの不正使用を現場幇助《ほうじょ》していることになるの」

アクランドは無関心に肩をすくめ、番号を読み上げた。「なんで警官が法に反することをあなたに教えるんです？」

「デイジーってよく暗証番号を忘れるのよ……そのひとつが侵入警報機のそれだったってわけ」

ジャクソンはマウスをクリックすると、椅子の背にもたれて画面が入れ替わるのを待った。

「あの人、第一次世界大戦の詩で博士号を取っていて……ルパート・ブルックの詩はほとんど暗唱できる……なのに、四桁のPINコードがどうしても覚えられないの。だからわたしが店の保安装置に関してはすべて仕組みを把握してないと困るのよ。彼女が間違ったコードを打ちこんだら、何も動かないから」

「なんで全部を同じコードにしないんです？」

「なぜなら、携帯電話に関しては、彼女はまるで能無しだから。これまでに何台、なくしたり盗まれたりしたことか。警報と携帯電話の暗証番号を同じにしていたら、店はとっくの昔に丸裸にされてるよ。こんなちょろい仕事はないもの。あ、来た」彼女はモニターに顎をしゃくった。「使えるマスター・コード」彼女はノキアを手に取り、番号を打ちこんだ。「お、当たり。まずICEから当たってみよう」

アクランドは彼女がアドレス帳に入っていくのを肩越しに見守った。「ICEっていうのは？」

「イン・ケース・オヴ・イマージェンシー（非常の場合には）の略で、警察や救急隊員がアドレス帳の名前に片っ端からあたらなくてもいいように、近親者の情報が記載されている公認のサイト」彼女は現れた名前を読み上げた。「ベリンダ・アトキンズ。これはあまり関係なさそう……電話番号もロンドンだし」彼女は〝ラッセル〟と打ちこんでみたが、〝R〟で出てきたのは、〝ランドール〟と〝リーヴ〟と〝ロディー〟に〝ラッシュ〟だけだった。

「〝アトキンズ〟で試してみたら?」アクランドが提案した。

アトキンズは五人いた。ベリンダ・アトキンズ、ジェラルド・アトキンズ、ケヴィン・アトキンズ、サラ・アトキンズ、トム・アトキンズ。「さて、誰の電話なのか」ジャクソンが言った。「明らかにベリンダのではないね。彼女が最近親者だとしたら」

「ケヴィンですよ」アクランドが言った。「固定電話を持ってないのは彼だけです。ほかの人はみな、二つ、連絡先の番号を持っている。自分の携帯の番号を忘れないように登録するやり方ですよ」

「かけてみて」ジャクソンが自分の携帯を彼に渡し、番号を読み上げた。

「もし誰かが出ても、話すのはそっちですよ。ぼくが相手なら、夜間のこんな時間に起こされて、盗品の電話について訊かれるのはごめんですから」彼が〝呼び出し〟ボタンを押すと、ジャクソンの持つ携帯から「ワルキューレの騎行」が流れてきた。

ジャクソンはすぐに切った。「ケヴィン・アトキンズって名前、知ってる」ゆっくりと彼女は言った。「だけど、なぜ知ってるのかわからない。どこで聞いたんだろう」

「患者さん?」

彼女は首をふった。「どこかほかのところよ。ごく最近、どこかで目にもしている」彼女はしばし黙りこんだ。「ああ、もう! いらいらする」

「ググってみたら?」と、アクランドがパソコンの画面に顎をしゃくった。

出てきた情報に二人とも虚を衝《つ》かれた。

＊

BBCニュース／イングランド／ロンドン／三人目の被害者――殴打による死

ケヴィン・アトキンズの遺体が……

ガーディアン／特別レポート／**ケヴィン・アトキンズ**の殺害は一連の事件の……

殺人事件の捜査を担当するブライアン・ジョーンズ警視は……

サン・オンライン／ニュース／ゲイ殺害事件の関連で男娼が捜査の対象に……

ケヴィン・アトキンズの殺害を受けて、警察はゲイ・コミュニティーに警戒を呼びかけ

……

これに対するジャクソンの反応は、まさかのひと言だった。「あの坊やが人を殴り殺すなんてありえないよ。あの子って骨と皮なのよ。アドレナリンが出始めたら、たちまち血糖値がめちゃくちゃになるわよ」

アクランドの反応は、極度の動揺だった。「こんなこと、するべきじゃなかった。ぼくはいったいどうなることか」

ジャクソンはBBCニュースをクリックし、記事を最後まで読んだ。これは四か月も前の記事よ。さらに肝心なのは、なぜこの携帯がいまも不通になっていないのかってこと」

アクランドはくるっと背を向けた。両のこぶしが激しく上下している。「そんなこと、誰が気にするんです」

「あんたよ。もしいま警察があのドアからなだれこんできたら」ジャクソンは言った。「警察はいまもこの電話を追跡している……そして、わたし、わたしたちはたったいま、その在《あ》り処《か》を知らせてしまったの」

「くそ！」

「落ちつきなさい」ジャクソンはぴしっと言った。「集中砲火を浴びることになるのはベンよ……あんたやわたしではなく。最初の質問は、なぜ殺された男の携帯電話が彼のリュックにあったのかってことだろうね」

「あいつはぼくが入れたって言いますよ」

「なぜそんなことをするの」

「ぼくは格好の身代わりだから。あの路地にあいつといたし……ジョーンズはもともとぼくがそれらの事件に関わっていると考えている」

ジャクソンは考える顔でアクランドを見た。「でもあの子はそのことを知らないわけでしょう？　あんたが話しでもしないかぎり」

アクランドはその言葉を無視した。「ぼくはこれがあいつのリュックに入っていたことを証明することすらできない。ぼくがこれを見つけたとき、チョーキーは塀に坐っていたんだ」彼は落ちつきなく部屋を行ったり来たりしはじめた。「くそっ！　ええい、くそっ！」

「あんた、警察で身体検査をされたじゃない」ジャクソンが思いださせる。「そのとき、この携帯は持ってなかったんでしょ？」

彼は憤然と振り返った。「そのときもどのときも持ってなかったですよ。でも、それでも警察はぼくを犯人扱いしてきますよ。これが偶然のことだなんて、やつらが信じるわけがない。ベンがぼくのために預かっていた……そして、路地で会ったのもあらかじめ決めてあったことだと言うに違いないです」

ジャクソンはひと呼吸おいて、「そうだったの？」と、無表情に尋ねた。

アクランドは地団駄を踏む一歩手前だった。「ぼくはあいつの名前すら、チョーキーがあなたに教えたときまでは知らなかったんです」

「彼はあんたの名前を知ってる？」

アクランドは、なんでどうでもいいことを訊くんだというように、怒ってただ首をふった。

「チョーキーはどう？　彼はあんたのことを中尉という以外に何か知ってる？」

「いや」

「じゃあ、ベンがあんたを何かに巻きこもうとしたって、簡単にはいかないわよ」ジャクソンは穏やかに言った。「昏睡《こんすい》状態に陥《おちい》るほど具合が悪かったのなら、あんたがそこにいたことさえ覚えていないと思うのよ……としたら、あんたについて話すことはとうていできない」彼女はWindowsをシャットダウンすると、パソコンの電源を切った。「あんたがどれだけ警察に不信感を抱いていようと、警察はふつう、何もないところから証拠をでっちあげたりはしないものよ。それに、会うことを前もって決めておくには、互いについてなんらかの予備知識——名前とか特徴とか——がなくてはならない……通信の手段は言うにおよばず」

彼女の諄々《じゅんじゅん》とさとすような話し方は、アクランドの気をしずめるどころか逆撫《さかな》でしたらしく、「偉そうにするのはよしてくれ」と言い返した。

「そう。なら自分で頭を使うのね」ジャクソンはそうつぶやくとドクターバッグに手をのばし、机に上げた。「誰もあんたのことは気にかけないわよ。ぎりぎり絞られることになるのはあの可哀そうな少年……質問に答えられるぐらい回復したらすぐにそうなるでしょうよ。そしてわたしも……もしアトキンズのSIMカードから何か重要な情報を削除したら」

「そもそもあなたは首を突っこむべきではなかったんだ」

「そうかもね。でも、その携帯電話の持ち主だった人は殺されたのよ。としたら、すべてを考え合わせると、わたしはいいことをしたのだと思う」

「六時間も拘束されていたら、そんな気持ちにはなっていませんよ」

「そうかしらね」ジャクソンは冷ややかに言った。「わたしはあんたと違って、そう簡単にはパニックを起こさないよ」

アクランドはどんと机に両手をついた。「言ったでしょ……ぼくに偉そうな口をきくのはやめてくれって」

ジャクソンは肩をすくめた。「ほかにどうしようもないじゃないの。敬意を払ってほしかったら、癇癪《かんしゃく》を起こす以外のやり方で、恐怖をなだめる方法を見つけるのね」

アクランドは彼女の顔にぐいと顔を突きつけた。「わかってたよ。ぼくはそもそもあんたの車に乗るべきではなかったんだ。女を信用したら、いつだってひどい目に遭う……もう、うんざりだ」

ジャクソンは動じることなくにらみ返した。「いつまでもそうやってるなら、わたしも考え直さざるをえないよ。その顔、ひっこめる気はある？……それとも、ずっとそうしているつもり？　わたしはあんたがそんなふうに威嚇《いかく》するのを大目に見て、あんたの自尊心を支えてやろうって気はこれっぽっちもないの」

アクランドはしぶしぶ体を起こし、一歩下がった。「ぼくの知るかぎり、これを始めたのはあんただ。あんたの彼女は実に手際よくぼくを逮捕させた」

ジャクソンは腰を上げた。「デイジーはそんな器用なことができる人間ではないよ。あんたが来ることを警察に話したのはわたし……それから、またいきりたつ前に言っておくと、わたしたちが訊かれたのは、店であったもめごとのことと、あんたに連絡する方法を知っているかってことだけ。あんたがウォルター・タティングと関わりがあったことなんて、あんたが警察にしょっぴかれるまで、わたしは知りもしなかった……それはデイジーも同じことよ」

「彼女は逮捕を可能にした。ぼくが店に入ったとたんに、あの人、とぼくを指さした」

「ほかにどうしようもなかったのよ。あんたは客のひとりに暴力をふるった。彼女としては営業免許を守らなくてはならなかった」アクランドのむっつりとした顔に、ジャクソンは首をふった。「彼女はどうすればよかったわけ？　あんたが不当な扱いをされないように、これまでに築いてきたすべてを危険にさらすの？　そうだと言うんなら、あんたは自分以外の人間の優先事項について考え違いをしてるってことだよ」

「あんたたちのそれがまったく理解できないのは確かだよ」怒った声で彼は言い返した。「あんたはなんで僕を捜しにきたんです？　あんたがこっちのことに余計な手出しをしなかったら、ぼくはとっくに姿をくらましていた。あの小僧のことはぼくの知ったことではない。救急車を呼んだら、すぐにそこを立ち去っていたよ」

「それでもあの携帯電話が消えてなくなるわけじゃないし、あれがケヴィン・アトキンズのものだという事実も残るんだよ」ジャクソンは指摘した。「それに、あんたがもしあの時点で消えていたら、よけい疑わしくなるだけだよ。路地にいた三人目は、どこかのアイパッチをした中尉だって、チョーキーが言わないとでも思ってるの？」

「警察がこれに関わってくることはなかったですよ。いまこんなことになっているのは、あんたがどうしようもないコントロール好きだからだ。あんたが余計なおせっかいをしなかったら、あの携帯電話はそのままリュックのなかにあり、サーバーが所在を追跡することはできなかった」

「そのほうがよかったというわけね」

「そうです」

「わかった」ふいに彼女は言った。「じゃ、あんたとチョーキーはすぐに姿をくらましたほうがいい。チョーキーもあんたと同様、殺人事件の捜査に協力する気はさらさらないだろうから」彼女は自分の携帯電話をポケットにしまい、ドクターバッグを開けて、盗品の携帯と使用済みのセルブーストを封筒に入れてカバンの蓋を閉じた。「わたしがここからサザーク東警察署へ行くあいだに、この病院からできるだけ遠くへ行けばいい。あんたたちのことは、ここにいたのかと直接訊かれでもしないかぎりは、いっさい口にしないから」

アクランドはまっすぐに向き合って反論した。「ぼくたちのことは救急隊員も見てるんだから、そんなのなんの意味もないですよ」

ジャクソンは肩で彼を押しのけるようにしてリュックを拾い上げ、「警察はケヴィン・アトキンズの携帯があるんだから、わざわざ救急隊員に話を聞いたりはしないわよ」と辛辣《しんらつ》に言った。「警察が関心をもつのは、上階《うえ》にいるあの病気の子どもだけ。それともこの理屈、あんたには複雑すぎて理解できない？」

15

　ジャクソンはさらに何本か電話をかけるというシンプルな便法で、車へと戻るあいだアクランドが話しかけようとするのを防いだが、彼女がわざとそうしているのか、それとも必要があって電話しているのか、アクランドにはわからなかった。電話のひとつは、ベンの現在の状態を尋ね、警察はすぐにも彼に話を聞きたがるだろうからと注意を促すものだった。もうひとつは、リュックは自分が預かっていることを伝える電話。そして最後のは取次所に、あと一時間はサザーク東警察署にいることになるから呼び出しには応じられないことを詫びるものだった。

　二人がジャクソンを先に、アクランドがそのあとをついていくかたちで駐車場に入っていくと、チョーキーが酔いにまかせた不機嫌な攻撃をぶつけてきた。「いまごろなんだよ」と、うなり声をあげる。「さんざん待たせておいたら、おれがいやになっていなくなるとでも思ったんか？　狙いはきっとおれの荷物だな？」

　ジャクソンは彼を無視してBMWのドアを解除し、自分のカバンとベンのリュックを後部座席にのせると、「迷惑をかけたのなら、悪かった」と、充分に愛想よく言った。「トランクも開いてるわよ、中尉さん。チョーキーに彼の荷物を渡し、あんたも自分のを取ったら？」

　伍長はアクランドが手を触れる前にとすばやく動いた。「おれのは自分で取るからおかまいなく」そう言って、背嚢（はいのう）を放り出すと、残ったいくつものレジ袋とぼろい合切袋に指をひっかけた。「何かあったんか？」車から一歩下がりながら、いぶかるようにジャクソンに訊く。

「説明は中尉さんにしてもらって」

「小僧のリュックはどうするんだ？」

「サザーク東署に持っていく」

「なんでだよ。あんなかに入ってるのは、やつがまっとうな方法で手に入れたものなんだぞ」

「じゃあ何も心配することはないじゃない」ジャクソンは、アクランドがトランクの中をからっぽにしてからドアを閉めるのを目で追った。「もしそうしたければ、わたしと一緒に来てもいいんだよ……そうすれば一石二鳥。リュックの中身を確認してサインし、違法に手に入れたものがなければぜんぶちゃんと返ってくるようにできるし、あの子が違法なことはしてないことを警官たちに請け合える。どう？」

「あんたが何を見つけたかによるよ」

「彼のものではない携帯電話」

チョーキーはうんざりしたようにうめいた。「そんなのであいつをぶちこもうなんて無理だよ。持ち主のわからないケータイなんて、ロンドンにはそこいらじゅうにあるんだ。ちょいとくすねるのに、あんな簡単なものはないんだよ。そんなことぐらいで文句を言われちゃ、たまったもんじゃない」

「ことは携帯電話が盗品ということだけじゃないのよ、チョーキー。問題はその持ち主だった人が殺されてるってこと」

彼は充血した目をジャクソンに向けた。「なんでそんなことがわかるんだ?」

「使ってみたのよ」とジャクソンは言った。「まだ回線はつながっていたの。たぶん警察が、誰かそれを使おうとする者がいるかもしれないとそのままにしておいたんだろうね」

「あいつは殺人のことなんて何も知らないよ……誰から盗んだのかさえ、知っちゃいないさ。あんたがどこでそれを見つけたかは言うまでもなくな」

ジャクソンは首をふった。「悪いけど、持っていかないわけにはいかないの」彼女はドアを開けた。「中尉さんはここから別行動をとるけど、あんたもそうする?……それとも一緒に来る? ベンの有利になるようなことを何か知っていたら、少しは彼の助けになるかもよ」

チョーキーは首をふった。「知ってることはぜんぶあんたに話したよ。あいつとおれは、知らない同士も同然なんだよ。あいつに安心して眠れる場所を教えてやった、それだけのことさ。来たのはたぶん五回か六回」

「そのときどんな話をしたの?」

「おれは……なんも話さんよ。あいつは……音楽のこととか、熱をあげている女の子のこととか。ろくに聞いちゃいなかったよ……だらだらくっちゃべるのをそのままにしてたら、そのうち眠っちまうのさ」

「彼と出会ったのはひと月ほど前だと言ってたよね。それまでにどのくらいロンドンにいたかわかる?」

「いや」

「ゲイの人たちが彼に興味を持っていたとも言っていた。そのなかの誰かとどこかへ行ったってことはなかった？　彼はお金が必要となれば体を売ることもしただろうか」

チョーキーはアナルセックスへの嫌悪を示そうとしてか、ぺっと苦々しげに唾を吐いた。「そんなこと訊きもしなかったよ。ああいう連中は我慢ならない。おれはただ、眠れる場所を教えてやっただけさ」

「推測としてはどう？」

「あいつが何をやってたかによるよ。サイダーならそんなに金はかからない……けどヘロインだと大変だ。あの連中はたいていそれをやっているんだ。ドラッグの常習者ならな」チョーキーはそう言ってその場を離れようとしたが、とつぜん強い感情が突き上げてきたのか、「とにかく腐ってんだよ！」と大声を張り上げた。「あの畜生どもが狙うのは少年だけじゃない。若い娘もだ。もし警察に何か言うんなら、そのことも言ってくれよ」

「わかった」ジャクソンはあっさりと言った。「でも、畜生どもっていうのはどっちのことを言ってるの？　買うほう？　それとも斡旋《あっせん》するほう？」

「両方だよ！　あいつらは家出してきた子どもらをゴミみたいに扱うのさ。便所代わりにしてテメエがすっきりするか、でなきゃ、ヘロインを与えて中毒にする。とんでもねえ連中だよ」

彼はまた舗道に盛大に唾を吐いた。「子どもたちが悪事に走っても、それは彼らのせいじゃない。そうするしか、生きていく方法を知らないんだよ」彼はうなずいて言った。「じゃあな。

またどっかで会おう」

ジャクソンは歩み去る彼を目で追った。「あんたは来るの?」と、アクランドに訊く。

彼はしばらくチョーキーの背を見つめていたが、やがて後部のドアを開け、背嚢を投げ入れた。「ええ」

＊

警察署へ行けば、俄然、緊張した空気がみなぎるものと二人が思っていたとしたら、予想はみごとに裏切られた。前にアクランドを聴取した警官たちはみな、彼を釈放してほどなく勤務時間があけて帰っていて、対応した巡査はウォルター・タティングやケヴィン・アトキンズについては、彼らほどにも知らないようだった。仕事に早く戻らねばと気が焦るジャクソンは、説明している途中で話をさえぎられ、まずこれに名前と住所を書いてくださいと書式を差し出されて、たちまち頭に血をのぼらせた。

「そんな時間はないよ」とそっけなく言う。「わたしはいま院外待機中なの。わたしたちはジョーンズ警視かビール警部に大至急会って話をしなくてはならないの――」彼女の目が細まった――「それに、わたしが誰だかは知ってるはずよ。受付の女性警官が電話でわたしの名前を伝えたでしょ」

巡査は、救急外来窓口で人々が浮かべていたような、半ば面白がるような表情をジャクソンに向けた。「それでもやはり、住所や氏名は必要なんですよ、ミズ・ジャクソン」

「ドクター・ジャクソンです。そしてアクランド中尉。〈ベル〉、ゲインズバラ・ロード。警視さんは寝ているところを起こされても、わたしたちがケヴィン・アトキンズの携帯電話を持っていることをあんたが伝えてくれたら、文句は言わないと保証するわよ。その電話はホームレスの少年の所持品から見つかったもので、少年はいま聖トーマス病院にいる。ウォルター・タティングがいるのと同じ病院」

巡査は名前と住所を記入した。「電話番号は?」

「もう、いい加減にして」堪忍袋の緒が切れて、ジャクソンは言った。「いいから、警視に電話してよ」

「必要だと納得できたら、そうします」

「じゃあ、ビール警部に」

「答えは同じです」

ジャクソンはじっと巡査を見つめた。「警視さんはふつう朝何時に出てくる?」

巡査は肩をすくめた。「わかりません。日によって違いますから」

「メッセージを伝えてもらうには、どこに託せばいい?」

「わたくしに」

ジャクソンは身を乗り出した。「では、こう伝えて――〝レズの女に反感を抱く夜勤の傲慢《ごうまん》な脳タリンに通せんぼを食らっています。ゲイ殺人の件で、至急、〈ベル〉のジャクソンにご連絡ください。彼女はあるホームレスの男とケヴィン・アトキンズをつなぐ証拠を持っています〞──時間もちゃんと書いといてよ。それから、わたしたちはその証拠を、あんたが適正に管理してくれるとは思えないから、ひとまず持って帰るってことも、ボスに伝えて」ジャクソンはリュックをアクランドに渡して、腰を上げた。

「わたしは通常の手続きに従っているだけです、ドクター・ジャクソン」と巡査は言った。

「誰かが重要な証拠を持っていると駆けこんでくるたび、ボスに電話してたら、彼はいまごろ疲労困憊《こんぱい》して死んでますよ。あなたはもう何かの犯罪に関する報告をする気はなくなったから、この面接を終わりにするってことでいいですか?」

「いいえ。これを終わりにするのは、あんたの独りよがりな思いこみに付き合っている暇はないからよ。そのことも、そのメモの最後に付け加えておいて」

「あなたはどうです?」と、彼はアクランドに訊いた。「何か付け加えることはありますか?」

「ぼくがあなたなら、ドクター・ジャクソンとぼくが帰ってしまう前に、誰かに相談するのになってことだけです」ちょっと考えて、「ぼくを釈放する書類にサインしたのは、レイヴァーかレヴァリーという名の巡査部長でした。もしその人がいまも勤務中なら、ちょっと彼に話を聞いてみたほうがいいんじゃないかと思いますよ」

＊

「あの男、ジョーンズにこっぴどくどやさせたらよかったのよ」ジャクソンが、ドアが閉まり、巡査が目の前から消えたところで言った。「なんで急に協力的になったの？　中年のグルッペンフューラー（ナチスの親衛隊中将）があんたになんの意味があるの？」

アクランドは肩をすくめた。「彼としてはどうしようもなかったんですよ。夜中にボスを叩き起こすのは、明らかに大変な決断を要することだし」

「権力に弱く、下の者には居丈高《いたけだか》な小心者ってだけよ」

「あなただって似たようなものですよ。彼に強く当たったのは、そうしやすい相手だったからでしょ。救急外来窓口であなたのことを嘲笑《あざわら》っていた患者たちには誰ひとり、あなたは突っかかっていかなかった」

ジャクソンは壁にもたれて腕を組んだ。「客に食ってかかるのは、この商売でやってはいけないことなの。警官となれば話はべつよ。警官には警官として守るべき規準があるけど、そのなかに、ある人々は一段劣る人種のように扱ってもいいというのは含まれてないの」

アクランドは沈黙が深まるにまかせた。この女性をどう考えたらいいのか、彼はいまだ心を決めかねていた。いやなところはたくさんあるが――押しの強さ、ずけずけとした物言い、あらゆる状況を支配せずにはいられない性癖――好感を覚えるところは医者としての力量と、他人から引き出してしまうらしい否定的な反応に憤然とかみつくことをのぞけば、ほとんどない。顔を上げると、彼女がじっとこちらを見ていた。

「なんです？」アクランドは訊いた。

「あんたが受け入れられないのはわたし、それとも女性一般？」

アクランドはまた肩をすくめた。「あなたは人を威嚇《いかく》するのが好きなんですよ。さっきの巡査はたぶんあなたの名前を知っていたでしょう……そして彼は、偏見に凝《こ》り固まった小心者なのかもしれない……だけど、〝傲慢な脳タリン〟と呼ばれて、あなたに対する見方が少しでもよくなるとは思えませんね」

ジャクソンは、それはわたしの質問の答えにはなっていないと指摘するのを控え、代わりにこう尋ねた。「彼がわたしのことをどう思うかを、気にしなくてはならないの？」

「そういうわけではありません」

「あの男は、もしわたしがスカートをはいて化粧をしていたら、もっとふんぞり返っていたでしょうよ」彼女はあっさりとそう応じた。「ほとんどの人は、わたしを女装した男か……女になろうとしている性転換途中の男と見るの。こんな格好をしているほうが――」と、組んでいた腕を広げて男のような服装を示し――「にたにた笑いを向けられずにすむのよ――女の服を着ているよりは。男っぽいレズはズボンをはき、ごついブーツを履いてるほうが人に不安を抱かせないの。筋骨隆々のウェイトリフターがパステルピンクの服を着ているよりは」

一瞬、アクランドの顔の損なわれていない側に、笑みのようなものが浮かんだ。「あなたがピンクの服を着ることは百万年たってもないですよ。それだと凄みをきかせられない。あなたはたぶん、人が道をあけるのを見るのが快感なんですよ」

ジャクソンはしばらくじっと彼を見ていた。「あんたにとっては顔の傷とアイパッチが、その役をしてくれてるの？　先によけるのはどっち？　男？　女？」

アクランドは黙っていた。

「そんなふうに利用しているのだとしたら気をつけたほうがいいね。女性の目に恐怖が浮かぶのを見るのが快感になって、味を占める男がいるから」

＊

警視が到着すると、ことはあれよあれよという間に運んでいった。警視は巡査が、携帯電話がケヴィン・アトキンズのものだということは、実物を見せてもらえなかったため確信を得られなかったのだとくどくど説明するのを無視して、すぐさまジャクソンとアクランドに問いかけた。「どこにある」

「ここです」ジャクソンがドクターバッグをパチッと開けて、封筒を取り出した。「バッテリーは切れていたけど、この携帯は糖尿病性昏睡《こんすい》で聖トーマス病院に運ばれているホームレスの少年のものだと思ったので、セルブーストを使って起動させたんです。少年の近親者がわかるんじゃないかと思って。いまもオンになっています」

ジョーンズは携帯をテーブルに置いた。「これ、どこにあったんです？」

「ここに」ジャクソンはリュックを持ち上げて見せた。「これは少年のリュックで──名前はベン・ラッセルだと思います──まだ確認はできていませんが」ジョーンズが鉛筆の尻でボタンのひとつを押し、液晶ディスプレーを明るくする。「わたしはICEを試してみました。ベリンダ・アトキンズという名前が出たので、つぎにアトキンズで調べてみた。ケヴィンの名で登録されている番号が、その電話の番号です。その名前には覚えがありました」

「彼の娘の名前がベリンダだ」ジョーンズは鉛筆で画面をスクロールした。「ジェラルドとトムは息子、サラは別れた女房の名前……いまもアトキンズの名で登録しているわけか。間違いなくこの電話は彼のだ」ジョーンズは眉を寄せて顔を上げた。「どうやって、これを解除したんです？　それともアクランド中尉がやってくれたんですか？」

ジャクソンは首をふった。「わたしがやりました」どうやってやったかを説明し、「それ以外のことについてはあまり詳しくないんですよ。知っていたら、ほかの電話も試していました」

「ほかの電話というと？」

ジャクソンはリュックのほうに顎をしゃくった。「そこに入ってます。ブラックベリー一台とiPod数台も」

「大変な収穫だな」ジョーンズはアクランドにちらと顔を向けた。「中尉はこれのどこに関わってくるんです？」

「彼はずっとわたしと一緒でした」

「どういう意味です？　ここへ来る前に〈ベル〉に引き返して彼を拾ってきたってことですか？」

ジャクソンがためらっていると、アクランドが口を開いた。「ドクターはぼくを捜しにきたんです。そして、ぼくを見つけたら、そこに例の少年とべつの男がいた。ぼくらは路地で野宿してたんです。少年は昏睡状態になっていて、症状が深刻なのに気づいたドクター・ジャクソンが聖トーマス病院に搬送《はんそう》させたんです」

ジョーンズはうなずいた。「ビール警部が、きみは駐車場から姿を消したと電話で知らせてきた。その少年のことはよく知っているのかね？」

「まったく知りません」

警視は疑わしげな笑みを浮かべた。「それを信じろと言うのかね？　きみは二十四時間のうちに、まったく知らない人間二人と接触した……ウォルター・タティングと、この少年と……そして二人とも、同じ殺人事件の捜査になんらかの関わりを持っている……なのに、そのどちらのことも、見たところ、それ以前にはまったく知らなかったと言う。そんな偶然の一致なんて起こるものではないよ、チャールズ」

「それが起こるんですよ。現にいま、ぼくに起こっている」

「誰もそこまで不運ではないよ」

アクランドは手のひらをアイパッチに当て、付け根でずきずきする神経を圧迫した。「ぼくがそうだとしたら、警察にとってはラッキーじゃないですか」彼はそう指摘した。「もしジャクソンがぼくを捜しにこなかったら、そして少年の具合が悪くならなかったら、この電話があんたたちの手に入ることもなかった。これがもしほかの医者だったり、少年が健康だったりしたら、これらの品はいまもリュックに収まっていたはずです」

「そもそれらがそこに入っていたのなら、だ。ドクター・ジャクソンが来るまで、きみはどのくらいその少年と二人きりでいたんだ？」

「ゼロですよ。ぼくがその路地に着いたときには、年配の男がすでにそこにいましたから」

「では、少年のリュックからきみの背嚢に、あるいはその逆に、荷物を誰にも見られずに移し替えることはできなかったというわけか」

「そうです」

「そして、その少年がきみから預かっていたものを、都合よく失う機会もなかったと――」ジョーンズは笑みを浮かべて〝失う〟のひと言を強調した。

「そうです……ですが、彼がぼくから何かを預かっていたというわけではありません」

「どうしてわたしがそれを信じないといけないのかね？」

アクランドはテーブルの端に手をついてぐらつく体を支え、「わかりません」と声を荒らげた。「少年が同じことを言えばいいんでしょう……でも、それだってたぶん、あんたは信じないでしょう」

「具合が悪そうだな」ジョーンズが感情のこもらぬ声で言った。「倒れないように、かけたらどうだ」

「けっこうです。このまま立っています」中尉はテーブルから手を離し、体をまっすぐにした。

ジョーンズがうむを言わせぬ口調でジャクソンに言った。「彼をこのままにしてはおけませんよ、ドクター……いまにも倒れそうだ。なんとかしてくれませんか」

ジャクソンは首をふった。「彼のほうから助けを求めてきたらそうしますが……そうでなければできません。望まない患者をむりやり床に組み伏せる権限は、わたしにはないんです。荒っぽい仕事はあなたとそこの巡査におまかせします――」ジョーンズが椅子を後ろに引くのを見て――「もっとも、力ずくで何かをすることはお勧めしませんけど」と、穏やかに付け加えた。

「ええい、もう！」ジョーンズは焦れたように立ち上がり、テーブルをまわりこんだ。「さあ、かけなさい」と、アクランドの腕をつかみ、椅子のほうへ押しやった。「ここはグアンタナモ湾（米国の海軍基地があり、基地内にテロ容疑者専用収容所がある）ではないんだ」

言ったか言い終わらぬかのうちに、アクランドが警視の手首をつかみ、片方の腕を羽交い締めにし、もう一方の手で頭を胸に押さえつけるハーフネルソンの技で反転させた。「あんたはこんなことをするべきじゃなかった」とジョーンズの耳につぶやく。「ぼくはなんの迷惑もかけていなかった……脅《おど》してもいなかった……そして、触られるのがいやだということは何べんも明らかにした」

ジョーンズは抵抗しようともしなかった。「わかったよ、チャールズ。わかったから放してくれ。きみ自身が困ったことにならないうちに」

ジャクソンは一歩下がって巡査をブロックした。「聞いたでしょ、中尉。もう彼を放しなさい。どのみちこれはフェアな闘いじゃない。彼はあんたの二倍歳がいっていて、体は三倍軟弱なのよ……そしてここに控えるわれらが友人はあんたを逮捕しようとうずうずしている」

アクランドはしばし彼女を見つめ、それから腕を解いて警視を突き離した。「中年のグルッペンフューラーがあんたになんの意味があるんです」とジャクソンに訊く。「いばり散らすやつは嫌いだと思ってましたよ」

「嫌いよ。でも、だからといって彼らが卒中で死んでもかまわないってわけじゃないの」ジャクソンは部屋の隅のほうへ顎をしゃくった。「いまにも吐きそうな顔をしているから、あそこで床に腰をおろして頭を膝《ひざ》のあいだに入れててちょうだい。わたしたちみんなのために」アクランドが退却するのを見届けてから、彼女は巡査に顔を向けた。「そっちがべつの隅に行ってくれたら、ボスのめんどうはわたしがみる……いやだと言うなら、介入はここまでにしてあとは成り行きにまかせる。あんたのいかにもやる気満々なのが気にいらないの」

「どうします?」

「わたしは大丈夫だ」ジョーンズは椅子に戻り、カラーをゆるめた。「どこも痛めてはいない」二回大きく息をすると、こんどはジャクソンに向けて言った。「わたしが中尉に厳しく質問するのは理不尽だと言うのですか?　われわれはもう何か月もこれの捜査に当たっていて……意味のある手掛かりをつかんだのは今夜が初めてなんです……そしてそのどれもにこの青年が関わっている」

ジャクソンは肩をすくめた。「最後のは違いますよ。当初はそう見えたかもしれませんが、彼がタティング氏の襲撃に無関係であることは、あなた自身が納得するまで調べたじゃないですか。それに、わたしもその二つの手掛かりには関与しています――わたしが中尉をここへ連れてこなかったら、あなたがたはいまも彼を捜していたはずです――なのに、どうしてわたしには厳しい事情聴取がないんです？」彼女はかすかな笑みを浮かべた。「それから、なんでこれは録音されてないんです？」

「されてなくてよかったじゃないですか。録音されていたら、暴れたことも記録に残って、あなたの友人はのちのち何らかの罪に問われかねない」ジョーンズは手首をさすりながら、考える顔でアクランドのうなだれた頭を見つめた。「きみはいまにも死にそうってことはないよな、チャールズ」

「ええ」

「だと思ったんだよ。あんな力、死にかけている男に出せるもんじゃない」ジョーンズはまた大きく息をした。「もしわたしを訴えたりしたら、こっちもとことん受けて立つからな。この捜査はすでに予算をだいぶ食っているんだ……この上、ある証人が個人空間を侵害されたからといって、賠償金など払えるもんじゃない」

「そっちだって自分の領域が侵害されるのを喜んではいなかった」

「そうだな……しかしわたしは警官だ。法律はわたしを守ってくれるが、きみの場合はそうはいかない。もしドクター・ジャクソンがここにいなかったら、きみはどこまでいっていただろうか」

「あなたを死ぬまで殴っていたかという意味なら、答えはノーです」とアクランドは言った。「その方法で人を殺すのは、軍隊では推奨されないんです。時間がかかりすぎる。殺そうと思えば脊髄《せきずい》をつぶしてますよ」

「なんで殴るということに言及したんだ？」

「ケヴィン・アトキンズはそうやって殺されたからです」

「なんで知っている」

「ドクターが病院のパソコンで彼の名前をググってみたんです」

ジョーンズがジャクソンに目を向けると、彼女はうなずいた。「まあ、それは広く知られていることだからな」ジョーンズは言った。「きみは事件のことを新聞で追っているのかね、チャールズ」

「いや」

「だけど、ケヴィン・アトキンズが殺されたとき、きみはロンドンにいた。そして、その事件のことをドクター・キャンベルと話している」

アクランドはゆっくりと顔を上げ、警視をじっと見つめた。「話したとしても覚えていません。覚えているのは、彼女が何かと話しかけてこようとするのを避けるため、ほとんど部屋にこもっていたことです。彼女にすれば話すこと自体が目的だったんです。ほとんどが耳を傾《かたむ》けるほどのこともない話だったから、内容はあまり覚えていません」

ジョーンズも、スーザン・キャンベルの短期の記憶喪失に関するお説を長々と聞かされていたので、彼の言うこともわかるような気がした。「では、路地にいたもうひとりの男というのは誰なんだね？」

「ジャクソンに訊いてください。彼女のほうが彼とは多く話してましたから」

「ドクター?」

「チョーキーと名乗っていました。歳は、当人によれば五十代半ば。フォークランド紛争のときは伍長だったそうです。身長百七十五センチ前後、白髪まじりの褐色の髪とひげ……茶色のオーバー……強い悪臭を放っていて、見かけは当人の言う年齢より老けて見える。ここにわたしたちと一緒にはついてこなかったけど、ホームレスのあいだではけっこう知られた顔だと思う。彼の話からすると、もう二十年は路上で暮らしている」

フォークランド紛争というのがジョーンズの興味をかきたてた。「彼には前にも会っている?」と、アクランドに訊く。

「一度。酔ったティーンエイジャーのグループに襲われていたので、子どもたちを追っ払い、それから、柵を越えて路地に入るのに手を貸した。それがあって、ああいう場所があるのを知ったんです」

「その子どもたちは彼に何をしてたんだ?」

「蹴りつけてました」

「具合が悪くなった少年も、そのなかのひとりだったのか?」

アクランドはためらった。「わかりません。チョーキーに小便をかけていた少年がいたけど、顔は見えなかった。フードをかぶっていたんです。残りはみな女の子でした」

「彼がもしそのなかのひとりだったら、チョーキーは今夜、あの子を助けてはいなかったわよ」

ジャクソンがそっけなく言った。「チョーキーはベンをホモの男たちから守ろうとしてきたと言っていたし。通りは少年にとっても少女にとっても安全な場所ではないことを警察に伝えてくれとも言っていた。売人たちにはヤク中にされ、通りを車で流して獲物をあさる連中にはすぐさま食い物にされる」

「わたしの知らないことを言ってくれ」ジョーンズもそっけなく返した。「そのチョーキーって男はホモ嫌いってことなのか？」

ジャクソンは機先を制して言った。「人口のかなりの割合の人と同様にね。ホモが嫌いだからって、殺しはしません」

ジョーンズはアクランドに顔を戻した。「彼はきみがリュックの中身は変えていないと証言してくれるだろうか」

「どうですかね」

「彼はアルコール依存症だし、自分から進んで情報を提供するタイプでもありません」警視が眉をひそめるのを見て、ジャクソンは言った。「訊いてもどうせ覚えていないってとぼけるでしょうよ……彼を見つけられたとしての話ですけど」

「最後に彼を見たのはどこです？」

「聖トーマス病院の外。いまごろはもうどこかへ消えているでしょう」

「では、あなたの話を聞くとしましょう。あなたの知るかぎり、中尉が少年の荷物のそばでひとりきりになったことはありましたか？」

ジャクソンは答えてもいいか許可を求めるようにちらとアクランドを見て、「ありました」と答えた。「彼とチョーキーが車に残り、わたしは病院にいた時間があったんです」そして、自分が救急隊員について救急外来に向かう際に、アクランドをBMWに残して運転をまかせた経緯《けいい》を説明したあと、「中尉に、少年の近親者がわかるような手掛かりがないかリュックを調べるよう頼んだんです……二十分ほどして、中尉からリュックを受け取りました」

「そしてあなたに携帯電話を見せたんですね？」

「そうです」

「なぜそのことをもっと早くに話さなかったんです？」

「警視さんは路地で何があったかにしか関心がなかったから」ジャクソンは言葉を切り、考えを整理した。「わたし、警視さんはなぜこのことばかり問題にするのだろうと考えていて、ひとつ大事なことを見落としてましたよ。チャールズが仮にケヴィン・アトキンズの携帯を少年のリュックに入れたとして、それで彼になんの益があるんです？　まったく意味をなしませんよ……自分に害となるものなら、職員用の駐車場から救急外来に向かう途中で側溝に落とせばそれで終わりじゃないですか」

「彼はあなたが暗証番号を突破できるだろうとは思わなかった」

ジャクソンは眉を寄せて警視のロジックを理解しようとした。「それでなんの違いがあるんです？　わたしたちは少年の身元を突きとめようとしていて、彼もそのことは知っていたんですよ。だから、アトキンズの携帯がいずれ調べられるであろうことは大いに予想がつくことなんです。そうしようと思えば簡単に証拠が隠滅できるのに、なんでそんなあぶない橋を渡るんです?」

「それはあぶないかどうかの見方によりますよ。もしも少年が死んでいたらどうです?　そしたらこの件はまったく違った様相を見せてきます。死んだコールボーイ……生きるために体を売っていた少年……となれば、ゲイ殺人の犯人にはもってこいの被疑者ですよ」ジャクソンのあからさまな不快の表情に、ジョーンズはばしっとテーブルに両手をついた。「人が何かをする動機なんて実にさまざまなんですよ、ドクター。あなたも一日法廷にいたら、もっとびっくりするような話をいろいろ聞かされます」

「ベンが死にそうだという話は聞いていません。救急隊員は救急車のなかですぐに水分補給を始めたし、内分泌腺の専門チームは着いたらすぐに治療を始められるよう待機していました。中尉もチョーキーも、少年が助かる可能性が高いことはコヴェント・ガーデンを出る前からわかっていたんです」

「言うだけ無駄ですよ」アクランドが床から立ち上がり、壁に肩でもたれて言った。「前にも言ったじゃないですか、どうせこうなるって」

「少なくともわたしはあんたの側に立って物を言ってるの」ジャクソンが冷ややかに言った。「あんたも少しは自分で何か言ったらどうなのよ。あんたには一つ、お気に入りの逃げ場があるんだよね。カッとなって頭が真っ白になるか、傷ついた受難者になるか。その傷ついた受難者ぶりっ子がわたしは鼻についてきているの」非難のまなざしでアクランドを見る。「きのうあんたは、パブでラシドを攻撃したあと、わたしのことはずっと黙殺していた……そのときも、どうかと思ったものよ。罪悪感は売り買いできる商品ではないの。免罪符のように取引することはできないの」

アクランドは敵意に満ちた目を向けてきた。「偉そうにするのはよしてくれ」

「じゃあ、ばかみたいにふるまうのはやめて、自分が実際に犯した罪に向き合って生きてなさいよ。誰かが起こした罪を引き受けたって時計をもとに戻すことにはならないんだよ……鎮痛剤を拒否したってなんにもならないのと同じように……」

ロンドン警視庁

〔内部メモ〕

宛先　クリフォード・ゴールディング警視長
差出人　ブライアン・ジョーンズ警視
日付　二〇〇七年八月十三日
件名　ウォルター・タティングへの暴行（二〇〇七年八月十日、十二時－十三時）

急啓

ウォルター・タティングへの暴行は一連の殺人事件に連なるものと、依然われわれは見ています。最新の情報は以下の通り。

○チャールズ・アクランド中尉　ゲインズバラ・ロード、〈ベル〉に居住。現在は保釈中だが、依然、重要証人と目されている。ウォルター・タティング及びベン・ラッセルと接点あり。ケヴィン・アトキンズの携帯電話を警察に提出する前の短時間、所持。

○ベン・ラッセル　現在は聖トーマス病院の入院患者。アトキンズの携帯電話を数週間所持していた（以下、参照）。

○〝チョーキー〟　姓名不詳。現在の所在地不明。ドクター・ジャクソンとアクランド中尉に話したところによれば、ベン・ラッセルとは過去四週間のあいだ、断続的に接触していた。彼はまた、ベン・ラッセルが路地に来るとき持ってきた（とアクランド中尉は見ている）キャンヴァス地のダッフルバッグを所持していると思われる。チョーキーはそれを自分のレジ袋のどれかに隠しているかもしれない。これらの申し立てをラッセルは否定している（以下、参照）。［注意：〝チョーキー〟は苗字〝ホワイト〟の一般的なあだ名であることから、フォークランド紛争に従軍していたホワイト伍長という者はいないか陸軍の記録に当たってみたところ、該当する者が二名いたが、どちらも事件とは無関係だった］

ウォルター・タティング

犯行現場の様相は異なるものの、タティング氏への暴行はそれに先立つ一連の殺人事件と関連があると依然われわれは見ている。被害者の住居の検分に当たった上級鑑識官のジョン・ウェブも、この見方を留保つきながら支持している。別便で彼の仮報告書を送付。

タティング氏の聴取は、彼がいま現在も聖トーマス病院で投薬による深い鎮静状態にあるため、果たせていない。担当医は、数日中には意識が回復するだろうと楽観的に述べていた。

ケヴィン・アトキンズの携帯電話

これまでのところ、これがもっとも有望な手掛かりである。アドレス帳をプリントアウトし、アトキンズ家の協力のもと、記載事項に片っ端から当たっているところ。一両日には、身元不明だった番号や、アクセスしたウェブサイト、メール、写真等についてさらなる情報が得られると思われる。［参考までに：携帯本体から採取された指紋はすべて、ベン・ラッセルかチャールズ・アクランド中尉かドクター・ジャクソンのものだった。誰のものか特定できない指紋や、アトキンズ家の面々に属する指紋はひとつもなく、このことから、外側は殺害後に一度拭いてきれいにされたものと思われる。内側の送話口に付着した唾液からＤＮＡが検出される可能性はあるが、その唾液はおそらくアトキンズのものとなるだろうというのが法科学研究所《ＦＳＳ》の予測である］

ブラックベリー／二台目の携帯電話／複数のｉＰｏｄ

ベン・ラッセルの聴取と、メモリーを調べた結果から、ブラックベリーと二台目の携帯電話は事件には無関係と思われる。持ち主はいまだ判明していないが、参考人への聴取を行うべく手配している。またメモリーの調査も引き続き行うよう要請した。iPodにはガレージ、ラップ、ブリティッシュ・ポップ、インディーズなど、さまざまな音楽が入っていたが、これらも事件とは関係がなさそうである。［参考までに：これらの機器からはさまざまな指紋が検出されたが、特定できたのはラッセルとアクランドの指紋だけである。FSSによれば、盗難の前後を問わず、これらの機器から指紋を拭き取ろうとした形跡は皆無とのこと］

ベン・ラッセル

ラッセルには三度、聖トーマス病院で母親と弁護士の立ち会いのもと、聴取を行った。年齢と健康状態に配慮して、終始、〝脆弱《ぜいじゃく》な〟証人として扱われた。聴取の詳細は、通告の内容とウルヴァーハンプトンで出された反社会行動禁止令を含めて別紙に記載添付してあるが、要点は以下の通り。

- ベンジャミン・ジャコブ・ラッセル
- 十六歳

・ウルヴァーハンプトンで成育
・教育歴は貧弱
・飲酒と治安紊乱《びんらん》行為で二度の警告
・近所の住人の苦情により、反社会行動禁止令に服する
・金銭の窃盗をめぐって義父と口論となり、一昨年に家出
・最初の半年はバーミンガムで空き家を不法占拠して暮らしていたと述べている(詳細はあいまい)
・その後三か月から四か月は、ロンドンで路上生活をしていた
・ガールフレンドのハナ(一三歳)――ウルヴァーハンプトン在住――とは、いまも連絡を取っている
・ハナと性交渉があったことを認めている
・都市圏では、逮捕/警告の記録はない
・窃盗や物乞いで暮らしていたことは認めているが、売春は否定
・最近になってI型糖尿病と診断された

ラッセルは八月十日金曜日の晩に路地に行ったことは覚えていないが、〝チョーキー〟にその場所のことを教えてもらって以来、ときどきそこをねぐらにしていたことは認めている。彼は〝チョーキー〟をおじいちゃんと呼んでいるが、彼のことは〝いい人〟だとい

う以外は何も知らない。ラッセルはキャンヴァス地のダッフルバッグを所有しているか、あるいはチョーキーの所持品にそれがあるのを見たことがあるかとの問いには、ともにノーと答えている。また、黒いアイパッチをした男、あるいは〝中尉〟もしくはチャールズ・アクランドという名の男を知っているかとの問いにも、同じくノーと答えている。

ラッセルは携帯電話やブラックベリーやiPodを盗んだことはあっさり認めているが、いつ、どこで、どのようにして盗んだかについてはよく覚えていない。三か月から四か月のあいだに、たぶん十五台から二十台は携帯電話を盗んでいて、方法はどのときも〝似たり寄ったり〟だから、記憶が〝あいまいになっている〟のだと言う。携帯電話について話すとき、彼は〝ノキア〟もしくは〝サムスン〟という言い方をしていた。一台は（彼によればたぶんサムスン）、新聞を買っている女の人の口を開けたバッグから盗ったと言っているが、後ろ姿しか見てないので、特徴――〝背が高かった〟にはあまり意味がない。もう一台（アトキンズのノキア）は、ハイドパークのベンチに坐っていた男のカバンに入っていたもので、持ち主が〝いちゃいちゃしているカップルを見ている〟すきに、カバンごと盗んだのだと言う。持ち主の特徴については、〝黒っぽい髪に黒い服〟（おそらくはスーツ）だそうだから、これも、男という以外にはあまり意味がない。

ラッセルによれば、カバンは黒のメッセンジャーバッグに似た肩にかけるタイプで、大きさはだいたい四十×三十センチメートル。彼はそれを、中身を調べたらすぐに、ダイアナ妃記念噴水の近くの茂みに〝捨てた〟。携帯のほかに何が入っていたかは、アスピリンの瓶とサンドイッチの包み——その二つも抜き取った——しか覚えていない。新聞と茶色の封筒と鍵もいくつかあったように思う。［参考までに：その一帯を捜索したが何も見つからず、また、ラッセルの話に該当するカバンの拾得物としての届け出もない］

この二つの窃盗がいつのことだったか正確には覚えていないが、たぶん二週間から四週前だと思うとのこと。通常彼は、獲物がいくつか〝たまる〟と、カニング・タウンの故買屋に持っていって売り払っていたが（故買屋の名前や住所はいまのところ明かすのを拒んでいる）、この一か月は具合が悪くてあそこまで行く気力がなかったから、何も売っていないとのこと。携帯のどれか（たぶん、サムスン）で、ガールフレンドに電話したのは覚えている。盗んだときはまだ使えたからで、ほかのは全部〝死んで〟いた。

結論

〝背の高い〟女性や黒っぽい髪の男を捜すという雲をつかむような話に人員を割くのは無意味であり、また、この二点を聴取の際の要素に加える必要もないと思う。ラッセルは当てにならない証人で、先の証言のあとすぐに、女性のハンドバッグと男のカバン、またはそのどちらかから盗んだのはブラックベリーかｉＰｏｄだったかもしれないと、前言を翻《ひるがえ》している。ほかの被害者についても証言があいまいで、ｉＰｏｄ数台のうち二台の所有者は〝黒人の男〟と〝子ども〟だったと述べている。

ラッセルもことの重大さについては弁護士の助言で認識していて、聴取のあいだ終始緊張はしていたが、三回の聴取を通して態度や表情が変わることはなく、質問がノキアに関するものに移っても、反応に違いは見られなかった。その点はニック・ビール警部も同意見。従ってわれわれは、ラッセルがその携帯電話を盗んだのはアトキンズ本人、もしくは彼の自宅からではなく、アトキンズを殺した犯人からではないかと考えている。

このことが犯人の心理プロファイルにおいてどのような意味合いを持つのかについて、ジェームズ・スティールに検討を依頼した。われわれの仮説は、犯人はその電話を勝利の記念品として持ち去ったのではないか、というものである。なぜならそれが犯人と被害者を結ぶ連絡の手段だったからだ。いずれにせよ、犯人がなぜ、なんのために、その戦利品の少なくともひとつを公然と持ち歩いていたのかは不明である。

現時点でもっとも有望と思われる線は、ケヴィン・アトキンズの携帯電話と、ウォルター・タティングが襲われた件の二つで、当面捜査はこの二つに絞って集中的に行うよう指示を出しました。

怱々《そうそう》

ブライアン・ジョーンズ警視

16

ベン・ラッセルの母親はこの三日間のストレスで消耗したのか疲れ果て、気分も落ちこんでいるようだった。白髪まじりの小柄な女性で、息子のベッドのそばの椅子でじっと両手を組んだまま、息子がかたわらのテレビとラジオのコンソールにつないだヘッドフォンから流れてくるものにしか興味がないのを、気にしていないふりをしている。昼間、意識のある状態で見る彼の、口を固く引き結び、眉をひそめたままの顔は、明らかに疎外された若者のそれで、ジャクソンは、この少年と母親の再会から喜びが生まれることはなさそうだと思った。

少年は、警察がまだ関心をもっていたため、ほかの患者たちとは別の部屋にひとりで入っていたが、ジャクソンはその部屋の前をトレヴァー・モナハンと通るとき、開いたドアから中の様子をしっかりと見てとった。廊下を十メートルほど進んだところで、二人は足を止めた。

「母親って何歳なの？」

「六十七」とモナハンが小声で言った。「五十二歳のとき、もう生理は終わったと思って一年ぶりに亭主と寝たら妊娠した。かわいそうに亭主はその一年後、肺がんで亡くなったそうだ」

「ほかに子どもは？」

「四人……四人ともベンとはかなり歳が離れていて、三十八歳の兄貴には、ベンと同じ十代の子どもが二人いる。ベンはひとりっ子のようにして育ち——どうやらそうとうに甘やかされたみたいだけど——二人目の亭主が登場するまではべつだん何も問題はなかったそうだ。母親はいま、再婚した自分を責めている。再婚して以来、ベンは問題を起こしてばっかりだったそうだ」

ジャクソンは顔をしかめてみせた。「そんな話、これまでどれだけ聞かされたことやら。家出した子どもたちって、みんな似たような背景を持ってるの」

「ふむ。ミセス・サイクスはベンが道を踏みはずしたのは糖尿病のせいだと、ぼくに言ってもらいたがっている」

「なんの代わりに。継父？」

モナハンは肩をすくめた。「好きなのを選べってことさ。彼女は息子がこんなふうになった原因として、父親が死んだことへの過剰補償から……再婚して苗字を変えたこと……息子と新しい夫と時間を振り分けなくてはならなかったことまで、ありとあらゆることを挙げている。唯一受け入れる用意がないのは、ベンがいまのような行動をとっているのは、本人がそうしたいからだということだけ。あの子は根はいい子なんです、と、しょっちゅう言ってるよ」

「で、そうなの？」

「ぼくにはそうは思えないね。無礼きわまりないガキだよ。ほんとにあいつと話したいの？」

ジャクソンはうなずいた。「できたらひとりでね。母親をしばらく引きはがしてくれる？」

「見返りは？」

「ドアを閉めて三十分邪魔が入らないようにしてくれたら、スコッチを一本。彼が警察にどんな話をしたか知りたいの」

＊

「無礼きわまりないガキ」というのはほぼ正確だと、ドアが閉まり、ベンと二人きりになったところでジャクソンは思った。わざとらしくこちらを無視していたので、テレビの向きを変え、電源を切って、ヘッドフォンを耳から引っぱがした。

そして「おはよう、ベン」とにこやかに言った。「わたしはドクター・ジャクソン。前にも会っているけど、たぶん覚えてないよね。救急車が来るまで、あんたについていた医者」

ジャクソンをじろじろ見て、彼はさらに眉をしかめた。「あんた、オトコ女？」

「前はそんな格好をしていたね」ベンがヘッドフォンを取り戻そうとするのを、プラグを抜いて背後の床に投げ捨てた。「人生、ままならないもんだね？」

「なんてことするんだよ」

「いいじゃない。あれはあんたのものじゃないし、金を払っているわけでもない。あんたがテレビを好きなだけ観ていられるのは、納税者であるわたしや……あんたの苦労しっぱなしのお母さんが税金を払っているからよ」彼女はミセス・サイクスが坐っていた椅子に腰をおろした。

「それが法律だよ。あんたはおれに手をかけた。暴行罪で終了にしてやってもいいんだぜ」

「じゃあ、近々またジョーンズ警視があんたに話を聞きにくるはずだから、そのとき彼に訴えるといい。あんたのリュック、面白いのがいろいろ入っていたからね。あれ、みんなどこから来たの？」

「あんたの知ったこっちゃないよ。おれ、おふくろと弁護士がそばにいなきゃ質問には答えないから」彼は手を組み合わせ、両の人差し指をジャクソンに向けた。「おれにも権利があるんだ」

「なんの権利」

「あんたと話をしない権利」

「いいわよ、それでも。わたしがあんたの分までしゃべるから」ジャクソンは椅子に深々とかけなおし、脚を組んだ。「あんたは当分のあいだモニターで常時監視しなくてはならない健康状態にある。治療するうえでのそのやり方――とくに、インシュリンの摂取量の調整と食事療法、運動等――を自分で管理できるようになれば、それだけ早く他に依存する状態から抜け出せる。だけど、親の助けなしに自分で自分の病気がコントロールできるようになるのは、ティーンエイジャーでも、もっとも聡明で協力的な者だけである。一方――」

「そんなのぜんぶ知ってるよ」ベンがいらだたしげに口をはさんだ。「もう耳にたこができるほど聞かされたよ。おれはべつに糖尿病に生んでくれって頼んだわけじゃないんだ」

ジャクソンは無視して先を続けた。「――一方、自分の権利は尊重しろと要求するが、ほかの人のそれは、自分が自由に盗みたいだけ盗める状態にあるかぎりは母親がいかに苦しい思いをしていようと気にも留めない恩知らずのクズ野郎は……」

「なんも知らんくせにほざくんじゃねえよ！」少年はがなって指先をジャクソンの目に向けた。「あ、あの女がおれにしたことはどうなんだよ」

「まあ、それはまたべつの話よ」ジャクソンは穏やかに言った。「子どもは自分の好きなようにふるまえるけど、母親は運悪くどんな腐ったカードが配られても甘んじてそれを受けるしかないの。あんたのお母さんは知的障害の息子を持って楽しいことはなんにもないと思う。いまもきっとカフェテリアで、わたしはなんでお父さんにコンドームをつけさせなかったんだろうと嘆いているよ」

「おれは知的障害なんかじゃない」

「そうは思えないけどね。最初に具合が悪くなったときに、なんで助けを求めにいかなかったの？」

「これはおれの人生だ。たぶん死にたかったんだろうよ」

「そうだとしたら、チョーキーを捜しにもいってないよ。あんたのその状態であの柵を乗り越えるのは大変だったはずだ。着いて十分もしないうちに昏睡《こんすい》状態に陥《おちい》ってるんだから」

「チョーキーがもしそこにいなかったらどうなんだよ。おれはそこで死んでたさ」

「それでもどこかの店の戸口でうずくまってるよりはチャンスはあった。あんたは浮浪児だ。通りかかった人はあんたを見てもきっと寝ていると思っただろうよ」ジャクソンは言葉を切って少年を見つめた。「だけどあんたはそれはしなかった。チョーキーが言ってたけど、あんた、ゲイに言い寄られるのがものすごくいやなんだって?」

「ファック野郎は大嫌いだ」

「そういう人についていったことは?」

彼はまたピストル状の指の先を、嫌悪も露《あら》わにジャクソンに向け、「ないよ」と吐き捨てるように言った。「ついてくぐらいなら、死んだほうがましさ」

ジャクソンは信じなかった。ホモに対する嫌悪をこれほど強く示すのは、事実は逆だということを示唆《しさ》している——誰かと性的に虐待される関係にあったか、お金のためにときには体を売っていたか。「義理のお父さんはどんな人?」

「くそ野郎」と、突き放すように言う。

「どんなくそ野郎」

「おふくろと結婚したというだけで、自分がこの家のあるじだと思っている」

そう言って口をとがらせるのを見て、ジャクソンは言った。「いまのは原理原則の話?……それとも何かべつのこと?」

「おれはあいつのことなんかほとんど何も知らない。なのにあいつはおれの父親気取りなんだ。あいつとは言い争いしかしてないよ」少年は腹立たしげにジャクソンを見やった。「あいつが来るまでは何もかもうまくいってたんだ。あの男さえいなかったら、おれは家を出てないよ」

「お母さんにもそう言ったの?」

「言ったとしたらなんなのさ。本当のことだよ」

ジャクソンは首をふった。「その人が継父になったことで、あんたと母親とのあいだの力学が変わってしまったのよ。あんたのお母さんの様子からすると、あんたはきっと何年も二人の関係を牛耳っていたんだろうね。あんたは自分の世界の小さな支配者だった……そこへ、その地位を脅《おびや》かす者が現れ、まんまと取って代わられた」

「まあなんでもいいさ。あんたはそこにいたわけじゃないし、おれのことも何も知らないじゃないか」少年は未熟な若者が口にする決まり文句を盾にした。

「お母さんの側から見ても、あんたが言うように何もかもうまくいっていたのなら、お母さんは新しい父親を家に入れたりはしなかったでしょうよ」ジャクソンは論理的に指摘した。「お母さんはたぶん寂しかったのよ。継父を排除しようと盾突く前に、そのこと少しでも考えてみた?」

「うるさいよ!」

ジャクソンは肩をすくめた。「そうやって話すのを拒んだところで問題は解決しないよ。ここを出たらどこへ行くか、いつかはきちんと考えて答えを出さないと……そして、路上に舞い戻るという選択肢はないの。インシュリンを投与しないと生きていけない誰かさんの場合は」

ジャクソンはしばらく沈黙が続くままにした。「間違っているかもしれないけど、わたしはあんたが家にいたら決してしなかったようなことを、生きるためにやらざるを得なかったんじゃないかって気がしてるの」

「あんたの知ったこっちゃないよ」

「そうはいかないんだよね、あんたの健康に関わるとなれば」淡々とジャクソンは言った。「もしあんたが性感染症にかかっていたら、糖尿病にも影響するの。これまでにもった性交渉について誰かに話した？」

「いや……これからも話す気はないよ」

「簡単な検査だし、あんたはいまはまたとない場所にいるんだよ」ジャクソンは穏やかに言った。「もしかしたら、入院したときに所定の検査としてもうやってるかもね。ドクター・モナハンにそれについてあんたに話すよう頼んでみる？　彼はお母さんには言わないから。もしもそれを心配しているのなら」

少年はどこまで信用していいか探るように、ちらとジャクソンを見た。「あんたはどうなんだよ」

「あんたが話したことはほかでは一切話さない……あんたの許可がないかぎりはね」

「ほんとうだな」強い口調で少年は言った。

「そう言ったでしょ」

彼は横目でジャクソンをうかがった。「もし誰かに知られたら、おれは手首を掻っ切るからな。思いだすたび、気分が悪くなるんだよ」

「何があったの？」

「それをしたのは一度だけだ。あの野郎、一緒にホテルに行ったら三十ポンドくれるって言ったんだよ。そしたらこれがとんでもないでまかせで、そこには男が五人いた。そして、その五人にいいようにやられたんだよ。それもただで。あいつらはそれを面白がっていた……騙《だま》されたと思うんなら警察に行けばいいって言われたよ」彼は指先を壁に向け、狙いを定めて銃を撃つまねをした。「全員殺してやりたかったよ……いまでもそうしたいよ」

「それは当然だね」ジャクソンは言った。「わたしでも同じ気持ちになるよ」

「すべて金のためだったんだ」

「それっていつのこと？　どのくらい前？」

「数か月前」彼はあいまいに言った。「チョーキーと知り合ったころだよ」

数か月……？　「だからチョーキーはあんたを保護したの？　彼にそのことを話したの？」

「ちょっとだけ……全部は話してない。だってそんな話をあちこちでされたら、おれまでゲイだって思われるじゃんか」

ジャクソンは微笑した。「その点は大丈夫だと思うよ。チョーキーは自分自身知られたくないことがたくさんあるから、ほかの人のことをやたらとしゃべったりはしないと思う」

少年はまたうかがうようにジャクソンを見た。「チョーキーを知ってるの？」

「彼はあんたが昏睡状態に陥った晩、路地にいた。あんたのキャンヴァス地のバッグもいまはたぶん彼のものになってるよ」

「いや、それはおれのじゃないよ」ベンはすぐさま否定した。早すぎる……？　「おれが持っていたのはリュックだけだ」

「酒とタバコが入っていた袋はどうなの？　チョーキーは、あれはあんたのだと言っていたけど」

「あの人、アル中だから。たいていは何言ってんだか自分でもわかってないよ」

「彼はあんたを助けるために最善を尽くしてくれたんだよ。あんたの症状がいつ始まったかを知るためにいろいろ質問したのよ」少年の目がはっとしたように見開かれた。「よくは知らないとかで……知り合ってまだ一か月……会ったのも五回か六回ぐらいだと言っていた」

ベンは手元を見つめた。

「で、どっちが正しいの？　あんた？　それともチョーキー？　その集団レイプとやらがあったのは、実際にはいつのことなの？」

「ひと月前」

それも怪しいものだとジャクソンは思った。Ｉ型糖尿病を患《わずら》っていたら、裂傷やひりひりする痛みは四週間程度では治らない。だが、当面それは触れないことにした。「その男たちはコンドームをしていたか、わかる？」

少年はとまどったように肩をくねらせた。「見てないけど——代わりばんこにやられてるあいだ、ベッドにうつぶせにされてたから——でも、してたと思う。おれがとても痩せてるから、ひとりがおれのことエイズだと思って……それで、おれをそこに連れてった男がそいつに、じゃあスキンを二重にすればと言ってたし」ベンは目をぎゅっと閉じて涙がこぼれないようにした。「おれ、ああいう連中、心底嫌いだよ」

「当然ね」ジャクソンは言った。「ああいう下種《げす》野郎は道具をちょんぎって玄関ドアに釘《くぎ》で打ち付けてやればいいのよ。その男たち、顔を見たらわかる？」

「いや。おれ、あいつらのせいで糖尿病になったの？」

ジャクソンは首をふった。「性交渉でうつる病気ではないの。あんたのはたぶんこの数週間で発症したんだと思うけど、エイズやほかの性感染症についてはドクター・モナハンに診《み》てもらったらいいよ。いくつかの簡単な検査で安心できるから」

「あんたじゃだめなの？」

「検査ではお尻の穴もざっと見なきゃならないんだよ……としたら、男の医者のほうがいいでしょ？」

「くそ！」

ジャクソンはまた微笑した。「まさしく！　それも間違いなくあるだろうけど、心配はご無用……あんたのもほかの人のと同じにおいしかしないから。まあ信じてよ。これでも医者だから」

ベンもお返しにしぶしぶ口の端を持ち上げた。「そうは見えないけどね」

「あいた時間は、ウェイトリフターでもあるの」ベンの目が興味を引かれたようにきらっと光った。「あんたもきちんと食事をとり、インスリンを調節できるようになったら、すぐに筋肉がついてくるから。女の指導者でもかまわなければ、練習をみてあげてもいいよ」

「わかった」

「やるなら本気でやらなくちゃだめよ。時間つぶしに付き合う気はないから」

「わかった」

「引き換えにわたしは何をもらえる？」

ベンはまた警戒の目で彼女を見た。謝意や親愛の情をしぐさで表してくれと言われたかのように。「何がほしい」疑い深げに彼は訊いた。

「情報。包み隠しなく……いまここで……警察もあんたのお母さんも弁護士も聴いていないところで」

ベンはますます疑わしげな顔になった。「どんな情報」

「まずノキアの携帯はどうやってあんたの手に入ったか、そこから始めようか」

*

その要請は彼をあわてさせたようだった。といっても、警戒したというのではなく、どちらかといえば困っているようにジャクソンには思えた。ベンは警察に話したのと同じ話を繰り返し、ジャクソンはそれをじっと聞いていた。携帯を盗んだ日、自分がどんなに気分が悪かったかを話したときも、同情の言葉を口にしただけだった。「あの男のバッグを盗んでほんとによかったのは、中にサンドイッチが入っていたことだよ。腹がめちゃくちゃ減ってたんだ」

「それ、糖尿病の典型的な症状よ。細胞がグルコースをエネルギーに換えてないから、脳が食べろと指令を出してるの……一方、体組織は尿を通して糖を排出しているから、体重がどんどん落ちていく」

「体がひどく弱ってた。だから、細かいことをあまり覚えてないんだよ」

ジャクソンは重々しくうなずき、ほかの症状についても話すよううながした。彼はずらずらと列挙した。疲労感。強い喉の渇き。腹痛。頻尿。吐き気。めまい。震え。

「大変な病人だ」

「そうなんだよ。二回、気を失った気もする」

「それじゃ、頭が混乱するのも当然だ」

少年はうなずいた。

「たぶん、気を失ったとき、頭を打ったんだよ。それが原因で記憶を失うってこと、よくあるんだ」

「ああ、それだよ」彼はすぐさま同意した。「公園を出たあと、きっとそれが起こったんだ。女の人に舗道から助け起こされ、大丈夫?って訊かれたのを覚えている」

「で、それがあったのはいつだと言ってたっけ」

「先月のいつか。正確な日にちはわからない」

「面白いね」ジャクソンはつぶやいた。「それだけ重い症状を抱えていたら、すぐにも昏睡状態になりそうなものなのに、不思議だよ」

少年の目にまた警戒の色が戻ってきた。「具合はずっと悪かったよ」

「ふむ」ジャクソンは面白がる顔で片眉を上げた。「ドクター・モナハンから、I型糖尿病は発症が急激であるのがふつうであるって聞いてない？　これは期間で言えば数日の話で、数週間ではないの。倦怠《けんたい》感、喉の渇き、頻尿は典型的な初期症状だけど、腹痛、嘔吐《おうと》の症状が現れたらケトアシドーシスを起こしているってことで、これがあんたの四日前の昏睡につながってるの。血液が何週間もケトン体に毒されていながら、なんとかそれを薬剤の投与もなしに中和できていたなんて、とうてい信じられないよ」

少年は乾いた唇に舌を這わせた。「たぶんおれは運がよかったんだよ」

「あるいは非常にまれな体質だったか」ジャクソンは人差し指を、ベンのピストルをまねて彼に突きつけた。「もうほんとのことを話したら？　ここにはほかに誰もいないんだから、正直に話しても大丈夫だよ」

「ずっと正直に話してるよ」

「いやいや。気を失ったり吐いたりしてたのなら、あんたは昏睡する前、二十四時間以内にはあの携帯を盗んでいなくてはならないの。そして、盗んだのが四週間前だったのなら――」と、〝週〟を皮肉に強調して――「喉の渇きや頻尿で記憶が混濁《こんだく》することはなかったはずなの。あんたが、ドクター・モナハンにはばれないようにしているけど、アル中かヤク中だというんならべつだけどね」

ベンの口がまたぴくぴくひきつきだした。「ただのケータイじゃないか」と急に声を荒らげた。「そんなの、おれの知ってるやつなんかしょっちゅう盗んでるよ。〝くそ女ども〟が仲間にメールしてるすきに、横からさっとかっぱらうのさ」彼は胸の前に掌《てのひら》をあげ、親指をぐるぐる回しながら、肩をいからせてみせた。「あいつら、誰かがそばを通ってかっぱらうかもしれないなんて考えもしないし……刺されるのが怖いから盗られたって何もしないのさ」

ジャクソンは腕を組んで少年を見下ろした。「その〝くそ女〟って何歳なの？ 十二歳の少女？ ほんとにたいした友だちをお持ちだこと。それとも、もしかしてそれって自分の話？ まだほんの子どもでも〝くそ女〟ってことにすれば、自分のしたことが許されるわけ？」

「ただの言葉じゃないか」彼はつぶやいた。「みんな使ってるよ」

「わたしの前でそんな言葉を使う男はいないよ。みんな、女性には一定の敬意を払っている」

「ああ、ま、いいよ——」声が弱まって消えた。「おれが言いたかったのは、ケータイなんて毎日どっかで盗まれてるし、誰も気にも留めてやしないってことさ」彼は横目でうかがうようにジャクソンを見た。「ノキアがなんでそんなに重要なんだよ」

ジャクソンはこの問いを、答えを知らないのではなく、彼の狡猾《こうかつ》さの表れと見た。「なぜだか知らないのなら、あんた弁護士を替えたほうがいいよ。あんたがなぜ聴取されているのか、弁護士ならまず最初に話しておかなくてはならないんだから」

「それはまあ……ちょっとは話してたよ。おれのリュックに入っていたもののひとつが、殺人事件の取り調べの対象になっている男の持ち物なんだって警官が言っていた。それ聞いておれ、こわくなったんだよ。だって、それがなんなのかは言ってくれないんだもの。でも、きっとそれ、ノキアなんだろ？ でなきゃ、あんたがしつこく訊くはずないし」

ジャクソンはうなずいた。

「やっぱり……だと思った」少年はおびえた目でジャクソンを見やった。「あんた、話すつもりだろ」

彼は何をもっとも恐れているのだろうと、ジャクソンは思った。母親か……警察か……路上の誰かか。「ハイドパークの男について嘘をついたこと？ たぶんね」ジャクソンは言った。「あんたが先に自分から話せばべつだけど。そのほうが印象はよくなるんだよ」

「あんた、言わないって言ったじゃないか」彼は突然声を荒らげた。

「あんたの健康状態と、これまでの性的なできごとについては他言しないと言ったのよ」彼女はそう思いださせた。「例の五人の男どもも、その携帯と関係してるの？」

彼は決心がつきかねる顔でジャクソンを見ていたが、洗いざらい話してしまうほうに気持ちが傾《かたむ》いていたとしても、そこへ母親が戻ってきたことでその思いはくじかれた。ドアにはめこまれたガラスの向こうに母親の顔を見たとたん少年は黙りこみ、それから、ドアを閉めているとどうしたのかと思われるよとつぶやいた。ジャクソンは立ち上がってドアを開け、母親をしっかりとした握手で迎え入れると、自分がここにいる説明に、ベンを最初に診た医者だと自己紹介した。「どんな様子か、ちょっと寄ってみたんですよ」

ミセス・サイクスの反応は、その握手と同様、頼りなかった。「それはどうも」と言うと、かがんで床からヘッドフォンを拾い上げる。まるで人のあとから片づけてまわるのが習い性になっているかのようだった。「この子は音楽を聴くのが好きなんですよ」コンソールにプラグを差し、ヘッドフォンを息子に渡しながらつぶやく。

ジャクソンは母親が椅子に腰をおろし、ベンがヘッドフォンを耳にセットしなおすのを見ていた。どちらにもジャクソンとの会話を続けようという気配はまったく見られず、また、互いに話す気もなさそうで、ジャクソンは、自分とトレヴァー・モナハンはこの二人の関係について考え違いをしていたのではないかと思いはじめた。母親を無視しているのは息子ではなく、母親のほうが、望まないのに生まれてきた息子を遠ざけるために工夫を凝《こ》らしてきたのかもしれない。

＊

病院を出る前に、ジャクソンはもう一度モナハンを捜して、ベンに性感染症の検査は所定どおり行ったか尋ねた。彼はうなずいた。「患者についての情報が何もない場合は、欠かせない検査だからね。注射の痕はひとつもなかったけれど、ＨＩＶと肝炎に関するかぎり、用心してしすぎることはない」

「それで？」

「一点の曇りもなかったよ。本人は何かの感染を心配してるのか？」

ジャクソンはあいまいに肩をすくめた。「直腸の検査もした？」

モナハンは興味ありげにジャクソンを見つめた。「あいつ、あんたにどんな話をしてるんだ？」

「まず質問に答えてよ」ジャクソンはうながした。「あの子の年齢と家出少年ってことからして、ひょっとしたら調べているんじゃないかと思ったの。調べていたとしても、本人は知らないみたいだったから」

「そりゃ知らないさ。アナ・ペロツキに、昏睡から覚めないうちにちょっと見ておいてくれと頼んだんだ。挿入を示唆する跡は何もなかったそうだ……古い傷跡も……裂傷もなし」モナハンはひと息置いた。「当人は違う話をしてるのかい？」

「ええ」

モナハンは肩をすくめた。「彼はある看護師に、継父を非難するようなことを言ってたそうだよ。ミスター・サイクスはその気になったらいつでも自分をヤッていたって。だから自分はあの男がいるかぎり家には帰りたくないんだって。そんなことがまったくなかったと断言はできない――あったとしても一年以上前のことで、いまじゃ傷も癒《い》えただろうからね――だけどそれは、母親をまた自分だけのものにするための策略じゃないかって気がするね」

「彼は先月、五人の男に集団レイプされたとわたしには言ってるの」

「じゃあ、あんたのことも騙そうとしてんだ。あの病状だと、アナは開口創を見つけてたはずだし、当人もまだ傷がひりひりしているはずだ」

「それよりもっと前だったら？……たとえばそうね、三か月か四か月前」

モナハンは疑わしげだった。「男五人……興奮した連中に……代わるがわるヤラれて……それとわかる痕跡が何もない？　ありえないよ、ジャクス」

ジャクソンはうなずいた。「でも、なんでそんな話をでっちあげるんだろう。目的は何？」

「混乱」とモナハンは皮肉っぽく言った。「あの坊主、攪乱《かくらん》の名人だよ」

17

　これといって説明の必要を感じるような理由はないままアクランドは、ジャクソンが出かけるときはいつも一緒についていくようになっていた。〈ベル〉に居住し、再度の取り調べが必要となった場合はいつでも応じられるようにすることという条件でジョーンズに釈放された（今回は警察による保釈）彼は、ジャクソンの動きが正確に捕捉できるレーダーを体内にはめこまれたかのようだった。ジャクソンがパブにいるときは、店であれ奥であれ、ずっと自室にこもっているが、いったん車に向かうと、昼であれ夜であれ、気がつくといつもそばにいた。出動が患者宅への往診となった場合は外の路上で待ち、ついていくのが理にかなっているとなればついていく。

　彼のジャクソンに対する関心をどう受け止めたらいいのか、しだいにわからなくなってきたデイジーは、彼のふるまいを見ているとジャクソンがまるで保釈中の全責任を負っているみたいだと不満をもらし、「彼をお行儀よくさせておくのがあなたの務めってわけじゃないのよ」と不機嫌に言った。「あの人に、わたしのことはほっといて自分の好きにしてなさいと言ったら？」

「べつにいいのよ。わたしはけっこう楽しんでるし」ジャクソンは不用意に言った。「ついてきても邪魔にはならないから」

だがデイジーにすればこれがますます気に入らない。「あなたたち二人を見てると、わたし、なんか存在しないも同然じゃない」苦々しげにデイジーは言った。

＊

自分が生み出している緊張に充分気がついているアクランドは、ジャクソンが角を曲がってくると、BMWのそばを離れた。ジャクソンはいつものように歩きながら携帯を操作していたが、これはただ、すれ違う人と目を合わさないためにやっているのだと、いまでは彼にもなんとなくわかる。

辛辣《しんらつ》な見方をすれば、彼女は好きでああいう格好をしているのだと思う。たしかに図体はでかいが、誰も彼女にアーノルド・シュワルツェネッガーや、ブリュッセルの筋肉男、ジャン＝クロード・ヴァン・ダムのような格好をしろと強いているわけではないのだ。

彼はある日、デイジーとめずらしく二人きりになったとき――そうならないようにいつも気をつけている――ジャクソンは女性のボディービルダーのトーナメントに出たことがあるか訊いてみたことがある。

デイジーの反応は、訊くんじゃなかったと思うほどに強烈だった。「何ばかなこと言ってるの！　あなたネットでそういうトーナメントの映像を見たことないの？　出場者はみな日焼けサロンで焼いた肌にビキニを着て、どうだとばかりにポーズをきめてまわるのよ。おっぱいがあるのがわかるように胸にはシリコンを入れて。ジャクソンがそんなことをするの想像できる？」

できない、と彼は思った。ジャクソンは大衆受けするイメージに自分を合わせるには、確固たる個でありすぎる。

近づいてくるジャクソンを見ながら、アクランドは、ビキニ姿、メロンサイズの胸、オレンジ色に輝く肌の彼女を想像してみようとしたが、すぐにあきらめた。「何かわかりました？」

「そうとも言えないの。彼は警察に嘘ばかりついてたことは半ば認めたけど、それはわたしが彼の供述にいくつか矛盾があるのを指摘したからでね。もうあと三十分もあれば、はっきりさせられたと思うんだけど、あと一歩ってところで母親が戻ってきたのよ」

「矛盾というのは？」

「タイミング。携帯電話を手に入れたとき、彼が自分で言うほど具合が悪かったのなら、それがあったのはごく最近でなくてはならないのだけれど、彼は警察に、二週間から四週間前に盗んだと言ってるの。黒っぽい髪の男から——もしくは背の高い女から」彼女はうすい笑みを浮かべた。「あの子、糖尿病をいいように利用してるのよ。頭が混乱しているのはそのせいだって」

「彼はぼくのことも何か言ってました？」

「ううん」アクランドの肩からかすかに力が抜けるのを見て、ジャクソンは驚いた。「何か言う思ってたの？」

「路地で一緒にいたから覚えているんじゃないかと思って」

「彼は何も覚えている気はないわよ」ジャクソンは皮肉に言った。「覚えてることが少なければ少ないほど、警察の質問に答えなくてすむから」

「警視にはなんて話すつもりですか？」

「わからない。わたしはいま、ちょっとした板挟み状態なの。他言しないと約束していて、できたらそれは破りたくない……彼の話すことは嘘八百だと思っているのにね」彼女は顔をしかめてみせた。「彼には自分から正直に話したほうがいいってことをわかってもらおうとしたんだけど、たぶんそうはしないだろうね……少なくとも母親が近くにいるあいだは」

「ジョーンズ警視に、彼にもう一度話を聞いてみるよう勧めたらどうです？　それなら守秘義務違反にはならないでしょう？」

「そうね」ジャクソンは携帯電話をポケットにしまった。「だけど、そうしたって時間の無駄よ。ミセス・サイクスがその場にいるかぎりは。ベンはこれまでの供述を繰り返すか、新たな嘘をでっちあげるかよ。あの子、そういうことにかけては機転がきくの」

「彼はダッフルバッグを持っていたと言ってましたか？」

「いいえ……そんなの見たこともないって……ロンディスのレジ袋もね。彼が自分のものだと主張したのはリュックだけ」ジャクソンは首を左右にふった。「ダッフルバッグがあったのも、チョーキーがそれを、中に何が入っているか知っていて持っていったのもほぼ間違いないと思うのよ。チョーキーはベンのことを、わたしたちに話していたよりもっと前から知っていたのは確かなの」

アクランドはジャクソンの向こうの川に目をやった。「中にはいったい何が入っていたんだろう」

ジャクソンは彼の固く閉じた口元を見つめた。「さあなんだろね」一息おいて、「ベンは警察には話さないと思うよ……もしそれを心配してるのなら……話そうにも話せないのよ。ダッフルバッグなんて見たこともないって言っている以上」

アクランドはしばし彼女と目を合わせた。「なんでぼくが心配するんです？　そのバッグはぼくとはなんの関係もないんですよ」

ジャクソンは肩をすくめ、運転席のドアを開けた。「それはよかった。じゃあ、これからチョーキーを捜しにいくっていうのはどう？　警察は避けているみたいだけど、わたしたちには話をしてくれるかもしれないし。二時間ほど時間が空いてるのよ。ドックランドにホームレスのドロップイン・センターがあるの。そこの人たちに訊けば、彼のレズの友だちとやらがどこにいるかわかるかもしれない」

「いいですよ」アクランドはあっさりと言って助手席のドアを開けた。「ぼくはぜんぜんかまいません」

ではなぜそれがすんなり呑みこめないのだろう。ジャクソンは、横に乗ってきた彼の、激しく震えるこぶしを見ながら、釈然としない気分になった。

ドロップイン・センターのボランティアのひとりは、女たちがどこにいるかを知っているだけでなく、チョーキーのことも知っていた。最近、彼を見たかとジャクソンが尋ねると、首をふって「警察にも同じことを訊かれましたよ」と言った。「でも、もう何週間も顔を見せてないの。彼はたまにふらっと来るだけなのよ」

「チョーキーのこと、ほかに何かご存じないですか？　本名とか、ふだんはどこにいるかとか」

女はまた首をふった。「ごめんなさい。フォークランド紛争で従軍したってことしか知らないの。酔うとキレやすくなるって話で、このセンターの利用者のなかにはあの人のことをものすごく警戒してる人もいるんだけど、ここはアルコール禁止の方針を厳格に守っているから、彼が酔っぱらっているところは見たことないんです」

彼女は、女たちが居ついている空き家について、どう行けばいいか教えてくれた。「でも、行っても時間の無駄だと思うわよ。警察がすでに話を聞きにいっていて、そこでも最近は姿を見ていないって言われたそうだから」彼女は好奇心を抑えるのをやめた。「なぜチョーキーが突然こんなに人気者になったんです？」

「彼は糖尿病で昏睡《こんすい》状態になった少年を助けてくれたの」ジャクソンが巧妙に答えた。「だから、その少年がその後どうなったか彼も知りたいんじゃないかと思って。二人はかなり前からの知り合いだったみたいなの」

女はうなずいた。「ここでチョーキーと話をするのは若い子だけでした。若い子は歳のいった人たちと違ってチョーキーのこと、あまり怖がってなかったみたい」

アクランドが顔を上げた。「その若い子たちって、チョーキーに何を求めてたんです?」

彼女はその質問が自分の知らない言語で話されたかのようにきょとんとした顔をした。「たぶんフォークランド紛争の話に興味を引かれたんじゃないかしら」

アクランドは疑わしげな顔だったが、追究はしなかった。

ジャクソンが女の言葉を受けて言った。「彼らが話したのはそのことだけだったんですか?」

「わたしが聞いたのはそのことだけでした」そう言って女は肩をすくめた。「わたしたちは、ここの利用者同士の会話には誘われないかぎりは入っていかないんです。チョーキーがそんなことをしたことは、覚えているかぎり一度もないです」彼女はかすかな笑みを浮かべた。「彼はわたしたちのこと、あまり信用してなかったんですよ。だからここへはめったに顔を出さなかったんです」

「ここへ来たら何をされると思っていたんでしょう」ジャクソンが訊いた。

「救世軍にむりやり入れられる」女は控えめな笑みを浮かべた。「両手を背中でしばってお酒が飲めないようにする……浴槽から二時間出られないようにし、力ずくでひげをそる。年配の利用者のほとんどが、わたしたちには彼らの酔いをさまして求職の面接にいかせるという隠された動機があると思ってるんです」

ジャクソンは面白がった。「でも、そうではないと――?」

女の笑みが広がった。「ときどきそんな夢は見ますよ」

＊

女たちのグループが不法占拠しているのは、再開発が予定されている裏通りの廃屋だった。一九六〇年代に建てられた醜悪なテラスハウスの、ひと棟に九軒が連なるなかの真ん中の一軒で、どこも窓は板でふさがれ、ドアの塗装はあちこちに気泡ができていた。アクランドひとりだったら中へはまず入れなかっただろうが、ジャクソンはあっさりと検問を通過した。それはひとえに彼女が先を見越して、玄関ドアの菱形のひび割れた窓から検閲を受けるあいだ、〝緊急呼び出し医〟のカードを胸の前に下げていたからだ。

ドアが十五センチほど開いた。「あんた誰? なんの用?」瘦せた顔に白髪まじりのちぢれ毛の、歳の頃四十とも六十とも思える女が訊いてきた。

「わたしはドクター・ジャクソンで、こちらは友人のチャールズ・アクランド。わたしたち、チョーキーという名で呼ばれている男の人を捜してるんです」

「それならもう警察が来たわよ。わたしたちがここに住みついてからは、ってことはここ二か月は、一度も見てないよ」

「そうだそうですね」とジャクソンは言った。「でも、彼についての情報でもいいんです。ここにいる皆さんに十分ほどお時間をいただいて……彼について知っていることとか……彼の行きそうな場所などを教えていただけないでしょうか。病院にいる彼の友だちのことで、どうしても会って話をしなくてはならないんです」

「チョーキーには友だちなんていないよ」女はそっけなく言った。「みんな最後には見放すのさ。酔ったら手がつけられないから」

「その友人はベン・ラッセルといって、若い男の子です」

「なんで病院にいるの」

「二、三日前に糖尿病で昏睡状態になったんです」ジャクソンは言った。「いまは快方に向かってますけどね。ひょっとしてご存じないですか？　生姜《しょうが》色の髪、十六歳、がりがりに瘦せている」

「知らない」

「その子のものをチョーキーが持っているんじゃないかと思うんですよ」

「意外じゃないね。あたしらといるときは、いつもどっかから酒をくすねてきていたし」チョーキーに友だちはいないと断言していながら、いまのは矛盾していると気づいたらしく、女は言葉を継いだ。「あたしらみな同じ境遇なんだよね。それでチョーキーはあたしらのためにときどきひと働きしてくれるんだよ……あたしらをいいカモと見て寄ってくる男たちを追っ払ってくれるのさ。あんた、本物の医者？」

ジャクソンはうなずいた。

女の痩せ細った顔にちらっと関心の色が浮かんだ。「じゃ、あたしのパートナーをちょっと診《み》てくれない？　もう何日も胸が痛いって言ってるの。心配でたまんないんだけど、当人は何もしようとしないのよ。診てくれたら、代わりにチョーキーのこと、洗いざらい話させるから。チョーキーについては彼女のほうが詳しいの」

「いいですよ」ジャクソンは快く応じた。「ただし、この友人も」と、アクランドを身振りで示して、「一緒についてきてよければだけど。どう？　何か問題ある？」

女はアクランドのほうに目をやった。「その人がけたたましいタチがいても平気ならかまわないよ。二人、むちゃくちゃなのがいて、男を見るとぎゃあぎゃあわめくのよ。あんたみたいなオトコ女ならまったく心配はしないんだけど、海賊が現れたら狂ったように騒ぐだろうよ」

「彼は軍人なの。イラクで経験したことからすれば、そんなの目じゃないです」ジャクソンは淡々と言った。「あなた、名前は？」

「アヴリル」

「パートナーは？」

「マグス」

「オッケー、アヴリル。わたしね、車をひとつ向こうの道路に駐めてあるの。カバンを取ってくるから五分待ってて」

アヴリルはドアを大きく開けた。「その友だちに行ってもらえば？　戻ってきたら中にいれるよう、ここの誰かに言っておくから。そのあいだに、あんたはマグスとチョーキーのことを話せるじゃない」

ジャクソンの目元に面白がるようなしわが寄った。「それは無理ですよ。彼はカバンからどの薬を出しておくべきか知らないし……彼ひとりで行かせたら、戻ってきたとき、あなたのむちゃくちゃなカノジョの誰かに、そこで待ってるよう言われるかもしれないじゃない——カバンはあたしが持ってくからって」

アヴリルはむっとした。「あたしたちは盗っ人じゃないよ」

「それはよかった。というのはね、わたしがカバンを取って戻ってきたとき、中に入っているいちばん強い薬はアスピリンで、横ではこの中尉さんがまわりに目を光らせてるの。それでもまだ、あなたのカノジョは胸の痛みを訴えてるって言う？」

「あたしのこと嘘つきだって言うの？」

「確認しただけですよ」軽い口調でジャクソンは言った。

＊

アヴリルの自分にやましいところはないという主張は、ジャクソンとアクランドが中に入るや、きわめて疑わしいことが明らかになった。一階の部屋べやをちらとのぞいただけでも、イケアの商品がトラック一台分はあったからだ。籐《とう》椅子や麦わらの敷物、茶褐色の上掛けといったものが彼女たちの好みらしく、電気を止められていることと窓を板でふさいでいることを補うために置かれたハリケーンランプとろうそくがなかったら、ふつうのちゃんとした家で通ったことだろう。

「どれも中国製よ」アヴリルが訊かれる前に先手を打って言った。「だからみんなただみたいに安いの。友だちがあたしたちのために調達してくれたのよ」彼女は手に持つ懐中電灯の明かりを階段に向けた。「あたしのパートナーはこの上にいるけど、ほかの三人には台所にいるように言ってあるの。二人は統合失調症で、男をこわがる以上に医者をこわがると思うから」アヴリルは二階へ先導するように上がっていき、ある部屋のドアを開けた。「マグスは男にじろじろ見られるのを嫌がるから、あの人は」とアクランドのほうに顎をしゃくって、「外で待っててもらって」とジャクソンに言った。

アヴリルの肩越しにアクランドがちらと見たのは、低い椅子に坐っている丸々としたふくらはぎの太りすぎの女だった。ろうそくの明かりだけでも顔がラードのような色をしているのは見てとれたし、こちらに向けられた不安そうな見開いた目は、聞きたくないことをいままさに告げられようとしていると知っている者のそれだった。素人《しろうと》であるアクランドの目には、死がすぐそこまで迫っているように見え、思わず引き下がり、廊下の壁を背にした位置に陣取った。

「ここにいますから、何かあったら呼んでください」とジャクソンに言う。

彼女はうなずき、部屋へ入っていった。ドアが閉まると、廊下は突然真っ暗になった。階下からろうそくのほのかな明かりが階段の吹き抜けを通して漏れてくるだけだ。最初の一分ほどは、閉ざされたドアの向こうの話し声がかすかに聞こえてくるだけだったが、目が暗闇に慣れててくるにつれ、耳も建物内の低い、あるかなきかの物音を拾えるようになっていった。女たちの話し声が台所から聞こえてくる——ひとりの声はほかの声より大きく、だだをこねているような響きだったが、何を言っているのかまでは聞きとれない。おやと思ったのは、矩形《くけい》の狭い踊り場の向こうの部屋から漏れてくる、押し殺した咳払いのような音だ。

耳鳴りのせいだろうかと思いながら、アクランドは良いほうの耳をそちらに向けてみた。すると、音がはっきりしてきた。そこに誰がいるにせよ、その人はタバコのみ特有の咳を、痰《たん》を吐き出したい欲求を抑えるあまり喉がひくつくまで必死でこらえているのだ。単調な喉音なので、男か女かはわからないが、ドアの下から漏れてくる明かりがないことからして、これは男だと、アクランドは直感した。女であれば注意を引くことを恐れて真っ暗な部屋にじっとしている理由がない。

彼は腕を組み、そのままじっと待ち続けた。

＊

車に引き返すとき、ジャクソンは不快そうに首をふっていた。「マグスはチョーキーのことなんて何も知らなかったし、わたしが、運動をして体重を落とさなくては駄目よと言ったらむっとするの。彼女の心臓は牛のように頑丈よ。悪いのは太りすぎてること。四十にもなるのに、腸にガスがたまって腹が張ってること。アヴリルが彼女をそんなふうにしておきたいのよ」

「ぼくにはとても具合が悪そうに見えたけど」

「日光に当たらず、パートナーがバーガーやチップスばかり口に押しこんでいたら、そうなるわよ」ジャクソンは険しい声で言い返した。「あんな不健康な関係はないよ。アヴリルにはあのバカな女を自分に依存したままにしておくほうが都合がいいの」

「どうして」

「さあね。仲間意識……自負心……見当違いの母性本能。マグスにとっていちばんいいのはいますぐあそこを出て、もといたところへ帰ること」ジャクソンはいらだたしげにBMWのロックを解除した。「アヴリルは典型的な支配屋よ。人を、その人が求めるものを与えることで操るの。ベンの母親と一緒。彼女もそうやって操作してるの」

「では、アヴリルのこと、好きではなかったんだ？」

ジャクソンはうなるような笑い声をあげ、トランクを開けてカバンを中に入れた。「あの人のことなんて、これっぽっちも信用してなかったよ。あんたはしてた？」

「いや」アクランドは運転席のドアを開け、一歩下がってどうぞと促すようなしぐさをしながら皮肉っぽく言った。「だけど、そもそもぼくは女性のことなんてまったく何もわかってないから」

ジャクソンは茶化すように片眉を上げた。「この女のこともわかってないもんね。わたしが車のドアも自分で開けられないような女に見える？」

アクランドはすぐさま一歩下がった。「すみません。つい習慣で」

「わたしを華奢《きゃしゃ》な磁器人形のように扱いつづけた最後の男は、わたしの祖父でね」ジャクソンはジャケットを脱ぎ、後ろの座席にほうりながら言った。「わたしは十六歳で、祖父より身長もあったんだけど、それでも彼は、わたしが一度はレディとして扱われるのがどういう感じのものか味わってみるべきだと考えてたの。わたしが彼のおんぼろプジョーに乗りこむのに手を貸そうとして大汗かいてた」

「そうでしたか」

ジャクソンは片足をドアの下枠にあずけ、腕をドアのてっぺんにのせた。「レズビアンはみじめな人生を送ることになるぞって祖父は言うの。とりわけわたしのような男っぽいのは。みんな背後でにたにた笑ってるんだぞって」

この話はどこへ向かっているんだろうと思いながら、アクランドはぎごちなく彼女の肩の向こうに目をやった。「お祖父さんもいまは自分の非を認めてるんですか？」用心深くそう尋ねた。

「だといいんだけど、その二年後に祖父は死んだの。わたしが医学を志したのも、ひとつにはそれがあったから。治療すれば完治する病気だったのに、かかりつけ医が無能だったから診断未確定のまま長い順番待ちリストに入れられたの。大腸がんよ」彼女は説明した。「専門医のところへ送られたときには手遅れだった」

「お気の毒に」

「ええ」彼女は車に乗りこんだ。「本当にナイスガイだったの」彼女はエンジンをかけ、助手席のほうに手をふった。「乗らないの?」

アクランドは首をふった。「ぼくは歩いて帰ります」

ジャクソンはしばし彼を見つめた。「突然、同行したくなくなったのには何かとくに理由でもあるの?」

「ちょっと運動するのもいいかなと思って」

彼女はうすい笑みを浮かべた。「嘘をつくときは、目を合わさないようにしたほうがいいよ、中尉さん。あんたのまなざしは、自分で思っている以上に心の内をさらしているから」彼女はしかし、アクランドが何をしようとしているにせよ、気持ちを変えさせようとはしなかった。小さくうなずいてドアを閉めると、ギアの操作にかかった。

車を出しながらバックミラーで見ていると、アクランドは道路を渡り、来た道を引き返していった。

18

水曜日の午後遅くに入ってきた、ウォルター・タティングが昏睡《こんすい》から目覚めたというニュースは捜査チームに安堵を持って迎えられた。ケヴィン・アトキンズの携帯電話に関わる捜査ははかばかしい進展を見せていなかった。最後にかかってきた電話——ジャクソンの携帯からかけた電話のひとつ前——は、ウォータールー駅の公衆電話からかけられていて、もう何週間もたっているがなんらかの痕跡が残っているかもしれないという淡い期待は、電話機は毎日掃除がなされているとの情報によりすみやかに粉砕された。鑑識による検査はジョーンズによって不要とされた。「穴を掘って金を流しこむほうがまだましさ」憮然とした顔で彼は言った。

アドレス帳の六十を超える登録者にも当たってみたが成果はなかった。大半は友人か家族か仕事上の知人で、そのほとんどは、アトキンズ殺害の時点で話を聞き、消去されたものだった。残りのうちの十五名は、三人の男娼を含めてすべて元軍人で、その後に事件とは無関係であることが明らかになっている。

あと四人、調べがついていない名前があったが、どれもその番号は接続が切れていた。登録名が〝ミッキー〟、〝キャス〟、〝サム〟、〝ゾーイ〟の一語で、アトキンズの家族に可能性のある苗字について訊ねても心当たりはないとのことだったので、捜査班はいま、サーバーにファイルのデータをさらってもらっているところだ。複数のサーバーが関わっていれば結果が出るのには何日もかかると言われているが、仮にそれが判明しても、その登録番号が企業に属する可能性もあり、そうなればさらに、時間のかかる聞き取り調査をおこなわなくてはならない。

その携帯電話はアトキンズの自宅から盗まれたあと、べつのSIMカードで使われていたのではないかと、捜査班はわずかな期待をかけてその線も追ってみたが、結局、無駄骨に終わった。送話口についた唾液のDNA検査も同様で、被害者のものだとわかっただけだった。ジョーンズ警視の質問――「なんで犯人はアトキンズの携帯を持ち歩くんだ?」に、心理プロファイラーは首をふって、自分にもまったくわけがわからないと答えた。

「言えるのはそれだけか?」

「いまのところは。まだ断言はできないけれど、犯行を自覚しているシリアルキラーで勝利の記念品を持ち歩くやつなんて考えられませんよ。犯行の証拠となるようなものは自分でコントロールできる範囲内……たいていは自宅に……隠しておくのがふつうなんです。もうあと一日か二日か、時間をください」

ジョーンズは身を乗り出した。「もしその少年が間違っていたとしたら? 盗んだのはアトキンズからではなくべつの女からだとしたら? そしたら何か違ってくるか?」

「どんなふうに」

「女ってバッグの中を見られるのを嫌がるじゃないか。おれの女房は何かを、とくに小さいものを隠したいと思ったら、バッグの底に入れて持ち歩くだろうと思うんだよ」

心理学者は肩をすくめた。「その携帯を盗んだ少年が本当のことを言っているのか、どれだけ確信があるんですか？」

「まったくないよ」

「じゃあ、あなたがことを急いであらぬ方向へ進んでしまわないうちに、もう一度その少年と話してみますよ。人が犯行の記念品を持ち歩くもっともわかりきった理由は、ほかに置くところがないからです」

「というと？」

「犯人は、ホームレスのコミュニティーの一員かもしれないってことです」

ベン・ラッセルへの四度目の聴取を設定するのに二十四時間かかり、少年の弁護士から水曜日の五時なら時間が取れると回答が来たころには、ジョーンズはすっかり嫌気がさしていた。

「この国は、犯罪者にろくでもない権利をあげすぎだよ」病院へ向かう車中で、ジョーンズはビールにぼやいた。「盾になってくれる番犬がいなかったら、一秒であの坊主から話を聞き出せたのに」

「何かは聞き出せたでしょうね」とビールは言った。「でもそれが、これまでに聞かされた話とちがって信憑性のあるものかどうかは疑問です。わたしなら——」そこで言葉を切ったのは、警視の携帯に電話がかかってきたからで、警視が宙にパンチをくれると、ビールは微笑した。

「どうしたんです？」

「タティングが意識を取り戻したそうだ」警視は秘書の携帯の番号を呼び出した。「リジー？

予定変更だ。ベン・ラッセルの弁護士をつかまえて、少年の聴取には少し遅れそうだと伝えてくれ。ああ……ああ……わかってるよ、あいつがいやなやつなのは……じゃ、こう言ってくれ——あんたがいなくてもこっちは全然かまわないってな。あのガキがでたらめばかり言ってるのは、どちらもわかっているんだ」

＊

ジャクソンが往診のためにマリー・ストリートを車に向かって歩いていると、建物と建物のあいだの物陰からアクランドがぬっと現れ、彼女はぎょっと飛び上がった。

昨日、女たちが不法占拠する建物から車で走り去って以来、姿を見かけていなかったのだが、ひげが伸び、シャツはよれよれになった彼は、路上で一夜を過ごしたかのようだった。パブに帰っていなかったのは確かだ。

「あんたいったい自分が何をしてるかわかってるの？」ジャクソンは語気荒く詰問した。

彼は一九三〇年代風を気取っているのかジャケットを肩にひっかけていたが、まるで似合っていなかった。「ヒッチハイクで帰ろうと思ったんです」

「いままでどこにいたの？　何をしようとしてたのよ」

「ただ歩いてたんです」

「三十時間も？」嫌みたらしくジャクソンは言った。「いいかげんにしてよ。デイジーとわたしは死ぬほど心配してたのよ。よくぞ警官に不審尋問されなかったものよ。あんたはね、パブにいることになってるの」

「すみません」彼は、トランクにカバンをしまっているジャクソンのために、BMWをまわりこんでドアを開けた。「そんなに動揺させるとわかっていたら、そうはしなかったんですが」

「わたしは動揺してるんじゃなく怒ってるの」

「どっちにしても」アクランドはドアを大きく開けた。「昨夜、あなたは非番だった。だから、たまにはデイジーと二人にするのもいいんじゃないかと思ったんですよ。デイジーはぼくにまわりでうろちょろされたくないと、態度にはっきり出してますから」

「そう、こんどはデイジーのせいってわけね？」ジャクソンは陰気に言うと、彼のそばに近づいていき、さっとドアを彼の手からひったくった。「さっさと乗んなさいよ。それから、頼むから、小公子みたいにふるまうのはやめて。わたしに言わせれば、あの少年は退屈な女を母親に持つ、ばかげた格好をした、ただのおべっか使いよ……それから、わたしはそう簡単には気をそらされないから」

しかし、実際にはそらされていた。アクランドがわざわざ運転席の後ろのドアを開け、ジャケットを後部座席に放りこんだことを、彼女が不審に思わなかったのは確かだ。

ジャクソンはまた、彼が昨夜何をしていたかについてそれ以上追及することもしなかった。話題はその後、アクランドの母親のことになっていったのだが、それは彼女が自分でそう仕向けたのか、それともアクランドがその方向にもっていったのか、あとになって思い返してもはっきりしなかった。この数日間、ジャクソンは彼に家族のことを話させようと何度か水を向けてきたのだが、突然彼が両親との関係のことを話しだしたので、ふいをつかれたのだ。

「小公子のような子どもができるのに退屈な母親が必要なのなら、ぼくはそれじゃないですよ」シートベルトをはめながら、何気ない口調でアクランドは言った。「ぼくの母親は退屈な女と言えるようなタイプではありません。どっちにしても、ぼくの礼儀は学校で叩きこまれたものです。それと陸軍士官学校で。礼節人をつくる、とかなんとか、その手のたわごとをたっぷり聞かされましたよ。わからないのは、なんで女性はくそいまいましいことに、どれだけ無作法であっても許されるのかってことです」

もちろんジャクソンは引きこまれた。中尉はピューリタンだと認識するようになっていただけになおさらだ。彼はよほど怒っているときでなければ、めったに汚い言葉は口にしない。

「わたしのこと、無作法だと思ってるの？」

「ええ」

「わたしは貧民層の生まれなの。いまあんたの目の前にいるのは、懸命に働く労働者階級の長い系列に連なる最後のひとり、話すときはt音を落とし、人生で一度も同等のチャンスに恵まれることなどなかった人たちのひとりなの」彼女はちらと嘲《あざけ》るような視線を彼に向けた。「わたしのご先祖たちは誰に対しても畏《かしこ》まって感謝する謂《いわ》れなどない。あんたのような恵まれた階層の人たちにへいこらするのは遺伝子にそう組みこまれているからよ」

「あなたはしかし、うまくやってるじゃないですか」そっけなく彼は言った。「少なくとも、懸命に働くという資質はしっかり受け継いでいる。ぼくは、恵まれてるというのがどういうことかさえわからない。八歳で寄宿学校に入れられたのは、自分たちは社会的地位が高いのだということを示したい親のエゴによるものですよ。うちの家では見かけがすべてなんです。うわべが一応の標準に達しているかぎり、下にどれだけの汚物が隠れていようとどうでもいいんです」

「汚物というのは?」

「体面を汚すものすべてです。ぼくの父の父親は重度のアルコール依存症で——年がら年じゅう飲んでましたけど、母はみんなにパーキンソン病なのだとごまかしてました。祖父が逆上するとそれは怖くて、ぼくなんか震えあがってましたよ。十歳のとき、祖父はぼくの目の前で、飼っていた犬を蹴り殺したんです。ぼくは怖くて何も言えなかった……けど、それがあって祖父のことが心底嫌いになりました」

「彼はあんたのお祖母さんにも暴力をふるってたの?」

「たぶん。祖母は父が生まれたあと祖父と別れたので、ぼくは一度も会っていません——父もたぶんそうだと思います」

「お母さんのご両親は?」

アクランドは首をふった。「どちらにも会ったことないです。ぼくの知るかぎりでは、母が父と一緒になったころに一家はばらばらになったみたいで、二人はカナダへ移住しています……ばらばらになったのと移住と、どちらが先かはわかりませんが。母は両親のことが話題に出ると、そのたびカッとなっていた……だからいまでは誰も彼らのことは口にしません」アクランドはかがみこんで、こめかみをもんだ。「母はたぶん――」言いかけて、それきり口をつぐんだ。

「たぶん、なんなの？」

「なんでもありません」

「お母さんとはうまくいってるの？」

彼は答えない。

「それはノーってこと？」

「母は自分のやりたいようにやる人です。それが両親と仲違いした原因なのではと思うこともあります。彼らは父のことを認めていなかった。としたら、結婚をやめさせようとしたかもしれない」

「認めない理由は何？」

「たぶん父も、その父親と同じようになるのではと思ったんですよ」

「で、なったの？」

アクランドは首をふった。「逆です。父は祖父の失敗を埋め合わせることに自分の人生を費やしています」

「どんなふうに？」

「祖父がつくった借金を完済するために家を抵当に入れて限度いっぱいまで金を借り、それを元手に農場を経営して、なんとか成功させようとしてるんです。酪農でやっていこうとしてたんですが、牛乳の価格が下落して、収入よりは費用のほうが多くなってしまった。その時点でぼくは、農場を売り払うよう説得したんですが――」彼は肩をすくめて言葉を切った。

「どうなったの？」

「何をとち狂ったか、牛をやめて羊にしたんですよ。借金はかさむばかりです。抵当がはずれても、手元に残るのは敷地のどこかに建つレンガのちっぽけな家がせいぜいでしょう」

「それがなんでいけないの？」

「母は不満に思うだろうから」

ジャクソンは微笑した。「そんなんじゃ、かっこわるいってわけ？」

「まあそんなところです。どのみちそれではうまくいきませんよ。母はすぐさまご近所と軋轢《あつれき》を起こすでしょうから」アクランドはフロントガラスの向こうを見つめた。「父はいま、なんとかそこにいられるだけの収入は稼ぎだしていますけれど、はたしていつまでもつことやら」

「お母さんはそのこと知ってるの？」

「知らないでしょうね。知っていたら、父はごりごりやられてますよ」

＊

ジャクソンはその朝、チャールズが帰っていないのだとロバート・ウィリスに電話したとき彼と交わした会話のことを思った。「親の家へ帰ったってことはありうるでしょうか」とジャクソンは訊いた。

「それはないと思うよ。母親とうまくいってないし。もっとも、父親との関係についてはよくわからないけど。父親のことを話すときはもっと同情的だった……話はたいてい農場のことで、それを維持するのに父親は働きづめに働いてるって話だった」ウィリスの乾いた笑みが電話回線を通して伝わってきた。「アクランド夫人というのはどうやら有閑マダムのようだ……それがたぶんチャールズにすれば腹立たしいんだよ」

「ガールフレンドはどうです？　いまは憎み合っているという話でしたが、昔のよしみで彼を受け入れるってことはありうるでしょうか」

「ジェンが？　いや、それも考えられない。彼女のほうは場合によっては受け入れるかもしれないが、チャールズが頼むってこと自体がそもそも考えられないよ。彼女はチャールズがきみのところにいることを知っているのかい？」

「知らないと思います。彼に電話がかかってくることはないし、夜、わたしについてくるとき以外は、ずっと部屋にこもっているし」

「寝ているとき以外も？」

「そうなんです」ジャクソンはため息をついた。「デイジーとうまくいってないみたいで、それがことをむずかしくしてるんです。ばったり出くわすことがあっても完全に無視するから、デイジーとしてもそりゃいい気持ちはしませんよ」

ウィリスは少しためらってから訊いた。「彼女はどんなタイプ？　親切？　優しい？」

「とっても。もしかしたら彼はデイジーに気があるんじゃないかと、そんな気にもなっていま す」

「いや、それはないと思う。むしろ、彼女が自分を好きになってしまうのを恐れているんだと思う。彼は女性の気持ちが読めない。どう解釈したらいいのかわからないんだよ」

「前のガールフレンドのせいで？」

「彼女との関係のせいで。あるとき彼は、幻想《ファンタジー》に身をゆだねるという話をしていた。どういう意味かわたしなりに解釈すると、彼はジェンと一緒になり、二人で幸せな生涯を送るものと思っていた……ところが実際にはそうはならなかった」

「何があったんです？」

「それは話してくれなかった。だけど、経験にもとづく推測はできる。理由はいろいろあるだろうけど、大きくはジェンがその本性を露《あら》わにしたってことだと思う。そのことでチャールズは彼女に幻滅したんだよ」そこでちょっと言葉を切った。「ジェンはわたしに、関係を終わりにしたのは自分のほうだと思わせようとしていたが、それは本当ではないと思う。わたしはチャールズのほうから離れていったのだと九十パーセント確信しているよ。この女といたら自分は暴力的になってしまうとわかったときに」

「チャールズは病院で彼女の首に手をかけたってことでしたよね。そういうことがそれまでにもあったんでしょうか」

「婚約していたあいだの後半になって、不満がしだいにエスカレートしていったんじゃないだろうか。ジェンのほうだって黙ってはいないから、それが暴力を誘発したのかもしれない」

「どんな暴力を」

また、しばしの間があった。「わたしが知っているのは、もうひとつの事例だけだ。ジェンはとりわけ暴力的だったレイプのことをわたしに話していて、それは実際に起こったことだとわたしは思う。チャールズは二人のあいだであった何かをひどく恥じていた。その何かが、たぶんジェンの話していたレイプなんだよ。ジェンはセックスを男を操る手段にしていた――そのときの気分でさせてあげたり拒否したり――だから彼は、女というのは気持ちが読めない、となったんだよ」

ジャクソンは沈黙がしばらく続くにまかせた。いまのは初めて聞く話だった。「つまり、こういうことでしょうか」ジャクソンは皮肉っぽくつぶやいた。「チャールズは自分がしたくなったときに拒まれると力ずくで犯していた。そして……そんな自分がいやになって、婚約者を捨てた。そしていまはそのことを、人には言えないほど恥じている。そういうことなんですか?」

「いや、少し違う。きみはジェンがわたしに話したことを過大にとらえているよ。彼女が話したのは、一度のレイプのことだ。それは、前にも言ったように事実あったんだと思う……不満がエスカレートしていって、ついには力ずくで犯すという事態になった。それがあって、チャールズはきれいさっぱり彼女と縁《えん》を切った」

「いい気なものね」

「そうかもしれん。だけどジェンのほうにも非はあるんだよ。あの二人はそもそも、性格的に——すべての点で——合わないんだ。そのことに気づいたから、チャールズはすみやかにそこから抜け出そうとした、そうわたしは見ているんだ」

「先生の見方はチャールズに寄りすぎてますよ」ジャクソンは辛辣《しんらつ》に言った。「この話、なんで前に話してくれなかったんです?」

「ジェンの話が本当かどうか、判断する材料がなかったんだ。チャールズは何ひとつ認めてないし」

ジャクソンは釈然としなかった。「レイピストをわたしに押しつけるのはいいですよ——彼には体力を回復してもらわないといけないのだから——でもそれと、デイジーを彼の視界内に置くのとは、また別の話ですよ。もし彼が、親切にされるのを性的な誘いと誤解したらどうなるんです?」

「たぶんそれが、彼がデイジーを避けている理由だよ」ウィリスはあっさりと言った。「彼は誘いに乗って、また新たな関係に引きこまれるのだけは避けたかった」彼はすぐに言葉を継いだ。「わたしは何も、きみのパートナーが親切心以外の気持ちから彼に優しくしていると言っているんじゃないんだよ——チャールズにもそんな気持ちはない——それは確かだけれど、チャールズは、体に触れることで共感を表す女性には、ひどく警戒的になるんだよ」

「いまのはまったく答えになっていません」

「そうだな」ウィリスは言葉を切って考えを整理した。「もちろん百パーセントの確信があるわけではないけれど、デイジーがチャールズに何かされるのを心配する必要はまったくないとわたしは思う。チャールズがまぎれもない反感を示した女性は二人、彼の母親とジェンだけだ……そしてどちらも、自己愛性人格の特徴を見せている。実際、彼がそもそもジェンに惹かれたのも、母親との経験に起因しているのかもしれない」ウィリスはそこでまた長い沈黙に沈んだ。

「つづけて」とジャクソンがうながす。

「ジェンの性格はチャールズには慣れ親しんだものだった。その親しみを彼は愛と勘違いしたんだ。二人が知り合った初期の段階では、彼は、自己愛がどういうかたちで表れるかの認識すらなかったと思う。女性的魅力といったものを期待していなかったのは確かだ」

*

ジャクソンは右折する車列の最後尾に車をつけた。「ご両親はどういう間柄なの？」と、アクランドに尋ねる。

「結婚して三十年です」

ジャクソンは小さな笑い声をあげた。「それってどういう意味よ。二人はこのうえなく幸せな結婚生活を送っている……それとも、ほかにいい人が現れないから仕方なく我慢して暮らしている？」

アクランドは肩をすくめた。「訊いたことないから」

ジャクソンは彼を見やった。「うまくいっていたら、訊かなくてもわかるんじゃない？」

「ぼくにはわかりません」

「どうして」

「うまくいっているというのがどういうことかによりますから」

「わたしはふつう、夫婦間でどれだけ意思の疎通があるかで判断するの。二人が互いを興味深い人だと思えば、自然と会話が生まれるものよ。情報を交換し……ユーモアのセンスを共有し……自分が好きなものを相手にも楽しんでもらいたいと思う。この仕事で、うまくいっていない夫婦は何組も見てきたけど、そういう人たちって、たいてい互いに相手を避けていて、口をきかないの」

「たえず言い争っているよりはいいじゃないですか」

「そうとはかぎらないのよ」ジャクソンは異を唱えた。「人によっては、口げんかもコミュニケーションのひとつなの。それはまた、二人が対等の立場で向き合っているということでもある。一方がもう一方に怖くて何も言い返せないようなカップルに出会うと、わたし、この二人、大丈夫だろうかって気持ちになるよ。支配的な人は虐待的でもあるって状況をこれまでいやというほど見ているから」

アクランドは何も言わなかった。

「あんたのご両親は口論したりする？」

「誰もいないところでなら。子どものときは、激しくやり合っているのをしょっちゅう聞いていましたよ」

「それで、自分の場合は口論などしたくないとなったってわけ？」

「そうです」

「そういうことが可能だと思う？」ジャクソンは訊いた。「女はこの三十年でずいぶん変わったのよ。最近の女は、何かに承服できないと思ったら黙っていないで言い返すの」彼女はハンドルを切って、信号が変わる前に道を折れた。「あんたも自分の意見がいつでも通ると本気で思っているわけではないでしょう？」

「ええ」

「なら、そういうときはどうしたって口論になるじゃない」ジャクソンは淡々と言った。「デイジーとわたしはたいていのことでは意見が一致するけど、ときには本気で激しく言い争うこともある……そして、それはそれでいいと思うのよ。彼女にとって何が本当に大事なのかがわかるから」

「相手に逆上したりもするんですか？」

ジャクソンは首をふった。「そうはならないね。声は荒らげるし、怒って部屋を出ていったりすることもあるけど、怒りのあまり頭が真っ白になることはない」

「どっちが勝つんです？」

ジャクソンはちらと面白そうに彼を見やった。「どっちだと思う?」

〝あなた〟と言いかけて、考え直した。「デイジー」

「いつもね」と彼女は認めた。「わたしにはデイジーのような根気がないの。彼女は必要とあらば一か月でも問題を終わりにはさせない。あんたのお母さんもそんな感じ?」

質問が来るとは思ってなかったアクランドはふいを衝《つ》かれ、「そこまでは行かないですよ」と思わず素直に答えていた。「父はとうの昔に母を怒らせるようなことを言うのはやめてますから」

その言葉をジャクソンは興味深く思った。「ご両親はしょっちゅう言い争っていたんじゃなかったっけ」

「ぼくが子どものときだけです……もうそうじゃない」

「では、激しくやり合っていたというのは冗談ではなかったってこと? あんたが聴いていたけんかは、口だけのものではなく手も出ていたってこと?」彼女はしばらく間を置いたが、アクランドがなんとも答えないので言葉を継いだ。「手を出していたのはどっち?」沈黙。「あんたが使った言葉からすると、お母さんのほうがお父さんより怒りっぽいような気がするけど」

「そう言ってもいいです」

「その血をあんたも受け継いでる?」

彼はジャクソンのほうを振り返り、「ぼくは母親とは違いますよ」と無表情に言った。

ジャクソンは肩をすくめた。「では、お父さんに似て争いを避けるほう?」

「そうです」と語気強く言う。

「でも、パブでラシド・マンスールとやり合ったときは一歩も引かなかったじゃない」ジャクソンは指摘した。「彼に激しく向かっていってたよ」

「ぼくにかまうからいけないんです」

「ほうっておけばよかったわけ？　お父さんがいまお母さんにそうしているように」

　無言。

「あんた、もしかして物事を逆にとらえていない？」ジャクソンは軽い口調でからかった。

「怒らせたのはお母さんで、カッとなって殴りかかったのはお父さんだったってことはない？　もしお父さんがいまは争いを避けているとしたら、それはたぶん、彼が怒りをコントロールするすべを学んだからよ」

　アクランドはうつむいて、親指と人差し指を鼻梁《びりょう》に押し当てた。「父が何があっても怒らないのは、どうしようもない意気地なしだからです」そう吐き捨てるように言った。「一度、母に包丁を振りまわされて、腕から血を流しながら車で救急病院に駆けつけたことがありました。帰ってくると、ぼくには、有刺鉄線でうっかり切ってしまったのだと言うんです。情けなかったですよ。父はいつもそうやって母をかばってました」

「たぶんあんたを守ろうとしたんだよ」

「その後、父は、すべてが閉ざされたドアの向こうで起こるようにし……それからぼくを寄宿学校へ追いやった。ぼくと父は母のまわりで無意味な争いをしてたんです。その結果母は、なんでも自分の思いどおりにできるようになった」

「そのことでお父さんを軽蔑してるの？」

「そうです」彼はこぶしを開いたり握ったりして関節を鳴らした。

ジャクソンは内心では彼に同情していた。親としてのロールモデルのうち、優しいほうに敬意を抱けないとしたら、彼のようになるのもわかる気がする。もしかしたら、彼の母親との問題は、彼女の強さへの混乱した賞賛の念からきているのではないかとすら思った。「だけどね、チャールズ、虐待の連鎖を断ち切るのは容易なことではないの。もしあんたのお父さんが、アルコール依存症で妻に暴力をふるうような男を父親として育ったのだとしたら、いま自分の妻からおなじような扱いを受けながらそれに耐え……さらに、今後はもうそんなことが起こらないようにしているというのは、よほど自分を律していないとできないことよ。大半の人はすごいと感心すると思う」

「ぼくは違います。いいようにされるのが好きでなければそもそも母と一緒にはなっていません」

「知らなかったのかもよ……お母さんのご両親に、この結婚はやめたほうがいいと忠告されていたならべつだけど——」ジャクソンは小さく肩をすくめた——「もしかしたらそれが、お母さんが両親と決別した原因なのかも。でも、仮に忠告したとしても、お父さんは本気にしなかったんじゃないのかな。お母さんと親との関係は、お父さんとのそれとはまったく違っていたのよ」

アクランドは頑固に首をふった。「父はけっこう長く父親のもとで暮らしていました。意を決して立ち向かう気概があれば、母にも同じようにしていたでしょうよ」

「それがジェンに対してあんたがしようとしたことだったの？」

その質問は返事がないまま宙に浮いた。

「あんたはどうも、親のうちのどっちを見習うか、心を決めかねているみたいだね」ジャクソンは続けた。「誰がボスかを証明するのが大事か……それとも、虐待が手に余るようになれば黙って立ち去るか。ジェンを痛めつけるのって快感だった？」

アクランドはしばしジャクソンを見つめた。「母を痛めつけたときほどではないです」そう言うと、顔をそむけ、窓外に目をやった。

19

血色を失い、点滴とモニターにつながれたウォルターは、意識を回復した生身の人間というよりは大理石の人型《ひとがた》のようだった。目を閉じて横たわっていて、シーツの胸のあたりがかすかに上下するのだけが、生きていることを示している。付き添いの看護師の、はっきりした声で話してくださいというささやきを合図に、ジョーンズはベッドにかがみこんだ。「聞こえますか？　ミスター・タティング。わたしは警官です。ブライアン・ジョーンズ警視」

「叫ばんでもいいよ。耳は聞こえるさ」老人は目を半開きにした。「しかし、ものはあまりよく見えんな。もうひとりのほうは誰だ？」

「ニック・ビール警部です……ロンドン警視庁の。あなたが襲われた事件の捜査に当たっています」

「やっとおでましか。わしはいったいなんのために税金を払っているのかと思ってたところだよ」

ジョーンズは微笑した。「何があったか覚えてますか？」

「男がわしに襲いかかってきた」

「その男、誰だかわかりますか？」

老人の唇が考えを咀嚼《そしゃく》するかのように動いた。「アイパッチをした男だ」と、突然つぶやく。

「防ぐ間もなかったよ……鍵を出そうとしていたら、後ろに来ていて」

「銀行で言葉を交わした男ですか?」

「そいつだ」

ジョーンズはいぶかしげな目をビールに向けた。「本当にその男だったか、間違いないですか?」ビールが訊いた。「襲ったやつの顔、はっきり見たんですか?」

老人の青筋の浮かんだまぶたがまた閉じられた。「見たさ、はっきりと……銀行からあとをつけてきたんだよ、わしが金をおろしたのを知ってて……あくどい野郎さ」

「それ、間違いないですか? さっきはものがあまりよく見えないと言ってましたが」

ウォルターの口がまたもぐもぐと動きだし、何やらつぶやいたが、それは聞きとれなかった。

「頭をガツンとやられたから、杖で追っ払ってやった」

ビールはちょっと考えてから言った。「それは家の中でですか。それとも外? 男を中に入れたんですか?」

その質問に、老人は不安になったようだった。小声で何やらひとり言をつぶやいていて、そのなかで確か、ばかな年寄りが……エイミーには、言うな、と言ったようにビールは思った。

「外だ」

「確かですか? ミスター・タティング。目撃者の証言によれば、あなたは銀行では杖は持っていなかったってことですが」

老人の口が激しく動いた。「思いだせない」

「娘さんから、人をむやみに家の中に入れてはいけないと注意されていませんでしたか？」

「そんなことはせんさ……それぐらい心得とるよ」

「あなたはご自宅からゲインズバラ・ロードをはさんだ真向かいの、店舗の戸口で倒れているのが発見されました。なんで道路を渡ろうと思ったんです？　自宅のある側では助けてあげようとする人がいなかったんですか？」

「ちょっと距離があった」

こんどはビールが当惑した顔を上司に向ける番だった。「あなたと犯人とのあいだに？」

「そうだ」

「なんで自宅から警察に通報しなかったんです？」

「ドアを開ける気はなかった……よほどのバカでなきゃ、そんなことはせんよ」

ビールが、いまの発言は事実と矛盾していると指摘しようとしたとき、ジョーンズが割って入った。「あなたはたいそう勇敢でしたよ、ミスター・タティング。そのお歳で、自分より若く、体も大きい相手に立ち向かっていく人なんてそうはいません。その男、何を使ってあなたを襲ったんでしょう。それがなんだったか覚えてますか？」

「何か重いものだった」

「そいつを怒らせたかもしれないようなことを何かした記憶はありますか？」

「そんなに払う気はないと言ってやった」

「金を要求されたんですか?」

ウォルターの目がぱちっと開き、そこに恐怖が浮かんでいるのを、警視も警部も見たような気がした。「じゃあ、あれの言うとおりだったのか?」

「それはわかりません。あれというのが誰で、なんと言ったのかによりますから」

老人は懸命に意識を集中しようとした。「エイミーが……ばかな年寄りだった……」

ジョーンズはやれやれというように首をふった。「われわれはあなたが、この犯人が襲った四人目の被害者だと見てるんです。そして、先の三人は亡くなりました。あなたがいまも生きているのは、ひとえにあなたが抵抗したからです」そこでちょっと言葉を切った。「あなたがもし、自分が話したことが娘さんに伝わるのを恐れているのであれば、それは絶対にないとわたしが保証します。あなたは、われわれにある、唯一の目撃者なんです。あなたの証言は、われわれにとってはきわめて重要なんですよ」

あまりにも多くの重要事項がありすぎて、老人には吸収しきれなかった。「わしはなんもいけないことはしてない……誰にももうドアは開けない」

ため息を押し殺してジョーンズはもう一度試してみた。「あなたは相手になんとか反撃できたんですか? 相手の体のどこかと接触した記憶はありますか?」

ウォルターの口がまたもごもごしはじめた。「骨と皮……まるでナナフシだ……学校で科学の時間に観察させられた……あれは好きになれんかった」目にまた恐怖の色が浮かんだ。「エイミーには言わないでくれ」

＊

「さっきのはどこまでが認知症で、どこまでが鎮静剤の後作用なんですか?」ジョーンズは病室の外で看護師――師長に訊いた。「明日には、もう少し頭がはっきりしているでしょうか」

師長は肩をすくめた。「なんとも言えませんね。薬の作用が徐々に薄れるようにもっていきましたから、三時間か四時間前には完全に覚醒していました……ですから、理論的にはすでに効果はなくなっているはずなんです」

「推測でいいんですが」

師長は顔をしかめた。「いまごらんになったのが彼のベストの状態ですよ。意識を回復した当初に比べたら、あなたと話していたときははるかに明晰《めいせき》でした」ちょっと考えて、「参考になるかわかりませんが、彼がわたしに最初に発した言葉は、『エイミーには言うな』で、それ以後、何度も口にしています」

「エイミーに知られたくないこととは何なのかわかりますか?」

「はっきりとはわかりません。でも娘さんは気性のきつい人で、あの方が運ばれてきたときからずっとわたしたちにがみがみ文句を言っていました。きっと父親に対しても同じなんだと思います。なんならもうひとつ、推測を披露しましょうか――」そう言って笑みを浮かべた――「間違っていてもかまわない、というのであればですが」

「どうぞ」

「彼が繰りかえし口にしている言葉がほかにもあって、『ドアを開けてはいけない』というのと、『ばかな年寄り』というのがそれなんですが、その三つは関連しているとわたしは思うんですよ。警視さんにも同じようなこと言ってましたよね。わたし、彼は娘さんから知らない人を家の中に入れてはいけないと口うるさく言われてたんじゃないかと思うんです。だからいまは、それを守らなかったために不安でそのことばかりが頭の中でぐるぐるまわっているんです。ドアを開けてはいけない……エイミーには言うな……ばかな年寄り」

「で、それが彼を襲った犯人だってことですか？」

「わかりません。それは彼がどれくらい他人を家の中に招き入れていたかによります。もしかしたら、その不安は何か月も彼の頭を占めていたかもしれない」

「もし娘さんが彼に怒らないからと保証したらどうでしょう。そしたら彼は話すでしょうか？」

「ドアを開けたってことをですか？　どうでしょうね。それは老年精神医学の専門家に訊いてみないと」

「推測でいいんですが」

「たぶんだめでしょうね。彼が恐れているのが娘さんであれば。専門のセラピストにゆだねたほうが可能性は高いと思いますよ」そこでまたちょっと考えた。「でもなぜそこにこだわるんです？　ウォルターは誰がやったかについては混乱していない。これこれこういう人だったと、具体的に話していたじゃないですか」

「本当のことを話しているならね。襲われた場所についても彼は嘘をついてますから」

「それはただただエイミーが怖いからですよ」

ジョーンズは考えこむ顔で頬をさすった。「それは認知症ではよくあることなんですか？　真実から嘘に苦もなく頭が切り替わるっていうのは。整合性のある話にするにはある程度考えないと無理なんじゃないかと思うんですが」

ビールが身動きし、「彼は最初のころはかなり頭が働いていたようでしたよ」と、指摘した。「なんのために税金を払っているのかと冗談まで言っていました」

師長は不安そうだった。まるで、自分の管轄外のところへ踏み出すのを促されていると感じているかのようだ。「専門家に相談なさったらどうです」彼女は二人に言った。「わたしの認知症に関する知識といえば、タバコのパッケージの裏に書ける程度しかないんですから」

「それでもわれわれよりは多いですよ」ジョーンズが物柔らかに言った。「ウォルターの言ったことの一部は本当だけど、残りはそうでないと考える理由は何なのか、話していただけませんか？」

「どう言ったらいいのか――」彼女は考えこんだ。「では、警視さんの最初の質問に答えますね。警視さんは、認知症の患者は故意に嘘をつくことができるかとお尋ねでした……答えはイエスです、もちろんできます。認知症がどれだけ進んでいるかによるし、ウォルターのように何か隠したいことがあるかにもよりますけど。人間を三つの年齢層にわけて言えば、弱い存在である高齢者は、きつい叱責を受けるんじゃないかと不安になれば、子どものような嘘をつくんです」

「ではなぜウォルターは、アイパッチをした男については嘘をつかないんです？」

「その必要がないからですよ。襲ってきた男のことを話しても、娘さんが彼に怒ることはない。彼を不安にしているのは、男を中に入れたことであって、それが誰であるかは関係ないんです」警官二人の無表情な顔を見て言葉を継いだ。「わたしはべつに、自分の見方が正しいとは言ってませんよ」

ジョーンズはうなずいた。「実際、アイパッチの男が犯人でないことは、すでに確定してるんです。ウォルターはその点についても嘘を言ってるんですよ」師長の唇がいらだたしげに引き結ばれる。「すみません。あなたをひっかけようとしたんじゃないんです。ただ、なぜウォルターの証言のその部分は説得力があると思ったのか、それに興味を引かれたんです」

「彼はその点についてはなんの不安も感じていないみたいだからです」

「それは警視が、犯人を挑発するようなことを何かしたか、もしくは言ったかと尋ねるまでのことです」ビールが横合いから言った。「そのあとすぐに、ナナフシがどうのと言いはじめました。あれは何なんですか？」

師長は首をふった。「その質問は専門の方になさってください。上級専門医に都合をきいてみますよ。彼らなら、わたしよりずっと確かなことをお話しできるでしょうから」そう言って師長は行きかけたが、ジョーンズが行く手をふさいだ。

「あともうひとつ……それからどうぞご心配なく」となだめるように手を上げる。「訊きたいのは医学的な所見ではなく、個人的意見ですから。あなたはウォルターの娘さんをきつい人と言ってましたね。ウォルターを襲った犯人ですが、彼が、娘に怒られるのが怖くてべつの誰かだったようなふりをするぐらい娘には知られたくない相手とは、いったいどういう人物なんでしょう」

師長は腕の時計に目をやった。「あと数分ここにいらしたら、本人に直接訊けますよ。ウォルターの意識が回復したと連絡したら、六時ごろにはそちらに行くとおっしゃってましたから」

「それでもやはり、あなたの意見は聞いておきたい」

思いがけないことに、師長は声をたてて笑った。「若い、きれいな女」と、ふざけた調子で言った。「もっとも、あのおっかない娘さんは、そうとは認めないでしょうけどね。警視さんが、自分たちが捜しているのはミニスカートをはいた少女だと言えばべつですが」

*

ジョーンズは手帳を出し、白紙のページまで繰って何やら書きつけた。「きみの母親は何歳だ?」とビールに訊く。

「五十七です」

「自分の人生に満足している?」

「いえ、そうでもありません」

「子どもたちは？　何歳だっけ」

「七歳と五歳です」

警視は面白がるような目でビールを見やった。「いい答えだ、ニック。それできみが鬱屈《うっくつ》した五十ウン歳の話を聞くのに向いていることがわかるよ、おれが向いているのは小生意気なティーンエイジャーだ」彼は手帳から書きこみしたページを破りとってビールに手渡した。「おれはベンを受け持つ。きみはミズ・タティングだ。そこに書いてある質問に答えてもらうことができたら道が開けるかもしれんが、まずはまわりから攻めていくことだな。いきなり要点に入るのではなく」

ビールはジョーンズの書いた質問事項に目を通した。ウォルターは売春婦を買っているか。どこで相手を見つけるのか。それをするようになってどれくらいか。決まった相手はいるのか。

「ありがたいかぎり」彼は辛辣《しんらつ》に言った。「八十二歳の老人の性習慣のことをその娘から聞き出すにはどうすればいいのか、何か助言をいただけますかね。しょっちゅうやっていることではないんで」

「想像力を働かせることだな」ジョーンズはポンと彼のもっとも頼りとなる部下の背中を叩いた。「それと、話を聞くのは彼女が父親に会う前にすること。襲ったのはチャールズ・アクランドだという考えを吹きこまれたら、売春婦のことなどおくびにも出さないだろうから」

ビールは廊下の椅子に腰をおろし、同僚に電話して、エイミー・タティングには前回どんな質問がなされたかを確認した。たいしたことは訊かれていない、というのが答えだった。「ひどく動揺していたから、突っこんだことは訊かなかったんだよ」ほとんどはウォルターの毎日の習慣に関することで、どれくらいの頻度で父親を訪ねているか、その日の彼の行動について彼女が知っていること、自宅から押収した品目のリストと彼の友人・知人のリストの確認、などだった。

父親の物忘れがひどくなっていることは口にしていたが、むやみにドアを開けるなと厳しく言い渡しているという話は出なかったという。その同僚によれば、彼女は〝すごく気を張っていた〟が、彼がそう思ったのは、ふいにわっと泣き出して、兄弟のことを、父親のめんどうをみるのに少しも手を貸してくれないとののしったからだった。「彼女は個人秘書としてフルタイムで働いていて、自分だけで対処するのはもううんざりだと言っていたよ」

ぱりっとした身なりの中年の女性がスウィングドアから現れると、ビールは椅子から立ち上がった。「ミズ・タティング?」相手がうなずくと、握手の手を差し出した。「ニック・ビール警部です。お父様のところへ早く行かれたいでしょうが、五分ほどお時間をいただけないでしょうか。廊下の向こう側の部屋を使ってもいいと、師長のお許しを得てますので」ビールはすまなそうに微笑した。「重要なことなんです。そうでなければお願いはしません」

彼女はきれいに整えた髪に控えめな化粧の、型通りではあるがきちんとした印象の女性だったが、口の両端には深いしわが刻まれていて、そのしわは、口角が上がるよりも下がることが多いことを示唆《しさ》していた。いま、笑みは浮かんでいない。「あなたがおっしゃるとおりの方だとどうしてわたしにわかるんです？　嘘かもしれないじゃないですか」

ビールは身分証を出した。「師長さんの部屋に電話がありますから、なんなら電話で確認なさってください」

彼女は関心なさそうに身分証を返してよこした。「知っていることはすでに全部、警察にお話ししました。あと五分話してなんになるんです」

「できたら誰もいないところで話を聞かせていただきたいんですよ。ミズ・タティング。お父様が話したことでいくつか腑《ふ》に落ちない点があるんですが、きわめて微妙な事柄ですので」

彼女は悲しげに眉を寄せたが、ビールに促されるまま廊下を師長の部屋に向かった。「父の言うことを全部まともに受け取ってはだめなんです。つい二週間前にも母の名前を忘れて……エラだと言い張るんですが、それは義理の妹の名前なんです。翌日には思いだしたんですけど、そのときはいくら言ってもだめでした。父は、間違っていると言われるのがいやなんです」

ビールは部屋のドアを閉め、彼女にかけてもらうよう椅子を引き出した。「エラはその日、お父様を訪ねていたんですか？」

「まさか。彼女と弟はオーストラリアに住んでいるんです」

ビールは同情の笑みを浮かべて見せながら、もうひとつの椅子に腰をおろした。「もうひとりの弟さんはどうです？　その方の住まいは多少とも近いんですか？」

「マンチェスターです……でも、オーストラリアに住んでるのと変わりませんよ。父はこの一年、その弟には会っていません。日曜日にあたふたとやってきましたけど、家がどうなっているかが知りたかっただけ……父のそばに少しでもいてあげようという気はなかったんです」彼女はバッグの留め具をいじるともなくいじくった。「七時までにはマンチェスターに戻らないといけないから時間がないのだと言ってましたけど」

「いつものように、あとはすべてをあなたに背負わせたんですね？」

彼女はうなずいた。

「大変ですよね。週に四十時間働き、なおかつ自分の生活もあるんですから。弟さんたちは、父親の行動を把握しておくのがどんなに大変か、わかっておられるんでしょうか」

エイミー・タティングは簡単に乗せられる相手ではなかった。不審そうにビールの目を見て、「父はどんなことを言ってるんです？」と訊いてきた。

ビールはためらった。「問題は何を言ったかではなく何を言ってないか、なんですよ、ミズ・タティング。何かの心配事が頭の中でうずまいているみたいで、三つのフレーズ……『ドアを開けてはいけない』……『エイミーには言うな』……『ばかな年寄り』を、何度も繰り返し口にしてます」ビールはテーブルの上で手を組んで、女を見つめた。「われわれは、お父様が怖がっているのはあなただと見てるんです」

とたんに彼女の口角がきゅっと下がった。「それはわたしが、意思決定能力なしの認定をもらって施設に入れると脅《おど》したからですよ。もう頭にきてるんです。地方税を滞納し、ガス料金も前四半期から未払いのままほったらかし」彼女はすすりあげるように息を吸った。「父はわたしが払うだろうと思ってるんです。でも、なぜわたしが払わなきゃいけないんです？」

ビールも同感だった。「お父様は公的年金で暮らしてるんですか？」

「それと、拠出《きよしゆつ》年金にも入っていたのでそちらからの給付もあるんですが、いくらあるのか言わないんです。印刷業者として四十年間働いていたので、少なくはないはずなんです」当然、彼女は怒っていた。「書類は全部、鍵のかかるところにしまっているので、調べることもできません……でも、いつだってすべてを賄《まかな》えるだけの現金があったためしはないんです。わたしを法定後見人にしてくれと何度も頼んでいるんですが、そのたびに父は――」ふつりと彼女は言葉を切った。

ビールは沈黙が続くままにしておいた。これだけいらだっていたらそのうちまた彼女の方から話しだすだろうと踏んだのだ。

「ほんとにばかげてるんです。父の問題を解決するには、保護裁判所でわたしを父の法定後見人に指定してもらうしかないんですが、それには父に自分で財産を管理する能力がないことを認定する医者の証明書が必要なんです。でも父のかかりつけ医はそれを出してくれない。その医師は、父の認知症は比較的軽いもので、今後もそれ以上悪化することはないだろうと言うのです」そこで言葉を切った。「どのみち時間の無駄でしかないんでしょうけど。保護裁判所に持ちこんでも、弟二人は裁判所から知らせが来たとたん反対するでしょうから」彼女はふたたび黙りこんだ。

「どうしてです？」

エイミーは苦々しげな笑みを浮かべた。「あの人たちは、自分がどれだけ相続できるかにしか関心がないんです。父が年金をどれだけ浪費しようが苦にもならないけれど、家の資産価値は父が一九七〇年に買ったときの二十倍には跳ね上がっている。その家を売って老人ホームの費用を賄うということがないかぎり、わたしがどれだけ苦労しようがどうでもいいんです」

ビールは彼女のがくりと落ちた肩を見ながら、どこまで単刀直入に切りだしていいものか思案した。「お父様は年金を何に使っているのか、話されたことはありますか？」

質問の意図を誤解したのか、それとも、ビールのためらいがちな口調から彼はすでに答えを知っていると思ったのか、彼女の顔をあきらめの色がよぎった。「そのこと、新聞に出るでしょうか」

「いまの時点ではなんとも言えません」

「ほんとにぞっとするんですよ。なんで八十二歳にもなる年寄りがそんなことをしようって気になるんだか。母が死んでまだたったの二年なんですよ」

「だからなのかもしれません」ビールは言った。

「父はたぶん、彼女たちとはべつに何もしていないと言ったんでしょうね……寂しかったから、ときどきおしゃべりしたかっただけだと」彼女は返事を待たずに続けた。「でもそれは嘘です。

その人たちはみな、父と遊べば遊ぶだけ、懐《ふところ》が豊かになると知っていたんです。精液の入ったマグカップを、何度見つけたことか。吐きそうになりましたよ」

「やってられないですね」

「父はその人たちにお金を払ったとしても、惚《ぼ》けてて覚えてないんです。女たちからすれば、最初に前金で払わせ、最後にまたお金を要求すればいいんです……そして父は、言われるがままに財布から出しつづける。バーモンジーで父はお金をせしめるのにもっとも簡単な相手のはずです。わたしは医者に言ったんですよ。うちの父はこの地域の売春婦にとって都合のいい現金自動支払機になっているって……そしたら彼はなんと言ったと思います?」口の端の怒りのしわが、さらにぐいと深まった。「『それも、お父上の前立腺には悪くないかもしれませんよ』」

20

その晩最初の往診を終えると、ジャクソンはジェンに関する問い詰めを再開する心積りで車に向かった。着いてみると、アクランドはいつものように車にもたれかかっていた。「なんともだらしない格好だね」ジェンについて話させるという再度の試みはいったんお預けにして、ジャクソンは辛辣《しんらつ》な言葉を投げかけた。「不精ひげを生やしたゴリラを引き連れるのは、わたしのイメージにはマイナスでしかないんだけど」

アクランドはひげの伸びた顎をさすった。「こんな格好で現れたら、デイジーはぎょっとするでしょうね」

「あんたのこと、まるでストカーだと言ってるよ」

「知っています。きのうの朝、キッチンで二人が言い争っているのが聞こえましたから。それで、ここはしばらく二人だけにしたほうがいいと思ったんですよ」

何を言っても答えが即座に返ってくる。「立ち聞きするなんて悪趣味だよ」

「そんなことはしていません」彼は穏やかに言った。「デイジーの声は怒るとかん高くなるから、いやでも聞こえてくるんです」

「いまの状況、彼女にすれば心穏やかじゃないのよ」

「それは、初めてことが逆転したからでしょう」

ジャクソンは眉を寄せてアクランドを見た。「どういうこと？」

「ぼくがあなたといる時間が多すぎる。そんなはずではなかったのに、ってわけですよ。彼女は妬いてるんです」

「あんたに？」ジャクソンは驚いたような笑い声をあげた。「かんべんしてよ！　デイジーは前に、ちょっと変わった女に嫉妬してたことはあるけど、男になんて、そんな気持ちはよぎりもしないわよ」

アクランドは微笑に近いものを浮かべた。「男か女かは関係ないんです……要は、注意が誰に向いているか、なんですよ。彼女があなたを用心棒として呼ぶとき、あなたに期待されているのは相手を怖がらせることです。あなたが帰ってくるたびしっぽを振りたてるような犬はさっさと放り出しますよ」

「あんたいつから精神分析医になったの」

アクランドは肩をすくめた。「もしそのほうが気が休まるなら、ぼくは喜んで一日じゅうデイジーのおっぱいを見つめてますよ。パブに来る男たちはみなそうするものと思われてるんでしょう？」

「彼女は好きでそうしてるわけじゃないの」ジャクソンはいらだたしげにドアのロックを解除し、ドクターバッグをトランクに入れた。「商売上、そうしてるだけよ」

「じゃあ、話はこれで終わりですね」アクランドは挑発するつもりでわざとしているのか、運転席のドアを開けた。「ぼくはジョギングで帰ります。帰ってファン・クラブに仲間入りしますよ」

ジャクソンは彼をにらみつけながら、ゆっくりと運転席に腰を下ろすと、「乗って」と、助手席の方に顎をしゃくった。「あんたがデイジーのおっぱいをじっと見つめて彼女を死ぬほど怖がらせるくらいなら、わたしにべったり張りつかせておくほうがましよ」彼がボンネットをまわりこんで助手席に乗りこむと、言葉を継いだ。「いったいこれはなんなの？　あんたがデイジーを嫌うどんなことを彼女はしたの？」

「何も。話は逆ですよ。彼女がぼくを嫌ってるんです」

「二人ともほんと、どうかしてるよ」ハンドルにかたかた指を打ちつけながら、ジャクソンはいらだたしげにため息をついた。

アクランドはまた肩をすくめた。「ほんとのことを言えば、ぼくは彼女が怖いんですよ。彼女の服の着方がぼくにはどうにも落ちつかないし……髪をいじくるしぐさもそうです……そして、彼女が人の体に触れるその手の置き方にはとても耐えられない」

ジャクソンはアクランドに顔を向けた。「彼女を傷つけるようなことをするほど？」

「ぼくに触ろうとしたら、するかもしれません」アクランドはシートベルトを締めながら、正直に言った。「だから、彼女を避けてるんです」

＊

ビール警部はベン・ラッセルの病室のドアのガラスパネルをとんとんと叩いて警視の注意を引き、彼が出てくるのを外で待った。同僚の制服警官が窓際でメモをとっているのがちらと見え、やがてボスのいらついた顔が、閉めたドアを背に現れた。「あの小僧、イエスかノーでしか答えないうえ、弁護士の野郎がことあるごとに口をはさむんだよ。いかにも病人でございって顔した小僧があくびをするたび、そろそろ終わりにしようと脅《おど》しやがる」彼はドアから数歩離れた。「何かいいニュースを聞かせてくれ」

「売春婦については、ボスの勘が当たってましたよ。娘さんの話が信用できるとしたら、ウォルターはこの少なくとも六か月、南ロンドンで商売している女たちのほとんどを家に迎え入れています。その女たちを実際に見たことはないから、名前は知らないし、どんな女なのかもわからないけれど、そのなかの六人は彼女の父親をいい金づると見ていたのは間違いないと断言しています」

「女たちを実際には見てないのに、どうして人数を言えるんだ?」

「ウォルターが口をすべらせたんですよ。娘さんが、麻薬中毒の売春婦がお父さんのことを気にかけてると本気で思ってるの、となじったら、ひとりじゃない、六人はいるぞ、と言ったんだそうです」

「なんで彼女はそのことを前に言わなかったんだ？」

「例によって、訊かれなかったからです」ビールは手帳のページをめくりながら言った。

「……彼女はそれが重要なことだとは思わなかった……父親が、自分を襲ったのは男だと証言したと彼女は思っていたんです」ビールはあるページを開いた。「わたしが、お父上の自宅で採取された指紋はどれも警察に記録があるものとは合致しなかったという話をし……それから、お父上が、ロンドンで有罪判決を受けたことのない売春婦だけを六人選んだというのはちょっと考えられないんですがと疑問を呈すると、彼女はこう言いました――『わたしが父に、自分でちゃんと後始末をしないんなら、もうここへは来ないから、と言ったんです』」

「それで、売春があったという証拠は？『娘さんの話が信用できるとしたら』ってことだったが、聞けたのは推測だけなのか？」

「ウォルターは女たちに金を払っています。ミズ・タティングによれば、彼はひどく耄碌《もうろく》していて、一回のサーヴィスに二回か三回金を出しているとか。ひとりか二人には暗証番号も教えているんじゃないかとすら思うそうです」

「ほかには？」

「最近のウォルターがどんなにむかつくかの事例をいくつか」ビールは声を努めて平板に保った。「ザーメンの入ったマグカップ……汚れた下着……ズボンの前立てのあたりに残る安香水のにおい……流しに捨てられたタバコの吸殻。どうやら彼はミズ・タティングの前で、彼女が誰だかを忘れて自慰までしていたようです」

ジョーンズはいとわしげに顔をしかめた。「それ、ほんとなのか?」

「そう思いますよ。お金のことで父親と激しく言い合ったことがあったとかで、そのとき彼は、お金は女を買うのに使ったことを否定しなかったそうです……自分の金だ、何に使おうがおれの勝手だと言って。明日、彼の銀行口座を調べる予定です。この六か月でいくら引き出されているか」

「なぜ六か月なんだ?」

「ミズ・タティングが未払いの請求書の束を見つけたんですが、いちばん古いのが二月なんです。未払いはもっと前からのことかもしれません。彼は二年前に奥さんを亡くして以来、ずっと変だったと彼女は言っています」

「性的に活発になっていたってこと?」

ビールは肩をすくめた。「少なくとも、性的に好奇心満々にはなっていた。去年からの電話料金の請求書があって、それを見ると、ウォルターは四半期で五百ポンド、0900(アダルト系のチャットルームにつながる番号)への支払いを溜めていたそうです」

ジョーンズは眉を寄せた。「なんでそれにわれわれは気づかなかったんだ? 0900の番号があれば、何日も前にピンと来てただろうに」

「ウォルターが全部捨ててしまったんですよ。ミズ・タティングに、意思決定能力なしの認定をもらって施設に入れると脅されたときに。それが二週間か三週間前のことです」

「彼女は売春婦のことをいつごろから知っていたんだ?」

「確信したのはそう前ではないです。せいぜいひと月……未払いの請求書を見つけて、父親にこれはどうしたんだと問い詰めたときからです。お父さんはいいようにお金を巻き上げられているのだ、今後は女たちの誰かが訪ねてきても絶対にドアを開けるなと口を酸っぱくして言い聞かせているそうです」

ジョーンズは両手で顔をごしごしこすった。「そのばかな娘、捜査妨害で逮捕したくなってきたよ」彼はしばらく考えた。「彼女、父親がどうやってその女たちと連絡をとっているかも知ってるのか？」

ビールは首をふった。「逆なんですよ、彼女によれば。女たちのほうが、現金が必要になるとウォルターを捜しだすんです」

「しかし、最初の接触はウォルターのほうからなされたはずだ。それについては何か言ってたか？」

「彼女が知っているのは、父親はパソコンを使えないことと、この三十年、毎晩同じパブに通っているってことだけです」ビールはまた手帳を調べた。「〈クラウン〉ってパブで、場所はウォルターの自宅から通りを二本はさんだところです。そのパブ、ご存じですか？」

ジョーンズは首をふった。

「この捜査で、前にどこかで見たか聞いたかしたような気がするんですが、どこでだったか、思いだせないんです。ハリー・ピールが通っていたパブで、帰るとき電話で小型タクシーを呼べるようにしていた店がそんな名前だったような気もするんですが……」彼は問いかけるように眉を上げた。「何かピンときませんか?」

「こないな。誰かそのあたりをウォルターの事件のあと調べた者はいるんだろうか」

「わかりません。ミズ・タティングがそのパブのことを話したのは、父親のふだんの行動について訊かれたからだそうなんですが、さっき捜査班のひとりに話を聞いてみても、その名前は出てこなかった」警視の表情が暗くなっていった。「これは誰の責任でもないんですよ。ケヴィン・アトキンズの携帯の件があったんで、ウォルターのことは後回しになっていましたから。わたしが帰りに〈クラウン〉に寄ってみましょうか?」

ジョーンズは腕の時計を見た。「十分待ってくれ。そしたらおれも一緒に行く」彼はベン・ラッセルの病室のドアに親指を向けた。「ミズ・タティングが話したことで、あのにやけた小僧の薄ら笑いをひっこめさせるような話は何かなかったか?」

ビールはためらった。「とくにはないんですが、彼女は十代の女の子たちについては強く思っていることがあるみたいで——師長さんがそれにすっかり意気投合していました。二人が話すのを聞いていたんですが、最初の二分は、フェミニズムが作りだしたものといえば、性的に奔放で、セレブ好きで、裸同然の服装をした、どんちゃん騒ぎ好きの有名人かぶればかりじゃないかという話で……あとの二分は、そんなだから、十代の男の子たちにあっさり利用されてしまうのよ、という話でした」

ジョーンズはうすい笑みを浮かべた。「だから? そんな話、街を巡回している警官に訊けばいくらでも出てくるさ」

「そうでしょうが、わたしが思ったのはベンのことなんです。ベンは、ロンドンでの友だちはチョーキーだけで、ウルヴァーハンプトンのハナのことはいまも大事に思っているとわれわれに思わせたがっていますが、どうでしょうかね。わたしは少々疑わしいと思うんです。彼はロンドンに来てけっこうたっているし、糖尿病で倒れるまではおそらく健康な十六歳の若者だったでしょうし」

「ベンはウォルターの売春婦たちを知っているのではってこと？」

ビールは肩をすくめた。「知っていても不思議はないってことです。同世代だし、性欲旺盛な十六歳が遠くに住むガールフレンドからの手紙だけでそう長く品行方正でいられるとは思えないんですよ……あるいは、ベンのような口八丁、手八丁の若者が、と言ってもいいですが」

＊

「あと十分ですね」ジョーンズは弁護士に同意してふたたび席に着くと、女性警官に筆記を再開するよう合図した。「もう二、三、質問したら、それで終わりですから」彼はベンのうんざりした顔を一、二秒見つめ、それから、「お母さんにはしばらく部屋を出ていってもらったほうがいいかもしれんな」とつぶやいた。「お母さんの前で、きみの性活動のことを話してもかまわんというならべつだけど」

期待どおり、ちらと警戒の色が浮かんだが、少年が何か言う間もなく弁護士が口をはさんだ。

「質問はベンのリュックの中身に関することだけ、ということでしたし、それについてはベンは盗んだことを率直に認めてますよ、警視さん」

ジョーンズはうなずいた。「ですがわれわれは、あなたの依頼人はそれらの品をティーンエイジの売春婦たちからもらった、もしくは盗んだと見ていて、わたしとしては、彼とその売春婦たちがどういう関係なのかに興味があるんです、ミスター・ピアソン」

ピアソンはおざなりな微笑を浮かべた。「質問を二つに分けてしていただけたら、きちんと答えるようベンには助言いたしますが、二つを関連づけた質問となるとためらいますね」彼はちょっと考えた。「代わりにわたしが質問しましょうか」ピアソンは少年のほうを向いた。「ベン……きみはティーンエイジの売春婦たちから何かを盗んだり……彼女たちが盗んだものをもらったりしたことはあるかい?」

「ないです」

「きみの知るかぎりで、ティーンエイジの売春婦と関係したことはある?……性的なものであれ、それ以外であれ」

「ないですよ、ハナが売春婦ならべつだけど」弁護士が顔をしかめるのを見て、彼はくすくす笑った。「もう、冗談だよ。おれは、売春婦なんかと関係したことは一度もないです」

「どうぞ続けてください、警視さん」

ジョーンズは弁護士の顔をしげしげと見つめた。この男は依頼人のことを本当はどう思っているのだろうかと思う。四十代半ば、言葉遣いも上品なピアソンは、ウルヴァーハンプトンの口汚い若者を擁護する闘士といったイメージとはおよそかけ離れている。「いまの答えに関係なく、質問はこれまでと同じ線で続けますよ、ミスター・ピアソン。ベンには未成年の無防備な少女を食い物にした過去があるんです。ハナは、彼が最初に彼女と性交したとき、十二歳でした。彼は十五歳」

「その話はもうすんでますよ。ハナのご両親はそのことをこれ以上問題にする気はないと言っています」

ジョーンズは疑わしげな笑みを浮かべた。「彼らにすれば、そうするしかなかったんですよ。当の娘が証言を拒んでいるんですから。彼女はすり切れた写真とたどたどしい手紙があれば、恋人はどんなに離れていても自分を裏切らないとロマンチックにも思いこんでいるんです」彼はベンに疑念の矛先を向けた。「自分と同年代の少女ではどうしてだめなんだ？　きみに言われたとおりにするには判断力がありすぎる？　きみの思い通りにはならないから？」

「なんとでも言えよ！」

「ハナはきみが売春婦たちとよろしくやっていると知ったらどう思うだろうね。それも仕方ないと理解を示す？」

ベンは憎々しげに警視を見やった。「あんたの知ったこっちゃないよ」

ピアソンが咳払いをした。「わたしの依頼人は、売春婦と関係したことはないと言いましたよ、警視さん」

「そうだよ」と少年は言った。「女の子の知り合いなんて、ロンドンではひとりもいないよ」

「きみは男の子のほうが好きなのか？」

ベンはピストルの形にした手をジョーンズに向けた。「失せやがれ」

「では、ここで路上暮らしをするようになってからこれまでに親しくなったのはチョーキーだけってことなんだね？」

「ああ……それから、もしあんたが話を聞いているのがチョーキーだとしたら、あのおっさん、ほとんどの時間はケツと肘《ひじ》の区別もつかないんだからな。たぶん、ホモのつもりで言ったんだよ……やつらを〝娘さん〟とか〝レディ〟とか呼んで、後ろでペッと唾を吐いてんだから。チョーキーはおれを連中から逃れさせようとして路地を教えてくれたのさ。あの人、ゲイが大嫌いなんだよ」

ジョーンズはうなずいた。「最初に話を聞いたときも、そう言ってたな。どうやらきみは、このたったひとりの友人を徹底したホモフォビアだとわれわれに思わせたがっているようだ」

「それ、ゲイ嫌いって意味なら、まさにそれだよチョーキーは」ベンは手のピストルを窓に向け、バンと撃つまねをした。「いまも銃を持っていたら、あんな連中、こうしてやると言ってたよ」

「きみも同じ考えなのか？」

「そうだよ。男と寝るなんて異常だよ。違う？」

「だが、十二歳の少女と寝るのは異常ではない？」

少年はすぐさま助けを求めて弁護士を見た。

「その話はもうすんでいますよ、警視さん」

「そうは思いませんね、ミスター・ピアソン。わたしが問題にしているのは、あなたの依頼人がロンドンで寝ている未成年の少女たちのことです」ジョーンズはベッドにかがみこんだ。「われわれはな、ベン、チョーキーから情報を得ているのではないし、いま話題になっている少女たちについても混同はしていない。わたしが話しているのはドラッグ常習者の売春婦のことだ」反応を見ようと少年の顔を注視し、手ごたえをつかんだように思った。「きみはどんな役割なんだ？　ポン引き？」

「冗談じゃないよ！」ベンはまた弁護士に注意を向けた。「この人、でたらめばかり言ってるよ。売春婦なんておれはひとりも知らないよ」

「この話はどこに向かっているんですか？　警視さん」

「ウォルター・タティングに」ジョーンズは、少年に目を向けたまま答えた。「この前の金曜日に、半殺しの目に遭わされた老人です……バーモンジー、ウェリング・レーン三番地居住の。数時間前に意識を取り戻しました」

ベンの反応の速さは、彼が答えを用意していたことを物語っていた。「おれは関係ないよ。金曜日にはゲーゲー吐いていたんだ……でなきゃ、こんなところにいるもんか」

「タティング氏が襲われたのはお昼時だ」ジョーンズは言った。「その十二時間後に、きみは高い手すりを乗り越えるぐらいの元気はあった。金曜日の十一時から一時までのあいだ、きみはどこにいて何をしていたか、話してくれるか」

「覚えてないよ」

弁護士がまた口をはさんだ。「ベンは最初の聴取のときに、金曜日以後のことははっきりした記憶がないと答えていますよ――それどころか、病院にかつぎこまれる前の二週間のことは、ずっと気分が悪くて、二回ほど意識を失ったりもしたかもしれないということ以外、ほとんど何も覚えてないと。これはI型糖尿病を発症し、ケトアシドーシスを引き起こしたことによる典型的な症状だと、担当の医師が述べています」

「それは承知してます、ミスター・ピアソン。担当医はまた、昏睡《こんすい》状態に陥《おちい》る前兆として、意識の混濁《こんだく》があるとも言っていました。わたしとしては、そこが不思議なんですよ――何も覚えていられないほど意識が朦朧《もうろう》としている者が――」と声に皮肉をにじませて――「どうやって夜間にコヴェント・ガーデンを歩いて目的地まで行けたのか」

「たぶん、無意識に惰性で行ったんだよ」ベンは薄眼でジョーンズをうかがいながら言った。「しょっちゅう行ってる場所なら眠っていてもたどりつける。自分ではぜんぜん覚えてないけれど」

「昼頃、バーモンジーにいたことは覚えてる?」ジョーンズは訊いた。

「そんな記憶はないね。おれの知るかぎり、そんなとこにはいっぺんも行ってないよ……だいたい、それがどこにあるかさえ知らないんだから」彼は弁護士をにらみつけた。「ねえ、こんなことさせてていいの? おれがひどく具合が悪いのは、この人だって医者に言われて知ってるんだよ。それにこれは、おれのリュックの中身とはまったくなんの関係もないよ」

「タティング氏が襲われたことにベンが関係していることを示すものが何かあるんですか？」

「直接的にはありません。ですが、誰が関わっているかを彼は知っているとわれわれは見てるんです。いまここでそれを話してくれたら、のちのち彼の立場が有利になりますよ」

「これは探り出しなんですか？　警視さん」

ジョーンズは首をふった。「とんでもない。わたしはいま、ベンの病状により警察・刑事証拠法の制約下に置かれているんです。この制約がなければ、ベンはすぐにもタティング暴行事件の被疑者として、警告を発したうえでの尋問の対象となってますよ」彼はベンの母親――いつものように背を丸めて坐っている――に目をやった。「タティング氏を襲った犯人は高齢者をひどく蔑《さげす》んでいます。この気の毒な老人は、最初にまず貯金を騙《だま》しとられ、それから、もう利用価値はないと見なされ捨てられた。彼がまだ生きているのは奇跡なんです」

ミセス・サイクスが身動きした。「うちの子はそんなことしませんよ。そうでしょ？　ベン」

「もちろんだよ。おれは年寄りが好きなんだ。チョーキーは年寄りだし、おれの継父だってそうだ。ときどきけんかはしたかもしんないけど、殴ったことは一度もない」

「それがきみの引いている線なのか？」ジョーンズが尋ねた。

「なんだよ線って」

「老人から盗むのはオッケーだけど、殴るのはだめ」

「老人から盗んだことなんてないよ」

「きみの継父はそうは言ってないぞ。きみは家出する前の日、彼のデビットカードを使ってA

TMから三百ポンド引き出している。ほかにも何度か、金額はそれより少ないけれど、口座から引き落とされていたことが、取引明細書を見てわかったそうだ。暗証番号を日記に書き留めておいたのがいけなかったとお継父《とう》さんは自分を責めてるよ。あの子に、盗むのは簡単だと思わせてしまったって」

「それはまたべつだよ」

「何が」

「家族から盗むのは、他人から盗むのとは違うってこと」

「どう違うんだ? 罪の程度が軽いってこと? それともお咎《とが》めなしですみやすいってこと?」

「おふくろもバリーも、おれがなぜそんなことをしたかわかってるよ」

「わかっているから大目に見るってわけ?」ジョーンズは母親に目を当てながら冷ややかに訊いた。

ミセス・サイクスが顔を上げた。「この子にとっては大変な時期だったんですよ。だから、後悔するようなことをしてしまった。バリーもあたしもそこは理解しています」

ジョーンズは夫人の顔をしげしげと見た。「その理解とやらは、ベンがこの四か月間に盗んだと当人が認めている携帯電話にも及ぶんですか? ベンは被害者について話すとき、実に興味深い用語を使っています……女性の被害者のことは〝ビッチ〟と呼び、男性の被害者は〝マザーファッカー〟。どちらも彼が狙った相手のことを軽蔑しているから出てくる言葉です」

「だけど誰も年寄りじゃないぞ」ベンは淡い瞳に得意げな色を浮かべて言った。まるで一本取ったと言わんばかりだ。「おれは年寄りをマザーファッカーとは呼ばないよ……年寄りは〝じじい〟だよ。どっちにしても、年寄りで、携帯電話を人目にさらすようにして持ってるやつなんかあんましいない。だから、そいつらからかっぱらうのはそう簡単じゃないんだよ」

「じゃあ、これは道義的な問題ではなく実際的な問題ってわけだな。もし八十二歳のよぼよぼの老人がことを簡単にしてくれたら、十代の少女と同じような扱いを受けるってことだな」

「なんとでも好きに考えればいいさ」少年はそっけなく言った。「おれの言ったことをあんたがどうねじまげようが、おれとしちゃあどうでもいいんだ」

「少し前に、年配の黒人女性が携帯電話を狙われ、殴って蹴られたことがあった。その女性は、重傷を負って病院に担ぎこまれた」

「おれには関係ない話だね」

「一応言っておきますが」と、弁護士が腕時計を見ながら割って入った。「わたしの依頼人、ベン・ラッセルは、高齢者から盗んだことはないと言っていますし、高齢者のことを侮蔑的な言葉で呼んだこともありません。それから、ジョーンズ警視には、〝ビッチ〟や〝マザーファッカー〟といった言葉について詳しく論じておられた先ほどの質問を思い起こしていただきたいんですが、これらの言葉は若い女性、そして男性のあいだでも、スラングとして普通に使われている言葉であり、わたしの依頼人がとくに侮蔑的だったわけではありません」彼は腕の時計をとんとんと叩いた。「お約束は十分でした。ですので、わたしとしてはこれで終わりにすることを要求せねばなりません」

「いいですとも」ジョーンズはにっと歯をむきだした。「このあとに何が待ってるんです？ ミスター・ピアソン。オペラ？」

弁護士の口もとがわずかにほころんだ。「わたしがルールを決めているわけではありませんよ、警視さん。わたしはただ依頼人のために、それが存在することをあなたに思いださせているだけです」

「それなら、あなたの依頼人にも同じようにしていただきたいですね。オーバーワークの納税者であるわたしは、この――」と、ペンを手で示し――「当人も認める盗っ人の聴取をしながら、その盗っ人を保護するあなたに金を払うという、なんとも滑稽《こっけい》な立場に置かれてるんです」

「そうですね」と弁護士はうなずいた。「フランス人なら不条理劇と呼ぶところでしょうが、これは文明化した民主的社会に暮らす者が払う代価なんです。ですが――」彼は冷ややかな視線を依頼人に向けた。「腹立たしいお気持ちはわかりますよ。わたしは、仕事で日々目にする事柄を文明社会の出来事として述べる警官にはいまだかつて会ったことがありません」

＊

ジョーンズはビールと女性警官とともに建物を出るまで待ってから、弁護士の最後の言葉をどう思うか、警官に尋ねた。「ピアソンはわれわれに何か言おうとしてたんだろうか」

「わたしが思ったのは、彼はあの少年が嫌いなんだなってことだけです。母親のことも嫌ってますよ。ボスが外でニックと話していたとき、あの二人は、警察にハラスメントの賠償をさせてやるとかなんとか、ぐちぐち言ってたんです。そのやりとりを聞いて、ミスター・ピアソンは頭にきてましたよ。表情でわかりました」

「で、彼はなんと」

「そんなことを要求する根拠があるとは思えないが、要求する権利はあるからもしそうしたいならほかの弁護士にやってもらってください、と」女性警官は突然笑いだした。「おすすめの法律事務所まで教えてましたよ。リタゲイト・ストリートのグラビット&ランに頼んで、あとは、不当な提訴でベンが逆に窃盗罪の多重訴因で訴えられる結果になることがないよう祈るんですね、って」

21

良識の人を自負する女にしてはめずらしく、ジャクソンは、二軒目の往診を終えて車に戻ったとき、中が無人なのを見て妙な胸騒ぎを覚えた。こんどは何？　街灯で照らされた道路の前方、そして後方に目を凝《こ》らしてみたが、アクランドの姿はどこにもなかった。フロントガラスのワイパーに、どこへ、なぜ行ったのかを記すメモ書きもはさまっていない。なぜこんなに胸が騒ぐのか自分でもよくわからなかったが、思いつくのは、昨夜彼は何をしていたのだろうとずっと不審に思っていたことだった。

彼女は携帯でデイジーに電話した。「ハイ……いや、べつに何もないんだけど、チャールズがまたどこかへ消えたみたいなの。彼、そっちにいる？」

「〝また〟って、どういうこと？」デイジーの声は不機嫌だった。「いったんは帰ってきたの？」

店内のざわめきが背後に大きく聞こえていた。

「さっき出ていったら、車のそばで待ってたの。昨夜はひと晩じゅう歩いていたと言ってた」

「もう、かんべんしてよ！　こんなこともう終わりにしなくちゃ、ジャクス。ばかげてるわよ。彼はあなたの責任じゃないのよ」

ジャクソンはため息を押し殺した。「その話はあとでしよう。もしかしたら彼、そこにいるんじゃないかと思っただけ」

「いないわ、わたしの知るかぎりは……自分の部屋にいるならべつだけど。見てきましょうか？」

「いえ、いいよ」ジャクソンはきっぱりと言った。「ほっておいて」

デイジーの声が、廊下に出たのかはっきりとしてきた。「いったいどうなってるの？」口調が疑わしげになっている。「なんで急に彼のことがそんなに心配になってきたの？　あなたは彼の母親じゃないのよ、ジャクス……もっとも、これってもしかしたらそういうことなんじゃないかって気がしはじめてるけど」

ジャクソンの目に、五十メートルほど先の配送車のバンの陰から現れた細身の人影が入ってきた。「それはまたあとで」彼女は短く言った。「帰ったらゆっくり話しましょう」

「あら、めずらしい」嫌みな答えが返ってきた。「最近はちっとも顔を見せないものね」

ジャクソンの表情がこわばった。「もういいかげんにして。こんなのいつだってごめんだけど、根拠もないのにやられたら、たまんないよ」

「じゃあ、彼に言ってよ、わたしの前でわたしが存在しないかのようにふるまうのはやめてって」デイジーが言い返す。「わたしがたまんないのはそれよ……お気づきでないといけないから言っときますけど」

「彼にすればあなたはスキンシップ過剰なの。それが彼は怖いのよ」

「あの人、あなたにそう言ってるわけ？」

「ええ」

「で、あなたはそれをうのみにしてる——？」

「少なくとも、胸の谷間を見せているセクシーなレズビアンにどう対応したらいいのかわからないのだな、とは思ってるよ」そうジャクソンは答え、アクランドが近づいてくるのを見て、声をひそめた。「彼が戻ってきた。あと少しで、この電話切るからね」

「では彼に言って、わたしがブルカを着るだろうと思っていたら大間違いよって」デイジーは不機嫌に言った。「ここはわたしの家なのよ。わたしのやり方が気に入らないんなら、ここにいなきゃいいじゃない」

「まさに彼はそうしてるのよ。わたしについてくるってことは」ジャクソンは小声で言った。

「でも、あなたはそれもいやなんでしょう？」彼女はパチッと電話を閉じ、アクランドが声の届く距離に来るのを待った。「わたしはタクシーじゃないんだよ、中尉。この次は、あんたがいなくても車を出すからね」

「こんどもそうすればよかったんですよ」アクランドは言った。「次の往診先はここから通り二本しか離れていない。先に行ってたら、そこで合流してますよ」

「教えてくれてありがとう」ジャクソンは辛辣《しんらつ》に言った。「メモを残すことぐらいできなかったの？……そうしていれば、どこへ行ったんだろうと捜さなくてもよかったのに」

彼は配送車のバンのほうへ手をふった。「あそこから見えてたんです。電話せずに、すぐに車に乗っていたら、走ってきてましたよ」

ジャクソンはトランクを開け、カバンを中に入れた。「なぜすぐに来なかったのよ」

アクランドの良いほうの目のまわりにしわが寄った。「たぶん、あなたをからかってたんですよ。どれだけ待つか、見てみたかったのかも」

「ふざけないでよ」ジャクソンはいらいらして言った。「いまは冗談に付き合ってる気分じゃないの」

アクランドは、彼女がまだ手に持ったままの携帯に目をやった。「デイジーにまたうるさく言われたんですか？」

「いいえ」ジャクソンは携帯をポケットにしまった。「あのバンがどうかしたの？」

「いや。身を隠すのに使っていただけです」

「なんのために」

「あのブロックにある、あるフラットをのぞくために」彼は駐車したバンの真向かいに建つ、モダンなレンガの建物に顎をしゃくった。

「すばらしい！ ストーキングだけじゃあきたらず、こんどはのぞき見もしようってわけ？」

アクランドの目のまわりの笑いじわが深まった。「あれ、ジェンのフラットなんですよ。あそこにある物のいくつかはぼくのものなんで、まだあるかなと思って。婚約したときに、持っていったんです」ジャクソンの表情に、アクランドは首をふった。「見えませんでした。カーテンがかかっていて」

ジャクソンは彼の目を見返した。彼は確か、自分の持ち物はこの背嚢《はいのう》に入っているものがすべてだと言っていた。警察と同様、彼女も、人はこれだけで生きていけるのだろうかと思ったものだ。「あなたはロンドンには、いつも持ち運んでいる物以外、何も持っていないと思ってたけど」

「持ってませんよ、もう。ジェンが自分のものにしてしまっています。ただまだあそこにあるかなと、それが知りたかっただけです。数年前に南アフリカで手に入れた工芸品があって――」しゃべりすぎたというように彼は言葉を切った。

「ほんとにそれだけ？ ジェンをひと目見ようとしたんじゃなくて」ジャクソンは車に乗りこみながら訊いた。

アクランドは首をふった。「十五分ほど前に、彼女がタクシーで出かけるのを見ました。だから、ちょっとのぞいてみようと思ってそばまで行ったんです」口の端がわずかに持ち上がった。「彼女は客と一緒でした……これくらいの背丈の――」と、手を肩の高さに上げ――「ずんぐりした小男。よくは見えなかったけど、たぶん日本人ですよ。ジャップはいちばん騙《だま》されやすいとよく言ってましたから」

「何について」

「ユマ・サーマンと安っぽい娼婦との見分けがつかないと」

＊

ジョーンズは〈クラウン〉に向かう車中でビールに、ベンと交わしたやりとりについて大体のところを伝えた。「ウォルター・タティングが襲われた件に関しては、訊かれるのを予想していたのか、どの質問にも即座に答えが返ってきたよ。なぜ自分ではありえないのか、ごていねいに注釈までつけて」

「彼が関係していると思ってるんですか?」

「必ずしもそういうわけではない。彼はただ、自分がやってもいないことで罪に問われるのを心配しているだけかもしれない。要は彼が、何に対して自分を守らなくてはいけないと考えているかだ。入院して以来、彼はテレビをずっとつけっぱなしにしている。そしてこの週末、ニュースはウォルターの事件を取り上げていた」

「ほかにも、リッチモンド・パークのレイプ事件やレイトンストーンの刺傷事件、パブの外で頻発したけんか騒ぎなどがありましたよ」ビールはもっともな点を指摘した。「なぜ彼は、ウォルターの事件のことで質問されるだろうと思うんです? ほかにもいろいろあったのに」

「そこが、われわれが突き止めなくてはならない点だよ。彼はウォルターを襲った犯人ではないとしても、犯人はこっちだとわれわれの進むべき方向を示すことはできるのかもしれん」

「彼に訊いてみたんですか?」

「いや」声に突然、疲れがにじんだ。「あの食えない小僧から情報を引き出すには、単なる推測以上のものが必要なんだよ」ジョーンズはしばし黙りこんだ。「チョーキーのほうはどうなってる? 何か進展はあったか?」

「いまのところはありません。カーンが、チャールズ・アクランドが話していた女たちを突きとめたんですが、彼女らも、チョーキーのことはここ数週間見かけていないそうです」

「女たちというのは？」

「ドックランドでたむろしている五人のレズビアンです」ビールは言った。「カーンによれば、女たちは、チョーキーがもし自分たちと親しかったと言ってるとしたらそれは嘘だと言っていたそうです。自分たちはできるだけ彼を避けていたと……酔ってると何をするかわからないし、そうでないときもひどいことばかり口にするからって。最後にチョーキーを見たのは三か月ほど前だそうです」

「簡易宿泊所やドロップイン・センターは？」

ビールは首をふった。「同じです。彼が姿を見せた場合に備えて連絡先は残しておきましたけれど、どこでも、夏のあいだは彼が姿を見せることはないと言われました。どうも彼は一匹狼というか、そんな存在だったみたいですよ、誰に聞いても。ホームレスのコミュニティーで、彼と時間をともにしたことがあるって人はひとりもいませんでした」

「路地のほうはどうなんだ？」

「警邏《けいら》の警官が毎日、夜には二回、そこをのぞいていますが、そこにも姿を現していません」

「いまもまだロンドンにいるんだろうか」

「どうでしょうね……周辺の各警察署にも見かけたら一報をと告知してあるんですが、いまのところ連絡はありません。まるでレーダーから完全に姿を消してしまったみたいです」

「病院は当たってみたのか？」

「ロンドンのだけですけど。範囲を広げましょうか？」

長時間の勤務がこたえてきたのか、ジョーンズはその晩、過度に悲観的になっているようだった。「そうするだけの価値があるのか、おれとしては疑問だよ。仮にチョーキーを見つけたとして、彼から何が聞きだせるんだ。ドクター・ジャクソンには、ベンとはひと月前に知り合ったばかりだと言っているし、ベンの話でもそれよりさほど長くはない。せいぜい六週間だ」

「両方がほんとうのことを言っているとすれば、です」

「なんで彼らが嘘をつく。ベンは、チョーキーがドクター・ジャクソンになんと言ったか知らないんだぞ」

ビールは肩をすくめた。「その辺はわたしにもわかりません。ある少年がゲイの男たちに目をつけられていたとして、なぜ世をすねた酔っ払いがそのことを気に留めたりするんでしょう」ビールは大通りからパブ〈クラウン〉への道に折れるべく方向指示器をだした。「話は逆で、ベンのほうがチョーキーに同情したと考えたほうが理屈に合うんじゃないでしょうか」

「なんで」

「社会から見捨てられたのはチョーキーだからです」

＊

アクランドがジェンのことを「安っぽい娼婦」とこともなげに言ったことに、ジャクソンはびっくりした。私事に触れるのを極端に嫌がる男にしては、先に両親のことを自分から話したことと同様、まったく彼らしくなかったからだ――それともあえてそうしたのか？　ジャクソンは、ロバート・ウィリスと交わした会話で彼が最後に、スーザン・キャンベルから聞いた話としてこう言っていたのを思いだした。

「警察によれば、ジェンは高級娼婦だそうだよ。スーザンは彼らに、チャールズがジェンと一緒になろうと思ったのは彼女を救いたかったからだろうかと訊かれたそうだ」ウィリスはしばし沈黙した。「わたしは逆だと思うんだよ……チャールズはジェンが何をしているか知らなかった。付き合ってしばらくたってから、自分が彼女をほかの男たちと共有していることを知ったんだ。彼はたぶんそれにうまく対処できなかったんだよ」

「たいていの男はできませんよ」

「そうだな」と、ウィリスは言った。「そして、同じ状況に置かれたら、そのほとんどが腹いせにチャールズと同じような行動に出ると思う。セックスは彼にとってゆるがせにできない問題だった――それはたぶん、気分しだいで応じたり拒否されたりしていたからだろう」

「だからって、彼が無害ってことにはならないですよ」ジャクソンは言った。「もし彼がレイプの味をしめてしまったら？」

「あらゆる事実がそうはならなかったことを示しているよ」ウィリスは言った。「自分のしたことに満足していたら、あんなに自分を恥じてはいないはずだ。率直に言って、わたしはあなたから、彼は一日中バーにいて、デイジーをじっと見つめている、なんて話を聞かされたら、もっと心配になっていたよ。人を餌食にするレイピストというのは強い性欲の持ち主で、妄想を満たすためにエロ映像を使ったり、のぞき見をしたりする……チャールズは全然そんなふうではないだろう?」

たしかに、とジャクソンは思いながらイグニションに手をのばし、キーをまわした。〝修道僧〟という警視の表現がもっとも実体に即している。ジャクソンは車のギアを入れた。「ジェンは売春婦だってこと?」まるで初めて聞く話であるかのように、アクランドに訊いた。

「自分ではホステスと称していますけど、同じことですよ」どうでもいいといった口調で、彼は言った。

「彼女は何のためにお金を必要としているの?」ジャクソンは車を道路に出しながら訊いた。

アクランドはフロントガラスの向こうを穏やかな目で見つめていた。「金づるを失ったんですよ。以前はぼくがすべての費用を出していたんです。真実に気づくまでは」彼は小さな笑い声をたてた。「彼女は家賃を払うのにも汲々《きゅうきゅう》としながら、なんとか世に出ようと頑張っている無名の女優だと思っていたんです。お笑いですよね」

「ほんとは何に使っていたの?」

「なんでも言ってみてください。ぼくが最後に彼女のフラットに行ったときは、コカインをやっていました」

「い、い、レイプをした日……?」「それで?」

「あなたもちょっと吸ってみれば、と言われました。らくになるわよって」

「で、そうしたの？」

アクランドは首をふった。

「それはいつのこと？」

「九月の終わりにイラクへ発つ、その前の週末です。変な話ですが、それはぼくにとって救済でした。ドラッグのせいにできれば、ことを受け入れやすくなる」そう言ったきり、彼は黙りこんだ。

「ことというのは？」

「愚《おろ》かだったことです。彼女は最初のころは、ぼくが出会ったなかでもっとも自信に満ち溢れた女性でした。何があっても動じない。大当たりを引き当てた気分でしたよ……ルックスも人柄も、すべてが備わっている」彼は喉で笑い声のような音をたてた。「そんなうまい話あるわけないって気づくべきでしたよ」

ジャクソンは同情のまなざしでちらと彼を見た。「コカイン中毒について何か知ってる？」

「人を壊す」

「人格を変えてしまうのは確かね」ジャクソンは穏やかに言った。「いろんな反応——多幸感や、性感の高まり、圧倒的な万能感——をもたらすけれど、それがクスリによるものだとは、言われなくてはわからない。負の側面は、とりわけ長期の常習者においては攻撃性や妄想などが現れる」

アクランドは何も言わなかった。

「いつ、わかったの？」

「何がです？　ドラッグのこと？　それとも売春？」

「どちらでも」

「もう終わりだと彼女に告げた日です」

「九月の後半？」

アクランドは首をふった。「もっと前です。彼女は、終わりにしようと言ったのがぼくなのが気に入らなかった。男はジェンから離れたりはしないものなんです——先にばかなまねをして物笑いになってからでないと」

ジャクソンは次の往診先で車を停め、エンジンを切った。アクランドがいつ、どのようにして婚約を解消したかについての経緯《けいい》や詳細が混乱していた。「なぜ、九月の後半にもそこへ行ったの？」

アクランドはまたこぶしを強く握りはじめた。「自分の荷物を取りにいったんです。彼女はいないはずだった。ぼくは自分の鍵で入り、出ていくとき鍵を置いていく。そういう約束だったんですが、彼女は、いつものことながら、決めたことを守らなかった」

「彼女を信用できると思ったことが驚きだわよ」

彼は膝《ひざ》の手に目を落とした。「信用したわけではありません。ただ、常識のあるところを少しは見せてくれるのを期待しただけです」

ビールは〈クラウン〉の前の駐車スペースにトヨタを停め、前にかがんで店の横の路地から女が出てくるのを見守った。「あのブロンド、見えます？」と、ジョーンズに訊く。「あれがジエン・モーリーです……チャールズ・アクランドの元カノ……カーンとわたしがこのあいだ話を聞きにいった、ユマ・サーマン気取りのコールガール」

警視は部下の視線をたどって、オールバックにした髪に、体にぴったりとしたハイネックのドレスの女を目にとらえた。「今夜はそれで通りそうだな。あれよりうんとひどいそっくりさんがいたよ」

二人が見ていると、彼女は待っていたタクシーのほうへ歩いていき、後部からでっぷりした小男が出てきて彼女のためにドアを開けた。

「彼女、ファイルに載っているか調べてみた？」タクシーが出ていくのを見守りながらジョーンズが訊いた。

「二年前、南ロンドンのクラックハウスに一斉捜査をかけたときに逮捕されています。間の悪いときに売人に会いにいった一群の常習者のひとりとなったわけですよ。警告は受けましたが起訴はされなかった。わかったのはそれだけです」

ジョーンズはパブの横の暗い路地に目をやった。「あそこに売人がいる可能性はどれくらいだろう」

「高いです」ビールはあっさりと言った。「カーンとわたしがこのあいだ見たことからすると、彼女はかなり重症です。助けがなければ客との二時間を持ちこたえるのは無理だと思いますよ」

ロンドン・イヴニング・スタンダード、二〇〇七年八月十五日（水曜日）

川に死体

ウリッジのテムズ川から今朝、男の死体が発見された。身元は不詳だが、特徴として、ごま塩のひげ、中肉中背、茶のオーバーコートなどが挙がっている。警察は現在、死にいたった状況を調べている。

22

〈クラウン〉は〈ベル〉より小さく、薄暗く、さほど賑やかでもなかったが、客はけっこう入っていた。客の年齢層はデイジーが引き寄せている二十代よりは高めで、店の雰囲気も、〈ベル〉の若い常連たちによる騒々しくも活気にあふれた空気に比べればしっとりとしていた。ジョーンズもビールも、店に入ったとたん、十代の売春婦がここに出入りしたいと思うだろうか、いや、思ったとしてもはたしてそれを許されるだろうかと疑問に思った。カウンターには目立つ形で、「十八歳以下にアルコールを提供するのは法律で禁じられています。年齢を証明するものを提示していただくことがあります」の掲示があった。

パブの亭主は店に入ってきた二人が刑事だとわかったとしても、それを顔には出さなかった。ほかの客と話していたのをやめて、笑顔で二人のほうへやってきた。「いらっしゃいませ。ご注文をうけたまわりましょうか」

ジョーンズは財布を出し、生ビールの栓のひとつに顎をしゃくった。「スペシャルをひとつ。きみは何にする？　ニック」

「同じものを。どうも」

亭主は二人に目を向けたまま、ビールをひとつめのグラスに注ぐ。「ウォルターはその後、どんな具合です？」と、明るい声で訊いてきた。「みんな、彼のことを心配してるんですよ。意識を取り戻したって話が伝わっているんですが、そうなんですか？」

ジョーンズは財布から五ポンド紙幣を出してカウンターに置いた。「そうです」とジョーンズもにこやかに言った。「わたしは警視のブライアン・ジョーンズで、こっちはニック・ビール警部」

「デレク・ハーディーです。なんで警察がここへは来ないんだろうと不思議に思ってたんですよ。ウォルターはこの三十年、毎晩欠かさずここへ来ています。というか、少なくとも当人はそう言っています。ここの客はみんな彼を知ってますよ」

「そのこと、警察に知らせておこうとは思わなかったんですか？　われわれはいま初めて知りましたよ」

ハーディーはひとつめのグラスをマットに置き、二杯目を注ぎにかかった。「こっちのせいではないですよ。わたしはあのお年寄りが襲われた次の日に、ホットラインに電話しました。だけどその後、警察からは何も言ってこなかった」彼はさっきまで話していた男に顎をしゃくった。「あのパットも同じようにしたんです。二回かけたけれど、二回とも情報は承りましたと言われただけ……そして、それきりです」

ジョーンズは顔をしかめた。「それは申し訳なかった」

「女房が、警察にはきっと電話がたくさんかかってきてるのよ、と言ってました。だから、直接行って話したほうがいいと」彼は二杯目のグラスをマットに置いて、ほほ笑んだ。「明日、そうしようと思っていたんです。そしたらお二人が来た。なんというタイミングでしょう」彼はジョーンズの差し出した紙幣を受け取った。「四ポンド四十八です。ほかにご注文は？」

「いや、けっこうです」彼は、亭主が釣り銭を手に戻ってくるのを待ってから訊いた。「直接行って話したほうがいいと思うほど重要なことって何なんです？」

「重要かどうかはわかりませんが」とハーディーは釣り銭を警視の手にのせながら言った。「偶然の一致にしてはできすぎてるんですよ」彼はカウンターに前腕を組んでのせた。「ハリー・ピールって男も一年近く前に殴り殺されるまではここの常連だったんです。わたしがここで働きだす前のことですが――女房とわたしがこの店をまかされたのは年が明けてからなんです――ウォルターは一度か二度、その話をしていました……犯人はぜったい見つからんよって」

「確かにまだ見つけていません」

「まあそうですが、ウォルターが先週の金曜日に襲われたあと、パットが、次は自分じゃないかと心配しだしたんです」

「なぜ」

「犯人はハリーとウォルターに恨みを抱いていた。その二人とパットはごく親しかったんです」

ジョーンズはカウンターの端のほうにいる男を見やった。「あれがパット？」

「そうです。彼と話しますか？」

「もちろん」ジョーンズは、ハーディーが声の届かないところまで離れてからビールに顔を向けた。「ちょっとトイレを見てきてくれるか？　たぶん空振りになるだろうけど、トイレにヤクが置いてあるかもしれん」

「いまですか？」

「やってみて悪くはないさ。あのおやっさんが本来の調子を取り戻すのにたっぷり五分はかかるはずだ。あの男、ウォルターより具合が悪そうだよ」

＊

車に戻ったとき、アクランドがまた姿を消していても、ジャクソンは驚かなかっただろう。彼は「ジェンが常識のあるところを見せてくれる」というのをどういう意味で言ったのか説明しようとしなかったし、二人の関係についてそれ以上話を続ける気もなさそうだったから、彼がまだいたことも、自分のほうからジェンの話を再開したことも、ジャクソンには驚き以外の何物でもなかった。

「ぼくたち、バーモンジーでは一度も外には出なかったんです」だしぬけに彼は言った。「この地域のことは、あなたと行動をともにするようになってからが、ジェンといたときよりよほど詳しくなりましたよ」

「外に出なかったのには理由があるの？」

「彼女と出会っていくらもたたないうちに、ぼくは、目抜き通りにあるレストランに予約を入れました――軍人も、演習があったり戦地で戦っているときでなければ、週末は一般人と同じように過ごしていることをわかってもらおうとしたんです。だけど彼女は、ぼくがどのレストランに予約したかを話すと、キャンセルしてと言いだした。ただでさえ、通りでなれなれしく話しかけてくる男たちに手を焼いているのに、ウェイターまで加わったらお手上げよ、と言うんです。当時のぼくはナイーヴだったから、それをそのまま信じたんです」

「いまはどう思っているの?」

「彼女はドラッグの売人や客に出くわすのを心配していたのだと思います。ぼくの車かタクシーでなければ一緒に出かけようとしなかった。地下鉄は使わないし、バスも使わない。フラットから歩いてどこかへ行くこともなかった――これって変じゃないかと思いはじめたのは、だいぶたってからです」

「それは当然よ。あんたは週末しかそこにいなかったんだから」ジャクソンは指摘した。「ずっと一緒に過ごしていたら、もっと早くに気づいていたよ。結婚したらどうする予定だったの? そのこと彼女と話したことある?」

「彼女はぼくの母に一度会っているんですが、そのときの母がいかにも上流階級の夫人然としていたから、ジェンはチェルシーの物件をいろいろ当たっていました。うちの親は大金持ちみたいだから資金も援助してくれるだろうと思っていたんです。それは誤解であることをなんとかわからせようとしたんですが、彼女は耳を貸そうとしなかった」

「彼女のほうには家族はいるの?」

アクランドはこぶしを握りしめた。「わかりません。自分はひとりっ子で、身内はもう全員亡くなったと言っていましたけど、それは嘘だと思います」

「なんで？」

「自分が前にどんな話をしたか、彼女は忘れてるんですよ。父親は銀行支店長からスタートして、最後はやり手の弁護士になったと前は言っていたんです」

「あんたにいい印象を与えようとしたんだよ」

「なら、正直に話せばいいんですよ。親がどんな仕事をしていたって、ぼくは気にしないんですから」

それは本当だろうとジャクソンは思った。母親はともかく、彼は上流気取りの俗物ではない。

「じゃあ、あんたはどこに住むつもりだったの？」ジャクソンは最初の質問に戻って訊いた。

「話を聞くと、ジェンは結婚後もバーモンジーで暮らす気はなかったみたいだけど」

「そうです。彼女はそこを抜け出すチケットが欲しくて、それを提供するいいカモがぼくだった。それだけなんです、彼女がぼくに食いついて離れようとしなかった理由は」

彼の口調には痛みを思わせるものがあり、ジャクソンはなんと答えたらいいのかわからなかった。彼はどんな言葉を求めているのだろう。騙《だま》されるのも無理はないよ――？

「そういうことって、明確にこうだとは言えないんだよね」ゆっくりと彼女は言った。「あんた、出会ったときの彼女のことは好きだったと言っていたから、彼女のあんたに対する気持ちも初めは純粋なものだったはずだ。あんたのために麻薬はやめようとさえしたかもしれない」

彼に答える時間を与えたが、何も言わないので先を続けた。「彼女は常習者なんだよ、チャールズ。常習者のほとんどはクスリをやめたいと本気で思っている――自分の愛する人たちに衝撃を与えたくはないんだ――だけど、専門家の助けなしにやめられる人は、ほんとにわずかなの」

彼は親指の背をアイパッチに押し当てた。「なら、あなたがその専門家の助けとやらを与えてあげればいい。彼女がどこに住んでいるかは知ってるでしょ。デイジーより彼女のほうがいいと思うかもしれませんよ。使用直後の快感が薄れていないかぎりは、礼儀正しく接するでしょうから」

ジャクソンは一拍おいて、それから答えた。「そんなことする義理はないし……念のために言っておくと、わたしは常習者には魅力を感じないの。しょっちゅうイライラ、ピリピリされたらかなわないもの。だけど」と、彼がぼそぼそ詫びの言葉をつぶやくのにかぶせて続けた。「仮に魅力を感じたとしても、そのうちのひとりにかかずらって受難者を気取ったりはしない。ジェンはつまり、コカインでハイになっているときに、セックスの手ほどきをしたってわけよね。それがいったい何だっていうの」

彼はなんとも答えない。

「プライドを傷つけられたの？　彼女が自分に魅力を感じるのはクスリの助けがあるときだけだと思ってるの？」

アクランドは突然前かがみになり、左手のこぶしでアイパッチをぐりぐりやった。「車を停めてください」

ちらと彼を見ると、顔が蒼白になっていた。「ダッシュボードの物入れに嘔吐《おうと》袋が入ってるから」冷淡にジャクソンは言った。「車は安全な場所に来たら停める」

「だめだ」さっとアクランドの右手が突き出され、ハンドルをつかんで車を左に寄せる。「あんたにはほんといらいらするよ！　女ってやつはみんなそうだ！」

ジャクソンはブレーキを踏み、力ずくでＢＭＷが駐車の車列に突っこむのを回避した。「手を離してよ！　早く！」

一瞬、ハンドルをつかんだ手がゆるんだと思った直後、彼は、ジャクソンが車を右に向けようとしてかけた力の惰性に乗じてハンドルを右に切った。すべてがあっという間のことで、二つの力が合わさった威力はすさまじく、ジャクソンが車を平常の位置に戻そうとしたときにはすでに手遅れだった。道路の中央の安全ポールの明かりが迫ってき、右側のフロントタイヤが縁石《えんせき》に当たるのを感じた瞬間、ジャクソンが思ったのは、彼はわたしを殺そうとしているということだった。

彼女の反応は無意識だった。左手をハンドルから離して肘《ひじ》をアクランドの顎に見舞い、それから腕で彼の補強された頬を助手席側の窓に叩きつけた……

＊

「ハリーはボブ・ピールの長男で……軍に勤めたあとは、父親のあとを継いで沖仲士の仕事をしてたんだ……マギー・サッチャーが組合の反対を押し切って埠頭を開発業者に売っぱらうまでは」パットはジョーンズがおごってくれたビールを一口、長々と喉に流しこんだ。「わしもウォルターも、ハリーが両刀遣いだってことはうすうすわかっていたんだ……いつも小ぎれいななりをして……そんな服装を気に入っていた……だけど、ボブにすればショックだったんだよ。軍に入ったら目がさめるんじゃないかと期待してたんだが、あいにくそうはならなかった。それで、フレッド・リーミングの娘と一緒にさせたんだよ」

「デビーですね」

「そう、それだ。二人には子どもができなくて、それは自慢できることではなかった。ボブはハリーがあんなだからと息子を責めていたけど、ハリーがわしに打ち明けていたところによれば、原因はデビーにあったんだよ。デビーにはいくつか女の問題があって……子宮筋腫やらなんやら…それで、四十になる前に子宮摘出ってことになっちまった」パットは何の話をしていたのか忘れてしまったみたいに、そこで黙りこんだ。

「ハリーとは、彼がデビーと別れたあとは前より頻繁に会うようになったってことでしたね」ニック・ビールが促した。

「そうだ。あいつは寂しかったんだよ。父親は二十年前に亡くなっていたが、おふくろさんは二〇〇〇年を迎える夜に亡くなって……新しい世紀を見ることはなかった。幸いだった、と言えるかもしれんな。自分のかわいい息子が殺されたことを知らずにすんだんだから」彼は頭を垂れてまた一口ビールを飲んだ。「ウォルターとわしはハリーを元気づけようとできるだけのことをした。やつはたいていの晩はタクシーに乗っていたが、六時ごろには時間を見つけてここに寄って、オレンジジュースを飲みながらおれたちとおしゃべりしていた。いいやつだったよ……もちろんわしとは世代が違うが……わしはあいつの父親の友だちだったんだ」彼は警視にあいまいにほほ笑んだ。「ボブ・ピールのことはご存じでしたか？　波止場で働いていた……」

デレク・ハーディーが割って入った。「お二人はハリーのことを知りたいんだよ、パット。ハリーが自分のフラットへ連れていった男たちのことを話してあげて」

「盗っ人みたいな連中だよ」老人はいまいましげに口をへの字にした。「わしはハリーがしていたことをいいことだとは思わんよ……ボブが知ったら墓の中で身もだえするだろうよ……だけど、ウォルターに言わせりゃ、人には自分ではどうしようもないこともあるんだそうだ……ま、やつはそう言うわな。あいつ自身、ちょっとそんなところがあるから。やつとメイは充分にうまくいっていたが、必ずしもソウルメイトってわけではなかった」

ジョーンズが身動きした。「二人には子どもが三人いますよ」

「やつが自分の義務を果たしていなかったとは言ってないさ……ただ、ことがすんだらさっさとベッドを離れてたってだけだ……メイはべつに気にしてなかったと女房は言ってたがね……まあ、あの時代だから、セックスはさほど重要なことではなかったんだよ……それならそれでやっていくだけ」彼はまた一口ビールを飲んだ。「やつとメイは充分幸せに暮らしていたけど、ウォルターは家で女房といるよりはわしやハリーとここにいるほうがよかったんだ。それは間違いない。もっともメイはそれを知らなかっただろうけどね。ウォルターはそんなことを口にして女房を傷つけるような男じゃないから」

ジョーンズは似たようなセリフを前にも聞いていた。彼のチームは、自分が二重生活を送っていることを家族には知られたくないという男に、少なくとも五十人は会って話を聞いている。ケヴィン・アトキンズの妻は、夫のそうした思慮深さについてとりわけ辛辣《しんらつ》だった。「あの人がもし、わたしたちのことをあまり愛していなかったら、彼はいまも生きていたでしょうよ。彼はゲイであることを知られないようそうとう気を遣っていたんです……子どもたちが困惑することがないように」

「ウォルターとハリーはメイが死んでからくっついたんでしょうか」ジョーンズがパットに訊いた。

「知らないね……わしには関係ないことだから、訊いたりはしなかったよ」

「ほかの男たちとはどうです?」

「ウォルターがってことか?」

ジョーンズはうなずいた。

「どうかな……ハリーの一件があってからは、びびってそんな気持ちもなくなっていたと思う」

「殺されたこと?」

「それより前だ……ハリーは五百ポンド強奪されたんだよ。あいつがあんなに怯えてるの、初めて見た。喉にナイフを突きつけられてATMまで歩かされ、二百五十ポンドずつ二回、下ろさせられたんだそうだ。日が替わる前と、日が替わってからに分けて」

「そのこと警察に届けたんですか？」

パットはかぶりを振った。「そうしろと言ったんだけど、そんなことをしたらやつらに何されるかわからないとすっかり震えあがっていた。やつにすれば、フラットを引き払ってデビーのところへ帰ることしか考えられなかったんだよ……それを機に、ホモとは縁《えん》を切ったと思う」

ジョーンズはさまざまな情報を頭のなかで整理した。「それがあったのはいつのことです？」

「殺されるひと月ほど前だ」

「さっき〝やつら〟って言ってましたね。何人の人間が関わっていたんです？」

「よくはわからんが……たぶん二人だ。わしの覚えているかぎりでは、ハリーがたしか、家に連れていった男が、ことがすむとすぐさま二人目を中に入れたと言っていたように思う……もっと多かったってこともありうるがね」

「ハリーのフラットにですね？」

パットはうなずいた。「ハリーはもう、ぎょっとすくみあがったろうよ……喉にナイフが突きつけられてるのを見たとき、やつは裸で半ば眠っていたんだ」

「その男たちが誰だかハリーは知っていましたか？　どんな男だったか言ってましたか？」

「黒人だと言っていた……だからたぶんよけい怖かったんだよ。金を奪っておいて、結局は殺すんだろうなと思ったそうだ。ああいう連中って、そういうもんだろう？」

ジョーンズは最後のひと言は聞き流した。「アフリカ系カリブ人？　ナイジェリア人？　ソマリア人？」

「知らん」

「歳は？」

「最初のひとりは若い男だったらしいが、もうひとりはわからんな。やつらがこういうことをするのはこれが初めてではないとハリーは思ったそうだよ。まっすぐハリーの財布のところへ行き、キャッシュカードを抜き取って、もし千ポンド下ろさなかったら、未成年者との性交で訴えるからなと脅《おど》したそうだ」

「その若者とはどこで会ったか言ってましたか？」

老人は首をふった。「たぶん乗客だよ……それ以後ハリーは車に乗せる客についてひどく用心深くなってたから。ハリーを殺したのもそいつらだろうか」

ジョーンズはその質問をはぐらかした。「この情報、もっと早くに知っていればと思いますよ、パット。このこと、ハリーが殺されたあと警察に通報しましたか？」

「したさ」老人は憤然として言った。「わしもウォルターもな。ハリーの死体が発見された翌日、制服警官が二人来て、ここのみんなから供述を取っていた。捜すなら黒人だよ、とわしらは言ったんだ……だが、何もなされなかった。ときどき思うんだよな、あんたたちもわしらと同様、あいつらが怖いんじゃないのかって」

警視は自分のグラスからひと口飲んだ。「この件についてはお詫びするしかないですね」彼は如才なくつぶやいた。「どうも、そちらからの情報はどれもわれわれには届いていなかったみたいだ。これからきちんと調べてみるとお約束します」

「大騒ぎすることないさ。もうこうして伝わったんだから」

ジョーンズはうなずいた。「ただ、ひとつ腑《ふ》に落ちないことがあるんですよ。なぜハリーは自分から金を奪っていった男を、ひと月後にまた自分の部屋に招き入れたんでしょう?」

「誰が招き入れたと言っている。たぶんそいつとそいつの仲間は、味をしめてまた奪いにきたのさ」

「ハリーのフラットは建物の二階です。人を入れるにはインターフォンを使わなくてはならないし、ドアにはのぞき穴があります。だから犯人はハリーに入れてもらわないかぎりは中に入れないんですよ」

「やつのとこへは行ったことないんだ。それは知らんかったよ」

「ウォルターはどうです? 彼は、ハリーがあんなことになったあとで、黒人を家に入れたりするでしょうか」

老人は首をふった。「そうは思えんな」

ジョーンズはうなずいた。「若い白人の男ならどうです? ハリーの一件があってから、ウォルターはすごくびびっていたって話でしたが……それは、肌の色に関係なく若い男なら誰に対してもってことでしょうか」

パットが、犯人は黒人だと長いこと思いこんでいたのがここへきて揺らいだのか、押し黙っていると、デレク・ハーディーが口を開いた。

「ウォルターは一度、若い男をここへ連れてきたことがあるんです。その若いのはビールを注文したんですが、十八歳になっているようには見えなかったし、年齢を証明するものも持っていなかったので、アルコールは出せないと断りました」彼はカウンターの注意書きに顎をしゃくった。「ウォルターはそれにカチンときて、そいつと出ていきました」

「それはいつのことです？」

「さていつだったか。二か月ほど前ですかね」

「どんな若者だったか。覚えてますか？」

「生姜《しょうが》色の髪……ひょろりとしたのっぽで……歳は十五か十六くらいでしょうか。ウォルターの孫かもしれません。ウォルターととても親しそうで、リュックサックを肩に下げてました。ロンドンに遊びにきたって感じでしたよ」

＊

ジャクソンが突然、カウンターの端のほうに現れ、デレク・ハーディーに合図したとき、誰がいちばん驚いたかは議論の分かれるところだろう——彼女か、ジョーンズか、それともビールか。誰も互いの顔を見て喜んでいないのは確かだった。ジャクソンは店に入ったときなぜ背中で彼らとわからなかったのかと自分を呪い、ジョーンズは亭主との会話に邪魔が入ったその張本人がジャクソンであることに舌打ちした。彼女がいることに気がつくまでに、どこまで話を聞かれただろうか。

「勤務中にお酒ですか？　ドクター」嫌みたらしくジョーンズは言った。

「同じ質問を返したいですね、警視」

瞬時、気まずい間があった。

ハーディーが興味津々という顔で二人を交互に見る。「用はなんだ？　ジャクス。メルに用なら、十時には戻ると言っていたよ」

ジャクソンはカウンターの上の時計に目をやったが、どうしたものかと心を決めかねている様子だった。

彼女のことを即断即決の人と思っていたジョーンズは、意地の悪いセリフを吐かずにはいられなかった。「われわれはテーブルに移りましょうか？　この紳士と内々で話せるように。察するところ、警察には聞かれたくない話のようですから」

「疑い深いのはあなたの性分なんですね。わたしが何をしても、いちいち疑ってかかる」

ジョーンズはしばし彼女を見つめた。「中尉はいまどこにいるんだろうと疑問に思っているのは確かですよ。ドクター・キャンベルによれば、彼は無害で……誰かを傷つけることはありえないってことでした……あなたが常に一緒だからと。いまは一緒ではないと心配したほうがいいんでしょうか」

「彼は車にいます」

「じゃあ、何も問題はないですな」ジョーンズはビールに顔を向けた。「中尉さんにも中に入るよう言ってきてくれ、ニック。チャールズの不在の理由をわたしがまたいいように邪推したとドクターに思われたくはないからな」

ふいにジャクソンはため息をついた。「彼はいま、嘔吐袋に吐いています……そして、わたしの車は右のフェンダーがつぶれてタイヤがぺしゃんこになっています。そんな状態だから、誰かにフェンダーを上げてもらわないとタイヤの交換ができないんですよ。いまでも時間に遅れているし、自動車協会が来るまで待てないから、デレクに手を貸してもらえないかと思ったんです。それと、道路の五十メートル先の車止めのポールも折れていて、そのままにしておくと危険だから警察にも連絡しないといけないんです」

「そういうことならおまかせください」ジョーンズはにこやかに言って、スツールから腰を上げた。「われわれが行って見てきましょう」

23

ビール警部がポールを調べにいき、警視はジャクソンを伴ってBMWへ向かった。車は〈クラウン〉の先の駐車禁止区画を示す二本の黄線の上に停められていた。助手席のドアは開いていて、アクランドが座席にじっと身動きもせずに坐っていた。両手を膝《ひざ》に置き、頭はシートにもたせかけている。ジャケットを着こんでいるのには、さっきまで脱いでいたことを知らないジョーンズは気にも留めなかったが、ジャクソンは気がついた。

彼女は不必要に声を張り上げて言った。「ここに停めるしかなかったんですよ、ジョーンズ警視。ほかは全部ふさがっていたので」

ジョーンズが見ていると、アクランドがヘッドレストから頭を上げ、彼らのほうに顔を向けたが、急な動きがよくなかったのか、また手に持った嘔吐《おうと》袋にかがみこんだ。具合が悪いのは疑いようがなかった。顔の損なわれていない部分が死人のように青白く、それが、先細《さきぼそ》の傷跡に移植した皮膚を際立たせている。吐き気が治まって袋を膝におろしたとき、その手はそれとわかるほど震えていた。

ジョーンズはドアの前でしゃがみこんで、近くからじっくり見てみた。下顎のあたりに打ち身の痕のようなものが見えるような気がしたが——皮膚の下がかすかに青い——アクランドのひげが伸びはじめたその影かもしれない。首の左側のシートベルトでできたとおぼしき斜めのみみず腫れと、下唇の歯が食いこんでできたような傷は見間違いようがなかった。「ドクターより被害は大きかったみたいだな、チャールズ。見たところ先生は無傷ですんでいる」

ジャクソンがアクランドが答えるより先に口を開いた。「彼には不意打ちだったからですよ」車の側面に手を当てて、警視の横にしゃがみながら言った。「彼の側からはポールが見えなかったんです」

「救急車は呼びましたか？」

「まだです」

慎重にアクランドが口を開いた。「救急車は要りません」と、ゆっくりと言う。「これは片頭痛ですから」

「でも、念のため病院に行っといたほうがいいように見えるぞ。どう思います？　ドクター」

ジャクソンは直接アクランドに言った。「レントゲンを取ってもらったほうがわたしとしても安心よ。左の側頭部、かなり強く打っているからね。頰がさらに砕けていたら大事《おおごと》よ」

アクランドの口の端がかすかに上がった。「そんな感じはないです」

ジャクソンは首をふった。「ともかく、あんたにはここで降りてもらいます」アクランドがこのまま一緒に行くと言い出すのを阻止するかのように、ジャクソンは言った。「ストレッチャーで救急外来に行くか、ここでひと晩泊めてもらうかよ……デレクが引き受けてくれればだけど。行く前に制吐剤を射っておくから、明日の朝、自分で〈ベル〉に帰ったらいい。だけど今夜のうちは様子を見ている必要があるから、デレクにそう話して頼んでおく。それでいいね？」

アクランドはうなずいた。「何も起こりませんよ。約束します」と、胸で十字を切ってみせる。

ジャクソンがいきなり立ち上がった。が、その顔に一瞬、不快感が――理解できない、という思い？――浮かぶのをジョーンズは見たような気がした。「人は吐いたものを吸いこんで死ぬこともあるの」誰にということもなくジャクソンは言った。「だから目を離さないでいることが重要なのよ」

「専門家はあなたです」ジョーンズがドアのアームレストに手を置いて立ち上がりながら、あっさりと言った。「ではフェンダーの具合を見ましょうか」

ダメージはジョーンズが思っていたほどひどくはなかった。右のボディーがポールをこすってできた傷が、ジャクソンがハンドルを切って離れるまでに一メートルほどついていたが、衝突の衝撃そのものはBMWの右側の緩衝部に吸収されていた。車体がへこみ、フロントフェンダーのアーチ部分から後部ドアにかけてひっかき傷がついているが、ジョーンズの見たところ損傷は表面だけですんでいるようだった。タイヤは確かにパンクしているが、ジャクソンがひとりではホイールを交換できないほどシャシーがゆがんでいるかははなはだ疑問だった。

「縁石《えんせき》に相当強くぶつけてますね」ジョーンズは合金のリムにできた約十センチのゆがみを指さした。「ゴムと金属部分のあいだに隙間ができたから、タイヤから空気がもれたんですよ」

ジャクソンは息をついた。「それはわかってます」いらだちが声に出ないようにしながら言った。

ジョーンズはほほ笑んだ。「興味深い事故ですな、ドクター。右側がぶつかったにしては中尉は不可解なけがをしている。左側か前面なら、シートベルトによるすり傷もあるし、考えられなくはないですよ――だけど右側？　衝撃が強かったら中尉の体は右側へ振られてますよ」

ジャクソンは肩をすくめた。「最初はそうだったんでしょう。わたしは見ていなかったんです。車をなんとかコントロールしようと、そっちのほうに気を取られていて」

「なんとか？」

「車をコントロールすることに、です」ジャクソンは言いなおした。「なんとかしようとしていたのは、ポールをよけることについてです」

「なるほど。しかし、そもそもなぜ車がポールに向かっていたんです？」

　彼女は答えない。

「ドクター」

「一瞬、注意が散漫になっていたんです」彼女は言った。「それについては非を認めます。道路を見ていなくてはならないのに、チャールズに目を向けてしまったんです。公共物を壊してしまったとすれば、その責任はわたしにあると保険会社と役所には届けます。酒気検知器で運転が許される状態にあったことを確認してもらいますか？」

「それはわたしの関知するところではありません」ジョーンズはうれしそうな笑みを浮かべた。

「ですが、ビール警部が交通巡査を呼んだら、そうさせていただくかもしれませんね」ジョーンズはしゃがんでフェンダーのアーチ部分を調べた。「ポールがコンクリートじゃなくて幸いでしたよ。コンクリートだったらハンドルを切ったところでどうしようもなかったでしょうよ。持ち上げなくてはならないのは、どの部分です？」

「思ったほど、ひどくはなかったみたいです」

「そうですな。ぶつかったというよりは、こすったって感じじゃないですか？　運転に支障をきたすほどの損傷を負ったのは、タイヤのリムだけです……それともちろんチャールズの顔も」彼はまたまっすぐに立ち上がった。「われわれとしては、チャールズのことはこちらにまかせてもらうのがいちばんいいように思いますよ。彼を〈ベル〉に送り届けて、あとはミズ・ウィーラーに様子を見てもらうんです。それでどうです？」

「彼女には無理ですよ。店を見なくてはならないし」

「それはハーディー氏だって同じことです」ジョーンズは言葉を切って答えを待った。「純粋にそのほうがいいと思って申し上げてるんです。署へ戻る途中で、中尉を降ろせばいいんですから」

「彼は自分では二階に上がれません」

「それもわれわれで手を貸します」

「すぐに横にならなくてはいけないんです。本当に助けたいと思うのなら、彼を〈クラウン〉に運びこむのに手を貸してください。ほかの方法を検討している時間はないんです」

ジョーンズはかすかな笑みを浮かべた。「なんかあなたはチャールズをあなたのパートナーと二人きりにするのがいやなんだって気がするんですが、どうなんでしょう。彼が何をすると心配してるんです？　ドクター・ジャクソン」

「彼よりデイジーの反応が心配なんですよ」ジャクソンはそっけなく言った。「チャールズのおかげでただでさえぎくしゃくしているのに、また口論になったら、わたしは家を追い出されかねません」ジャクソンは歯をむいて笑ってみせた。「これはレズビアンの問題なんです、警視」

＊

ビールが曲がったポールを見て思ったのは、ジョーンズがジャクソンの車を見て思ったのと同様、思っていたほどはひどくない、だった。そのポールは車道中央の一段高い安全地帯に歩行者の道路横断用に設置された二本のうちの一本で、もう一本の状態を見れば、ジャクソンが接触する前は明かりが灯っていたのだと知れた。白いプラスティックの覆いが縦に割れ、その下の金属部分は酔ったように傾《かし》いでいるが、通行を規制するほどの事故ではない。

ビールは交通局に緊急性は低い事故として報告を入れ、それから、上司がしたように、事故の態様を自分の目で点検した。無事なほうのポールの前のタイヤ痕は、ジャクソンが安全地帯に接近しながらブレーキを強く踏んでいたことを示し、コンクリートの縁石に残ったひっかき傷は、車の右側のひとつ、もしくは両方のタイヤがそこをこすったことを示していたが、二本目のポールの状態は、車がそれに接触したとき、ハンドルはまだ右に切られていたことを示している。

興味をそそられ、彼は、道路の反対側のバス停のそばにいる若い男女のほうへ足を向けた。

「ここにはいつからいましたか？」

「だいぶ前から」

「車がポールにぶつかるのを見ましたか？」

二人ともうなずいた。「男が二人、けんかしてたんですよ」女のほうが言った。

「けんかというと？」

「運転しているほうが、もうひとりの顔を殴ったんです」娘はぶるっと身震いした。「彼がそうしていなかったら、わたしたち死んでましたよ。車はまっすぐこちらに向かってたんです」

ビールは〈クラウン〉に引き返しながら、カーンに電話した。「アーメド？　そう、そうなんだ……まだボスと一緒だ。二つ、頼みがあるんだよ。ディック・ファーガソンをつかまえて、キッチナー・ロードにクラックを買える場所があるかどうか訊いてみてくれないか。〈クラウン〉ってパブの通り沿いか裏あたりで。そうだ……できるだけ早く。二つ目はまったくのヤマ勘なんだが、きみ、『ガタカ』って映画、見たことあるか？　ない？　じゃあ、ネットでググってみてくれ。G‐A‐T‐T‐A‐C‐Aだ。ユマ・サーマンで検索して、彼女が出演している映画を出してみればいい」

ビールは足を止めて結果を待った。「それだ。キャストのリストがあるだろう。最初にジュード・ロウと、イーサン・ホークが出てくる。そうだ。ユマ・サーマンが演じている人物の名前は？　アイリーン・カッシーニ？　カッシーニのスペルは？」彼はしばらく耳を傾《かたむ》けた。そして「そうなんだよ」と、ゆっくりと言った。「そうじゃないかと思ったんだ。ボスとおれは一時間前に彼女を見たんだが、ユマ・サーマンが映画で着ていたのとまったく同じ服を着てたんだよ。そうだな……まずはホステス・サイトを当たってみてくれ」

電話を切ろうとしたら、カーンがまた話しだした。

ビールはため息をついた。「いや。もちろん『イヴニング・スタンダード』なんて見てないよ。十二時間前に家を出てからずっとボスと一緒だったんだぞ」またしばらく耳を傾ける。「チョーキー？　ドクター・ジャクソンから聞いた特徴しか知らないよ。黒い髪……ひげ……五十代半ば。あとは覚えてないけど、コンピューターに載ってるよ。近隣の署にも通知を出したから」

カーンの話を聞くうちに、ビールの顔は険しくなっていった。「それでおまえはその死体のこと、新聞を読んで初めて知ったと本気で言ってるのか！」

＊

ビールが店に戻ってもとの席についたとき、警視はひとりきりだった。パット——客の老人

――は帰っていて、ひとりしかいないその時間の従業員はカウンターの反対端の客に応対している。ジャクソンやハーディーやアクランドの姿はどこにもなかった。ジョーンズがビールの手をつけていないジョッキを彼のほうへ押しやった。「ぐうっと空けろよ」警視が言った。「これは祝い酒になるかもしれんぞ。ドクターは中尉をあそこの椅子に坐らせ、それからハーディー氏と二人で二階へ連れていったんだが、パットが中尉の傷ついていないほうの顔に見覚えがあったんだ。ここで何回か見かけたそうだよ。去年、ハリー・ピールがまだ生きていたときに」

警視の一番の部下は、ビールをおそるおそる口にした。気が抜けているだろうと思っていたら、やはり抜けていた。「彼女と一緒だったんですか?」

ジョーンズは首をふった。「いつもひとりだったそうだ。だけどハリーとは必ず言葉を交わしているはずだ、とパットは言うんだ。ハリーは自分のタクシーを使ってもらうよう、ここの客にはたいてい名刺を渡していたらしい……じかに顔を合わせるのがいちばんの宣伝なんだよと言ってたそうだ」

「では、どうします? また署に連れていきますか?」

「いまはどこにも行ける状態ではないよ。片頭痛があるからってだけじゃない。唇が切れているのや、シートベルトでついた痣《あざ》を、これ見よがしにしているよ」ジョーンズは問いかけるように片方の眉を上げた。「ポールにはどれくらい強くぶつかっていた?」

「斜めに当たってはじかれたって感じでした。スピードはさほど出ていなかったでしょう。ドクターはブレーキを強く踏んでいたらしくて、路面にタイヤ痕がついていました」ビールは若い男女が話していた内容を警視に伝えた。「その話からすると、中尉がハンドルをつかんだので、ドクターとしては車をもとに戻すには彼を殴るしかなかったんだと思います。ポールのひとつはかわしたけれど、もうひとつには当たってしまった」

ジョーンズはうなずいた。「おれもそう見たよ。なぜ中尉はハンドルをつかもうとしたのか、それについてはどう思う？」

「片頭痛にうまく対処できなかったのでは——？」ビールは言った。「片頭痛が始まると、彼はカッとなって我を忘れてしまうみたいですから。パブでパキスタン人とやりあったときもそうでしたし、ボスにもそうなりました。静かになるのは、吐き気が襲ってきてからです」

ジョーンズはかぶりをふった。「おれにカッとなったのは、おれがやつに手を触れたからだ……パキスタン人の場合も同じだよ。片頭痛が起きたら、怒りをコントロールするのがむずかしくはなるのかもしれないが、それが原因で逆上することはないと思う。ウォルターが銀行の外で彼をつついたときは、片頭痛は起きていなかったけど、それでも彼は怒ってウォルターにつっかかっていったぞ」

「だけど、それ以上ばかなことはせずにその場を離れましたよ」ビールは指摘した。「片頭痛は引き金ではないのかもしれないが、それによって反応が暴力性を帯びてくるのは確かです。警告板を用意していつでも出せるようにしておいたらいいんですよ……いまは片頭痛を起こしているからわたしに近寄るなって」

「いまはひどく具合が悪そうだ」警視は考える顔で言った。「ドクターは彼に制吐剤を注射し、それからタイヤを替えにいった。彼はドクターがこのまま自分から手を引いてくれるのを期待しているように思うんだよ」

「そうなるでしょうか」

「それは彼女が、中尉は自分を殺そうとしたと思っているかどうかによるな。いまのところは自分の落ち度だったということにして中尉をかばっているが——それはたぶん、自分が彼を怒らせたことをわかっているからだろうけど——明日の朝には考えが変わっているかもしれん。そうとう頭にきてたしな……それに、中尉を自分のパートナーに預けることについても、非常に嫌がっていた」

ビールは気の抜けたビールが少しでも泡立たないかと指でグラスの液体をかき回した。「友人に、BMWで自殺しようとしたやつがいるんですよ」世間話をする調子で言った。「そいつ、六十キロを超す速度でレンガの壁に突っこんだんですが、かすり傷ひとつ負わずに車から出てきた。あとで聞くと、エアバッグのことを忘れていた、そしてBMWが戦車のように頑丈だということを知らなかったと言うんです」

「アクランドは自殺しようとしたのだと言うのか?」

「彼はめちゃくちゃなんですよ……ちょっとわたしの友人に似ていて……自分が置かれている状況にうまく対処できない。ドクター・キャンベルによれば、彼はこの数か月、ゆっくりと餓死に向かうことでそれを終わらせようとしているんだそうです。自分はライフスタイルとしてそうしてるんだと自分を偽りながら。たぶん彼は、今夜はもっと直接的な方法を取ることにし、ドクター・ジャクソンを道づれにしたんですよ」

　ジョーンズは何も言わなかった。

「いまのは買えませんか？」

「買えない部分もある」警視は言った。「彼は確かにめちゃくちゃだ。どこかで死んでしまったとしても驚きはしないが、それが自殺ってことはないと思う。ある日、彼よりもっとめちゃくちゃで、もっと怒り狂っているやつを相手にけんかをふっかけるのさ」警視は言葉を切った。

「それも一種の希死《きし》念慮《ねんりょ》と言えるのかもしれんが」

「すると、彼はドクターを相手にそうしたってことですか？　ドクターが自分を殴るように仕向けた？」

「必ずしもそうではない。思うに彼はドクターを試したかったんだよ……自分がコントロールしていたのが、そのコントロールを奪われたら彼女はどう反応するか見たかった。おれにハーフネルソンの技をかけたのも、もしかしたらそれが理由だったんじゃないかって気がするよ。彼の自由を六時間奪ったことへの報復なのさ」

　それはどうかな、とビールは思った。「ドクターがコントロールを失ったら、彼はどうするつもりだったんです？」

　ジョーンズは肩をすくめた。「ハンドブレーキを引く……ハンドルをつかんで車の体勢を立て直す……自分のほうが彼女より剛胆であることを証明する……。車は事故後の損傷の程度からして、せいぜい三十キロくらいのスピードしか出ていなかったはずだし、彼は整地されていない土地でシミターを高速でぶっとばす訓練を積んでいるんだ」

「ならここは、違法行為があったと交通局に連絡しなくてはいけませんよね。理由はどうあれ、アクランドは、動いてる車の安全な走行を阻害したんですから」

「まあ、あわてるな」ブライアン・ジョーンズは鼻梁《びりょう》を親指と人差し指でつまんだ。「いまはおれの管轄下にいるんだ。まだしばらくは、このままにしておきたいよ」

＊

デレク・ハーディーにとって警視の〝管轄権〟はしだいに疎《うと》ましいものになっていた。〈クラウン〉の経営を任されるまで、彼は田舎で二十年間、女房と二人で鄙《ひな》びたパブを営んでいた。そこではお巡りさんがシャツ姿でぶらりと立ち寄ってダーツに興じたりしていたが、自分のバーを新たな捜査本部にしてしまう警視などはいなかった。さらに二人、警官が来ていて、デレクとジャクソンは四人の警官が情報を交換するのを厨房の監視カメラのモニターで眺めていた。

「あれ、何してんの」ジャクソンが流しの水道の栓を、クロームを汚さないようペーパータオルをかぶせてひねりながら訊いた。

「おれに訊いたってわかるわけないよ」いらだたしげにデレクは言った。「あんたがあの坊やと現れるまでは、何も問題なんかなかったんだ。あいつ、何をしたんだ？」

「何もしてないよ、あの人たちが関わるようなことは」

「なんでメルがあいつのところへ行くのには反対なんだ?」

ジャクソンは油まみれの手と手首を流しで洗った。「あの人、自分に親切にする女性が苦手で、過剰に反応しかねないのよ」デレクの表情が曇り、ジャクソンは顔をしかめた。「あんたも部屋に入っていく必要はないからね、デレク。戸口から、彼が息をしているかどうかだけ確認して。二回でいいから。吐き気が治まったら眠ると思うの」

「なんだか不安になってきたよ」

「大丈夫よ。部屋から出ないし誰にも迷惑はかけないと言ってたし」彼女はまたペーパータオルを使って水道の栓を閉め、それから流しについた油分を拭き取った。「それよりむしろ、彼が自分に何かしやしないか、そっちのほうが心配なんだよね。とりわけ、この人たちがまだここにいるのを彼が知ったら」とジャクソンは、モニターに顎をしゃくった。

「あの刑事たちがここへ来たのは彼が理由なのか?」

「それはないと思う。わたしたちが来ることを彼らは知らなかったわけだし」ジャクソンは思いださせた。「わたしが入ってきたとき、なんの話をしていたの?」

「先日襲われた年寄りのことだ。ここの常連だったんだよ」

「ウォルター・タティング?」ジャクソンはもう一度タオルをごろごろひっぱりだした。「その件についてはチャールズはすでに警察に話を聞かれていて、その時間に彼は五キロ離れたところにいたことが証明されているんだけど」彼女は指の間をペーパータオルでぬぐいながら、アーメド・カーンがブライアン・ジョーンズに一枚の紙を渡すのを見ていた。「これはきっとあんたが彼らに話したことが関係してるのよ」

「話していたのはもっぱらパット・ストレクルだ。パットとウォルターは、殺されたタクシー運転手をよく知っていたんだ」

「ハリー・ピールを？」

デレクはうなずいた。「メルとおれがここを引き継ぐ前は、ここへよく来ていたそうだ。その男、知ってるのかい？」

「いえ」彼女はタオルをたたんでゴミ箱に入れた。「ウォルター・タティングについて、あんたは何を話したの？」

「おれ？　その爺さんが一度若いのを連れてきたことがあって、そいつのことを話しただけさ。刑事たちはそれよりも、爺さんが隠れホモなのかどうかについてパットがどう思うかに関心を示していたよ」彼は言葉を切った。「そういえばパットはあんたの友人を見知っていたよ。たぶんそれじゃないのかな、彼らが色めき立ったのは」

「チャールズを？」

デレクはうなずいた。「パットは前にここであの男を見たことがあると警視に言っていた」

ジャクソンは眉を寄せた。「それ、いつのこと？」

「去年……カウンターにひとりでかけていたことが何回かあったそうだ。おれたちが来る前の話だよ」ジャクソンが眉を寄せたのを、客のことをむやみに他言することへの非難と感じたのか、そう言い足した。「おれにとっては初めて見る顔で、見てもなんてことなかったんだ」

ジャクソンはまくりあげていた袖をおろし、袖口のボタンを閉めた。「ユマ・サーマンに似た女性がここへ来たことはある？」

デレクは首をふった。「誰なんだ？　それ」

「いい質問だよ」ジャクソンはもどかしげなため息をついた。「チャールズは、このあたりのパブには一度も入ったことがないとわたしには断言していたんだ。そのことで嘘がつけるんなら、ガールフレンドのことだって本当のことを言ってるかどうか怪しいもんだよ」

ハーディーは腕を組んでしばしジャクソンを見つめた。「そもそもなんでこの男と関わるようになったんだ？」

「わたしがばかだからよ」苦々しげにジャクソンは言った。「そして、そんな男を押しつけてあんたとメルにはほんとに申し訳なく思ってる。今夜ひと晩はゆっくり寝かせておかなきゃならないけど、あしたの朝には真っ先にここから連れ出すからね……それまでここにいたらだけど」

「いなくなるってこともあるのか？」

ジャクソンはちらとモニターに目をやって、「あの人、間のわるいときに間のわるい場所にいる癖があるのよ」とあいまいに言った。「だんだん、ただの偶然とは思えなくなってきているけどね」彼女はドアのほうへ向かった。「彼のこと、あんたの責任じゃないからね、デレク。もし警察がチャールズに話を聞く必要を感じて病院に移したとしても、それは彼の問題で彼が自分で対処すればいいだけだから。だいたいあの人が表彰ものの大ばかをしでかしてなかったら、こんなことにはなっていなかったんだし」

＊

パブにいるジョーンズとビールにあとから加わった警官のひとり、カーン刑事が、警視の前に二枚のプリントアウトを置いた。「これが——」と一枚目を指して——「ドクター・ジャクソンによるチョーキーの特徴で、もう一枚が、河川を管轄する部署が今朝、テムズ川から引き上げた男の特徴です。スティーヴ・バラットって男とちょっと話したんですが、なんで誰も関連性に気づかなかったのかって、書類仕事の不備に言及してましたよ。彼らは失踪人のリストはチェックしたけれど、この特徴に該当する者はいなかったと言っていました」

ジョーンズは身を乗り出して紙面に目を通した。「ほかにどんな情報が捜査の網から漏れ落ちているかだな。電話での通報は聞きっぱなしにされ……読まれてしかるべき供述が読まれていない……そして、これだ」と、ジャクソンの証言が記されている紙をバシッと手の甲で叩いた。「われわれはいったい何をしてるんだ？　チンパンジーのお茶会か？」

「チョーキーの特徴は全部署に流しましたよ」

「だけど彼を失踪人のリストに加えることは考えなかったんだろう？」

「ええ」とカーンは認めた。「参考人として手配されていることを伝えただけです」

ジョーンズはいらだっていた。「そのバラットって男はほかに何を言っていた？　検死解剖はやったのか?」

カーンは首をふった。「ちゃんとしたのはやっていません。病理学者が血液を採取し、体温を調べ、遺体をざっと外側から検分していますが、他殺を思わせるものは何もなかった。血液から高濃度のアルコールが検出されたので、この男は十二時間ほど前に川で溺死《できし》した浮浪者ということになり……優先度が低い案件として処理された。バラットによれば、浮浪者というのは身元を特定するのがいちばん厄介で、何か月もかかるうえに、やっと名前が判明しても、気にする人は誰もいないんだそうです」

ジョーンズはほかの誰かの苦労話などどうでもよかった。「指紋はどうなってる」

「それは明日調べることになっていたようですが、バラットに予定を早めるよう頼んでおきました。そして結果が出たらすぐに知らせてくれと」

「出ないこともあるってわけだな。その死んだ男に逮捕歴があるという保証はないし」

「可能性は大いにありますよ」

「だとしても……名前だけではどうにもならん。その男がチョーキーであるとの決め手にはならんよ。誰かに実際に見て確認してもらわんことには」

ビールが窓のほうへ目をやった。「ドクター・ジャクソンに訊いてきましょうか? まだその辺にいると思うし、彼女なら、チョーキーかどうか確認できますよ」

「そうだな」ジョーンズはゆっくりと同意した。「彼女がどう反応するか知りたいよ。中尉と出会った人間はみな、ろくでもない目に遭っているみたいだから」

＊

ドアから表に出たビールは、ジャクソンがいましも車に乗りこもうとしているのを見て、大声で呼ばわった。その声のほうにちらといらだった目を向けた彼女は、聞こえなかったふりをしようかしらんとしばし投げやりな気持ちになった。「何なんです？」と不機嫌に問い返す。

「ほんとにもう行かないといけないんです」

「それはわかってます」ビールはカーンが持ってきた死体の特徴が記された紙を彼女に渡した。「この男が今朝、川から引き上げられました。チョーキーではないかとわれわれは見てるんですが、誰かに遺体を見て確認してもらう必要があるんです。ご協力願えないでしょうか。往診が終わるまでお待ちしますので」

彼女は上体をかがめてＢＭＷの車内の明かりで書面に目を通した。「死亡時刻はこの通りで間違いないの？　体温からして昨夜遅くとなっているけど」

「疑う理由はありません」ジャクソンの表情を見て、「なぜ、そんな質問を？」とビールは訊いた。

心に葛藤が生じていることが表情に表れていたが、彼女は直接答えるのを避け、紙をビールに返しながら言った。「最後の結論部分に、男はかなりの酩酊状態で川に落ち、溺死したとあり、他殺を思わせるものは何もなかったとあるけど、その点に疑問の余地はないの？」

もちろんビールは疑っている。ドクターは、彼女自身が疑っていなければこんな質問はしないはずだ。「明日にならないと、はっきりしたことは言えません。病理学者はまだ、正式な検死解剖はしていませんから」ビールは紙を折りたたんでポケットにしまった。「何を言うのを控えておられるんです？　ドクター」

「わたしは自分で思っているほど人を見る目が確かではなかったかもしれないってこと」謎めいた答えが返ってきた。彼女はビールの肩の向こう、〈クラウン〉の正面を見つめ、それからふいにため息をついた。「わたしはアクランド中尉がきのうの正午ごろからきょうの夕方までどこにいたか、見当もつかないんですよ、警部。最後に彼を見たのは、ブレッド・ストリートの不法占拠者が居ついている建物の外で……そこから川はすぐ近くです……そして彼は、たぶんチョーキーを捜していた」

24

ジャクソンが去ったあと、デレク・ハーディーの見るところでは、当分は平穏な時が続きそうだった。刑事二人も帰り、ジョーンズとビールは、ここはビールよりコーヒーとサンドイッチだなということで空いたテーブルに席を移していた。二人とも、店の亭主と従業員にはにこやかに接していたが、なぜまだここにいるのかそれとなく探ろうとすると、きっぱりとはねつけた。三十分もすると、デレクは彼らもほかの客同様、今夜はもう仕事を切り上げることにしたのだと判断し、アクランドの様子を見にいくことにした。

うっかり起こしてしまわないよう、そうっとドアを開ける。ベッドのほうに目をやると、電気スタンドに照らされたベッドはもぬけの殻だった。一歩中に入り、室内を見まわそうとしたデレクは、ドアの陰の暗がりに服をしっかり着こんだアクランドが立っているのを見て、心臓が止まりそうになった。

「ああ！　もうびっくりさせないでくれよ！　あんた、大丈夫かい？」

「何しにきた」

デレクは悪意があって来たのではないことを示そうと、両手を広げてみせた。「ジャクスに頼まれたことをしているだけだよ……あんたがちゃんと息をしているか見にきたんだ」デレクは後ろに下がりはじめた。「邪魔して悪かったよ。眠っているかもしれないから音をたてないようにしたんだ」

「警察も一緒なのか？」

デレクは首をふった。「階下《した》にまだ二人いるけどな」

「てっきり警察だと思ったんだ」

「だろうと思ったよ。あんた、ほんとに大丈夫かい？」

「ああ」

「そうは見えないけどな」デレクは率直に言った。「医者の言うことを聞いて、ベッドで横になってたほうがいいよ。ジャクスが、明日の朝、迎えにくるって言ってた」青年の肩からかすかに力が抜けた。「何か持ってこようか？」

「いいえ、大丈夫です。どうも」

　言葉遣いが目上に対するそれになったのと、大丈夫という言葉とは裏腹にちっとも大丈夫そうに見えないからか、あるいは、ウィリスと同様、中尉が本当はいかに若いかに気づいたからか、どちらにせよ、デレクは父親のように手をのばした。「さあ」とアクランドの腕をつかみ、優しく誘う。「横になんなさい」

　背後の戸口で動きがあった。「わたしならそれはやめときますね、ミスター・ハーディー」ジョーンズの声が言った。「中尉は自分で行くほうが好きなんだと思い知らされることになりますよ」彼は部屋に踏みこみ、アクランドの身構えた姿勢に目をやった。

「そうだろ？　チャールズ」

「そうです」彼は腕をふりほどき、部屋の隅に下がった。

ジョーンズはパブの亭主に愛想よくうなずいた。「あなたのあとについて二階に上がるのを、店の人が許可してくれたんですよ」彼もというように、戸口にいるビールを示した。「ここを引き上げる前に、ちょっとお話ししたいことがあったんです」

「なんの話です？」

「それはのちほど」ジョーンズはにこやかな顔をアクランドに向けた。「もう起き上がれるようになってるとは知らなかったよ、チャールズ。きみにも二つほど訊きたいことがあるんだ。二、三分時間を割いてもらえればだが、どうだろう。かまわないよな？」

ビール警部はアクランドが警視のまさに予告したとおりに反応するのを見守った。「彼はオッケーするよ」とジョーンズは言っていた。「そういう性格なのさ……意地でも絶対に引き下がらない……どんなに調子が悪くても挑まれたら受けて立つよ」

「もしオッケーしたら？」ジョーンズの腹心の部下は言い返した。「彼の言うことはすべて、信頼性を疑われますよ。証言の任意性に疑問ありと見なされ、証拠としては採用されません」

「それが有罪を示すものである場合だけだよ。そしてチャールズがその証言を録音機の前で繰り返すのを拒否した場合だけ」

「なぜ危ない橋を渡るんです。なぜ明日の朝まで待ち、ちゃんとした手続きを踏まえてからにしないんです？」

「今夜なら、本当のことをしゃべる可能性が高いからだ」

「そして訴追の可能性を危険にさらすんですか?」ビールは鋭く言い返した。「陶磁器店に突っこむ雄牛のように突進する前に、少しはほかの捜査員のことも考えてくださいよ。この捜査にはみな、それこそ寝食忘れて取り組んできてるんです。それが最後になってだいなしにされて感謝する者はいませんよ」

「きみもか?」

「とくにわたしは、です」ビールは強調して言った。「今夜、チャールズ・アクランドに話を聞くことにははっきり反対したと、記録に残しておこうとすら思いますよ……それと、それでもボスがやると言うのであれば、中尉に黙秘するようアドヴァイスすると警告したと」

ジョーンズは顎の横を考える顔でなでさすった。「きみは弁護士になるべきだったよ、ニック。ルールを守ることにうるさいのは、あのピアソン以上だ。参考までに訊くんだが、きみはチャールズが有罪の証拠となるどんな告白をすると危惧してるんだ? 天下の公道で車両の安全走行を妨害した——?」

ビールはそれには乗らなかった。「わたしは推理ごっこをしているんじゃないですよ、ブライアン。自分の考えを述べているんです」

ジョーンズはいらだたしげにため息をついた。「だけど、おれたちがここ数か月でしてきたことはそれ……推測ばかりじゃないか。そしてきみはその達人だよ。今夜きみは、どれくらいの新説をおれに意気込んで開陳した? ウォルターとこの店に来た生姜《しょうが》色の髪の若者というのはベン・ラッセルかもしれない……ウォルターの娘は安っぽい香水のにおいがしたと思っただけかもしれない……売春婦というのはもしかしたら少年だったのかもしれない……チャールズ・アクランドは昨夜、チョーキーとダッフルバッグのことで言い争って彼を川に突き落としたのかもしれない――」彼は言葉を切った。「そのバッグがいったい、何となんの関係があるというんだ」

＊

デレク・ハーディーは、ビールが部屋に入ってきて、ジョーンズと二人、ベッドの中尉とは離れた側に立つと、もぞもぞと落ちつかなげに身動きした。「いいんですか、こんなことして。あの人、具合が悪いんですよ」

「すべてチャールズ次第だよ」とジョーンズは言った。「われわれと話ができるような体調でなかったら、そう言えばいいだけだ」彼は、アクランドのことなら自分のほうがデレクより知っていると言わんばかりに背もたれの硬い椅子にどっかりと腰を下ろした。

ビールはアクランドの様子を観察した。顔色は悪いが、キッと引き締まった口元には、警視の挑戦を受けて立つ決意がみなぎっている。「いまわれわれと話す義務はないんですよ、中尉」ビールはきっぱりと言った。「そのほうがよければ、明日、署に来ていただいてもいいんです。わたしとしては、そちらをお勧めしますよ。ハーディー氏の言うとおり、いまは質問に答えられる状態には見えません」

「大丈夫ですよ。いま済ましておきたいです」

「せめて、横にならせてくださいよ」デレクが抗議した。「ドクター・ジャクソンが、今夜ひと晩はベッドで横になっていなきゃだめだと言ってました」

「そうしたいかね？　チャールズ」警視が尋ねる。

「いや」

「そうだろうと思ってたよ」警視は微笑した。「ここにいる二人の紳士のために念のため確認しておくが、きみは質問にいくつか答えることにまったく異存はないんだね？　参考となる事柄に関しての質問で、時間はかかっても十分ぐらいだ。ということで、承諾してもらえるだろうか」

「けっこうです」

ジョーンズは店主に顔を向けた。「では、ありがとうございました、ミスター・ハーディー。ここからはわれわれでやりますから。出ていくときに、ドアを閉めていただけますか？」ジョーンズはデレクの足音が廊下の奥に消えるまで待ち、それから言った。「もう気をつけの姿勢で立ってなくていいんだぞ、中尉。これは閲兵式《えつぺいしき》ではないんだから」

「こうしてないとあなたに舐《な》められます」

ジョーンズは面白がる顔で中尉を見た。「確かにわれわれが話を聞く相手はびくびくしているのがふつうではあるな。きみは疚《やま》しさを感じることは何もないのかね？　チャールズ。もしそうだとしたら、実にめずらしい人だ」

「あなたに関わりのある事柄では何もありません」

「ほんとに？」ジョーンズは脚を組み、ポケットから出した手帳を開いてなにやら確認するふりをした。「では、この捜査ではなぜきみの名前がちょくちょく出てくるんだろう。去年きみはこのパブに何度か来ていたという話を聞いたんだが、それは事実かね？」

「ええ」

「きみはいつもひとりで坐っていて、誰かが話しかけようとしても、きまって無視していた」警視の声が批判的な調子をおびてきた。「だとすると、きみはイラクに行く前から、すでに社交嫌いだったってことになる」

「どうぞ好きに考えてください」

「そうすると、わけがわからなくなるんだよ。なぜドクター・キャンベルは、きみが人を避けるようになったのは顔の傷が原因だとわれわれに思わせるようにしたんだろう」

「彼女は何も知らないんですよ。ぼくとは手術後にしか会っていませんから」

「彼女は、きみの上官は事故に遭う前のきみのことを親しみやすい外交的な男と評していた、とも言っている」

「上官はいい人でした。彼とは気が合いましたよ」アクランドは直立不動の姿勢から、両手を壁について体を支えた。「それから、ぼくのシミターが攻撃に遭ったのは事故ではありません。あれは狙いを定めた攻撃で、それにより部下が二人死にました」

「悪かった」ジョーンズはすぐに謝罪した。「起きたことを軽んじるつもりはなかったんだ……あるいは、その件におけるきみの関わりを。事故と言ったのは、二人の勇敢な命が失われたのは不注意によるものではなかったのか、という意味合いで言ったんだ」ジョーンズは中尉と視線を合わせた。「そうであれば、そのことは充分、疚しさを覚える根拠になる」

アクランドは警視を見返した。「あなたは勇敢というのがどういうものかもわかっちゃいない」

「では、教えてくれ」

アクランドはしかし、首をふった。

「それは隣にいるやつより肝っ玉がすわってるってところを見せるってこと？　今夜、ドクター・ジャクソンがハンドルを取られるようにしたのは、だからなのか？　彼女がどれほどのものかを見ようとしたのか？」

青年のいいほうの目が、一瞬、ちらと輝いた……ジョーンズの言うとおりだと認めている？

「ドクターがそう言ったんですか？」

ジョーンズはその質問を聞き流した。「なんで彼女を試さなくてはならない。きみを怒らせるどんなことを彼女はしたんだ？」

「しゃべりすぎた」

「何について」

「セックス」

ジョーンズは片方の眉を上げた。「誰との」

「とくに誰ってことはない。彼女は自分の好むタイプとそうでないタイプについて話していた」

「では、同性愛者のセックスについて議論してたってこと？」

「ぼくはあれを議論とは言いません」

「お説教？」

「まあ、そんなところです」

ジョーンズは疑問だったが――ジャクソンが同性愛者の関係について、チャールズ・アクランドのような潔癖性の男を相手に講釈を垂れる姿など想像できない――その話はそこまでにしておいた。「ドクター・ジャクソンはきみが以前このパブを利用していたことを、今夜、ここへ来るときには知っていたのか？」

「知らなかったでしょうよ。彼女に話したことはないですから」

「ここでハリー・ピールって男と出くわしたことは？　タクシー運転手で……身長百七十五センチ……五十代後半……縮れ毛の黒髪……ロンドンなまり。ピンとこないか？」

アクランドは首をふった。「ぼくがここへ来たのはあれやこれやから逃れるためで、人と話すためではないんです」

ジョーンズは〝あれやこれやから逃れる〟が気になったが、とりあえずいまは流すことにした。「それでも、ハリーがきみに話しかけてくるのを防ぐことはできないよ」彼は言った。「ハリーはここの常連で、誰とでもすぐに打ちとけて話す気さくな男だったという話だ。そして、出会った人には誰にでもセールス用に名刺を渡していた、と。そういう男に会った記憶、ほんとにないかい？」

何かがちらとアクランドの顔に浮かんだ――思いだしたんだろうか？――が、またゆっくりと首をふった。

「彼はたいていカウンターの端のほうに年配の男二人とかけていた。そして車を運転しているから飲むのはいつもオレンジジュースだった」

「歳のいった男たちがいたのはなんとなく覚えてますよ――いつもあそこにかけていたと思う――だけどほかには誰も覚えていません」

ジョーンズはアクランドの顔を注視して続けた。「その二人のうちのどちらかでも、パブの外で見かけたことは？」

「ないです」

「ひとりは銀行にいた老人だよ……ウォルター・タティング。背中をつつかれたとき、見たことのある顔だとは思わなかった？」

「ええ」アクランドは困惑した顔を警視に向けた。眉をよせたその表情は演技には見えなかった。「見も知らぬ他人だと思ってましたよ」

「ではきみは、人の顔を覚えるのが不得手か、カウンターにかけているときは考えることがたくさんあったかのどちらかだな」

「それってずいぶん前の話なんですよ」アクランドは言った。「ここへは去年の六月と七月に、たぶん四回か五回来ていますが、その後に、いろんなことがありましたから」

ジョーンズはうなずいた。「きみは、あれやこれやから逃れたかったと言っていた。どんなことなんだ?」

中尉はすぐには答えなかった。唇に舌をめぐらせ、口の右側の傷に触れて時間を稼いだ。

「われわれは八月にはオマーンに行き、砂漠での訓練をすることになっていました。そうした訓練は事前の計画や準備が大変で、そのうち頭がごちゃごちゃになってくるんですよ。だから、しばらく離れていようと思ったんです」

嘘はあまり上手じゃないな、とジョーンズは思った。「きみの彼女はそうした場を与えてくれなかったのか?」

「彼女はぼくがオマーンに行くことに反対でした」

ジョーンズはうなずいた。「では事前の準備が大変というより、原因はミズ・モーリーだったんだな。頭がごちゃごちゃになったのは」

アクランドは答えなかった。

「ハリー・ピールは二〇〇六年九月の九日前後に殺された。その週末、きみはロンドンにいたか覚えているかね? チャールズ」

ピールが見ていると、中尉は脚を踏ん張って壁に寄りかかった。いまにも倒れそうに見え、そこまでして自分の剛胆さを誇示しなくてはならないという彼の内なる要求と思えるものに、ビールは興味をそそられた。それは敬意から発しているような気がしたが、ジョーンズに対する敬意なのか、それともジョーンズが警官として行使している力に対するものなのかはわからなかった。アクランドがはたして警視の質問を理解しているのかも、判然としなかった。というのも彼は、前にウォルター・タティングのことを訊かれて浮かべていた困惑の表情で、警視を見つめるばかりだったからだ。

「きみの所属していた連隊に、週末の外出記録が残っているだろうか」ジョーンズが尋ねる。

アクランドはうなずいた。「でも、記録を見るまでもありません。その週末、ぼくはロンドンにいました。その三日前、九月六日にオマーンから帰ってきたんです」

「では、一か月の不在のあと、ジェンに会いにいったんだな？」

「そうです」

「彼女はきみに会えて喜んでいた？」

沈黙。

ジョーンズは手帳でべつの日付を調べた。「九月の二十三日はどうだ？」そう言って、顔を上げる。「その日もロンドンにいた？　思いだす助けになるかわからんが、きみがイラクへ発つ前の週末だ」

なぜその日が重要なんです、と訊かれるものと二人とも思っていたが、質問はなく、アクランドは再度うなずいた。「土曜日はジェンのフラットにいました。夜には基地に戻りました」

「フラットに着いたのは何時だった？」

「正午ごろです」

「そこにはどれぐらいいた？」

「二時間ほど」

「そのあとはどこへ行ったんだね？　夜まで基地に戻らなかったのなら、どこかで時間を過ごしたはずだが」

「戦争博物館です」

ジョーンズは疑う顔だった。「戦地に赴く前には、そうするよう推奨されているのかね？」

「ぼくがそうするだけです」

「どの展示を見たんだ？」

「ホロコースト……人道に対する罪についてのフィルム」

「重い題材だな」ジョーンズはつぶやいた。「人間の暗黒面を知ろうと思えば、戦争の残虐性を収めたフィルム以上のものはない。それで、なぜきみは、軍人はつねに自らに恥じないふるまいをするとはかぎらないことを、自分に思いださせる必要があったんだ？　チャールズ」ちょっと言葉を切った。「その日、きみとミズ・モーリーとのあいだに何があったんだ？」

「二人でこれからは別々の道を行こうと決めました」

ジョーンズは手帳のページをめくり、ある一節をトンと親指で打った。「それは彼女と性交する前？　それとも後？」その直截《ちょくせつ》な質問は、反応を引き起こさずにはおかなかった。警視を見つめるアクランドの壁についた手は、それとわかるほど震えていた。「それがここに来た理由なんですか？　これまでの質問はそれを訊くためだったんですか？」

「レイプは重大な罪なんだよ、チャールズ……とりわけ、被害者が女性で男性の嗜好が肛門性交である場合は」

ビールが身動きした。「ここはよく考えたほうがいいですよ、中尉。賢明に処したいと思うなら、ここは弁護士の同席なしにこれ以上質問には答えませんと拒否するところです」

アクランドは部屋にもうひとりいることを忘れていたのか当惑した顔で警部を見やった。

「弁護士がなんの助けになるんです。ぼくが何を言おうと、信じるのはどうせジェンの言葉のほうでしょう?」

「なぜそう思うんだね?」ジョーンズが訊いた。

「警察はつねに女性の側に立ちます」

警視は首をふった。「統計では逆だよ。法廷にまで持ちこまれるのは三分の一にすぎない。あとの三分の二は、警察の取り調べの段階で取り下げられる。女性にとってレイプを証明するのは至難の業なんだ……とりわけ、ことが起きてから何か月もたっている場合は」警視は考える顔でアクランドを見た。「もちろん、男の側が認めた場合はべつだけど」

25

ジャクソンが時間を節約するため安全面には目をつぶってカバンをBMWのトランクではなく後部座席に入れることにしたのは、〈クラウン〉を出て二軒目の往診をすませたときだった。後ろのドアを開けたらすぐに、床にダッフルバッグがあるのが目に入った。中に何が入っているにせよ、形を保つほど大きくはなく、バッグはそれ自体の重みで横向きに倒れ、半ば運転席の下に隠れていた。それが何なのか、なぜそこにあるのかをジャクソンは即座に察した。アクランドがジャケットを時代遅れのスタイルで肩にかけていた姿が思いだされ、それが否応なくテムズ川の死体と結びついて、不吉な予感に胃がキュッと締めつけられる。

とっさに思ったのは、ドアを閉め、見なかったことにしようということ。そんな小心な思いに彼女は駆られた。後ろのドアを開ける理由は、カバンをそこへ入れることにした以外には何もなかったのだ。このまま往診を続け、そのバッグのことは仕事を終えるまで気づかなかったと言っても誰にもわかりはしないし、自分の仕事を遂行する責務は、サザーク東署までまた足を運ぶという、あまり気の進まない責務より、はるかに重要だ。

つぎに湧いてきたのは、バッグの中身を見てみようという、良識よりは好奇心から来る思いだった。キャンヴァス地がへたっとなった形からすると、中身は円錐形《えんすいけい》の物体だ。このバッグを警察署に持っていって、なぜこれが重要かもしれないと思ったのかを退屈した警官に一時間かけて説明する気はなかった……

……空のワインボトルが入ってるだけじゃないですか、と言われるのが関の山かもしれないのだ。

＊

アクランドは部屋の隅にできるだけ寄った位置で壁に寄りかかった。「ぼくとジェンとの関係が、そのタクシー運転手となんの関係があるんです？」彼はジョーンズに訊いた。

「誰がタクシー運転手の話をしていると言ってるんだ？　マーティン・ブリトンという文官が九月の二十三日に殺されていて――」中尉の表情から、すでに知っている話なのだとわかった。「彼は国防省に所属していた。もしかしたら、彼とばったり戦争博物館で会ったのでは？」

「会っていません」

警視は肩をすくめた。「その週末、きみは怒っていた。誰に対してもカッとなっていたんじゃないのか？」

アクランドは首をふった。

「ジェンにはそうなったよな」

「カッとなったのは彼女のほうです」

「なぜ」

「ぼくから金を受け取るときは喜んでいたけど、ぼくが彼女にしたことは楽しくなかったから」

ジョーンズは眉をひそめた。「きみは彼女に金を払ってセックスしたのか？」

アクランドはうなずいた。

「なぜ彼女を売春婦扱いしたんだ？　チャールズ」

「彼女はまさにそれだからですよ」

ジョーンズはそれについては争わなかった。「で、きみは、金を払ったからには、向こうも同意しているものと考えた――？」

「そういう取り決めだったんです」アクランドの口元がゆがんだ。「彼女が持ちかけ、ぼくに思いつく最悪のことをさせた。最初のうちは、彼女、笑ってましたよ……あとではそうでなくなった」

「彼女が売春をしていることは、いつ知ったんだね？」

「彼女を捨てた日」

「それはいつ？」

「オマーンから戻って三日後」

ジョーンズは興味深げにアクランドを見た。「週末の九日？」

「そうです」

「その日もきみは怒ったはずだよな、チャールズ。自分の婚約者がほかのどこの誰とも知れない男たちとも寝ていることを知ったら、自尊心はずたずただ」言葉を切って答えを待つ。「その日もジェンをレイプしたのか？」

「いえ」

「あまりにショックでそんな気も起きなかったのか？　自分のまぬけさ加減が信じられなかったのか？」

沈黙。

「で、きみは二週間後にまたそこへ行き、思いつくもっとも荒っぽいやり方で凌辱《りょうじょく》することで彼女を罰した。それじゃあだめだよ、チャールズ。売春婦にも権利はあるんだ」

「金だけ受け取って契約を履行するのを拒んだら、そうは言えませんよ」

「どうぞ思いつく最悪のことをやってくれ、とけしかけるのが、どうして契約の不履行になるんだ？」

「最後までやらせるつもりはなかったんですよ、彼女は」

ジョーンズは首をかしげてビールを見た。「ここまでの話、きみはついていってるか？」

「わたしが思うに、中尉は二人がそれぞれべつべつのことを考えていたと言っているんですよ――中尉とミズ・モーリーは。中尉は、理由はどうあれ、彼女との性交に金を払うつもりでいた……そして彼女は、理由はどうあれ、金を受け取ってもべつに約束を果たす必要はないと考えていた。これまでの二人の関係からして、彼女は、中尉が客としての権利を要求することはないと高をくくっていた」

「ということだが、どうだい？　チャールズ」

「ほぼ正確です」

「なぜ彼女はそれですませられると思ったんだろう」

「ぼくのことはよく知っていると思っているんです」

警視の眉間のしわは深まった。「その日、きみは彼女のフラットで何をしてたんだ？　性交だけが目的だったのか？」

「違います。イラクへ発つ前に、自分のものを取りにいったんです。彼女は留守のはずでした。そこの鍵はまだ持っていたんです」

「では、彼女は二つ、約束をたがえたわけだ」

「三つです。持って帰れるものは何もなかった。ほとんどのものを彼女は壊していたんです」

「それで腹が立ったのか？」

「彼女のあらゆることに腹が立ちましたよ。もう顔も見たくないほどで……彼女には嫌悪しか感じなかった」アクランドは心底いやそうに言った。「彼女に触るのさえいやだったんです。そして、触られるのはもっといやだった」

アクランドのその言葉は、ジョーンズからすると、彼のこれまでの発言のいくつかに比べたらさほど不可解なものではなかった。愛と憎しみは紙一重なのだ。「それで、彼女を罰することにしたのか？……そしてその権利を得るために金を払った――？」

「そうしたのは、実験室のネズミのように扱われるのがどんな感じがするものなのか、彼女にわからせるためです」

「というと？」

「正しいボタンを押したら褒美がもらえる……間違ったボタンを押したら電気ショックが来る」

＊

ジャクソンはかがんでダッフルバッグをまっすぐに立てた。見かけより柔らかい素材でできていて――キャンヴァス地ではなくたぶん麻――中身も思っていたより重量があった。ワインボトルだとしたら、中身も入っているのだ。口紐をほどいて広げると、レジ袋でくるんだ長さ三十センチほどの固い物体が現れた。遅まきながらジャクソンは、医療手袋をカバンから取ってこようと思い、麻のバッグから手を離した。バッグはそのまま運転席の背に寄りかかるように傾《かたむ》くものと思っていたら、麻の生地はくたっと折り重なって底にあったものの上にかぶさり、少なくともその中のひとつが露《あら》わになった。
最初は携帯電話だと思ったが、よく見ると、上のほうに型押しされた金属片が二つある。それはスタンガンだった。

＊

ジョーンズが、ではジェンはきみにどんな褒美をくれたんだ？とアクランドに尋ねたとき、そこへ質問の矛先を向けてはだめだと、直感的にビールは思った。警視が、二人の関係における通貨としてのセックスに的を絞ると、アクランドの身構えた姿勢がかすかに緩んだのだ。

「肉体関係を結ぶには、そのつど交渉しなくてはいけなかったのか？　ジェンはきみが彼女の望むとおりにふるまったときだけ、きみと寝たのか？」

「そんなところです」

「たいていの男なら屈辱《くつじょく》的に感じるところだぞ」彼はしばし、アクランドの反応をうかがった。「最後まで付き合うには、前もってヤクでハイになっておかないとならないとしたら、なおさらだ」

反応はない。

「われわれはしばらく前にパブの外で彼女を見かけた。客がタクシーで待っていて、彼女はたぶん売人のところから戻ってくるところだった」ジョーンズは同情の表情に見えるような笑みを浮かべてみせた。「男と寝るのがヤクを買う金のためでしかないのなら、熱くなれったってそれは無理だよ、チャールズ。ジェンが冷めていたからって気にすることはなかったんだ」

ジョーンズはわざと刺《とげ》のある言い方をしたのだが、アクランドはまっすぐに警視の目を見返した。「気になんかしません。ぼくは出ていきました」

「彼女を懲《こ》らしめたじゃないか」

「ほんとなら、もっと懲らしめたかったところですよ。先日あなたは、なぜそんな軽装で移動するのかとお尋ねでした……これが答えですよ。彼女がぼくの衣類を切り刻み、ほかはぶっこわしてしまっていたので、持って帰れるものが何もなかったんです。買ったばかりのノートパソコンは、床にこなごなになっていました」

ボスが何も言わないので、ビールが割って入った。「彼女はそれを何でこなごなにしたんです?」

一瞬、ためらうような間があった。「たぶん、ハンマーでしょう。工具箱も彼女のフラットに置いてありましたから」

ビールはさほど重要な問題ではないというようにうなずくと、「彼女には暴力的なところがあるってことか」と、つぶやいた。「彼女はそのハンマーをあなたにもふるったことがあるんでしょうか」

ふいにアクランドの表情が閉じた。「いえ」

「確かですか?　さっきあなたは自分のことを実験室のネズミにたとえ……間違ったボタンを押したらどうのという話をしていた。あなたは自分が関わったのが空想のユマ・サーマンではなく、コカイン中毒のどうしようもない女であったことに、遅まきながら気がついたのではないですか?」

＊

ジャクソンはむきだしになった木製の棍棒を見つめた。アフリカの工芸品に詳しいわけではないけれど、光沢のある丸い頭部と柄《え》は、前に写真で見たことのあるズールー族の投げ棒を思わせた。これがとくに意味のあるものだと考える理由は何もなかったのだが——警察が鑑識で得た情報は彼女には知らされていない——それでも、うなじの毛がぞわっと逆立った。新聞を読んでいるので、〝ゲイ殺人〟の三人の被害者は殴り殺されたのだということくらいは知っていたのだ。

それはそれとして、全部このままにしておいて警察に電話しようと決心する決め手になったのは、スタンガンの横にあった携帯電話二台のうちのひとつに氏名を記したテープが貼ってあったからだった。

……〝ハリー・ピール〟と。

＊

ジョーンズは組んでいた脚をほどき、身を乗り出した。「虐待したのはきみのほうではないかとわたしは思うんだよ、チャールズ。きみは怒ったら自分でも制御がきかなくなる。そして、われわれみなが知っていることだが、セックスをするのに懇願《こんがん》しなくてはならないというのはひどく屈辱的だ」

アクランドは壁についた両手をずらしてもっと体が安定するようにした。「それについてはあなたのほうがぼくなんかより知っていそうだ」

ジョーンズはうすくほほ笑んだ。「わたしは女と寝るのにその方法しかないからといって、女をレイプしたことはないぞ。それから、自分のしたことへの忸怩《じくじ》たる思いを癒《いや》すためにホロコーストの展示を見にいったりもしない。展示を見て、気が楽になったか？……自責の念がやわらいだ？……なにせナチはもっとひどいことをユダヤ人にしたのだからな」

アクランドは浅く息をし、頭をまたもとに戻した。「そんなんじゃありません」

「ああ、そうだった。きみとミズ・モーリーは取引をしたんだったな……ノートパソコンを壊した埋め合わせだ。自分の持ち物などどうでもいいと言ってる男にしては、たいした仕返しだよ」

「あなたは何もわかっていない」

「きみのふるまいが心安らかな男のそれでないことはわかっているさ。きみは何を恥じているんだ？　彼女を常日頃から殴っていたこと？……それとも、彼女がきみにそうするのを許していたこと？」

沈黙。

「きみはここへ悲しみをまぎらすために来ていたんだと思う……あれやこれやを考えるために」ジョーンズは皮肉に強調して言った。「それをハリー・ピールが邪魔したから、彼を標的にしたのか？　女に邪険にされて、その腹立ちを赤の他人に向けた男はなにもきみが初めてではないさ」

ビールがまた割って入った。ジョーンズの相手を貶《おとし》めて挑発する容赦ない物言いは、中尉をますます部屋の隅へと追いやっていた。顔色は最悪で、唇まで色を失っている。「もうそこまでにしてください、ブライアン。やりすぎですよ。彼には医者が必要です」

ジョーンズはいらだたしげにため息をつくと、椅子を立って、その椅子をアクランドのほうへ押しやった。「ほら、頼むから坐れよ、倒れてしまわないうちに。きみは、訓練を積んだ軍人なら、暴力的な女にもうまく対処できると思っているようだが、なぜそう思えるのかね。もし反撃したら、その女に、被害者づらをする機会を与えることになるし……何もしなかったら、腹をぐさりと刺されることにもなりかねない。なんでそんな女を守るんだ？」

アクランドは口中に舌をめぐらして少しでも唾液が出るようにしたが、それでも出てきた声はしゃがれていた。「ぼくは自分を守ってるんです」

「何に対して」

「あなたが次にぼくにかける嫌疑に対して」からからの口蓋《こうがい》を舌がざらりとこする。「前はタティング氏でした……今回は殺されたタクシー運転手に始まって……どこかの公務員……そしていまはレイプと屈辱」

ジョーンズは椅子を指し、「坐れ」とうむを言わせぬ口調で言った。「力ずくで坐らせようとしてまた取っ組み合いになるのは願い下げだ」ビールがグラスに水を注ぐのを見ながら、アクランドが椅子に腰を下ろすと自分もベッドの端に浅くかけた。「わたしは、なぜきみはバーモンジーに戻ってきたのか、なぜこの捜査に関わってくるのかを知りたいんだ」

アクランドは「どうも」とつぶやいてグラスを受け取り、一気に水を飲みほすと、かがんでグラスを床に置き、それから左手をアイパッチに押し当てた。「なら、ドクター・キャンベルに電話して、共時性について尋ねてみるんですね」

「言ってることがわからんが」

「ランダムに起きた偶然の出来事の意味を探そうとしたら、それはたぶん見つかるだろうってことです」

＊

ジャクソンの電話はカーン刑事につながった。カーンはドクターの話を聞きながら、モニターで一通のメールを読んでいた。

今朝、川から引き上げられた遺体の指紋による身元確認の緊急依頼について。ポール・ハーディー（六八歳）の指紋と一致。未成年者に対する強制猥褻《わいせつ》罪で公判待ち。届け出住所はペッカム、アルビオン・ストリート二十三番地、ＳＥ15。家族は不詳。写真添付。

カーンは添付ファイルをクリックし、ポール・ハーディーの顔写真を見つめた。

「話はちゃんと聞いてますし、いらいらなさっているのもわかりますが、いまはまず、こちらのパソコンに出ている写真を見ていただきたいんですよ、ドクター・ジャクソン。先生が車で見つけたものと関係があると思うんです。3Gの携帯をお持ちですか？　写真の男は先生がチョーキーの名で知っている男と同じ人物か、確認していただけますか？」

＊

「なぜこれらが偶然の出来事だと言えるんだ？」ジョーンズは訊いた。「きみはハリー・ピールと同じでパブで飲んでいた……きみはケヴィン・アトキンズの携帯電話を持っていた……そしてきみはウォルター・タティングと、彼が襲われる二、三時間ほど前に言葉を交わしていた。わたしはそれらの関連性を探しているんだよ、意味ではなく」

「煎《せん》じ詰めれば同じことです」

「わたしの考えではそうではない。意味など後付けでいくらでも考えられるさ――要は、合理性にどこまで目をつぶれるかによるんだよ――わたしの仕事は動機を解明することだ」

「ぼくはあなたが今夜ここへ来ることを知らなかったんですよ」アクランドは指摘した。「ですからこの尋問は完全に偶然の成り行きだし……すべてあなたに都合よく運んでいる。もしぼくがジャクソンに〈ベル〉へ送り届けてもらっていたら、こんなことにはなっていません」

「なぜそうしなかったんだ？」

「あれやこれや考えることがあったんです」

皮肉がちゃんと通じて、ジョーンズは低い笑い声をたてた。二人はそれぞれの席――警視はベッド、アクランドは椅子――から前に身を乗り出していて、頭は十センチと離れていない。まるで二人は敵意ではなく互いに敬意を抱いているかのようだった。「それでドクター・ジャクソンの車を〈クラウン〉へ向かわせることにしたのか？」

アクランドは肩をすくめた。「たとえそうだとしても、あなたがここにいることを知らなかったのは同じです。偶然というのがどう働くかは人によってさまざまです。ですから、何に対してもそこから引き出す意味合いは、あなたとぼくとで一致することはないんです」

「最終結果がどちらにも満足のいくものだったら、一致するんじゃないのか」

アクランドがかすかに顔を上げた。「もし一致しなかったら？」

「そうしたことが起こりうるのは、きみがわれわれの探している人物である場合だけだよ」警視のその言葉は一応筋が通っていた。「あるいはきみが誰かをかばっている場合」

アクランドの目に小さな笑みが浮かんだ。「あるいはぼくがもうどうでもいいやとなった場合。われわれはみな、籠《かご》の中のネズミなんですよ……あなたも、警部も、ぼくも……それぞれがアルファ、ベータ、オメガの特性によって行動している。たぶんぼくはこのばかげたゲーム全体にうんざりしてるんです」

「きみはずいぶんネズミにこだわるんだな」

「籠の中のネズミだけです」

「で、誰がオメガなんだ？　きみ？　どういう根拠で？　あらゆる状況において受け身だから？……それとも、アルファに自分を支配させているから？」

「あなたと警部はいまのところかなりいい仕事をしてますよ」ジョーンズはハッと面白がるような声をあげた。「どこがいい仕事なもんか。ひどいもんだよ、チャールズ。オメガなら、われわれが部屋に入ってきたとたん、さっと物陰に逃げこんだはずだ。そういうタイプには年じゅうお目にかかっている。弁護士の後ろに隠れ、嘘をつきまくり、こっちが背を向けたらすかさず近くの穴にもぐりこむ」

「たぶんぼくはあなたが職権を盾にいばり散らしているあいだ、頭を低くしているだけなんですよ。それがオメガの標準的な行動様式ですから」

「ミズ・モーリーにもそんなふうに対処していたのか？」

アクランドは警視の目を見つめた。「なんでそんなにジェンに関心があるんです？」

「きみにはそれよりはるかに関心があるよ、チャールズ。きみはある状況下では暴力的に反応する。わたしはそれがなぜなのかが知りたいんだ」

「ぼくは自分とぼくの部下に起こったことに怒っているんです」

「それは当然だ……だけどそれは、触られたら激昂することの説明にはならない。もし憤《いきどお》りがきみの駆動力であるのなら、きみは年がら年じゅう人と衝突しているさ」

「いずれにしても、ぼくがタティング氏を襲ったのでないことはあなたもすでに認めているし、あなたが言及した日については、どの日も夜には基地に戻っていたことを証明できます」

この男はなぜ、いままで反論するのを待っていたのだろう、といぶかる思いでジョーンズはアクランドを見つめた。この男にとってはすべてが神経のテスト――プレッシャーにどこまで持ちこたえられるか見極めたい、反撃に転じるのはそのあとだ、ということなのだろうか。

「もちろんその点は確認するよ」ジョーンズは言った。「連隊に記録が残っているだろうから――」携帯電話が鳴り、ジョーンズは言葉を切った。「失礼」体を起こし、ポケットから電話を出す。

かけてきたのはカーン刑事だった。ジョーンズは、いまは自由に話せないことを明白に合図で示して、相手に一方的に話させた。確認のための短い言葉を二度はさんだだけで、まとまった言葉を発したのは最後になってからだった。「わかった。巡査を二名、ここに寄こしてくれ。警部とわたしはここで待っている。それから、われわれがそこに行くまで何も動かさないように。遅くとも三十分後には鑑識班と合流する」

彼は携帯電話をしまってからふたたびアクランドに注意を戻し、数秒間じっと見つめた。「ドクター・ジャクソンがきみに何をしたというんだ、チャールズ」

「何も。ドクターのことは好きですよ……とても、と付けてもいいくらいです。彼女、バッグを見つけたんですね?」ジョーンズの表情に、チャールズはかすかな笑みを浮かべた。「どこかへ捨てることもできたんですよ。あの車の運転席の後ろに置くまで、ほぼ二十四時間持ち歩いていたんですから。ドクターは、そのことにはまだ気づいてないんですか?」

「どうもそのようだな。カーン刑事によれば、彼女はまた往診の予定をキャンセルしなくてはならなくなってカンカンだそうだよ。なんで彼女に見つけさせようとしたんだ?　なぜわたしが車へ行ったときに、わたしに渡さなかったんだ？」

「用意ができてなかったんです」

　そこまではなんとか受け入れられた。「少なくとも、ドクター・ジャクソンには話しておいてもよかったじゃないか」

　アクランドは目の前のカーペットに視線を落とした。「そうしようとしてたんですが、その機会がなかったんですよ。で、自分で見つけたほうが、あまりびっくりせずにすむだろうと思ったんです。あのバッグにはぼくの物もひとつ入っています」

「ではきみは、バッグの中身を知っていたんだな？」

「ええ」

　ジョーンズは立ち上がった。「そういうことなら、今夜はもう話を聞くのはここまでだ」ジョーンズはアクランドのうなだれた頭部を見つめた。「監房でひと晩過ごすだけの体力はあるか？　もし無理なら、わたしが戻るまで、待合室で椅子にかけて待ってもらうことになるが」

「監房でけっこうです」

「勾留ということではないが、制服警官が二人付くことになる。パトカーの後部座席に乗って署まで行くのは、どんな理由であれ自分にはできそうもないというのであれば――」

　アクランドは体を起こした。「大丈夫です。ぼくのことなら心配はご無用です」

　ジョーンズはお手上げというようにため息をついた。「きみって男はほんとに厄介だよ、チャールズ。きみのそのガッツをあっぱれと感心したらいいのか、どこまで愚《おろ》かなんだとばかにしたらいいのか、おれにはわからん。ここはどう考えるところなんだ？　きみはまた、もうひとつの不運な偶然の一致の犠牲者？」

アクランドの口が笑みと見紛《みまご》うかたちにゆがんだ。「そう考えて間違いないですよ」

26

ジョーンズとビールがジャクソンのBMWの後ろに車を停めたとき、彼女は郵便ポストにもたれて携帯電話でチェスをしていた。二人に気がつくと会釈したが、彼らが後部座席を調べている三人の鑑識班員と十五分ほど話をしていても、もどかしげな様子はまったく見せなかった。以前のいらだちはどこかへ消えてしまったようだ。

「申し訳ありません、ドクター・ジャクソン」やがて警視が彼女のほうへ歩いていきながら言った。「お時間をお取りして迷惑をおかけしていることは重々承知しています」

「そちらのせいではないですよ」ジャクソンは携帯電話を閉じた。「わたしのせいでもないですけど、そうお考えになったとしても無理はないと思いますよ。最近のわたしは、緊急の電話であなたの注意を喚起することばかりしていますから」

「アクランド中尉のおかげでね」

「車にバッグを置くことができたのは、彼しかいません。たぶん彼はわたしが見つけることを念頭にわざとそうしたんだと思います。そうでなければ、パブであなたにそのバッグのことを話していたはずです。わたしがそれを見落とすことはあり得ない。後ろのドアを開けるだけでいいんですから」

「なぜ彼はそんなことをするのか、どう思われます？」

「不安、でしょうか」ジャクソンは言った。「彼はわたしがアトキンズの携帯電話の持ち主を突き止めたときも震えあがって……警察に通報するのを嫌がっていました。そんなことをしたら自分が真っ先に嫌疑の対象になるからです。今回もたぶんハリー・ピールとの関わりで同じように感じたんでしょう」彼女は言葉を切った。「わたしが解《げ》せないのは、なぜあっさりどこかへ捨ててしまわなかったのかってことです。そうやって誰かほかの人が発見するようにしていたら、誰もそれを彼と結びつけて考えることはしない。話はそれで終わるんです」

「あるいは、テムズ川に放り投げていればきれいさっぱり厄介払いできたのに——？」

ジャクソンはうなずいた。「そうです。わたしも、よけいな責任をしょわされてうれしいってわけじゃありません。でも、彼が正しいことをしたことは、認めてあげてもいいんじゃないかと思うんですよ……たとえまわりくどいやり方だったとしても」

「彼はバッグをあなたの車に置くまでに、二十四時間歩きまわっていたと言っていました。時間的にそれで矛盾はないですか？」

ジャクソンは眉をひそめた。「もう彼に尋問したんですか？」

「簡単にね。これは重要な発見なんですよ、ドクター」

「それは具合の悪い人間を苦しめる言い訳にはなりません」

「それはそうです」ジョーンズはしれっとして言った。「だから質問は極力簡単なものだけにしておいたんです。彼と別れたのはきのうのいつ頃です？」

「正午ごろ」

「そしてきょうの夕方、ふたたび会ったときに、彼がそのバッグを持っていたのは確かなんですね？」

「確かです」

「そのバッグの中に入っていたもののひとつは自分の物だと彼は言っているんですが、どれがそうなのか見当がつきますか？」

ジャクソンは肩をすくめた。「中身をぜんぶ見たわけではないんです。ハリー・ピールの携帯電話を見て、すぐに手をひっこめましたから。財布も入ってました？　入っていたら、それがチャールズのかもしれません」

ジョーンズは首をふった。「彼がそこに何かを入れたという感じはなかったですよ。彼が言っているのがなんであれ、それはもともとそこにあったのだと思います」ジョーンズはそばへやってきたビールに顔を向けた。「きみもそう思うだろ？」

ビールはうなずいた。「中尉はバッグの中身のあるものが、あなたをぎょっとさせるだろうと考えていたようです。そのあるものは自分のものだと彼は言っています」

ジャクソンは意外そうな顔をした。「そうであれば、わたしより警察の反応のほうが彼にすれば心配なはずですよ」

「彼はなぜあなたにそれのことを話さなかったのかという警視の質問に答えて、話そうとしてその機会を待っていたのだと言っていました」

「スタンガンには確かにぎょっとしたかもしれません」ジャクソンは認めた。「そんなものを持ち歩く男の人がいるとしたら、動機を疑いますよ。女をねじ伏せようと思えば、十五秒間筋肉を引きつらせて防御できなくさせればいいのですから、これ以上に簡単な方法はありません」

ジョーンズはうなずいた。「スタンガンにはわれわれも関心をもっています。それ以外の中身は、木製の棍棒に――これはズールー族のノブケリーでしょう――携帯電話が二台――一台はおそらくハリー・ピールのものでしょう――そして赤ちゃん用のウェットティッシュに、喉飴。この中に、中尉のものかもしれないものはありますか？　何か手掛かりになるようなことを言っていませんでしたか？」

ジャクソンは警視と警部を交互に見た。「彼は元婚約者のフラットにアフリカの工芸品を置いてあると言っていました」ゆっくりとそう言うと、アクランドがジェンのフラットの様子を外から観察しにいった経緯《けいい》を話した。「そのことを、ノブケリーを見つけて以来ずっと考えていたんです。彼はそれがまだジェンのフラットにあるかどうか確かめにいったんでしょうか？　もしそれがフラットにまだあったとしたら、あれは――」と、車のほうに顎をしゃくって――「彼とは関係ないってことになります」

ジョンーズは疑わしげだった。「彼が自分に都合のいい嘘をあなたの口から言わせようとしたとは考えないんですか？　わたしには煙幕のように思えますよ。ロンドンにノブケリーがいったいいくつあるでしょう。自分のものなら見ればすぐにわかるんじゃないですか？」

「それでも、一応確認はしますよ。わたしならそうします――自分のものと思われるものがハリー・ピールの名前が貼ってある携帯電話の横にあれば」

「あるいは二十四時間歩きまわって話を練り上げる。中尉はばかではありません。もし彼がノブケリーはミズ・モーリーのフラットに置いてあったと言い——それをあなたが彼の行動を根拠に裏付ける——一方、ミズ・モーリーがそんなもの彼はうちに置いていないと言ったらどうなります？　われわれはそこで手詰まりです」

ジャクソンは不思議そうに警視を見た。「どうもわたし、勘違いしていたみたいです。てっきりこれはベン・ラッセルのバッグだと思っていましたよ。チョーキーがくすねたとチャールズが言っていたバッグだと」

ジョーンズはお手上げというように両手を広げた。「われわれも混乱してるんですよ、ドクター。われわれの知るかぎり、そのバッグはずっとアクランド中尉が持っていました」

彼女はしばし警視を見つめた。「いいえ、それは違います」ふいに、きっぱりと言い切った。「あなたはチャールズがいなかったら、そもそもそのバッグの存在すら知ることはなかった。彼はまず、チョーキーがそれをくすねたことをあなたに話した……そしてこんどは、わたしに見つけさせようとわたしの車に置いた。もしそのバッグが彼とハリー・ピールを結びつけるものなら、なぜそれに注意を引くようなことばかりするんです？」

「煙幕ですよ」ピールが最前の上司の言葉を繰り返した。「もしドクターがこの前の金曜日にそれを見つけたのならべつですが——そうではないわけですよね——としたら、それがドクターの車のトランクにあったというのは、チャールズがそう言ってるだけです。彼はそのバッグに関与しているのはベンとチョーキーだと言っていますが、それが本当かどうかは、中身に彼らの指紋もしくはＤＮＡが付着しているかどうかを調べないかぎりわかりません。もしそれがなかったら――」ビールは肩をすくめた――「ついているのがチャールズのものだけであったら――そしたら彼は、きのうバッグの中を調べたときについたのだと主張できるというわけです」

こんどはジャクソンが疑わしげな顔をする番だった「あなたたちの頭がそんなふうに働くんだとしたら、チャールズがこれを警察に届けるのにわたしを使ったのも無理はないですよ。そもそも彼はこんなことをする必要はなかったんですよ……どこかへ捨てて、そのまま知らん顔をしていればよかったんです」ジャクソンは彼らの顔をまじまじと見た。「もし彼が罪を犯しているんなら、なぜわざわざ危険を冒すようなことをするんです？　まったく意味をなしませんよ」

「彼は危険を冒すのが好きなんですよ」ジョーンズが考える顔で言った。「運というものにとらわれているんです。ランダムに生起しているように見える出来事には意味があるはずだと感じていて」

「あなただってそうなりますよ。もしも、ある地点を通過する最初の車両に狙いを定めた無差別の爆破で片目とキャリアと部下を失ったら」ぶっきらぼうにジャクソンは言った。「彼は悪運というものを知りすぎるほど知っています……たぶんこの数か月でいやというほどそれに見舞われたから」

ジョーンズは興味深げにジャクソンを見た。「考えが変わったんですか？　ドクター。前は、チャールズとはもう縁《えん》を切りたそうにしていたのに……カーンが電話で話したときは、すごくいらだっていたそうじゃないですか」

「最新テクノロジーのなせる業《わざ》ですよ」ジャクソンは言って、また携帯電話を開き、メニューをスクロールしてある画像を警視に突きつけた。「これはチョーキーではありません。顔が細すぎるし……髪とひげも白すぎる。やぎひげの教授タイプって感じですが、チョーキーはやぎというよりむしろグリズリーで……もじゃもじゃのひげに、顔もいかつく角ばっています。カーン刑事には、正式な確認はあとで死体を見て行うと伝えてありますが、これはわたしが路地で見た男ではないと断言できます」

「あそこは暗かったんですよ」と、ジョーンズは思いださせた。

「彼はわたしの車に二十分間、乗っていました。隣に乗ってきたときにはよく顔が見えなかったとしても、車中で横顔ははっきり見ました。チョーキーの鼻はつぶれていましたよ。この男はそうではありません」

その話は、ジョーンズもアーメド・カーンから聞いていた。「中尉がチョーキーにしたかもしれないことについて、あなたがそれほど心配しているとは思ってもいませんでしたよ」ジョーンズはつぶやいた。「チャールズは暴力も辞さない男だと見ているわけだ」

ジャクソンは携帯電話をポケットにしまった。「そういう男だと知っているんです」彼女は淡々と言った。「彼が警察署であなたにしたことを見ているし、パブでラシドにしたことも見てますから……だけど、どちらの場合も殺すまではしなかったし、武器として使ったのは自分の手だけです」彼女は肉厚の肘《ひじ》を郵便ボックスの上にのせて、車のほうに目をやった。「なぜあなたはスタンガンにそんなに関心があるんです?」

「あなたが挙げたのと同じ理由からですよ。機種によっては一万ボルトの威力がある。それに触れると二分から三分はまったく動けなくなる……あるいはもっと長いかもしれません。この国では所持は違法ですから、おそらく国外からひそかに持ちこまれたんでしょう……としたら、ベンとチョーキーの可能性は低いということになる」

「つまりチャールズだってこと?」

「ひとつの可能性です。彼は、そのバッグに入っていた何かを自分のものだと主張していて、その何かはあなたを心配させるだろうと思っている……そして、あなたが最初に挙げたのがスタンガンだった。そしてあなたは、女をレイプするのに電気ショックで相手を動けなくするような男には強い疑問を感じると言っていた」

ジャクソンは警視に注意を戻した。「チャールズならそういうことをするだろうってことですか?」

ジョーンズは肩をすくめた。「それが訊きたいんですよ、ドクター。わたしが知っているのは、彼が最後にミズ・モーリーと会ったときのことをあまり話したがらないってことだけです……そしてそれは、彼が中東での演習から戻ってきてすぐのことだった。スタンガンを背嚢《はいのう》に隠すのはむずかしくはなかったはずです」

＊

その数分後にビール警部から、車は検査所に運ばれ、厳密に管理されたなかで検査されると聞かされて、ジャクソンは憮然となった。よけいな跡がつくのを防ぐためですよ、とビールはすまなそうに釈明した。「そのバッグに手を触れたかもしれない二人の人間——チョーキーと中尉——があなたの車で移動したわけですから、DNAの採取についてはきわめて慎重に行わなくてはいけないんです。トランク内の繊維も採取して調べなくてはなりません。バッグと同じ繊維が見つかったら、チョーキーがそれをくすねたというチャールズの主張がいくぶん補強されることになります」

「いくぶん、ですか？」

「彼がそこに置いたということも考えられますからね。あなたがパブに入っていったときに」

「そして、そのあとまた持ち出したんですか？」嫌みたらしくジャクソンは言った。

「その可能性はあります」

ジャクソンはいらだたしげなため息をついた。「チャールズが犯人だと決めてかかっているとしか思えない。あなたや警視にかかったら、チャールズにはほとんど勝ち目はないですよ。ほかにそれらしき人はいないか探してみたことはあるんですか？」

＊

チョーキーは顔をまともに照らされて、充血した目を開け、しょぼつかせた。「誰だか知らんが、おれの思ってるやつらじゃないだろうな。おれはおまわりが大っ嫌いなんだ！」

カーン刑事が懐中電灯の明かりを横の二人の制服警官に向けた。「あいにくだったな、チョーキー。われわれはあんたを捜して、そこいらじゅうを調べまわっていたんだ。おとなしく協力してくれるかね？ それとも逮捕しなきゃだめか？ どっちにしてもわれわれと一緒に来てもらうよ」

「誰が中へ入れた」

「あんたの女友達たちだよ」

「くそ、裏切りやがって！」伍長は声を張り上げた。「おい、くそったれども、聞いてるか！もう金輪際、おまえらレズどもの頼みはきいてやんないからな」

アヴリルが戸口から応じた。「頼みをきいてやったのはこっちだよ。ちょっと店のものをくすねただけだって、そう言ってたじゃないか……誰も困りゃしないって。それがなんだい。捜索令状ってどういうことだよ。おまけに下にはほかにも四人おまわりがいて、入口を見張ってるんだよ。あんたいったい何したんだよ、チョーキー」

彼は腕で顔を覆って、明かりをさえぎった。「えらいさんの言葉を真に受けたのさ」彼は言った。「威張りくさった、とんでもねえ野郎だ！　信用したのが間違いだったよ」

＊

「申し訳ないが、もう少しお時間をいただくことになりましたよ」警視が、ジャクソンと並んで立って、ＢＭＷがレッカー車に引かれていくのを見守りながら言った。「チョーキーが――というか、チョーキーと思われる男が――十分前にブレッド・ストリートの不法占拠されている住居で見つかったんです。チョーキーに間違いないか確認していただきたいんです」

「女性が占拠している家？　なぜ警察を中にいれたんです？」

「そっちのほうがまだましだったからですよ」ジョーンズは笑いを含んだ声で言った。「今夜のうちに男を引き渡すか、それとも明日、正式な令状のもとに建物内をしらみつぶしに捜索されるほうがいいかと選択を突きつけられて、チョーキーを差し出したってわけです。チョーキーのこと、あまり好きではないようですよ」

「あそこを仕切っている女性、自分の思い通りにならない人は好きじゃないんですよ……それにチョーキーはたぶん、酔ったら手がつけられない状態になるんでしょうよ」彼女はかがんでドクターバッグを手に取った。車からそれだけは出してくれ、でないと、生計を立てるのに必要な道具を取り上げられたと警視庁を訴えると脅《おど》して、ようやく認められたのだった。「チャールズはまだ〈クラウン〉にいるんですか？」

「いや。一時間ほど前に、留置所でひと晩過ごすことを了解してもらったうえで、そこから出てもらいました。なんなら署で、彼の具合を確認していただいてもいいですよ。逮捕されているわけではないし、あなたが彼と話すのも、まったく問題はありません」

ジャクソンはけげんな目で警視を見た。「なんで急に、そんなに物分かりがよくなったんです？ あなたがどんな疑念を抱いているかを彼に伝えるかもしれませんよ？」

「それはやめておいたほうがいいですよ、ドクター。もしここで供述を変えたら、彼はますます窮地に陥《おちい》ることになります」

＊

ジョーンズとビールがジャクソンとともに署に戻ると、チョーキーはすでに取調室の中だった。モニターで見てみると、同室の制服警官に口汚い言葉を浴びせまくっている。「いたくご不満なんですよ」カーンが言った。「これは人違いだの……ハラスメントだの……不法監禁だの……思いつくかぎりの悪態を並べたてている。弁護士を呼ぶこともできますよと言ったんですが、それもいやなんだそうです」

ジョーンズがジャクソンに顔を向けた。「どうです？」

ジャクソンはうなずいた。「彼です、わたしがチョーキーとして知っている男は」

「彼は酔っているのか？」ジョーンズがカーンに訊いた。

「酔ってないと当人は言っています。実際には、それが彼の不満とするところなんですよ。女たちはアルコール類をぜんぶ彼の目につかないところに隠したらしくて、もう何日もまともに飲んでいないと言っています――ただし、きのう中尉がくれたウォッカはべつにして」

「では、中尉と会ったことは認めているんだな？」

「はっきりそうとは言ってませんがね。威張りくさったとんでもねえ野郎の言葉を真に受けたんだと言っていて……それから、少しして、そのとんでもねえ野郎が自分をウォッカひと瓶で買収したんだと言ってました。彼が言っているのは中尉のことだと思います」

「ふむ。まあ、とりあえずいまのところは予断を持たないようにしよう……彼はしらふだというこど以外は。それで異論はないですね？　ドクター。充分質問に答えられる状態だとわたしには見えますが」

「法廷で引用できる専門家としての意見をお求めなら、まずは彼を直接診《み》てみないと」

「それはいいですな。彼がドクターにどんな反応をするか、ぜひ見てみたい。自分を知る者を目の前にしてへたなカードは切れないと彼にわからせることになるのは、いっこうにかまいませんから」

＊

取調室のにおいはすさまじかった。「あんた、衛生ってことを知らないの？　チョーキー」

ジャクソンがにこやかに言った。「前に会ったときより、ひどいにおいがしているじゃない」

チョーキーは彼女をにらんだ。「なんであんたがここにいるんだ。中尉はどこだよ。まったく、おれを騙《だま》しやがって……おれがどこにいるかは誰にも言わないって言ったのに」

「彼じゃないのよ」ジャクソンは言った。「あそこにいるかもしれないと言ったのはわたし」

チョーキーはぺっと床に唾を吐いた。「まったくどいつもこいつも……男をそっとしておくことができんのかね……いらんことばかりしやがって。ガキはどうしてる」

「まだ病院だけど、もう心配はないよ」

「話を聞くならあいつに聞くべきだよ。おれが何を知ってるっていうんだ。困ってるガキに親切にしてやったら、ムショにしょっぴかれるって、こんなのフェアじゃねえよ。おれは明日、ブライトンまで足をのばすつもりだったんだ……海のそばでの慰労休暇よ」

「まだ諦めるには早いかもよ」愛想よくジャクソンは言った。「わたしの理解するところでは、逮捕はされていないんだから」

「同じことよ。おれとおまわりとでは、たいがい見解が一致しねえんだ」

「なら、できるだけ早くここを出られるようにしたほうがいいよ。わたしはあんたが質問に答えられるくらいしらふかどうか見てくれと頼まれてるの。あんた自身はどう思う？」

チョーキーは抜け目なく探るような目でジャクソンを見た。「なんとも言えんよ……それがどんな感じのものかわからんから……この二十年、酒が切れたことはないんだよ。いまのこの状態なら、質問には答えられんね」

「それでいいの？　後悔しても知らないよ」ジャクソンは言った。「警察が、あんたの体からアルコールが完全に抜けるまで待つことにしたら、禁断症状で苦しむことになるんだよ。わたしには頭ははっきりしているように見えるから、いまここでゴーサインを出してもいいと思っている。でも、あんたが後にしてもらいたいと言うんなら、よろこんで血中のアルコール濃度を測らせてもらうよ」

チョーキーは両手をテーブルのうえにかざした。「この手、がくがく震えてるだろ。おれに必要なのはアルコールなんだよ。連中にそう言ってくれ。一滴でも体に入ったら、もっとしゃきっとして、なんでもやつらの訊きたいことに答えてやれるさ」

＊

意図してなのか、たまたまなのかはともかく、ジョーンズはジャクソンにも、チョーキーがカーン刑事ともうひとり、ジャクソンが初めて見る刑事に聴取されるところを別室のモニターで見させてくれた。そこのドアは開いていたので、ジャクソンは、チャールズが留置されている房を訪ねたあと（彼は眠っていた）、そっとその部屋に入っていった。そこにはもう二人、捜査班のメンバーがいたが、ビールの姿はなかった。彼らは、入ってきたジャクソンに気づいたとしても、何も言わなかった。

チョーキーの供述はほとんどが、警察や、いばりくさったレズども、嘘つきの官憲、感謝ということを知らない若いのや、〝男に一滴の酒も飲ませない〟残忍な仕打ちに対する不平不満で占められていたが、路地での出来事や、その後の聖トーマス病院への移動に関する核心部分では、ジャクソンやアクランドの話と一致していた。

「ベンは荷物をいくつ持っていたか覚えている？　チョーキー」

「二つだよ……黒のリュックとロンディスのレジ袋」

「中尉のほうは？」

「やつも二つだったと思うよ……背嚢と、ダッフルバッグだ」

「それで間違いない？」

「おれが嘘をついてると言うのか？」

カーンは首をふった。「念のため確認してるだけだよ。あんたがロンディスのレジ袋を持っていったというのは事実かね？　その袋にはタバコとアルコールが入っていたと聞いているが」

「事実だとしたらなんだよ。どうせ病院では使えねえんだ。あいつにはこのつぎ会ったときに金を払うつもりだったんだ」

「ダッフルバッグは？　それも持っていったのか？」

「いかねえよ。おれのじゃねえんだから」

「じゃ、それはどうなったんだ？」

「中尉がせしめたのさ」

カーンはしばしチョーキーを見つめた。「というと？　彼はドクターの車のトランクから一度も持ち出しはしなかったってこと？」

チョーキーはまた床に唾を吐くそぶりをみせたが、考えなおしたらしく、「そんなのわかるかよ」と、無頓着に言った。「ずっと見てたわけじゃねえし……だけど、それをせしめたのは中尉だよ。おれはそのバッグのことなんかなんも知らねえよ」

カーンはうなずいた。「おおむねわれわれが考えていたとおりだ」

「じゃあ、なんでおれはここにいるんだよ」チョーキーはけんか腰に言った。「おれみたいな者にだって人権はあるんだぞ」

「それはわかっているし、あんたの協力には感謝してるよ。あんたのおかげで重要なことがいくつか確認できた。いままでは、ダッフルバッグはずっとトランクの中だったと、中尉が言っているだけだったからね。ドクターはそれを見ていないし、われわれの知るかぎり、中尉には存在しないバッグをそこにあったと主張する彼なりの理由があったからね」

チョーキーの黒い眉毛がぎゅっとひそめられた。「おれはなんも確認なんかしてねえぞ」

カーンは目の前のテーブルに置かれたメモ書きに目を通した。「あんたはなんでブレッド・ストリートに身を隠していたんだ？　チョーキー」

「あんたらの知ったこっちゃねえよ」

「ダッフルバッグを開けて、中に入っているものを見たら怖くなったのか？」

「弁護士を呼んでくれ。弁護士の立ち会いがなけりゃ、もうこれ以上、質問には答えない」

「いいとも」カーンはあっさりと言った。「誰か知っている弁護士はいる？　それとも当番の弁護士補助員《パラリーガル》に頼む？　パラリーガルに頼む場合は、ここへ着くまでに二時間ほどかかるけど。それまでこの部屋で待ってもらってもいいよ。お茶とビスケットくらいは出すから」

「ビールにしてくれ」

「ここはヒルトンホテルじゃないんだ、チョーキー。アルコールは出せないよ」

チョーキーはテーブルに突っ伏した。「まったく、川に捨てときゃよかったよ」と、ぶつぶつ言う。「実際、もう少しでそうするところだったんだ。もともとそれを持っていったのは、中に瓶が入っていると思ったからさ。話ならあのガキに聞けよ。あいつはまともじゃない」

「なぜそんなことを言うんだ？」

「ひどいことして屁《へ》とも思わない悪たれだからさ……ついこのあいだも、自分の女たちにおれをさんざっぱら蹴らせた」チョーキーはもじゃもじゃのひげをぐいと引いた。「おれがその子らに、あんたらを食い物にしているろくでなしのポン引き野郎とは縁を切ったほうがいいぞと言ったのが気に食わなかったのさ」

「ポン引きというのはベンのこと？」

「そうよ」

「じゃあ、なんでそういうやつを路地に泊めてやったんだ？」

「そういうやつとは知らんかったのよ。最初に会ったときは、どっかの男に蹴りつけられてる痩せっぽちのガキでしかなかった。あの男は少年を金で買うホモ野郎だ、とおれには言っていたけど、ほんとのところは、たぶんやつに金を騙しとられたんだよ。それ以後は、何かあるとやってきていた。あいつにとっちゃ、安全な隠れ場所だったのさ……あそこのことを誰にも言わなかったのはだからだよ」

カーンはメモ書きの上で手を組んだ。「ベンにそうやってやられたあとは、彼のこと、怖くならなかったのか?」

チョーキーはいまいましげにうめいた。「あんときは寝込みを襲われたのよ。こんどまたこんなことをしたら、その首をへし折ってやるからなと言ってやったら、それ以後はぱったり姿を見せなくなった……あの晩まではな。具合が悪そうだと中尉は言ってたが……おれはまたどこかでぼこぼこにやられたんだろうとしか思わなかった。ドクターと別れたあと、あいつのバッグの中身を見てみたら、ますますそう思ったよ」

カーンはこれをどう解釈すべきか考えた。「ダッフルバッグの中を? ベンがそれを持っているところを前にも見たことがあるのか?」

「そんなこと、どっちだっていいじゃねえか。あいつはあの晩、それを持っていた……としたら、それはあいつの物だってことになるんだよ、おれの考えでは」

「なぜあんたは、それをずっと持っていたんだ?」

チョーキーは横目でちらと警部を見やった。どれだけ騙されやすいか見極めようとするかのように。「なぜかというと、おれだって新聞を読んでるからさ。安酒をあおってるような人間はこんなくそみたいな世の中で起きてることなんかなんも知らんとでも思ってるのか? 軍隊だってそうたいしたところじゃなかった——お国のために務めを果たし終えたら、もう用はないとばかりにほっぽりだす——だけどそれでも、ばかな人間は初めからとっちゃくれんのよ。ある名前を見て、ん？　と思ったのさ」

「ハリー・ピール？」

「そう、それだ。ドクターがあいつのリュックに殺された男の携帯電話が入っていたと言っていたのを思いだし……これはへたしたら自分で自分の首を絞めることになるぞと思った。酒とタバコの袋だけ取っておいて、ダッフルバッグはほっておけばよかったんだ」

「どこかへ捨てればもっとよかっただろうに」

「良心ってものがあれば、そんなことできるか」チョーキーはむっとした声で言った。「なんでおれが人殺しを助けるようなまねをすると思うんだ？」

「証拠となる品を警察に持ってきたことがないからだ」カーンはかすかな笑みを浮かべて言った。「たぶんあんたは、あとでベンに買い戻させるつもりだったんだよ」

27

一台のタクシーが配達車の横に停まると、ビールは無線に手をのばし、「行け」と小声で言った。時間を書き留め――午前三時十七分――それから、トヨタのドアをそっと開けた。同時にミズ・モーリーがタクシーの後部座席から現れ、彼女のフラットがある建物の玄関へと歩いていく。

建物の横の暗がりから二人の私服刑事が出てきて、玄関ホールの低ワットの明かりのなかに入ってくると、彼女は足を止めた。二人が前に立ちはだかって身分証を掲げる。「わたしはレイプアラームを持ってるのよ」彼女が言った。

「ロンドン警視庁です、ミズ・モーリー」刑事のひとりが言う。「先週金曜日にゲインズバラ・ロードの近くで起きた襲撃事件について調べていて、あなたにいくつかお尋ねしたいことがあるのですが、ご協力いただけますか？　あなたのフラットでもいいですし、もしそのほうがよければ、サザーク東警察署まで同行いただいてもかまいません」

彼女は驚くほどの冷静さでじっと刑事を見つめ、「わたしはひたいに〝バカ〟と印を押されているように見えるのかしら」と、つぶやいた。「ここからじゃ、そのカードもよく見えないのよ」

けっして強要はしないようにとの指示を受けていたので、二人ともいまいる位置から動かなかった。「携帯電話をお持ちであれば番号をお教えしますから、そこにかけて、われわれが名乗っているとおりの者か確認してみてください」

「わたしがかけるとすれば999番（イギリスの警察や救急への緊急通報番号）よ」ポケットからスリムな携帯を出しながら言う。「ほんとにそうしていいの？」

「どうぞそうしてください、ミズ・モーリー」ビールが彼女の二メートルほど背後から言った。「ビール警部につないでくださいと頼んだら、わたしが電話に出ますから」と、自分の携帯をかかげて見せる。「二、三日前にも、ちょっとお話ししてますが、覚えておられますか？」

彼女は振り返ってビールのほうを向き、それから数歩下がった。「そんなに近づかないでよ。怖いじゃないの」語気荒く言った。「ともかく部屋へ行かせてください。電話はそこからかけます」

彼女はビールが予想していたほどには乱れておらず——化粧はまだくずれていないし、髪も頭のうしろにきれいに巻き上げられている——客は払った金に見合うだけのサーヴィスを得られたのだろうかと思ってしまった。「いいですよ、それでも……われわれもついていっていいのであれば」

彼女の目が細まった。「なぜ見も知らぬ男を三人、部屋に入れなくてはならないんです？　怖いって言ってるじゃないですか。わたしひとりで行くか、それがだめなら、脅迫されたとしてロンドン警視庁を訴えます」

ビールは愛想よくほほ笑んだ。「では、わたしのことは誰だかわかったんですね？」

彼女は肩をすくめた。「どっちにしても、ただ話を聞くだけのために女を夜中に取り囲むのが不当なのは、どこの法廷に出しても認められる話ですよ。質問なら明日お答えします。約束しますよ」

「あいにくそうはいかないんですよ。不安なら女性警官を同席させますが、それでどうです？」

二つの選択肢を個々にシミュレートして、どちらにすべきかすばやく検討しているのが、目に見えるようだった。「でもそれだと、その警官が来るまでここで立って待ってなきゃいけないわけでしょ。寒いし、わたしはくたくただから、中で腰をおろしたいんですよ」

ビールはまた携帯電話を掲げた。「その問題はあなたが999番に電話したら、即、解決ですよ、ミズ・モーリー。ご懸念はわかりますが、あなたは捜査の助けになる情報をお持ちだと、われわれは確信してるんです」

「なんの捜査なのかすら、わたしは知らないんですよ」

「この前の金曜日に、年配の紳士がバーモンジーにある自宅の外で襲われた件です」

彼女は信じられないという顔でビールを見た。大きな目が少女のように見開かれている。

「病院に担ぎこまれたというお年寄りのこと？　わたしがそれについて何かを知っているってことがありうるんでしょうか。それが起きたのは何時ごろです？」

彼女の驚きは本物のようだとビールは思った。「正午ごろです」

「なら、わたしはバーモンジーにすらいませんでしたよ。ロンドンの中心地で友人とランチの約束があったので、十一時半ごろここを出ましたから」

ビールは愛想よくほほ笑んだ。「あなたがその襲撃に関与しているとは言っていません。お訊きしたいのは、捜査に関係しているかもしれないいくつかの物品についてですよ、ミズ・モーリー。それらは一時期あなたの手元にあったと、われわれは見てるんです」

「どんな品です?」

「写真があるのでお見せしますよ」ビールは玄関のほうへ手をふった。「入ってもよろしいですか?」

どうすれば部屋にあげずにすませられるか、またすばやく検討する様《さま》をみて、よほど見せたくないものがあるんだなとビールは思った。彼女は疲れたような笑みを浮かべた。「今夜は無理です」と、おなかにほっそりした手を当てて言った。「二時間ほど前からひどい生理痛なんですよ。こんな状態なのに話を聞くのは不当だと、わたしの弁護士は言うと思いますよ」彼女はまた、正直そのものといった目で真正面からビールを見た。「本当に、時間をあらためてこちらから警察にうかがいますから」

「それは協力できないってことですか?　ミズ・モーリー」

「無理な要請には応えられないってことです」

「そういうことであれば、職務質問する権限を行使するしかないですね。サザーク東警察署のワグスタッフ刑事とヒックス刑事が——」

たちまち彼女は態度を一変させ、「そんな脅《おど》しには乗らないわよ」と声を荒らげた。「わたしは、違法ドラッグを所持していると思わせるようなことは何もしてないのよ」

「内報があれば、それに基づく捜索は可能なんですよ、ミズ・モーリー。今夜、零時前に、レマー・ウィルソンという男――別名デュエイン・スチュワートが拘引されているんですが、彼の供述から、あなたがクラスAの薬物を所持しているという確信が導き出されたのです。捜索を開始するにあたっては、ワグスタッフ刑事が先にあなたの権利についての説明を読み上げます」

「そんなの、言いがかりもいいとこよ」

「彼は昨夜八時半ごろに五百グラムのコカインを買った女性について、きわめて詳細な供述をしているのです。名前はキャスだと言っていました」ビールはうすい笑みを浮かべた。「あなたはきわめて特徴的な容貌をしている。見ればすぐにあなただとわかるほどだ。わたしも購入直後のあなたを見てるんですよ、ミズ・モーリー。だから、レマー・ウィルソンの供述に注目することになったんです」

不安のようなものが彼女の目をよぎったが、なんとかそれを落ちつかせたようだった。「質問には警察署で答えます。そのためにいらしたんでしょう?」

ビールはそれを無視して言った。「身体検査をしてクラスAの薬物が見つかったら、あなたは逮捕されます。さらに、それによってあなたの住居も捜索されることになります」

「男性による身体検査は拒否できるんですよ」彼女は抗《あらが》った。「女性警官を同行しておけばよかったんですよ」

「法律に生半可に詳しいゆえの抗弁でしょうが、あいにく、女性警官なら同行してるんですよ――」ビールは手を上げ、車の同乗者を手招きした。「あなたがバッグとポケットの中身を下に出して一歩下がったら、バーナードが身体検査をします」

ジェンは女性警官が車を出て近づいてくるのを見ていたが、ふいに表情を一変させ、「あら！」と親しげな声をかけた。「ごめんなさいね。わたし、男の人に体を触られるのはいやだったのよ」

合切袋を提げて近づいてきた女性警官は、ビールの横で足を止めた。警察に奉職して十五年になる四十歳のバーナードは、笑いを含んだ目でジェンを見た。「ま、それは自由だけれど、わたしなら男性に検査されるほうを選ぶわね。同性だと、より徹底的に調べるから」

ビールはワグスタッフにうなずいてジェンの権利を読み上げさせ、それが終わると、「ぜんぶ、下に出してください、ミズ・モーリー。その手の中に持っているものも」と言った。

ジェンは手を開いて握っていたものを見つめた。「これ、ただのレイプアラームよ」彼女は革のショルダーバッグを開け、アラームとポケットから出したティッシュをほうりこむと、フラップを閉めてバッグを舗道に置いた。「これで全部です」そう言って、後ろに下がる。

バーナードはしばらくジェンを見ていたが、やがて合切袋からビニールシートを出し、舗道に広げた。それから手袋をはめ、長さ三十センチのグラブスティックでショルダーバッグのストラップをひっかけ、ひきずってシートにのせた。

「スタンガンってほとんどのものは厚い布地の上からでも効くんですよ」彼女はビールに言っ

た。「だから、革のバッグに入っていても、暴発したら危ないんです」グラブスティックの爪でフラップの端を金属の留め具を避けてつまむと、ひょいと裏返してバッグの中が見えるようにした。「間違いなくスタンガンです。これはスモール・フライと呼ばれているやつで、威力は百万ボルト。赤いランプが点いているってことは、電源が入っていていつでも使えるってことです」バーナードはのけぞって、ビールが肩越しにのぞけるようにした。

「電源はどうやって切るんだ?」

「横にスイッチがあるはずですが、中身をぜんぶシートに出してからにしたほうがいいですよ。運任せで手を突っこむのは、わたしならごめんです――ミズ・モーリーは面白がるかもしれないけど」

バーナードはシートの端をつかみ、さっと持ち上げてバッグをジェンのほうへ転がした。スタンガンがこぼれ出ると同時に、かん高い、耳をつんざくような電子音が鳴り響く。ジェンが後ろに跳びのくのを見て、彼女はにやっと笑った。「たいていの男はこの音を聞いたら、さっと逃げるでしょうね――少しでも分別というものがあれば」腕をのばしてスイッチを切る。

「床で十分間、動けなくされていたらべつだけど」

バーナードはグラブスティックを使ってバッグの底をつかみ、逆さにして残りの中身をシートに落とした。その中から、中身のないバイローのボールペンの筒と、金メッキの小さなコンパクトをよりわける。「想像力のかけらもないわね」コンパクトの留め金をはずして中の白い粉をビールに見せた。「女性の場合、十人中九人は化粧品に偽装するんですよ」

彼女は立ち上がり、ジェンを手招きした。「脚を開き、腕を横にあげてください。服を調べてほかに何も隠していないとわかったら、警察署にご同行いただきます。そこでさらに厳密な検査がなされることになります」

バーナードの改まったきびきびした態度にジェンはおとなしく従った、と思った瞬間、手を上げ、平手をバーナードに見舞ってきた。その手をさっとつかんで背中にねじり上げたときの女性警官の笑みには気迫がみなぎっていた。「だから言ったじゃない、男の警官にすればよかったのにって」ジェンのもう一方の手をつかんで手錠をはめながらつぶやいた。「男なら、その演技にころっと騙《だま》されてたわよ」

*

アクランドは、ジャクソンが二度目に様子を見にいったときは起きていた。寝台の隅にかけて脚を組み、背中は壁にもたせかけていたが、ジャクソンが監房の開いた戸口に現れると、こくんと会釈した。「すみません」

「何が」

「何もかも……車の被害……ダッフルバッグ……また巻きこんでしまったこと。あなたやあなたの患者さんには申し訳ないことだった」

ジャクソンは戸口の脇柱に肩でもたれ、腕を組んだ。「なら、なんであんなことをしたの。

わたし、いまは車もないんだよ。鑑識のため検査所に持っていかれたから」

「すみません」彼は立ち上がろうとした。「おかけになりますか？」

「いえ、けっこう……それから、その〝すみません〟はやめてちょうだい。こんな腹の立つ言葉はないわよ。悪いことをしたあと、相手に寛大な言葉を口にさせることで自分の責任を棚上げしようっていう安直な言葉じゃないの」

本心は口ほどでもないことがわかる程度には、アクランドもいまではジャクソンのことを知っていた。「そんなつもりはなかったんです」と、彼は言った。「あのバッグは、どうしたらいいのかわからなくて、ほとほと持てあましていたんです」

「なぜあっさり近くの警察署に持っていかなかったのよ。ふつうの人ならそうするわよ」

「ふつうの人なら、そもそもそのバッグを捜したりはしませんよ」自嘲《じちょう》するような笑みが彼のよいほうの目に浮かんだ。「ぼくだって、中に何が入っているか知っていたら、わざわざ捜したりはしていません」

「何が入っていると思ってたの？」

彼は肩をすくめた。「ベンの物だろうと。あいつがバッグのことは何も知らないと言っていたのが引っかかっていたんです」アクランドはまた頭を壁にもたせて天井を見つめた。「チョーキーはそれを厄介払いするのが少し遅れてしまった。その時点で、これは怪しいと気がつくべきだったんです」

「気がついても、あんたは持っていってたよ」ジャクソンは言った。「好奇心に逆らえなくて」

アクランドはそうだというようにうなずいた。「でも、金を払ってまで手に入れようとは思わなかった」

「いくら要求されたの？」

「五十ポンド」

ジャクソンはとつぜん声をたてて笑った。「また、あまく見られたもんだ。チョーキーが言うには、ウォッカの安いやつ一本と交換したってことだったけど。女たちがあんたをまた中に入れたのはどういうわけ？」

「入ろうとはしていません。チョーキーが出てくるまで、建物の角で待っていたんです。そう長くはかからなかった。そしてチョーキーは、もう十二時間、酒を一滴も飲んでいないと言った」

「彼がそこにいることはどうしてわかったの？」

「その前にあなたとあそこに行ったとき、廊下の反対側の部屋から、痰《たん》がからんで咳払いする男の声が聞こえてきたんです。チョーキーとわかったわけではないけれど、当たってみる価値はあると思って」彼はしばしジャクソンと目を合わせた。「警察に伝えてくれてよかったです」

「自分で伝えることもできたのに、なぜそうしなかったの？　機会はあったはずよ。警視と〈クラウン〉の外で話していたときに」

「チョーキーに、誰にも言わないと約束したんですよ」

ジャクソンの笑みはシニカルだった。「それは責任回避ってものよ、チャールズ。いったいいつまであのバッグを手元に留めておくつもりだったの？　発見されるようにする前に」

「そんなつもりはなかった。ただ、どういうことなのか、それを考えていて――」彼はため息をついた。「チョーキーは、あのバッグはベンのものだと言っていました。彼は警察にもそう言ってるんですか？」

「まあね。彼の考えでは、ベンは路地に来たときあのバッグを持っていた、としたら、あれはベンのものに違いないってことになるらしいの……占有は九分の勝ち目という言葉もあるから」アクランドの納得していない顔を見て、「警察は納得してないよ」と付け加えた。

「でしょうね」

「そう思うんなら、あんたはどのような経緯《けいい》であのバッグの存在を知ったのかを、ちゃんと答えられるようにしておくことだね。わたしの記憶では、あんたは警視にバッグは存在すると思うとしか言ってないから」

＊

片側にキッチンがあるオープンプランの居間のコーヒーテーブルに、ガラスのコカイン吸引パイプがあったのをべつにすれば、ジェンがなぜ警察を部屋に入れるのをあれほど嫌がったのか、すぐにはわからなかった。もしジェンが先に中に入り、パイプをさっと手のひらに隠したら、ビールは、そして彼の部下たちもはたしてそれに気づいただろうかと思う。部屋は片づいっているとは言いがたかった。服がいくつもソファの背にかけられ、床には何足もの靴が散らばっている。

「何を着るか、なかなか決められなかったって感じですね」ワグスタッフが言った。「ここがこれじゃあ、寝室はいったいどんなだろうと思いますよ」

「それより問題は、ここの何が彼女をあんなにビビらせたかだよ。われわれが正当に踏みこめるのはこの部屋だけだ。もし彼女が自分もついていくと言って一緒に来た場合は」

ヒックス刑事が壁につけて置かれている机の上のパソコンに顎をしゃくった。「あれ、電源が入ってますよ。ファンがまわっている音がする。部屋を出る前に、閉じる時間がなかったのかも」彼は歩いていき、手袋をした手でマウスをクリックした。「ウヒョー」と、うれしそうな声をあげる。「あの女、そうとうの自信家ですよ。自分の写真を見てほれぼれしているのだとしたら」

ビールとワグスタッフもパソコンの前へ行き、画面に映っているジェンの裸や半裸の写真を見つめた。どれもソフトポルノで定番のポーズだった――全裸で両手と膝《ひざ》を床につき、尻を挑発するように突き上げていたり、胸を露《あら》わにして椅子に坐り、ハイヒールとビキニのボトムでなまめかしく誘っている。

写真の横にはこうあった――

キャスの華麗なプロフィール

キャスの美貌はある映画の女神を思わせます。彼女とのデートは至福の経験となることでしょう。ヨーロッパ系の血筋とやわらかなイタリア風アクセントが彼女をいっそう魅力的にしています。

キャスはたまらなく魅力的。ですが、ご用心！　彼女の情熱的なラテンの血は彼女を忘れがたいものにし、あなたの体はその後も長く彼女を求め続けることになるでしょう。

来訪
一時間：150ポンド
二時間：280ポンド

出張サーヴィス
一時間：200ポンド
二時間：350ポンド

「どこがイタリア風アクセントなんだ」ビールが言った。「バーナードが手錠をはめたときの彼女の発言は河口域英語にしか聞こえなかったぞ。ここではこんなでたらめも好き勝手に言わせてるのか？」

ヒックスがにやりとした。「ページを戻してみましょうか？　たぶん彼女が属しているエスコート・サーヴィスのホームページが出ますよ」

ビールはうなずいた。

ヒックスはマウスをつかんでカーソルを『戻る』に合わせ、鉛筆で『クリック』ボタンを押した。そして、手帳を出し、〝パーティー・パーフェクト〟という名前と電話番号を書きとめ、それからページの片側にずらりと並ぶ女たちの写真を顎で示した。「名前を見てください。たぶん、ほとんどが東ヨーロッパ系でしょうね……源氏名を使っているならべつですが」

「画面を最小化してくれ」ビールが言った。「下にべつのウィンドウがないか見てみよう」

ヒックスはカーソルを移動させ、また鉛筆を使ってクリックした。「マイクロソフトのアウトルックです。受信トレイに三件。開けてみますか？」

ビールは顎の不精ひげをなでながら、この捜索にかけられる時間はどのくらいあるだろうと考えた。「いまはいい。『連絡先』をクリックしてくれ。レマー・ウィルソンもしくはデュエイン・スチュワートの名前が載っていないか見てみたいと思うのは、正当な関心だ」

三人は現れた画面を見つめた。最上段左は〝ロバート・アラン〟。最下段右が〝ティモシー・ゲインズ〟。次のページの上から三分の一ほどに〝ケヴィン・アトキンズ〟があり、三ページ目の上のほうに、〝マーティン・ブリトン＆ジョン・プレンティス〟があった。

ヒックスが画面のいちばん下にあるアイコンを指さし、「彼女はこれを携帯電話と同期させて、携帯から入力できるようにしています。だからほとんどの名前にメールアドレスがついていなかったんですよ。あるのは電話番号だけでした」

「ブリトンの場合は電話番号もなかった。グリーナム・ロードの住所だけだ」

「たぶんそれしか知らなかったんでしょう」ヒックスは『P』をクリックした。「ハリー・ピールはないですね」

「タクシーの『T』で試してくれ」ビールは言った。「運が味方してくれていたら、たぶんウォルター・タティングも見つかるよ」

28

早朝六時に起こされ、これから警告をした上での取り調べのためサザーク東警察署に来てもらうと告げられたときのベン・ラッセルの抗議は、けたたましく執拗《しつよう》だった。自分は病人だ。担当の医師を呼んでくれ。母親を呼んでくれ。弁護士を呼んでくれ。警察はファシストだ。

怒りの矛先は病棟の看護師長にも向けられた。「なんでこいつらを止めなかったんだよ」そうわめきながら、ピストルを模した手を二人の制服警官に向ける。

「止める理由がないのよ」師長は言った。「モナハン先生によると、あなたが警察に行くのを妨《さまた》げる医学的根拠は何もないの。体調を自分でコントロールするツールはすべて与えてあるし、あなたはもう数日前から自分でコントロールできている。退院したらお母さんのところで暮らすことに同意していたら、きのうにも退院してもらってたのよ」

「くそ女！」

師長は無視して続けた。「警察署にも医師がいて、取り調べのあいだ、あなたの様子を観察することになってるの。あなたのお母さんと弁護士さんもそこに来ることになっているし、あなたは定期的に休憩を取ることもできる。そして、あなたが指示どおりに血糖値を測っているか、教えられたとおりにインスリンを投与しているかを、医師とお母さんの両方が確認することになってるの」

ベンはふてくされたように両手を見つめた。「おれがいやだと言ったら、無理に行かせることはできないよ」

「どっちにしても、あなたはきょうの午前中に退院することになってるの。退院後も、モナハン先生の患者として外来で診《み》てもらうことになるけど、福祉局が手配してくれたホームレス用の施設にも資格のある専門スタッフがいて、その人がつねに注意を払っていてくれる。このことは全部、きのう説明したわよね」

「おれは施設になんか行かねえよ」

「あなたにはもうあと数か月はサポートが必要なのよ」

「なんでそれ、ここでは得られないんだよ」

「得られますとも……外来患者としてね……でも、いくら糖尿病だからといって病院のベッドに一生居すわっていることはできないの。それはわかっているはずよ。モナハン先生が、お母さんの助けを受け入れるのがいやだというならあとは施設しかないって何度も言ってたじゃない」

「おれはここにいたいんだよ」

師長はうすい笑みを浮かべた。「あら、そうなの？　てっきりあなたはここを地獄のように感じていると思ってたわ——くそ女とゲス野郎どもが仕切っている」

「あなたの依頼人には当人が必要とするだけの行動の自由は与えますよ」ジョーンズ警視がピアソンに言った。

*

机をはさんだ向かい側に坐っている弁護士は、朝の八時でも夜八時のときと同じくらい、こざっぱりとしていた。

「もし彼がわれわれの質問に正直に、率直に答えてくれたらそれだけ取り調べは早くすむし、ストレスも少ないことを、当人にはぜひ理解してもらいたいものです」

ピアソンは身を乗り出して、ジョーンズの机の上の、バッグに入っていた品々を見た。「あなたはベンに、キャンヴァス地のバッグを路地に持っていったかお尋ねでしたが、そのバッグはキャンヴァス地というには柔らかすぎますよ」

「あのときは、アクランド中尉の使った言葉で訊くしかなかったんですよ。中尉もテレンス・ブラックも――これはベンがチョーキーという名で知っている男ですが――二人ともこれを、あなたの依頼人が路地に来たとき持っていたバッグだと証言しています」いったん言葉を切った。「否定してもベンのためにはなりませんよ、ミスター・ピアソン。携帯電話にも、ノブケリーを包んでいたレジ袋にも彼の指紋がついているんです」

「見たところ、携帯電話のひとつにはハリー・ピールの名前がありますね。彼のものであることは確認がとれたんですか？」

「とれました」

「もう一台の持ち主も判明しているのですか？」

「マーティン・ブリトンです」

「では、全員ってわけですね……ベンのリュックにあったとかいう、ケヴィン・アトキンズの携帯も加えれば」

ジョーンズの猟犬的気質は彼を攻撃的にせずにはおかなかった。「これには〝とかいう〟なんてところはないんですよ、ミスター・ピアソン。あなたの依頼人は、ノキアを持っていたことは一度も否定していません。病院に搬送《はんそう》される前、二週間から四週間のあいだに盗んだと証言しています」

「たしかに」

弁護士はうなずいた。「彼が嘘つきであることは、われわれはともに知っています」

「彼がこの事件に関係しているとどうして思われたのか、教えていただけますか？」

ジョーンズは机に両肘《りょうひじ》をのせ、顎の下で手を組んで、向かいの男を見つめた。「これをお話しして、あなたの依頼人への助言の仕方が変わるのであれば言いますが、われわれはベンがどの殺人事件にも関わっているとは思っていません」

「でも、ウォルター・タティングの襲撃については関与を排除していないと――？」

「いまのところは」

「としたら、それは、ベンがいつ、どのようにしてバッグを手に入れたかで決まるわけですか。具体的には、あの凶器を――」と、ノブケリーのほうに顎をしゃくった。

「いくつかのことがはっきりしたら、助かることは確かです」

「ベンはあの日のことは何も覚えていないと、何度もあなたに言ってますよね。彼の担当医も、意識を失う前は深い混濁《こんだく》状態にあった可能性を認めています」

「それは承知しています」

「としたら、彼が路地へ行ったとき、そのバッグを持っていたことを否定していることも、説明がつくんじゃないでしょうか。それを持っているという意識がなかったのなら、これこれこういうバッグと言われても、なんのことかわからなかったはずです。同様に、どうやってそれが自分の手にあるのかも、思いだせないでしょうよ」

ジョーンズは肩をすくめた。「では、ケヴィン・アトキンズの携帯電話については本当のことを言っていると考えるしかないですね。誰から盗んだかについてはあいまいだったけれど、それを二週間以上、持っていたことについてははっきりしていました」

ピアソンはかすかな笑みを浮かべた。「ノキアについて彼は嘘をついているという点では意見が一致したものと思ってましたよ。事の次第はこうだったのではないかというわたしの考えを申しましょうか。ベンは金曜午後のある時点でそのバッグを手に入れ、中身を探り、何かの役に立つかもしれない携帯電話だけを自分のリュックに移した。ハリー・ピールの携帯はダイモテープが貼ってあり、マーティン・ブリトンのはプリペイド携帯だった。わたしの依頼人が路地に入っていったときもまだそのバッグを持っていたということは、彼がその後、あまり頭が働いていなかったということのこの上ない証拠になるじゃないですか。それ以外の日だったら、彼はすぐに捨てていたでしょうよ」

ジョーンズは首をふった。「両方は無理ですよ、ミスター・ピアソン。もしベンがまあまあまともな携帯を識別できるぐらい頭が働いていたのであれば……そしたら、そのバッグをどうやって手に入れたかについて訊かれるのが、ハイドパークで出会った男うんぬんの複雑な話をでっちあげるぐらい怖くなっていたでしょう……わたしの長年の経験から言えば、彼は何があったかすべてはっきり覚えてますよ」

「殺人事件の犯人について、被疑者はもう挙がっているのですか？」

「それは、あなたの依頼人が嘘をついたらわれわれにはわかるだろうかというご質問でしょうか」

弁護士はほほ笑んだ。「かもしれません」

「警察には正直に話せと依頼人に助言してください、ミスター・ピアソン」

ロンドン警視庁

供述書

証人　ベンジャミン・ラッセル（一六歳）
取調官　ビール警部、カーン刑事
立会人　H・ピアソン弁護士、B・サイクス（母親）、J・ジャクソン医師
日付　二〇〇七年八月十六日
事案　二〇〇七年八月十日のウォルター・タティングへの襲撃

私、ベンジャミン・ラッセルは以下の記述が、本日ビール警部とカーン刑事によってなされた取り調べにおける当方の真正な供述であることを認めます。

ウォルター・タティングとは数か月前からの知り合いです。親しくなったのは、同氏が通っていたパブに自分もよく行っていたからです。私が知っている少女の何人かは、そこのすぐ近くに売人がいます。ウォルターは孤独で、私に好意を抱いたのは、私が彼の孫と

同じ歳だったからです。奥さんが死んで以来、孫にはもう何年も会っていないと彼は言っていました。

ウォルターが入れこんでいる相手は自分だと最初は思っていましたが、ぼくが自分にはその気はないと言うと、好きなのは女の子たちだと彼は言いました。彼女たちのなかで、自分と時間を過ごしてもいいという子がいるかどうかをウォルターは知りたがった。テレフォンセックスも利用しているが、生身の女性を抱きしめるのとはやはり違うというのです。

ウォルターはかなり高齢だから、女の子のひとりをそこに行く気にさせるのはけっこう大変でした。誰も進んでは行きたがらなかったのです。行った子は、あとで、ただおしゃべりするだけで帰るときに三十ポンドくれたと言っていました。その後はみんなが行きたがりました。ぼくも、二、三回行きました。女の子のひとりがある晩、手でやってあげようかと自分から言ったら、ウォルターはその子に百ポンドくれたそうです。

ウォルターは女の子が家に入ってくるところを誰にも見られないよう、いつも神経質なくらい用心していました。娘に知られたら大変だと言って。だからみんな裏の路地を通って裏口から入っていました。行くといつもうれしそうにしていて、ぼくにはカードの暗証番号まで教えてくれました。夜、手元に現金がないとき、お金をおろせるように。いい関係だったから、ぼくも言われた額以上の金は一度もおろしませんでした。頼まれて、タバコや酒を買いにいってあげたこともあります。

すべてが変わったのは一か月ほど前です。ウォルターは裏口に鍵をかけ、ぼくらを追い返すようになりました。女の子たちはウォルターのことが好きになっていたから動揺して、ぼくに、何が悪かったのか、ゲインズバラ・ロードで彼をつかまえて訊いてみてくれと頼んできました。ウォルターとぼくはそこでちょっと言い合いになりました。ぼくらが彼を食いものにしていると言ってきたからです。そんなことはしていない、とぼくはウォルターに言いました。そしたらウォルターは、娘が調べたんだよ、やめないと老人ホームに入れられる、と言いました。ちょっと頭がおかしくなったんだと思います。今後はもう誰も家に入れてはいけないんだ、と言うので、それ以後は関わっていません。

八月十日金曜日は、起きるとすごく気分が悪かった。何日か前からあまり体調はよくなかったのだけど、インフルエンザだと思っていたんです。前の晩は川のそばで過ごしていて、ゲインズバラ・ロードに飛び入りでいける施設があるのを知っていたので、そこへ行って医者に診てもらうことにしました。女の子のひとりが一緒に行ってくれることになりました。そこへ行くにはハリス・ロードを通らなくてはなりません。

時間は十一時ごろで、周囲に人はいませんでした。そのとき、女の人が集合住宅の建物から出てきて舗道の端に立ちました。車を待っているみたいでした。身長百七十センチくらいでほっそりしていましたが、顔は見えませんでした。野球帽をかぶって、うつむいていたのです。髪はブロンドだったと思います。ダッフルバッグを持っていたので、それをひったくって逃げました。一緒に来ていた女の子がその人を突き飛ばしたので、追ってこられなかったのです。

ひったくりが悪いことだというのはわかっていますが、前にもそういうことはしています。周りに人がいないと、とても簡単なんですよ。ぼくはバッグを上着の下に隠して、ウエスト・ストリートに折れました。女の子は反対方向に逃げました。女の人が叫んだかどうかはわかりません。走ったことでますます気分が悪くなっていたので、もうそのことしか頭になかったのです。

ウォルターの家の近くに行ったのは自分でもばかだったと思うけど、彼の家はゲインズバラ・ロードの裏の行き止まりの路にあるんですよ。そこなら、施設に行く前にバッグに何が入っているか見てみるのにちょうどいいと思ったんです。持っていく価値がありそうなのはノキアの携帯電話だけでした。それで、それをリュックに入れ、あとはダッフルバッグに戻しました。バッグはどこかへ捨てなくてはならず、ウォルターの家の玄関には花の植わった鉢が二つあった。そこで、その鉢の後ろに押しこもうと思いました。

それをし始めたとき、ウォルターが帰ってきたんです。ぼくは地面に膝《ひざ》をついていて、ウォルターに持っていたレジ袋で頭をガツンとやられた。ぼくはその袋を奪い取り、そこからちょっともみ合いになりました。あんたは認知症がきてるんだよと言ったら、ウォルターはますます怒って、玄関のドアに鍵を差し、警察に電話すると言いました。

そのころにはもう、ぼくはひどく具合が悪くなっていて、あとのことはよく覚えてないんです。鍵をまわし、彼を中に突き飛ばしたのはぼくだったのかもしれません。二人とも頭に血がのぼっていて、ウォルターがステッキで殴りかかってきたので、ぼくはダッフルバッグで応戦しました。肩ヒモを持って振りまわしていて、一発目がはずれたのはわかったけれど、そのあと二回は命中したような気がします。

彼が倒れたので、ぎょっとしました。そんな気はなかったんです。向こうが殴ってきたから自己防衛で反撃したまでで、そうでなかったらそんなことはしていません。ぼくが八月十日金曜日にしたことのほとんどは、I型糖尿病で頭がちゃんと働いていなかったからだと思います。ウォルターの家を出たとき、自分のリュックとレジ袋とダッフルバッグを持っていたことは覚えていますが、その後のことは何も覚えていません。

警察で見せられたバッグは、ぼくがハリス・ロードで奪い、その後にウォルター・タティングの家に持っていったものと同じものであることを認めます。ウォルター・タティングが持っていた買い物袋はロンディスのレジ袋であったことも認めます。

ウォルター・タティングから援交で金をせしめていた女の子たちの本名はわかりません。ダッフルバッグを奪ったときに、一緒にいた女の子の名前もわかりません。

ハリス・ロードにいた女の人の名前は知らないし、特徴を訊かれても、先に述べた以上のことはわかりません。もう一度見ても、その人かどうかはわからないと思います。

ベンジャミン・ラッセル

29

ベンが少年裁判所に出廷するときはあなたも立ち会うかとピアソンに尋ねられて、ジャクソンは首をふった。「わたしの職掌《しょくしょう》ではないので。もしあなた、もしくはミセス・サイクスがそこに行って何か不安に思うようなことがあるのであれば、裁判所の手続きに従って要望を出してください。問題はないと思いますよ。ベンの体調のことはすでに通告してあり、審問はできるだけ迅速に運ばれるようにするとの確約を得ています」

ミセス・サイクスは渋い顔をしていた。「こんなの間違ってますよ。あの子は病人なんですよ」

「タティング氏ほどではないです」ジャクソンは言った。

「あの子はただ自分を守ってただけですよ」

ジャクソンは弁護士と目を見交わした。「明るい面に目を向けましょうよ、ミセス・サイクス」ジャクソンは陽気に言った。「少なくともベンは、あなたを保釈保証人にすることに同意しています。もし判事が許可したら——ベンの病状からして間違いなくそうするでしょうけど——彼は法廷に出るころには、すべて自分の裁量に任されるようになってますよ。もちろん、あなたの助けのもとにですが」

彼女は口をへの字にひん曲げていた。「こんなの間違ってますよ」と、また言ったが、息子が重傷害罪で起訴されたことについてなのか、それとも、母親として息子の健康と所在についての責任を負わされたことについてなのかは、医師にも弁護士にもわからなかった。

＊

「有罪にできそうですか？」ジャクソンがジョーンズに訊いた。モニター・ルームに入ってすぐの質問で、ジョーンズはそのときすでに前に手をのばして画面のスイッチを切っていた。「どうですかね。〝たら〟が多すぎますよ。もしウォルターが証言台に立つことができたら……売春婦の少女たちのことでカッとなったことを認めてくれたら……それを彼の娘が許してくれたら……ベンの正当防衛という主張に彼が反証を挙げることができたら――」ジョーンズは言葉を切った。「わたしは法に依らないあたりまえの正義を信じています。ベンはこの先ずっと自分でインスリンを打つたびに、ウォルターのことを思いだすでしょうよ」

ジャクソンは首をふった。「わたしなら、それは当てにしませんね。このあいだ新聞で読んだんですけど、ブラジルの科学者がI型糖尿病の治療に幹細胞を使う方法を研究してるんだそうです。ベンは、ついていたら十年後には注射から解放されてますよ」

「あなたは希望の光ですな、ドクター。中尉はどうしてます？」

「すぐには決着しないのを覚悟しています」

ジョーンズはうなずいた。「彼から何か、わたしたちに話してもかまわないと思うようなことを聞いていませんか？」

「彼と話したことはなんでも喜んでお話ししますが、すでにそちらがご存じのことばかりですよ」ちょっと考えて、「彼がなぜ人に触られるのをあれほど恐怖するかはわかったように思います」

ジョーンズは怪訝《けげん》な顔でジャクソンを見た。「それはみんなわかっているんじゃないですか？」

「彼がそれについて話したとは思えません」ジャクソンは抗弁した。「この数か月で彼はあらゆるものを奪われた。プライドだけが彼に残されたすべてなんです」

ジョーンズは首をふった。「彼が多くを語らないのは、プライドがどうのではなく単なる時間稼ぎだとわたしは思いますよ、ドクター。自分が何を言うかは、ジェンが何を言うかを知ってからにしたいんですよ」

「あるいは、自分にも責任の一端はあると感じているからかも。ビール警部が言ってましたが、チャールズはその男たちが殺される直前に、どのときもジェンと会っています。これは誰にとっても心に抱え続けるには大変な重荷ですよ」

「彼に同情すべきだとおっしゃるのですか？」

ジャクソンは小さく肩をすくめた。「どれも彼にとっては簡単なことではないってことを、せめてわかっていただきたいってことです」

「そこまで寛大になれたらいいんですが、こちらとしてはチャールズの証言がなんとしても必要なんですよ」ジョーンズは正直に言った。「なぜ彼は、バッグに何が入っていたか知らない、誰のものかも知らないと言っていながら、そのバッグを捜しにいったのか、それが知りたいんです」ジョーンズはジャクソンにすまなそうにほほ笑みかけた。「彼はおととい、バッグを捜しにいったときには、中身を知っていたんですよ、ドクター」

彼女は黙っていた。

「ジェンはすべてをチャールズのせいにできるのなら、迷わずそうしますよ。自分を虐待された女に仕立て上げることぐらい、彼女にすればお手のものです。そこのところを彼にはよくわかってもらいたいです」

ジャクソンはため息をついた。「ナルシストに、コカインによる攻撃性の亢進《こうしん》、ということで考えてみてください。この組み合わせは強力です。つねに賞賛されていないと気がすまない女……そういう人は自分が特別な人間であるという幻想にとらわれていて……誇大な自負心を抱いています。自分を拒否する者には誰であれ容赦しません。チャールズだけでなく」

心理プロファイラーのジェームズ・スティールも、前に電話で同じようなことを言っていた。「本人をじかに観ることができたら、もっと的確なアドヴァイスができるんだけどな、ブライアン。いま言えるのは、彼女は自分のふるまいになんの疑問も持っていない、自分にはそうする資格があると思いこんでいる点に焦点を合わせることだ。わたしが興味深いと思うのは、彼女が女性警官に対してとった反応だ。スタンガンをオンにしたまま、警官に平手を見舞おうとしたというのは、人を人とも思っていないことを表している。これはふつうじゃないよ」

ジョーンズは顔をあげてジャクソンに訊いた。「ミズ・モーリーに会ったことはありますか?」

「ないです」

ジョーンズはスイッチに手をのばし、画面をまたオンにした。「いまは弁護士を待っているところです。「虫も殺さぬ顔をしている。そう思いませんか?」

ジャクソンは、目を見開き、ちょっと戸惑ったような笑みを浮かべてこちらを見つめる優美な顔をじっと見つめた。「赤ん坊のような顔をしているからですよ」こともなげに言った。「大きな目は、人を、守ってあげなくてはいけないという気持ちにさせます。彼女のような女性を美しいと表現するのは、だからなんですよ。そんな事例は文芸作品にごまんとあります」

「彼女を魅力的とは思わないんですか?」

「ええ、とくには」ジャクソンは正直に言った。「わたしの好みからすれば華奢《きゃしゃ》すぎます。折ってしまうんじゃないかと心配になりますよ」言葉を切って、ジェンがスカートをなでつけるのを見つめる。「あそこには、彼女ひとりなんですか?」

「ドアの横に女性警官がひとりいます」

「でも、カメラがまわっているのは知っているんですね?」

ジョーンズはうなずいた。「すでに女性警官のひとりに暴力をふるっているので、またそういうことがないよう監視カメラをまわすということは伝えてあります。だからでしょうか、あそこに入ってからは行儀よくしてますよ」

「怒ってるときはどんな感じなんです？」

「たいして変わらないそうですよ——ニックによれば。はっきりした前兆がないので、いつ爆発するか誰にもわからない」ジョーンズはふたたび画面を消した。「だから、われわれとしてはぜひともチャールズの話を聞きたいんですよ、ドクター。何が彼女の引き金になるのか、それがわかれば、そこから詰めていくことができるんです」

「わたしに彼を説得しろと言ってるんですか？」

「あなたの言葉になら耳を貸すと思うんです」

ジャクソンは首をふった。「それはどうでしょうか。この前ジェンのことが話題になったとき、彼はわたしを車止めに突っこませたんですよ」

30

アクランドは寝台の隅から一歩も動いていなかった。醜《みにく》くなったほうの横顔を戸口に向けて坐ったまま向かいの壁を見つめていて、外の動きは意識にも入っていないようだ。ジャクソンはしばし彼を見ていた。どうしてあれだけじっとしていられるのか、ほんとに驚くべきことだとジャクソンは思った。

「我慢強いのは生まれつき？　それとも軍隊で仕込まれたの？」

彼は顔をジャクソンに向けた。「子どものころに学んだんですよ。何をしても何も変わらないのだから、部屋でじっとしていることについてあれこれ考えてもあまり意味はないんです」

「戸口に立っているのがわたしだとわかっていたの？」

彼はうなずいた。「足音でわかりました」

ジャクソンは部屋に入っていった。「ジェンが逮捕されたことは聞いてる？」

またうなずく。

「警察は彼女に尋問するのを保留にしてるの」ジャクソンは寝台の端に手をふった。「いい？」

返事がないのを承諾と受け取って腰をおろし、膝《ひざ》に肘《ひじ》をついて腰をかがめた。「ジョーンズ警視としてはまずあんたに話を聞いてからにしたいってことなんだけど、どうする？　いまは無理だと言っておこうか？……もう少し時間を与えてくれと」

「なんのために」

「協力してもいいという決心が自分でつけられるように。ジョーンズ警視は洗いざらい聞き出さなくてはと思っているの――細かい点まですべて説明がつくように――それが達せられるまでは追及の手をゆるめないだろうね」ジャクソンはちらと横目を向けた。「あんたが触られることになぜあんなに激しい反応を見せるかについてはすでにわかってるの。だから、隠すことはもうあまりないと思うよ、チャールズ」

「ぼくなら、そう簡単には決めつけませんね」

「ジェンは何度、あんたにスタンガンを使ったの？」

「繰り返し使ったのを勘定にいれるかどうかによりますよ」彼は言った。「五分ごとに使えば、ぼくを好きなだけ動けなくしておけたんです」彼の良いほうの目に笑みのようなものが浮かんだ。「二度で懲《こ》りなければ、よほどの馬鹿じゃないですか」

「それが気になってるの？　自分が馬鹿に思えるってことが」

「軍隊で受けた訓練はあまり役に立たなかったってことですよ。兵士はいつ不意打ちを食らっても大丈夫なはずなのに」

ジャクソンはほほ笑んだ。「それは敵に対してでしょ？……味方なら話はべつよ」

「彼女がそんなものを持っていることすら、最初のときは知らなかったんです。いまのはわざとしたんじゃないのよと言って、やったのも一回だけでした。二回目は、二人で出かけることになっているのにぼくが椅子で寝こんでしまったときです。わたしをないがしろにするからよ、と彼女は言ってました」そう言うと、しばし沈黙した。「ぼくがオマーンへ行く少し前のことで、こんなことをしたのはあなたに行ってほしくないからだと言うんです……ぼくはそいつを奪ってハンマーで叩き潰した」

「だけど、あんたがいないあいだに彼女はまたべつのを買っていた――？」

アクランドはうなずいた。

「それって手に入れるのは簡単なのよ、チャールズ。デイジーも何度か闇商売の男たちに買わないかと持ちかけられてる。そのことで自分を責めることはないよ」

彼は黙っていた。

ジャクソンは背を起こした。「それで、どうなったの？」

「オマーンにいるあいだにじっくり考えてみて、もうこの婚約はなしだ、と彼女に告げました。それが彼女は気に入らなかった」彼は小さな笑い声をあげた。「もうこれまでと、ぼくは彼女に背中を向けた。ばかでしょう？」

「何回やられたの？」

アクランドは首を左右にふった。「途中で数えるのをやめました。起き上がろうとするたび、そいつを押しつけてくるんです。電気ショックは頭にも作用する……筋肉の動きが連携を失うんです。何度も繰り返されたら、体じゅうがおかしくなってしまう」

「だからそれはこの国では禁止されてるのよ。ジェンのような人間が使ったら、あんたを殺してしまいかねない。人が耐えうる電流には限度があるの」

「彼女は面白がっていました」

ジャクソンはその声に憎悪を聞いた。「どうやって彼女を止めたの？」

「電話がかかってきたんです……そしてその電話が思いのほか長く続いた。彼女が戻ってくると、ぼくはなんとか彼女の手首をつかまえ、スタンガンを彼女に向けた」彼はまた、短く沈黙した。「もう少しで彼女を殺してましたよ。そうしてもなんの痛痒《つうよう》も感じないし、向こうもそれを知っていた」

「なぜそうしなかったの？」

「そこまで馬鹿ではないからです」

お父さんのようにね、とジャクソンは思った。「ジェンはあんたにスタンガンのほかにも何か使った？」

「使ったとしても、それについては話したくない」

ジャクソンは首をふった。「ジョーンズはそれでは納得しないよ。ノブケリーで打ったかどうか、それについても彼は知らなくてはならないの」

彼はちょっとためらった。「そいつを使うのに、こっちを動けなくする必要はなかった。あれは彼女のお気に入りの武器で、最初はおふざけで始まったんです……ぼくが時間に遅れたら、手首をコンコンと叩くとか。それが七月ごろ、オマーンでの一か月の訓練のことを話したときに、おふざけではなくなった。一度など、もう少しで腕の骨を折られるところでしたよ」

ジャクソンはまた彼に目をやった。「彼女が最初にノブケリーを使ったのはいつ？　婚約する前？　後？」

「ぼくもそこまで馬鹿じゃない。後ですよ」彼はまたゆがんだ笑みを浮かべた。「それまでは彼女もまともでした。だから、たぶんぼくが何か彼女のしたくないことをやらせてしまったのだと思いましたよ。でもぼくが、この婚約、考え直してもいいんだよと言ったら、それがひどくなった。それで、彼女が怒りだしたらいつでもその場から消えるようにしたんです……でも、それもまた彼女は気に入らなかった」

「〈クラウン〉に行ったのね？」

彼はうなずいた。「ジョーンズ警視に、ぼくはタクシー運転手と話したことはないと言いましたけど、一度、言葉は交わしたように思います。たしか名刺を渡されたんですよ。それでぼくは、それをそのままジェンに渡した。彼女はどこへ行くにもタクシーを使いますから」そこで彼はまた黙りこんだ。

「で、なんでジェンは怒ったわけ？」

「母が怒るのと同じです……自分に指図するようなことをするから。よけいなことをしなければ、彼女はオッケーなんです。もめるのは、こっちがノーと言ったときです」

「つねに承認されていないと、おかしくなる人っているのよ。ちょっとでも異を差しはさむようなことをしたら、自分が否定されたも同然だととらえる。貶《おとし》められ、裏切られたと感じるから、カッとなって反発する。こんな感じかしらね、ジェンとあんたのお母さんを言い表すとすれば」

「いくつか落としていることがありますけどね」

「たとえば何？」

「二人とも、自分がいかに美しく善良であるかという幻想の世界に生きているってこと……承認されればされるほど悪くなるってこと……自分以外の人間のことはなんとも思っていないこと——」彼はため息をついた。「ジェンはずっとそんなふうだったわけではないんです。彼女も最初はすばらしかった」

「当人が望めば、たぶんいまでもそうだったでしょうに」ジャクソンは静かに言った。「人格に障害のある人って魅力がないわけではないの。状況を自分に都合のいいようにしたいと思えば、いつでもその魅力を発揮する……自分を何かの点で特別な人間だと思っていたらとりわけそうなの」

アクランドの目のまわりに笑いじわが浮かんだ。「何かぼくの知らないことを言ってください」

「わかった」とジャクソンは応じた。「あんたのお父さんは、あんたに賞賛されこそすれ、軽蔑されるいわれはない。あんたに聞いた話からすると、お父さんは家庭内での虐待の連鎖を断ち切るためにできるだけのことをしたように思えるの。あんたのお母さんからの攻撃に対しては抑制した態度で応じ、息子に対する最悪の虐待には引き離すことで息子を守った。簡単なことではないよ」

笑みが消えた。「でも結局はなんにもならなかったのでは？」

ジャクソンは考える顔でアクランドを見つめた。「どうだかわたしにはわからないよ。あんたがジェンにやり返した事例でわたしが知っているのは二つだけだから——ジェンのフラットに最後に行ったときと、ジェンが病院にいるあんたを訪ねたときと。ほかにもある？」

「ぼくがスタンガンを逆に彼女に向けたのを勘定にいれれば、もうひとつ」アクランドはこぶしをもう一方の手にぎゅっと押しつけた。「もしぼくが父のような人間であったら、あの男たちはいまでも生きてますよ。日付がすべて合ってるんです」

「だからといって、あんたに責任があるってことにはならないよ。たぶん彼女は、あんたを床に動けなくしてやったことで自分は強いのだという倒錯した感覚を抱いた。それが快感だったから、ほかでも繰り返したんだよ」アクランドのもだえるような手をジャクソンは見つめた。「さっき、隠すことはもう何もないと決めつけるべきではないと言ってたね。ほかに何を彼女はあんたにしたの？」

彼は質問に直接には答えなかった、「ジェンはその男たちを辱《はずかし》めるつもりがなかったら、初めからノブケリーは持っていってませんよ」

「い、辱める……？　「どんなふうに」

アクランドの表情は暗く冷え冷えとしていた。「ぼくを辱めたのと同じように」

ジョーンズとビールはジャクソンの話を無言で聞いていた。「彼は昨夜、彼女を罰として犯したのだと言ってました」ジャクソンが話し終えると、ジョーンズは言った。「いまの話でどういうことかわかりましたよ。それが彼女のフラットへ行った本当の理由なんでしょうか。彼女にいわば仕返しをすることが」

「それもなかったとは言えないでしょうね。彼はメールであらかじめ、家にはいないように忠告したと言ってますけど、彼女がそれを無視するであろうことは間違いなくわかっていたはずです」

「彼が自責の念を抱いているのは、それが理由なんですか?」ビールが訊いた。

「そうでしょうよ」皮肉を帯びた口調でジャクソンは言った。「彼が修道士みたいになったのは宗教的な理由からではないんです」ちょっと言葉を切って、「あれやこれや、気に病むことが彼にはいろいろあるんですよ」

「三人の男が死んだこととか」ビールが同調して言った。

「二人ですよ」ジャクソンは訂正した。「部下の兵士……死に関して彼の頭にあるのはその二人だけです。ピールやブリトンやアトキンズに関しては、ほんの少しでも彼に非があるとは思えません。ジェンが怒りを他人に向けてうさ晴らしするなど、彼には予想もつきませんよ」

「それでも彼は一定の役割を演じています」ジョーンズが言った。「故意ではなかったとしても」

「それはハルロド・シップマン（イギリスの医師。連続殺人犯）の妻にも言えることですよ。人格障害者と関係があったからといって、その人が彼を犯罪への道に向かわせたわけではないんです」

ジョーンズはなるほどというようにうなずいた。「しかしそれでも、チャールズがしたことの何かが、常軌を逸した行為の引き金になったように思えるんですよ。三件の殺人はどれも彼と会ったあとに起きています」彼はちょっと間をおいた。「それについてはどう思われます？」

「もう結論が出ているんなら、わたしの考えなど気にすることはないでしょうに」

「チャールズのことは、あなたはわれわれよりよくご存じです」

「そうだとしても、あなたがたが理解しなくてはならないのはジェンのほうだし、ジェンについてはあなたがたと同程度にしか知りませんよ……チャールズが話してくれたことをべつにすれば」

「それを話してください」

ジャクソンは首を左右にふった。「わたしはただの代診医です。法心理学の専門家ではありません」

「あなたに〝ただの〟という形容詞がつくのなら、わたしはさしずめ能無し刑事ですよ」ジョーンズは皮肉に言った。「聞きたいのはあなたの印象なんです、ドクター。社会病質者に関する論文を求めているわけじゃない」

ジャクソンはにやりとした。「そっちのほうが、うまくやれそうなんですけどね」すぐに両手を制するように上げた。「わかった、わかりましたよ！」そしてしばらく考えた。「引き金になったのは明らかに、彼がジェンを拒否し続けたことです……ですが、男を無力にすることが彼女には快感でもあったんですよ。ジェンは以前にも二度、彼にスタンガンを使っています。だから彼女は明らかに、それが与えてくれる力を楽しんでいたんです」

「前にもそれを使われたのなら、そのあとすぐに別れればよかったのに」

「チャールズだってそれはもうわかってますよ。後知恵でものを言うのは簡単なんです。彼は女に関しては極端に無知なんですよ。成長する過程で学んだことといえば、女とは言い争うなということだけ……ジェンという個性からすれば、これ以上に都合のいいことはないわけです。ある意味で彼は彼女の完璧なパートナーだったんです」

「彼女はそれを認識していたんでしょうか」

ジャクソンは肩をすくめた。「たぶん。ジェンのチャールズに対する感情は、彼が思っている以上に強かったのではと思いますよ」

「ではなぜ彼女は彼をあんなふうに攻撃したんです？」

「スタンガンで折檻したときのこと？　彼が絶縁を言い渡したからですよ。それを受け入れる用意が彼女にはなかった」

ジョーンズは疑わしげだった。「それで、ノブケリーを尻に突っこめば彼が考えなおすだろうと思ったんですか？」

「彼女は腹が立って、彼を懲《こ》らしめたかったんです。頭に血がのぼったら理屈などふっとんでしまいますよ」ジョーンズの表情に、ジャクソンはまた肩をすくめた。「わたしに何を言えというんです？　たぶんチャールズの言うとおりで、彼女の頭には彼を辱めることしかなかったんでしょうよ」

短い間。

「その二つはたぶん両立しますよ」ビールが言った。「怒りはふつう、相手をやりこめるというかたちをとります……言葉で、もしくは身体的に」

「ではなぜ彼女は自分のなすがままになっている中尉をとことん懲らしめなかったんだ？」ジョーンズが訊いた。「なんで彼は生かしておいたんだ？」

「彼を愛していたからですよ」ジャクソンが言った。「家庭内虐待の力学は、支配と操作の問題であると同時に、強い愛着の問題でもあるんです」

「ジェンの彼に対する気持ちは本物であると確信しておられるようですが、中尉も同じ考えなんでしょうか」

「いえ。ジェンは自分を金づるとしか見ていなかったと彼は思っています」

「なぜそれでは納得できないんです？」

「なぜなら、冷めたのはチャールズのほうだからです。彼は対等なパートナーを求めていた――両親の関係性、と彼が思っているものとは正反対の関係です。でも付き合っていくうちに、彼女がいかに要求の多い女であるかに気がついて気持ちが冷めてきた。そのとき、彼女の攻撃性が表面化してきたんです。彼を引き止めておこうという彼女の意志は、このままでいいのかと思いはじめている彼の気持ちより、はるかに強かったんです」

「彼女の本性が露《あら》わになったのは、たぶん指に婚約指輪をはめたからなんでしょうね」ビールが言った。

ジャクソンはうなずいた。「それもあります……あと、ドラッグもマイナスに作用したでしょうね。彼女も付き合いはじめた最初のころはクスリとは縁《えん》を切ろうとしたんじゃないかと思うんですよ。だけど、軍人の暮らしというのがどんなものかがわかってくると、またそれに手を出すようになった——。チャールズの長期にわたる不在は、いつでも大切にされていないと気がすまない女性からすれば受け入れがたいものだったでしょう。彼女がバーミンガムの病院に行ったのは、この人なしでは生きていられないと彼に再認識させるためだったんですよ。彼女自身は間違いなくそう思いこんでいたはずです。でなきゃ、初めから会いにいったりはしません。まさか憎悪に満ちた反応が返ってくるとは、彼女は夢にも思ってなかったんです」

「彼は前にもはっきり憎悪を示してますよ。彼女をレイプしたときに」とジョーンズが指摘した。

「あなたやわたしならそう捉えるかもしれませんが、ジェンははたしてそう受け止めたでしょうか。ことは性行為で、これはジェンの知悉《ちしつ》する分野です。ジェンの気持ちになって考えてみてください。彼女は美しく性的魅力にあふれていて、彼はいまでも彼女を欲しがっている。そうでなければ勃起はしません」

「金を払ったから、と言ってましたよ」

「そうだとしても、彼女を欲していることに変わりはない。彼女と寝るために、もっと多額の金を出す男だっているんですよ」

「最近は、そうでもないみたいですよ」ビールが言った。「ウェブサイトにいまも彼女を載せている仲介業者は、調べたかぎりではひとつしかなく、そこでも、彼女に対する引き合いはここ何週間か一件もないそうです。どうやら噂が広まっているらしくて、客には評判がよくないんです。手癖が悪く、やるべきことをちゃんとしないと」

ジャクソンは眉を寄せた。「彼女が日本人と一緒にいるところを、チャールズが見たと言ってましたよ」

「われわれも見ました……たぶん同じ男だと思いますが、あれはおそらく前に彼女を買った客とじかにやりとりしたんですよ。いまの仕事はほとんどがそのやり方で来てるんじゃないかと思いますよ。彼女にヤクを提供してる売人の話では、彼女の稼ぎはこの半年で激減しているそうですから」

「では、たぶんチャールズの言うとおりなんでしょう。彼は、ジェンが病院に来たのは彼の障害補償金が目当てとしか考えられないんだそうです」

「なぜそれでは納得がいかないんです？」またジョーンズが訊いた。

「もし彼女が深く後悔し、涙をぼろぼろ流しながら現れて、もう一度チャンスをくれと懇願《こんがん》したなら、そしたら納得したかもしれません。でも彼女は、お気に入りのファンタジーをまとって現れた。服装まで、チャールズにスタンガンを使った日と同じドレスで決めていたくらいです」ジャクソンは哀れむように片眉を上げた。「それから、チャールズにとってもっとも耐えがたかったのはノブケリーではないんですよ。ジェンはほとんどの時間、彼のペニスにパン切りナイフを当て、去勢の脅《おど》しをかけていたんです」

「それで?」

「なんでそんなことをするのか、わたしに考えられるのは、ジェンはチャールズも彼女の女王様プレイに興奮していると思っていたってことです」

ジョーンズは皮肉な笑みを浮かべた。「それはちょっと飛躍がすぎますよ」

「そう考えるのが合理的だと言っているんじゃないんです。わたしが言いたいのは、ひどく自己中心的な女なら、そう考えるのではないかってことです」

「しかし、ドクター・キャンベルによれば、ジェンはチャールズのバーミンガムの精神科医に、彼は記憶喪失により二人の関係が終わったことも忘れているだろうと思っていたと言っている。彼女はチャールズに何通も手紙を出していますが、レイプのことには触れてもいないんです。彼が去勢される一歩手前だったことは言うに及ばず」

「だけど彼はそれらの手紙を読んでいないし、返事も出していません」

「だから?」

ジャクソンはまた肩をすくめた。「もしあなたがジェンなら、それをどう捉えます?」

「手紙はチャールズに届いていない」

ジャクソンはうなずいた。「それから、手紙の内容が当たり障りのないことばかりで、二人がどんなにいい関係だったかってことしか書いてないという事実についてはどう思われます？」

「彼が忘れていることを願っていた——？」

「あるいは、もしかしたら看護師が彼に読んであげることになるかもしれないと考えていた——彼がどんな状態にあるかを彼女は知らないわけだから」そこでいったん言葉を切った。「もっと興味深いのは、なぜチャールズはそれらの手紙を未開封のまま主治医の精神科医に渡したのかってことです。ジェンとの関係について話すことにはあれほど抵抗していながら」

「それで？」

「ジェンは、彼の両親がこれまでずっとやってきたようにするだろうと、彼にはわかっていたんです……隠しておきたいことはなかったことにしてしまうだろうと。彼にしてもそのほうがよかった。苦しみには耐えるしか、彼は対処するすべを知らないんです」ジャクソンは嘆息《たんそく》した。「あなたは自分を笑い物にする気だと、彼はずっと言っていました……彼を訴追側の証人として法廷に立たせたら、間違いなくそうなります。いっさいがっさいが公《おおやけ》の場で明るみにされることは、彼にとっては対処しがたい苦しみなんです」

ジョーンズは首をふった。「あなたは彼を見くびってますよ、ドクター。この数日間でわたしが中尉について何か学んだとすれば、それは彼が不安に断固立ち向かおうとしていることです。その気持ちの強さはわたしやあなたをはるかにしのいでいます」

ロンドン警視庁

〔内部メモ〕

宛先　クリフォード・ゴールディング警視長
差出人　ブライアン・ジョーンズ警視
日付　二〇〇七年八月二十日
件名　聴取手順

急啓

ジェニファー・モーリーの法定代理人により表明された懸念について。

添付のモーリーの勾留記録のコピーをご参照ください。彼女の勾留時間は、警察・刑事証拠法が認める三十六時間の期限内に軽くおさまっています。

聴取に当たった複数の警官および当職の見るところ、モーリーの法定代理人が言挙げした〝衰弱〟は勾留を時間切れに持ちこむための時間稼ぎにほかなりません。モーリーは聴取を中断させるために、失神、パニック発作、医療者による助言のたび重なる要請など、さまざまに手を打ってきました。これらによる中断にもかかわらず、彼女は二〇〇七年八月十七日金曜日の十一時四十五分、勾留開始から三十二時間十五分の時点で、ハリー・ピール、ケヴィン・アトキンズ殺害の容疑で逮捕されました。その三時間後には、下級裁判所の審問により再勾留の決定がくだされ、ホロウェイ女子刑務所に送還となりました。

監護官は、モーリーの勾留には正当な根拠があること、聴取は終始、行動規範にのってなされたことを確認しています。モーリーには一回の睡眠休憩を含む数回の休憩時間が与えられ、適正な補助と勾留期間を通してのモニタリングが供されたほか、食事と飲み物も定期的に供与されました。勾留記録のコピーは彼女の法定代理人にも入手できるようになっています。

聴取の概要は以下の通り

聴取はジェームズ・スティール（心理学者）が提案した方針に沿って、ビール警部とカーン刑事が行いました。その方針とは、モーリーに自分がこのやりとりにおいて主導権を握っていると思わせることです。スティールの予測どおり、彼女は殺人事件が起きた週末に自分はどこにいて誰と一緒だったかについて、矛盾する話をぺらぺら口にしました。最初の二件（ピールとブリトン）については、ロンドンにいて、チャールズ・アクランド中尉と一緒だったと言い、三件目（アトキンズ）については、アクランド中尉を病院に見舞ったあと、バーミンガムのホテルにいたと言っています。

モーリーの最初の失神による中断は、ビール警部がアクランド中尉の基地での日誌を示し、また中尉の証言のうち、彼女が中尉にふるった暴力について具体的に語った部分を読み上げたときに起きました。それ以後、あらたな証言が開陳されるにつれ、彼女は頻繁に〝衰弱〟するようになりました。その都度、彼女は法定代理人の強い要請により、回復のための休憩をとっています。

つぎの聴取で、彼女はアクランド中尉に危害を加えたことを否定し、スタンガンとノブケリーを二人の間に持ちこんだのは中尉で、彼女に対して使うためだったと反論しました。自分は、被虐待妻症候群にさいなまれる、虐待された〝婚約者〟なのだというのです。そのことで男性一般に対し恐怖を抱くようになったかと尋ねると、そうだと答えましたが、彼女のパソコンから回収した情報（彼女がいまも、男性から危害を加えられる恐れのある売春婦／コールガールという立場に進んで身を置いていることを示唆《しさ》するもの）についてはコメントを拒否しました。その情報には、ピール、ブリトン、アトキンズの氏名及び／もしくは電話番号と、住所も含まれています。

弁護士の要請による二時間の休憩のあと、彼女は自分が売春をする理由として、麻薬への依存状態を挙げました。さらに、虐待される婚約者としての被害者的立場が自分を〝アッパー系のドラッグ〟に向かわせたのだ、それによって気分の落ち込みと低い自己評価から脱しようとしたのだと主張しました。自分が依存症になったのはアクランド中尉の猜疑《さいぎ》心《しん》にかられた暴力的なふるまいによりストレスが蓄積していったからで、非は中尉にあるとのことでした。ピール、ブリトン、アトキンズの連絡先がパソコンに載っていたことに関しては、空いた時間にテレフォンセックスの仕事もしているからだと言っています。

ビール警部とカーン刑事は、ジェームズ・スティールの助言に従って、これらの主張を疑義を呈することなく聞き置いたうえで、モーリーにひと晩の睡眠休憩を与えました。彼女は翌朝六時三十分に起き、洗面等の身づくろいと化粧をする時間が与えられました。朝食も供しましたが、それは辞退されました。

モーリーはずっと明るくふるまっていましたが、それも彼女のフラットにあった二組の衣類から採取された法医学的証拠を提示されるまででした。濃色のジャケットから採取された血痕のDNAはアトキンズに、靴から採取された血痕のDNAはピールに、それぞれつながっていたのです。さらに鑑識班は、モーリーのフラットにあったウールのスカーフから採取した繊維が、アトキンズの自宅で見つかった繊維と同じものであることも突き止めています。

再度の〝衰弱〟と、法廷代理人との時間をかけた相談のあと、モーリーはピールとアトキンズの死に関与していることを認めました。二人ともアルコールの影響で攻撃的になっていたとのことで、すべては自己防衛と被虐待者症候群によるものだったと自らの行為を正当化しています。パニックを起こして思わず手近にあったもので殴りかかったのだとのこと。ピールの場合はテーブルランプの台座で、アトキンズのときは未開封のワインボトルで。

モーリーは次に、麻のダッフルバッグとその中身を提示され、スタンガンとノブケリーについて説明を求められると、法廷代理人の助言により、もうこれ以上は質問には答えられないと回答を拒否したので、当職は彼女をピール及びアトキンズ殺害のかどで告発することに決めました。

モーリーの自宅の綿密な捜索は現在も続行しており、科学捜査班は、彼女とマーティン・ブリトンの自宅、及び殺害との関連についても証拠を得られるものと確信しています。

ダッフルバッグの内側から採取された毛髪からはモーリーのＤＮＡが検出されていますが、これは間違いなく法廷では異議を呈されるでしょう。あまり考えられないことではありますが、その毛髪はアクランド中尉の衣服に数か月間、付着していて、それが何かの拍子にダッフルバッグに移ったと主張できないこともないからです。

モーリーのパソコンと携帯電話、およびピールとブリトンの携帯電話の調査はいまも引き続き行われていて、新たな証拠が次々見つかっています。回収した情報から過去の経緯《けいい》をたどった結果、モーリーはこの三人全員と以前にも連絡を取っていました。

- ハリー・ピールはタクシー運転手として――モーリーはときどき彼のタクシーを利用していた。
- マーティン・ブリトンとは、パートナーのジョン・プレンティスを通して――モーリーはブリトン／プレンティス・ハウスのシノワズリー・ルームで少なくとも二回、シルクのチャイナドレスで写真におさまっています。（ほっそりしたユマ・サーマン風の外見が、自社のデザインに合っていたとプレンティスは述べています）
- ケヴィン・アトキンズは建築業者として――彼の会社は二〇〇四年にモーリーのフラットがある建物の補修工事を請け負っています。

モーリーのEメールのフォルダーと、携帯電話のアドレス帳にある連絡先にはすべて連絡を取り、聞き取りをしています。その結果、いまの時点で浮かび上がってきたのは、彼女の何年にもわたる奇行です。モーリーは二〇〇一年、妹に殴る蹴るの暴行を働いて以来、家族とは音信不通になっていて、母親は彼女を怖がっていることを認めています。

二人の元ボーイフレンド（モーリーと付き合っていた期間はどちらも一か月未満）は、別れたあとの彼女のストーカー的行動——脅し、深夜の訪問、迷惑電話——のことを話していました。ある劇団は雇用した二日後に、〝激情によるトラブル〟で彼女を解雇しています。また、三つのデートクラブが顧客からの苦情により彼女を名簿から削除しています。

モーリーのパソコンに登録されていた電話番号のうちの相当数がいまは不通になっています。元ボーイフレンドを含む三人には、それぞれのサーバーからたどって連絡を取りました。三人とも、電話がつながらないようにした理由としてモーリーからのハラスメントを挙げています。ニューカースル在住の三人目は、ロンドンに出張した際に彼女のサーヴィスを利用したと述べています。「払った金ほどのことはなかったよと彼女に言ったら、それから二週間のあいだに五十通、卑猥なメールを送ってきました」

〝セックスを目的に〟接触してきたのはピールとアトキンズのほうだとモーリーは主張し

ていますが、これを裏付ける事実はありません。彼らの携帯電話に〝キャス〟の名で登録されている番号はどちらも、モーリーがアクランド中尉と出会った頃には不通になっていました。最初の接触はモーリーのほうからだったに違いありません。公衆電話からか、あるいは、〝買い手を当てこんで〟自宅をいきなり訪ねたか。どちらにしても、金銭の必要に駆られてのことだったと思います。(モーリーの麻薬依存/渇望は、アクランド中尉と出会ってから、決定的に重症化したのではないかとスティールは見ています)

もし彼女の意図が一夜の客を得ることにあったのだとしたら、被害者となった男たちからゴーサインが得られなかったら、べつの客に当たっていたかもしれません。(彼女が自分の名前が出ないように公衆電話を使い、いやなら断ることもできるようにしたのも、そう考えれば説明がつきます)

スティールによれば、すべては〝偶然が作用した〟結果、ということになります。すなわち、さまざまな要素が重なり合って〝殺害〟に至る状況が生み出されたというわけです。具体的には以下のような経緯ではなかったかと彼は推定しています。

- モーリーはアクランド中尉から別れ話を持ち出されたことに、あるいは、今後は彼からの金銭的援助は得られなくなったことに怒り、もしくは動揺した。

●もしモーリーが潜在的顧客の多くを失っていたのであれば、中尉のこの別れ話に、（a）金を必要とする彼女はいらだち、（b）怒りをつのらせ、（c）こうなったら何かべつの方法で金を得るしかないという気持ちになった。

●彼女の最初の犠牲者ハリー・ピールは、タクシー運転手だから簡単に接触できるうえに、支払いは現金でしか受け付けなかった。そのことはモーリーも知っていたはずである。彼女がまずタクシーを使うというかたちで彼に接触したのであれば、彼のほうも断ったりはしないと思われる。

●二人目の犠牲者、マーティン・ブリトンは、彼を知る全員が、〝礼儀正しい〟と評している人物である。ブリトンの兄は、マーティンならモーリーを、自分のパートナーの知り合いだから家に入れるだろうと考えている。モーリーは前にその家を訪れた経験から、二人が自宅に現金を置いていることを知っていた。

●モーリーの三人目の犠牲者、ケヴィン・アトキンズは、彼女の性の提供に応じた唯一の例かもしれない。彼の元妻はこう言っている――「あの人はひとりでいるのが嫌いなんですよ。週末はとくに。わたしたちはなんでも家族でしていましたから、それがなくなったので寂しかったんでしょう」。アトキンズは〝付加価値税〟などの税金上の理由から、支払いは現金でするのを好み、ある程度の金はつねに手元に持っているようにしていた。

●三人はそれぞれモーリーを家に入れはしたけれど、その後は否定的な反応をしたのではないかとスティールは見ている。彼女が自分で言うほどの価値があるのかに疑問を持ったか、あるいはそんな金は出せないと思ってしりぞけた。

- アクランド中尉の証言により、モーリーがスタンガンを使ってどのように相手を意のままにしていたかが明らかになった。中尉は彼女の命令――裸で床を犬のように這いまわる――に従っていれば、そのうち電気ショックから回復できるが、少しでも反抗したらまたスタンガンを見舞われることになると脅された。
- アクランド中尉は命令に従うのを拒否したが、中尉ほど若くも壮健でもない男たちが中尉と同じようにできたかは疑問である。彼らはまた、バスローブを着てベッドに横になるように指示されたのは単に彼女が出ていったあと追いかけてこられないようにするためだと信じていたのかもしれない。
- 被害者たちはみな一人暮らしだったから、モーリーの行為の障害となるものは何もなかった。彼女がその行為におよんだのは、それが可能だったからである。

結論

当職およびわがチームは、ハリー・ピール、マーティン・ブリトン、ケヴィン・アトキンズの事件の捜査に当たったこの一か月で、彼らのことをよく知るようになりました。三人ともまっとうな人たちです。犯人が法廷で自己防衛や限定責任能力などの一方的な主張を展開するのを許したならば、彼らは不当に貶められることになります。

現在、捜査チームは、モーリーの動機が金銭の取得にあったことと、彼女は被害者三人に身元を知られているため、初めから殺すつもりであったことを立証することに全力を挙げています。

この報告書によりご懸念は払拭されるものと信じています。

ブライアン・ジョーンズ警視

31

デイジーは開いた戸口にひっそりと立ち、アクランドが部屋で背嚢《はいのう》に荷造りするのをながめていた。所持品はすべてベッドに整然と並べられていて、そのあまりの少なさに彼女は、これまでの人たちと同様、胸を衝《つ》かれた。もっとも痛ましく思ったのは、一個だけの携帯食器とマグカップだ。それは、誰ともともにすることのないひとりきりの暮らしが続くことを物語っていた。

デイジーは注意を引くために、ちょっと位置を変えた。「ジャクソンはあなたが出ていくのを望んでないのよ」声が階下には届かないように小声で言った。「でも、自分の口からはたぶん言わないだろうと思うの」

「彼女が実際にそう言ったんですか?」アクランドはTシャツをたたみながら訊いた。

「はっきりそう言ったわけではないけど……でも、そう思っているのは間違いないのよ」

アクランドは温かいまなざしでデイジーを見やった。「それは違うと思うよ、デイジー。ジャクソンはリアリストだ。ぼくが急にただの泊まり客としてここに居続けるのが無理なことは彼女にはよくわかっているんだ……ぼくの片頭痛に注意を払い続け、あなたがぼくに栄養を摂らせようとがんばり続けているかぎりは」彼はTシャツを背嚢に押しこんだ。「でも、そう言ってくれて、ありがとう」

「連絡は絶やさないようにしてくれるよね？」

「もちろん」

デイジーは信じなかった。「あなたがジャクスを勝ち気でタフな人間だと思っているのは知ってるけど、ほとんどはそう見せてるだけで、内心ではあらゆることを気にかけてるの。彼女はきっとあなたのことも心配しつづけるわ」

アクランドはTシャツを背嚢の奥に押しこんだ。「ぼくがどこにいるかは警察に訊けばいつでもわかりますよ。ぼくはさらなる事情聴取が必要となった場合に備えて、週に一度は所在を報告することになってますから」

「それもあなたはしないだろうと、わたしは思ってるの」デイジーは突然きっぱりとした口調で言った「あなたは行方をくらまし、みんなが、あなたはどこにいるんだろう、何があったんだろうと、頭を悩ませることになる」

アクランドはしばし彼女を見つめた。「チョーキーの場合はそれでうまくいきましたよ」

＊

ジョーンズも、アクランドが月曜日の朝、わざわざ自分のところにやってきて、明日〈ベル〉を出るつもりだと告げたとき、デイジーと同じような疑念を抱いた。保釈の条件が解除されたいま、彼はどこへ行こうが自由になったのだ。「もしかして、このまま行方をくらまそうと思っている？」

「いえ」

「その言葉、信じていいんだろうか」

「大丈夫ですよ。これまでと同様」

　警視はうなずいた。「しかし、わたしとしては、何がこのことにかかっているかをきみが本当に理解していると確信したいんだよ。きみがいなくても何らかの有罪判決は得られるだろう……だけど、それがはたして正義にかなうものになるかはわからない。ジェンが法廷でどんな主張を持ち出してきても、きみがその場にいて反論しなければ、そのまま通ってしまうぞ」

「審理にかけられるのはぼくではありません」

「しかし、きみの評判には関わってくる……ジェンに殺された三人の評判と同様に。そして死者には口がない。ジェンがきみのことを悪しざまに言えば言うほど、彼女の立場はよくなるんだ」

　アクランドはためらった。「ぼくはそこにいないほうがいいと思うんですよ。カジモド（『ノートル＝ダム・ド・パリ』の主人公）とユマ・サーマンの対決となったら、陪審がカジモドのほうを信じるとは思えません」

　ジョーンズは面白がった。「きみのその体形は、どう見てもカジモドではないよ、チャールズ。ドラキュラならまだいいかもしれん」

「どっちにしても同じですよ——美女と野獣——それにぼくは自分の評判を気にかける必要があるかどうかも疑問なんです。これまでのところ、それが何かのためになったことなんて一度もないんですから」

「では、そこが意見の分かれるところだな」ジョーンズは言った。「なぜならわたしはアクランド中尉に多大な敬意を抱いているからだ」彼は年少の男の顔に反応をうかがったが、なんの反応もないのを見て首をふった。「医者の言うとおりだったよ。きみは受難者に甘んじようとしすぎる……それはきみの資質でもっとも魅力的でない部分だ。闘うことがきみの得意とするところではないのか？」

「もうそれはぼくには許されていません」

「闘うといっても方法はさまざまだ。法廷で闘うんだよ。闘ってチャンピオンになるんだ」

「なんの」

「三人の死んだ男たちのだな、まずは。正義はただ待っていては果たされない。闘って勝ち取るしかないんだ」

それは政治家が戦争を正当化するときに使う言いまわしと同じであることに彼は気づいているのだろうかとアクランドは思った。結局は、相手を打ち負かしたという満足感が得られるだけだ。「正義を追求するのは警察の仕事なんじゃないですか？」アクランドは気のない口調で訊いた。

「もちろんそうだよ」ジョーンズは同意した。「だけどそれはわれわれだけではできないんだ。

いずれにしてもきみは証人として呼ばれることになるんだよ。われわれがジェンを被告人席に立たせたとたん、きみと彼女との関係が精密な審理の対象になるんだから」

「それはぼくが彼女のことを話したからでしょう。もしぼくがバーモンジーに来ていなかったら、警察はいまも彼女のことなど知らなかったはずです」

ジョーンズはかすかにほほ笑んだ。「いずれはつかんでいたさ。ケヴィン・アトキンズの携帯電話で〝キャス〟という名はつかんでいたんだから」

「それもぼくが提供したんですよ……それとダッフルバッグも」

「だけど、それがジェンのだとは、きみは知らなかった」

アクランドは隠しておこうとしてきた秘密の最後のひとつくらいは隠し通そうかと、ここでもまた面白半分に考えてみた。だけどジャクソンには、フェアになれよと言われている。「証拠を全部なかったことにはできないんだよ」と彼女は言った。「せめてハリー・ピールの写真だけでも警察に渡して、彼らにチャンスを与えなさいよ……いくらジョーンズが嫌いだとしても」

それは違う。アクランドは警視に大いなる敬意を抱いている。最初に会ったときから、彼の強さには、ジャクソンのそれに対してと同様、一目置いているのだ。このままでは警視の共感を失ってしまうと、彼は首を左右にふった。「ぼくはベンがジェンのバッグをひったくるのを、通りの反対側から見てたんです」アクランドは明かした。「だからそのバッグがジェンのだということは、初めから知っていました」

警視はわざわざ驚いてみせたりはしなかった。「ベンが誰だか知っていたのか？」

アクランドはうなずいた。「女の子たちをチョーキーにけしかけていた少年だと、すぐにわかりました。ジェンは声を発することもなく、ただ起き上がって、その場に真っ青な顔で立っていました。それで、彼にいったい何を盗られたんだろうと思ったんです」

「なんでそのことをもっと早くに言わなかったんだ？」

「言いましたよ。バッグは存在すると思うと、何回か言いました」

「思うじゃなく、きみは知っていたんじゃないか、チャールズ」

「確かではなかったんです。ベンが路地に来たとき、彼が持っているものまでは見えなかった。着いてすぐに意識を失ってしまったし、あそこは暗かったから、彼があのときの少年だとはわからなかった。顔を懐中電灯で照らし、息をしているか確認したときに、あの少年だとわかったんです。チョーキーはたぶんそのどさくさにまぎれて、ダッフルバッグをそっと自分の袋に隠したんですよ」

ジョーンズは両の人差し指を突き合わせた。「盗みを目撃したことは、話してくれてもよかっただろうに」

「話すほどのことはなかったんですよ。ぼくが知っているのは、ベンが雑誌の束をかっぱらったことくらいだし」警視の顔にいらだちが浮かんだ。「ぼくは、あのバッグにはぼくの欲しいものが入っているのではないかと思ったんです。だから、あの路地へ行ったんですよ。チョーキーに訊けば、少年がふだんどの辺をうろついているかがわかるのではないかと思って」

「きみが欲しかったものとは何なんだ?」

アクランドはためらった。そして、「これです」とジャケットのポケットに手を入れ、USBフラッシュメモリーを二つ取り出して机に置いた。「ぼくのノートパソコンを壊したのはジェンではなく、ぼくです。それをするために、ぼくは二週間後、彼女のフラットに行ったんです。彼女は、ぼくが誰にも見られたくない写真をそのパソコンに入れていた。これですんだと思っていたら、彼女は、ぼくがイラクへ発つ日、手紙に写真を収めたUSBのひとつを同封して送ってきたんです」彼は親指をと人差し指でこめかみをもんだ。「パソコンが壊される前に、コピーを取っておいたのだと言って」

ジョーンズは二つの小さな長方形の物体に目をやった。「なぜこれが、ダッフルバッグに入っていると思ったんだ?」

「そう思ったのではなく……その可能性はあると思っただけです。ジェンは病院へ来たとき、メモリーカードをバッグに入れていました。ぼくはそれを奪い、翌日、スーザン・キャンベルのパソコンで中身を見てみました」ジョーンズのそれで?というまなざしに、アクランドは首をふった。「宣伝写真だけでした」

「先々週の金曜日は、彼女のフラットの外で何をしてたんだ?」

アクランドの唇の無傷の側が、ゆがんだ笑みに持ち上がった。「どうやって中へ入ろうかと考えていたんです。彼女がバッグを盗られてひどく動転してなかったら、それはできていたでしょう。だけど彼女は、数秒後に現れたタクシーをキャンセルし、中へ引き返した。それがぼくの好奇心をかきたてたんです。あのバッグには何が入っていたんだろうと」彼はそこで言葉を切った。「ほかの誰かの情報が入っているとは思ってもみなかった。中身は全部ぼくのことだろうと、本当にそう思っていたんです」

ジョーンズは納得していなかった。「ベンのリュックにケヴィン・アトキンズの携帯が入っていたんだから、きみはそれを見て、なぜこれが、と疑問に思ったはずだよ」

中尉は首をふった。「そのときはそうは思いませんでした。ベンはその携帯も、iPodやブラックベリーと同様、どこかでかっぱらったんだろうとしか思わなかった。スタンガンもそのリュックに入っていたら、もしかしたら、と思ったかもしれません」

ジョーンズはしばし、中尉の顔をうかがった。「たぶんきみは、関連があることを認めたくなかったのでは？」

アクランドは首をふったが、肯定なのか、否定なのか、ジョーンズにはわからなかった。いつもの癖で、ジョーンズはペンの先を使ってUSBフラッシュメモリーを手元に引き寄せた。「〈クラウン〉からここへ連れてこられたとき、身体検査はされたんだよな」

「ええ」

「なぜそのとき発見されなかったんだ？」

「部屋のベッドのマットレスの下だったからです。警察に渡す前に、中身を見ておきたかったんです」

「それで？」

「ひとつはからっぽで、もうひとつには、ハリー・ピールと思われる男の写真が入っていました。ジェンはそれをぼくのノートパソコンにも入れておいたんじゃないかと思います。ぼくがそれを壊す前に——。もし彼女がブリトンやアトキンズの写真を撮っていたら、それも彼女のパソコンに入っているはずです」

「見たかぎりでは、そういうのはひとつもなかった」ジョーンズは意味もなくまたUSBメモリーを動かした。「きみにはもっとわたしを信用してもらいたかったよ、チャールズ。われわれはきみのことを不必要に公《おおやけ》の場に持ち出すつもりはなかった。証拠に手を加えたって、なんの役にも立たないんだ」

沈黙。

「きみは誰のパソコンを使ってそれを見て、自分に関する部分を削除したんだ？　ドクター・ジャクソンの？」

アクランドは首をふった。

「それではこっちはドクターに召喚状を出して証拠を提出させなくてはならんが、そうさせたいのか？」

「そんなことをしたって時間の無駄ですよ。何も残っていませんから——USBメモリーにも、ハードディスクドライヴにも。これは本当です。ぼくを信用していただけますか？」

「なぜそうしなきゃならん」

しばしの間のあと、アクランドは姿勢を正した。「なぜなら、ぼくが写真を見られたくない相手はあなただからです、ジョーンズ警視。あなたがあれを見ることは永遠にありません。あなたには、同情されるよりは敬意を持ったままでいてもらいたいんです」

「ほんとに厄介な男だな、きみは」ジョーンズはうなるように言った。「どっちにしたって、わたしのきみに対する敬意は変わらんよ」ふいに彼は立ち上がり、手を差し出した。「法廷には出ると、ここでわたしに約束してくれるか?」アクランドがためらうのを見て、警視は言葉を継いだ。「きみはビール警部に、友人を裏切ったことはないと言った。もしきみが握手を拒んだら、それはほめ言葉と受け取るべきなんだろうか」

アクランドの目のまわりに笑いじわが寄った。「そうとはかぎりませんよ」彼は警視の手を握った。「ぼくは、どちらかといえば敵のほうが好きなんです。少なくとも、自分の置かれている位置がはっきりしますから」

＊

ジャクソンはキッチンのテーブルで帳簿に目を通していた。椅子にまたがってかけ、大きな背を丸めている。アクランドが荷造りした背嚢をしょって戸口に立つと、うれしそうに彼のほうを振り返った。それを見て、どうやら湿っぽい別れにはならなそうだと、アクランドは安堵した。

「あんた、デイジーに朝食代の五ポンドが未払いだよ」帳簿の一番上のページを叩いて言う。

「それを払えば、清算完了だ」

アクランドは財布を出した。「今朝は、飢え死にしちゃいけないからって、これでもかってぐらい食わせられましたよ」

「それが彼女なりの別れのあいさつなんだよ」ジャクソンは言って、アクランドが差し出した紙幣を受け取った。

「あなたのは？」

彼女は手をのばして現金用の引き出しを開けた。「ハードディスクドライヴの再フォーマット代として五十ポンドだね。あんたラッキーなんだよ、わたしがコンピューターおたくで」アクランドが残りの紙幣から五十ポンドより分けるのを彼女はじっと見ていた。「考えてみたら、百ポンドにしてもらってもいいような気がしてきたよ。この週末は、消したデータを再入力するのでろくに寝てないからね」

アクランドは二十ポンド札を五枚、引き出しの中の積まれた紙幣の上に置いた。その引き出しは、彼が前に罰金を払ったときから一度も空けてないように見えた。「これ、どこに寄付する予定なんです？」

「わたしはビジネスウーマンなんだよ。なんでわたしが、ポンとどこかに寄付するなんて思ったんだか」

「直感ですよ」アクランドはにやっと笑った。「ぼくにも女性的な一面があったんです。最近になってそれがわかりました」

「じゃあ、一歩前進だね」アクランドが背嚢を肩に背負うのを見て、ジャクソンは言った。「玄関までついてって、送り出してもらいたい？」

アクランドは首をふった。「連絡を絶やさないようにして、とうるさく言われるのがおちですから」

「そんなこと、わたしはしないよ」彼女はきっぱりと言った。「連絡するにしろしないにしろ、それはそっちの話……してねと頼んであんたの自尊心をくすぐるなんてまっぴらだ」

彼の笑みが広がって、傷跡がほとんど笑いじわのようになった。「デイジーが、あなたはぼくからときどき連絡がなかったら心配するだろうって言ってましたよ」

ジャクソンは彼の五ポンド紙幣を引き出しに入れた。「それは確かだよ」

解説

三橋曉

つい先日のこと、茶の間のテレビからやけに聞き覚えのあるメロディが流れてきた。耳を澄ませば「蛍の光」で、歌詞はなんと外国語。画面に目をやると、イギリスのEU離脱をニュース番組が報じていて、連合からの離脱協定案が可決された欧州議会の議場で、手をつなぐ議員たちが、声高らかにこの歌を合唱していたのだ。

「蛍の光」は、そもそもスコットランド民謡が原曲で、来《こ》し方をふり返り、別れを惜しむ曲だそうだが、和やかな光景からは、今回の離脱騒動が必ずしもEU諸国・英国双方の喧嘩別れに終わったわけではないことも窺《うかが》われた。当のイギリス国民にとっては、三年半前の国民投票以来、長きにわたり国内を二分してきた政治的混乱に、ひとまず決着をつけた歴史の節目でもあったに違いない。

読者の中には、それがミネット・ウォルターズとどう関係があるんだ、と訝《いぶか》しむ向きもあるだろう。今回ブレグジット（イギリスのEU離脱）へと至った最大の原因は、欧州移民の問題に端を発し、イギリス国内に蔓延《まんえん》した社会不安だと言われる。思い返してみるとウォルターズが読者の前に登場した一九九〇年代前半は、冷戦が終結し、ヨーロッパ諸国の共同体意識が束欧にまで急速に広がるが、それが後の移民問題の遠因ともなっていった。

また、長期に渡ったサッチャー政権の負の遺産、すなわち国家の経済全体は復調しても、貧富の格差や不平等感が拡大するなど、社会のしくみの齟齬《そご》や矛盾が顕在化した時期でもあった。そんな時代の空気を背景に、人々に広がる軋轢《あつれき》や、そこに生まれる差別意識を掬《すく》い上げ、事件や犯罪へと変異する瞬間を捉えてみせた作家がウォルターズだったと言えるのではないかと思う。

デビュー作の『氷の家』（一九九二年）をはじめ、『女彫刻家』（九三年）、『鉄の枷《かせ》』（九四年）と、アメリカ探偵作家クラブ（ＭＷＡ）と英国推理作家協会（ＣＷＡ）から相次ぎお墨付きをもらった初期作の数々は、ミステリの面白さが秀でていたばかりでなく、そこに投影された凛《りん》とした女性の生き方に、有り体なフェミニズムのイメージを蹴散らすほどの社会批判の精神が顕《あらわ》れていたことが思い出される。

その後、『蛇の形』（二〇〇〇年）では、英国病と呼ばれた社会の停滞に苦しんだ一九七〇年代末期と現代を対置し、二十年という時の流れが埋もれたヘイト・クライム的事件の真相解明への糸口となっていく。さらに『遮断地区』（〇一年）で、郊外居住地域の著《いちじる》しい荒廃に焦点を合わせたかと思えば、謎の不法占拠集団がドーセットの田舎町を不安に陥《おとし》れる『病める狐』（〇二年）では、時代の不穏な空気を現実との間で共有してみせた。

やや穿《うが》った見方にもなろうが、ミネット・ウォルターズの諸作は、ミレニアム・イヤーを挟んで移ろう現代イギリス社会の世相を映す鏡でもあったと言えるだろう。

さて、ここにご紹介する『カメレオンの影』は、原題を*The Chameleon's Shadow*といい、イギリス本国では二〇〇七年九月、ロンドンのマクミラン社から上梓された。ウォルターズはその前年、日本では「火口箱《ほくち》」(一九九九年)と合わせて一冊にまとめられた中編小説《ノヴェラ》「養鶏場の殺人」(二〇〇六年)を発表しているが、本作は長編としては『悪魔の羽根』(〇五年)に次ぐ十二番目の作品にあたる。

前作『悪魔の羽根』は、内戦終結から間もない西アフリカのシエラレオネで起きた凶悪事件を伝えるロイター電から始まるという、グローバルな視点を取り入れた作品だった。そして本作もまた、イギリスとイラクの両国で物語の幕があがる。

二〇〇六年十一月、イラク戦争でバグダッド陥落後も現地に駐留するイギリス軍は、長びく治安維持の任務についていた。その日、バスラと首都の間を移動する輸送車隊の護衛中、偵察装甲車のシミターがイラク反乱兵の攻撃を受けた。対戦車地雷の爆発により二名の兵長は即死、指揮をとるチャールズ・アクランド中尉も片目を失う重傷を負ってしまう。頭蓋内に深刻な損傷が懸念《けねん》された中尉は、人事不省のままバーミンガム郊外の病院に移送されるが、四日後昏睡《こんすい》から覚めると、中東に派遣されていた二か月間の記憶を失っていた。

病院のベッドでは、足繁く通う母親を煙たがり、世話をする女性の看護師にも心を開かない。さらには、不意に見舞いに訪れた元婚約者のジェンに暴力的な態度をとる彼に、主治医の精神科医ロバート・ウィリスは懸念を抱き、友人の女性医師スーザン・キャンベルに助けを仰ぐ。

それでも心を閉ざすアクランドは、主治医の心配をよそに、顔面の形成手術を断り、退院する。そしてロンドンで一人暮らしを始めるが、その矢先にパブで暴力沙汰を起こしたことから、南ロンドンで続発していた殴殺事件の容疑者にされてしまう。

ご存じの通り、二〇〇一年九月のアメリカ同時多発テロに端を発するイラク戦争は、国連の常任理事国である仏露中や、ドイツの反対を押し切り、〇三年三月歩調を合わせる米英が共にイラクに侵攻した。開戦から僅《わず》か五十日足らずで米大統領は勝利を宣言するが、テロや局地的な戦闘は止まず、治安維持の名のもとイギリス軍の駐留は〇九年まで続いた。ブッシュに同調し国家を戦争に巻き込んだブレア首相の人気は、〇七年にその座を去るまで下降線をたどり続けたという。

この『カメレオンの影』では、そんなイラク戦争のさなか、二〇〇六年夏の最初の事件発生から解決まで、ほぼ一年間の歳月が流れる。物語の大部分はロンドン市内で展開されていくが、イギリスの中心部も当時泥沼化していたイラク情勢と無縁ではない。

人々がいつ終わるとも知れない戦争状態に倦《う》んでいることは、例えば、軍務を天職のように思うアクランドの発言からも間接的に読み取れる。「国民の多くがこの戦争は間違っていると考えているだけでも最悪なのに」とぼやき、疑り深い警察官に対しては失明した目を覆うアイパッチに触れながら「ぼくはあなたのような人々のために戦争に行き、その結果、こんなふうになった」と口にして憚《はばか》らない。

また、中盤から登場して事件の鍵を握る、フォークランド紛争では伍長として手柄を立てたという路上生活者チョーキーの落ちぶれた姿も、戦争の無情な現実を物語る。四千キロの彼方とはいえ、戦場では今も戦争が終わっていないという現実を見つめ、戦時下の社会不安を浮き彫りにしている点は、自国の置かれている状況に敏《さと》い、いかにもこの作者らしい。

本作では、まるで戦地における殺戮《さつりく》と呼応するかのように、軍歴のある男ばかりが犠牲になる連続殺人事件の顚末《てんまつ》が語られる。「ウォルターズは緊張感ある犯罪小説以上のものを生み出した。彼女は、取扱いが難しく不快な社会問題に直面してみせたのだ」という英国の〈サンデー・エクスプレス〉紙の本作評は、まさに正鵠《せいこく》を得たものといえるだろう。

ところで、本作の主人公が記憶喪失の状態に陥るという発端は、『昏《くら》い部屋』（一九九五年）を連想させるし、ロンドンが舞台という点で、テムズ河畔の高級住宅街で浮浪者の死体が見つかることから始まる『囁く谺《こだま》』（九七年）も思い出される。しかしこの『カメレオンの影』の物語は、それら過去作からくる先入観の数々をあっさりと躱《かわ》してみせる。

本作を敢えてひと言で表すならば、〝容疑者ミステリ〟ということになろうか。容疑者がテーマの作品といえば、ドナルド・E・ウェストレイクの『殺人はお好き？』や英訳もある東野圭吾の『容疑者Xの献身』を思い浮かべる方もあろう。しかしこの『カメレオンの影』は、進取の気性に富んだ作者にふさわしく、そのどちらとも似ていない。そればかりか、ミステリの世界を見渡しても、同種の作例や似た作品を容易に思い浮かべることができない。

ご推察のとおり、本稿でいう容疑者ミステリとはやや苦し紛《まぎ》れの造語で、文字通り容疑者をめぐるミステリという意味合いのものだが、似て非なるものを挙げるなら、犯人が主人公の倒叙型のミステリ（フランシス・アイルズ『殺意』、ピーター・スワンソン『そしてミランダを殺す』等）や、冤罪《えんざい》による受刑者をテーマにした作品の数々（ジョナサン・ラティマー『処刑6日前』、ジル・マゴーン『騙し絵の檻』等）だろう。

それらとの違いは、主人公または渦中の人物が、あくまで容疑者というグレイゾーンにあることだが、実はそれは本格ミステリにおける常態のひとつに過ぎない。しかし容疑者をめぐって、真犯人か否かのベクトルが正義の女神テミスの天秤よろしく揺らぎ、そして拗《ねじ》れていく本作には、フーダニットのミステリを、これまでとまったく違った角度から眺めるような新鮮な面白さがあるのだ。

ブルータルな連続殺人を追うが、捜査は空回り。猜疑心《さいぎしん》をつのらせるロンドン警視庁のブライアン・ジョーンズ警視にとって、周囲から孤立し、時に怒りを爆発させる元軍人のアクランドは、まさに犯人像に合致する容疑者だった。物語は、疑う者と疑われる者の間に横たわる皮肉な因縁を刻々と浮き彫りにしていくが、やがて意外な真相が忽然《こつぜん》と輪郭を結び、そこにもうひとつの事件の位相が浮かび上がってくる。

ミネット・ウォルターズは、本作でまたも新たな境地を切り開いたと言っていいだろう。

最後に、蛇足になることを恐れず、どうしても触れておきたいのは、本作の巻頭に置かれた二つのエピグラフについてだ。ひとつは、〈オクスフォード・イングリッシュ・ディクショナリー〉からの、C・G・ユングが提唱した無意識下に追いやられる自己の暗黒面である〝影（シャドウ）〟について、もうひとつは〈ウィキペディア〉からの、頭部への物理的ダメージにより生じ、社会的不適応などの問題をもたらすこともある〝外傷性脳損傷（TBI）〟についての引用である。

エピグラフは、往々にして序文や要約の役割を果たすわけだが、実は『カメレオンの影』というミステリは、すでにこのエピグラフから始まっていると言っても過言ではない。本作を読み終えた読者は、二つの引用が無意識にある方向へと自分を導いていたことに気がつくのではないだろうか。

ユングとの関係で言えば、作中で触れられるシンクロニシティ（共時性）、すなわち〝意味のある偶然の一致〟についても、興味を覚える読者は多いと思う。疑わしい容疑者と疑り深い警視の皮肉な因縁は、まさに心理学のこの大胆な仮説と無関係ではないし、主人公を取り巻くウィリス、キャンベル、ジャクソンの三人の精神科医（ジャクソンは夜間の代診医だが、精神医学にも詳しい）の存在にも、作者の企みが感じられる。

作品のモチーフを、ややもすると非科学的だとかスピリチュアルだと批判を浴びる分析心理学の世界に求めるとは、なんと大胆な冒険心だろう。しかし、偶然という現象に人間の心が介在するならば、ミステリにとってこれほど興味深い要素もない。現代英国ミステリの女王に、大いなる拍手を贈りたい。

訳者紹介 1951年沖縄に生まれる。1975年香川大学経済学部卒業。英米文学翻訳家。主な訳書にウォルターズ「氷の家」「女彫刻家」「病める狐」「破壊者」「遮断地区」「養鶏場の殺人／火口箱」「悪魔の羽根」、フォッスム「晴れた日の森に死す」など。

検印
廃止

カメレオンの影

2020年4月10日 初版

著者 ミネット・ウォルターズ

訳者 成《なり》川《かわ》裕《ひろ》子《こ》

発行所 （株）東京創元社
代表者 渋谷健太郎

162-0814／東京都新宿区新小川町1-5
電話 03·3268·8231-営業部
03·3268·8204-編集部
URL http://www.tsogen.co.jp
暁印刷・本間製本

乱丁・落丁本は、ご面倒ですが小社までご送付ください。送料小社負担にてお取替えいたします。

ISBN978-4-488-18713-2 C0197

英国推理作家協会賞最終候補作

THE KIND WORTH KLLING◆Peter Swanson

そして ミランダを 殺す

ピーター・スワンソン
務台夏子 訳 創元推理文庫

◆

ある日、ヒースロー空港のバーで、
離陸までの時間をつぶしていたテッドは、
見知らぬ美女リリーに声をかけられる。
彼は酔った勢いで、1週間前に妻のミランダの
浮気を知ったことを話し、
冗談半分で「妻を殺したい」と漏らす。
話を聞いたリリーは、ミランダは殺されて当然と断じ、
殺人を正当化する独自の理論を展開して
テッドの妻殺害への協力を申し出る。
だがふたりの殺人計画が具体化され、
決行の日が近づいたとき、予想外の事件が……。
男女４人のモノローグで、殺す者と殺される者、
追う者と追われる者の攻防が語られる衝撃作！

『そしてミランダを殺す』の著者、新たな傑作！

HER EVERY FEAR◆Peter Swanson

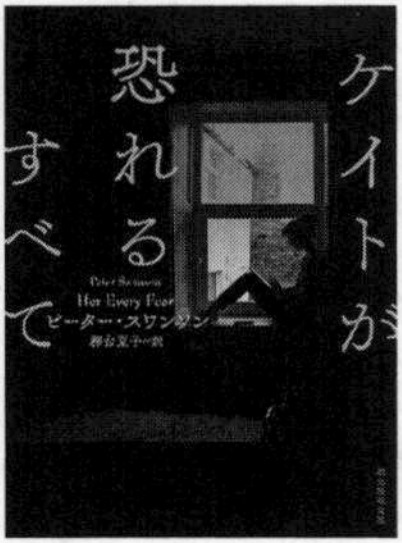

ケイトが恐れるすべて

ピーター・スワンソン
務台夏子 訳　創元推理文庫

◆

ロンドンに住むケイトは、
又従兄のコービンと住まいを交換し、
半年間ボストンのアパートメントで暮らすことにする。
だが新居に到着した翌日、
隣室の女性の死体が発見される。
女性の友人と名乗る男や向かいの棟の住人は、
彼女とコービンは恋人同士だが
周囲には秘密にしていたといい、
コービンはケイトに女性との関係を否定する。
嘘をついているのは誰なのか？
年末ミステリ・ランキング上位独占の
『そしてミランダを殺す』の著者が放つ、
予測不可能な衝撃作！

『幻の女』と並ぶ傑作！

DEADLINE AT DAWN◆William Irish

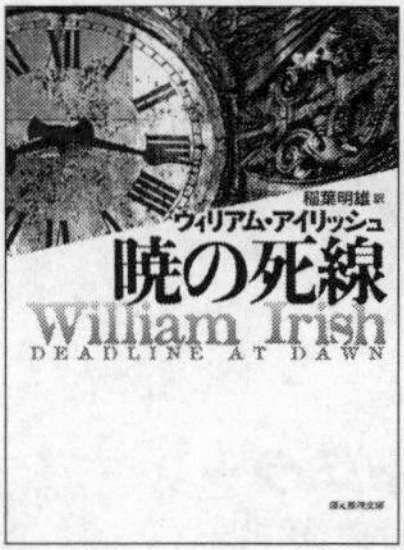

暁の死線

ウィリアム・アイリッシュ
稲葉明雄 訳　創元推理文庫

◆

ニューヨークで夢破れたダンサーのブリッキー。
故郷を出て孤独な生活を送る彼女は、
ある夜、挙動不審な青年クィンと出会う。
なんと同じ町の出身だとわかり、うち解けるふたり。
出来心での窃盗を告白したクィンに、
ブリッキーは盗んだ金を戻すことを提案する。
現場の邸宅へと向かうが、そこにはなんと男の死体が。
このままでは彼が殺人犯にされてしまう！
潔白を証明するには、あと３時間しかない。
深夜の大都会で、若い男女が繰り広げる犯罪捜査。
傑作タイムリミット・サスペンス！
訳者あとがき＝稲葉明雄　新解説＝門野集

MWA最優秀長編賞受賞作

BEAST IN VIEW◆Margaret Millar

狙った獣

マーガレット・ミラー
雨沢 泰 訳　創元推理文庫

◆

莫大な遺産を継いだヘレンに、
友人を名乗る謎めいた女から突然電話がかかってきた。
最初は穏やかだった口調は徐々に狂気を帯び、
ついには無惨な遺体となったヘレンの姿を
予見したと告げる。
母とも弟とも断絶した孤独なヘレンは、
亡父の相談役だったコンサルタントに
助けを求めるが……

米国随一の心理ミステリの書き手による、
古典的名作の呼び名も高い傑作。

私は二度と帰れない

AN AIR THAT KILLS◆Margaret Millar

殺す風

マーガレット・ミラー
吉野美恵子 訳　創元推理文庫

◆

四月のある晩、ロンの妻が最後に目撃して以来、
彼は行方不明となった。
ロンは前妻の件で妻と諍いを起こし、
友達の待つ別荘へと向かい——
そしていっさいの消息を絶ったのだ。
あとに残された友人たちは、
浮かれ騒ぎと悲哀をこもごも味わいながら、
ロンの行方を探そうとするが……。
自然な物語の奥に巧妙きわまりない手際で
埋めこまれた心の謎とは何か？

他に類を見ない高みに達した鬼才の最高傑作。